LAUREN FORSYTHE

Der schönste Irrtum meines Lebens

Über die Autorin

Lauren Forsythe lebt in Hertfordshire mit ihrem Mann, ihrem Sohn und einer Katze, die von Tag zu Tag mehr verwöhnt wird. Sie hat Englisch und Kreatives Schreiben an der University of East Anglia in Norwich studiert. Tagsüber ist sie Content-Marketing-Managerin und sucht nach Wegen, um Texte zu den sehnsüchtig wartenden Menschen zu bringen, und nachts … ist es das Gleiche, nur mit mehr Wein. Lauren schreibt Bücher über starke Frauen, Männer mit schönen Wimpern und Freunde, die einem das Leben retten. Wenn sie nicht gerade schreibt, bloggt sie über Beziehungen, schimpft über das Patriarchat und belohnt sich nach ihrem Boxtraining mit einer Mini-Rolle (oder drei). Sie glaubt fest daran, dass man mit dem perfekten Lippenstift Selbstvertrauen finden kann und dass alle ihre Probleme gelöst wären, wenn jedes Kleid Taschen hätte.

Lauren Forsythe

DER SCHÖNSTE IRRTUM MEINES LEBENS

Roman

Übersetzung aus dem Englischen
von Angela Koonen

lübbe

Die Bastei Lübbe AG verfolgt eine nachhaltige Buchproduktion.
Wir verwenden Papiere aus nachhaltiger Forstwirtschaft und verzichten darauf, Bücher einzeln in Folie zu verpacken. Wir stellen unsere Bücher in Deutschland und Europa (EU) her und arbeiten mit den Druckereien kontinuierlich an einer positiven Ökobilanz.

Vollständige Taschenbuchausgabe

Deutsche Erstausgabe

Titel der amerikanischen Originalausgabe: »The Fixer Upper«
Originalverlag: G. P. Putnam's Sons, New York,
an imprint of Penguin Random House LLC

Textredaktion: Anne Schünemann, Schönberg
Umschlaggestaltung: Kristin Pang unter der Verwendung
einer Illustration von © shutterstock.com: MJgraphics
Satz: GGP Media GmbH, Pößneck
Gesetzt aus der Adobe Caslon
Druck und Verarbeitung: GGP Media GmbH, Pößneck

Printed in Germany
ISBN 978-3-404-18957-1

2 4 5 3 1

Sie finden uns im Internet unter luebbe.de
Bitte beachten Sie auch: lesejury.de

Für die Frauen, die – früher oder später –
verstanden haben,
dass »egoistisch« kein Schimpfwort ist.
Ich habe eine Weile dafür gebraucht.

»Ich fürchte, heute Abend können wir keinen Tisch für eine Person vergeben, Madam.«

Der Tischzuweiser im Darlington war attraktiv – auf eine nichtssagende Art und Weise. Die bedauernde Miene hatte er nur beinahe perfektioniert, denn eine steile Falte über seiner Augenbraue verriet sein Missfallen, und sein Blick schnellte immer wieder zu dem Paar hinter mir, Gästen, wie er sie haben wollte, aufgebrezelt und, noch wichtiger, mindestens zu zweit.

Und es geht los.

Grimmig lächelnd bleckte ich die Zähne und ignorierte meine Verlegenheit, die meine Wangen färbte und mich verriet. *Nicht jetzt, Aly.*

»Tja … nun … Sie haben meine Reservierung akzeptiert, also … könnten Sie bitte sehen, was sich machen lässt?« Ich straffte die Schultern und versuchte, jemand anderes zu sein, eine Amazone zum Beispiel, die unbedingt ein Steak und einen ruhigen Abend brauchte. Oder wie meine Freundin Tola, die kein Nein akzeptierte. *Ja, was würde Tola sagen?* »Zumal auf Ihrer Webseite nirgendwo steht, dass Sie Einzelpersonen nicht bedienen.«

»Madam, es ist einfach nicht …« Er seufzte und wandte sich seiner Reservierungsliste zu.

Kommt nicht infrage, Junge. Sag, was du willst, ich werde nicht einfach weggehen.

Ich blickte an ihm vorbei zu den opulenten Kronleuchtern unter der hohen gewölbten Decke und den hellrosa Knautschsamtstühlen. Ich verdiente einen dekadenten Abend mit Weinbegleitung und Gerichten, mit denen der Chefkoch ein Statement abgab. Und ich würde darauf nicht verzichten, nur weil ich allein war.

Der dritte Donnerstag im Monat war der einzige Abend, an dem niemand etwas von mir wollte. Das war mein freier Abend, an dem ich Dampf ablassen, mir ein Abenteuer gönnen und mich selbst einladen konnte, wie es mein Partner tun würde, wenn ich in einer Beziehung wäre. Der Abend, an dem ich mir eine neue Ausstellung ansehen, zu einem Konzert gehen oder in einem Restaurant etwas so Besonderes essen konnte, dass ich ein leises »Wow« von mir geben und mich nach jemandem umblicken würde, um darüber ein paar Worte zu wechseln. Der Abend, an dem ich einige teure Weine trinken konnte, in der Gewissheit, nichts zu versäumen, nicht übergangen zu werden. Der Abend, an dem ein paar herrliche Stunden lang niemand etwas von mir verlangte.

Es ist einfach nicht profitabel. Das wollte er eigentlich sagen. Und er würde ganz dezent versuchen, mich vor lauter Scham zum Aufgeben zu bringen. Doch es hatte Monate gedauert, bis ich mich dabei wohl fühlte, allein essen zu gehen, und ich war nicht bereit, mich von einem versnobten Kellner verunsichern zu lassen. Das hier war *mein* Abend.

»Hören Sie, Mann.« Ich spürte, wie der Mann des Pärchens hinter mir sich nach vorn beugte, und wurde von einer Rasierwasserwolke eingenebelt. »Besorgen Sie ihr einen Tisch, okay? Andernfalls wäre das Diskriminierung.«

Der Tischzuweiser kniff die Lippen zusammen, und ich konnte ihn abwägen sehen, wie wahrscheinlich sich daraus ein

Shitstorm in den sozialen Medien entwickeln würde: *Gäste in Londoner Restaurant setzen sich für Single-Frau ein – sie wollte lediglich die preisgekrönten Tortellini und einen Einzeltisch.*

Kurz überlegte ich, in Tränen auszubrechen, nur um zu sehen, ob sich damit etwas erreichen ließe. Der Tischzuweiser schien zu ahnen, was mein nächster Schritt sein würde.

»Einen Moment«, sagte er knapp und entfernte sich.

Ich wandte mich dem Rasierwasserfan zu, um mich zu bedanken, und riss erstaunt die Augen auf.

»Jason!«

»Aly!« Sein Gesicht hellte sich auf, er zog mich in eine Umarmung und küsste mich auf beide Wangen.

Die Frau neben ihm neigte lächelnd den Kopf zur Seite, und ihr Blick forderte ihn dazu auf, uns sofort miteinander bekanntzumachen.

»Das ist Diana, meine Frau.«

Ich nickte ihr befangen zu. Sie sah sehr schick aus. Während sie mich von oben bis unten musterte, vermied ich es, sie genauso intensiv zu begutachten, doch mir fielen ihre üppigen dunklen Haare und die sorgfältige, schlichte Eleganz ihres Outfits auf. Wir schienen zur selben Zeit zum selben Schluss zu kommen: Jason bevorzugte einen bestimmten Typ Frau und hatte sich definitiv verbessert.

Verlegen strich ich mir durch die dunklen Locken. »Verheiratet! Wow! Ich gratuliere!« Ich war ein wandelndes Ausrufezeichen. Kurz hielt ich inne, sah ihn an und blinzelte. »Ehrlich, ich erkenne dich kaum wieder.«

Seine blonden Haare waren gegelt und gekämmt, er trug ein tailliertes Hemd und elegante schwarze Hosen. Ich kniff ein wenig die Augen zusammen und fragte mich, ob er sich die Zähne bleichen ließ. Der Jason, den ich vor fünf Jahren gekannt hatte, war nie aus seinen Cargoshorts und übergroßen T-Shirts herausgekommen, hatte seine zotteligen rotblonden Haare mit einem Stück Schnur im Nacken zusammengebunden, im Keller seiner Eltern gewohnt und den Jugendlichen in der Nachbarschaft das Gitarrespielen beigebracht, ohne dass er für sein Leben mehr zu planen schien als das. Als ich mit ihm Schluss gemacht hatte, hatte es keinen Groll zwischen uns gegeben. Die Beziehung hatte einfach … ihr natürliches Ende gefunden. Wie immer.

Dennoch hatte ich ihn damals gemocht. Mit seiner hippiehaften, lässigen Art war er das genaue Gegenteil von mir gewesen. Seine Cargoshorts besaßen hundert Taschen, in denen pappige Müsliriegel für den Notfall steckten. Er wandelte Philosophenzitate ab und tat, als wären das seine eigenen Geistesblitze.

Ob das für mich schließlich den Anstoß gegeben hatte, Schluss zu machen, konnte ich jetzt nicht mehr sagen. Entweder das oder der superlange Nagel seines kleinen Fingers, den er fürs Gitarrespielen brauchte – den hatte ich schon immer gruselig gefunden.

»Oh, das glaube ich gern. Ich hatte gewissermaßen … eine Offenbarung.« Er wandte sich an seine Frau. »Aly und ich haben uns kennengelernt, als ich noch im Keller meiner Eltern herumgegammelt habe. Tatsächlich habe ich es ihr zu verdanken, dass ich endlich erwachsen geworden bin und mein Leben auf die Reihe bekommen habe!«

Diana zog eine Braue hoch und sah mich fragend an, woraufhin ich unsicher mit den Schultern zuckte.

»Wie das?«

»Durch all die Gespräche über mein Potenzial und darüber, dass ich mit meinem Leben wirklich etwas anfangen könnte. Ich bräuchte nur etwas zu finden, das meine Leidenschaft weckt!« Er gestikulierte noch immer wild mit den Händen, wenn er sprach, und dabei fiel mir sein goldener Ehering auf, der im Licht schimmerte. Seine Fingernägel waren alle kurz geschnitten.

Ich lachte und spürte, wie ich rot wurde. »Entschuldige, das ist meine spezielle Leidenschaft. Dem Freund etwas von seinen Potenzialen vorzuschwärmen. Das wird langsam langweilig.«

»Nein.« Er berührte meinen Arm und sah mich freundlich an. »Weißt du, ich musste immer wieder an das denken, was du gesagt hast, und habe beschlossen, dass ich ein eigenes Zuhause möchte. Und dann bekam ich die E-Mail von dem kostenlosen Kurs, für den du mich angemeldet hattest, und dachte: Warum nicht? Ich erhielt eine Jobzusage, lernte Diana kennen, und jetzt sind wir hier, um unser erstes eigenes Zuhause zu feiern!«

»Wow!«, hauchte ich blinzelnd. »All das in fünf Jahren? Das ist fantastisch.«

Plötzlich merkte ich, in welche Richtung das Gespräch gerade unaufhaltsam abdriftete. Ich sammelte meine Kraft für das Unvermeidliche: Wer führte jetzt das bessere Leben? Wer war erfolgreicher?

Da war sie auch schon, die leichte, mitleidvolle Kopfneigung, und dann …

»Wie läuft es bei dir? Was treibst du so?«

Wenn du dich nicht gerade mit einem Tischzuweiser anlegst, damit du an einem Donnerstagabend einen Einzeltisch bekommst?, ergänzte ich in Gedanken.

»Ach, weißt du«, ich wischte seine Frage mit einer lässigen Handbewegung beiseite, »ich lebe noch in London und arbeite im Marketing. Werde in schicken Restaurants abgewiesen.«

Sie lachten höflich, und ich sah mit Entsetzen, dass sich hinter uns eine Warteschlange bildete. Der Tischzuweiser redete sich beim Geschäftsführer in Rage und schoss mir tödliche Blicke zu.

»Also bist du noch in der Marketingagentur? Du wolltest … Markenmanagerin werden, richtig?«, fragte Jason, und ich versuchte, nicht zusammenzuzucken.

Es machte mich sprachlos, dass er das noch wusste. Dabei hätte es mich nicht wundern sollen, denn Jason war schon damals ein netter Typ gewesen.

An einem Wochenende in Cornwall hatte er mir das Surfen beigebracht. Als wir auf unseren Boards im Wasser saßen, sagte er mir, ich sei eine alte Seele. Er war ein talentierter Gitarrenspieler und trug die geflochtenen Armbänder, die er bastelte, wenn er unruhig wurde. Aber seine Kellerwohnung und dass er sich einmal in eine Socke schnäuzte, weil er gerade kein Taschentuch fand, hatten das Schicksal unserer Beziehung besiegelt. Und nun war er ein verheirateter Hausbesitzer mit frisierten Haaren.

Ich griff auf mein vorbereitetes Hilfsstatement zurück – enthusiastisch und erfolgreich, aber nicht auftrumpfend. Viel beschäftigt, potenziell bedeutend, aber nicht arrogant. Ein Statement, das sagte: Mein Leben macht mir so viel Spaß, dass ich gar nicht auf die Idee komme, mich mit dir und deiner Familie, deiner Ehe und deinem Haus zu vergleichen. Ein Statement, das sagte: Ich bin glücklich.

»Leiterin des Markenmanagements, ja!«, jubelte ich. »Ich bin … auf dem besten Weg! Nach wie vor bei Amora, und es ist total viel Arbeit. Wir entwickeln uns wirklich von einer kleinen Agentur zu einem Unternehmen, das viele große Namen betreut. Ich arbeite gerade mit einigen bekannten Techfirmen zusammen. Ich … wohne noch in London, das ist toll, ich genieße das unheimlich, weißt du? Jeder Tag ist ein Abenteuer! Die

Gespräche wegen der leitenden Stelle finden in zwei Wochen statt ...«

Oh Gott, von der Beförderung hatte ich schon vor fünf Jahren geredet, und obwohl Felix mir andauernd versicherte, ich stehe kurz davor, saß ich noch immer auf derselben Stelle.

»Wir drücken dir die Daumen«, sagte Diana freundlich. Sie hatte eindeutig erkannt, dass ich keine Bedrohung war.

»Und abgesehen vom Beruflichen? Gibt es jemand Besonderen in deinem Leben?«

Seine Frau tippte ihm mit ihrer Clutch an die Schulter. »Das fragt man nicht!«, zischte sie, und für den Moment waren wir miteinander solidarisch.

Ich schüttelte lächelnd den Kopf, um anzudeuten, dass das in Ordnung sei, und antwortete in einem milden Singsang: »Jeder ist auf seine Art besonders, Jason.«

»Also gibt es niemanden, der besonderer ist als die anderen?«

Selbst Diana schaute jetzt verärgert.

Warum bestanden glückliche Paare immer darauf, ihren Status hervorzukehren, als wären wir anderen der traurige Rest, der noch keinen abgekriegt hatte? *Besser ihr beeilt euch, sonst bleibt keiner mehr übrig ...*

Ich zwinkerte gewinnend. »So macht es mir mehr Spaß.«

Ich konnte es ihnen fast von der Stirn ablesen: *Es macht Spaß, allein in einem schicken Restaurant essen zu wollen und nicht reingelassen zu werden?*

Peinlich berührt suchte ich nach dem nächsten Gesprächsthema, doch zum Glück bekam Jason feuchte Augen und nahm mir das ab.

»Ich möchte dir wirklich danken, Aly. Ehrlich, wenn du mich nicht gedrängt hättest, hätte sich mein Leben nicht zum Besseren gewandelt.« Er deutete auf Diana, und sie lachte.

»Nicht wiederzuerkennen«, sagte ich angespannt und lächelte dann. »Ich freue mich für dich, Jason.«

Er nickte zu dem zurückkehrenden Tischzuweiser hinüber und senkte die Stimme. »Und wenn er dir keinen Tisch geben will, kannst du dich gerne zu uns setzen. Du solltest auf das Essen nicht verzichten müssen, nur weil du versetzt wurdest! Wo bleibt da der Feminismus?!«

Ich neigte den Kopf zur Seite und sah seine Frau an, die verwirrt mit den Schultern zuckte.

»Das ist sehr nett, aber ich wurde nicht versetzt. Ich habe nur für mich einen Tisch bestellt …«

»Miss Aresti, bitte folgen Sie mir.« Der Tischzuweiser nahm eine Speisekarte und ging voraus.

Ich drehte mich zu Jason und Diana um und sagte etwas lauter als nötig: »Welche Erleichterung. Mein Redakteur würde mir den Kopf abreißen, wenn ich ihm morgen früh keine Kritik über den Laden liefere!« Ich spürte beinahe, wie der Tischzuweiser zusammenzuckte, und sah Diana wieder solidarisch lächeln. Das war nett von ihr, sie verdiente einen Jason 2.0. »Gratulation zu eurem Haus!« Erhobenen Hauptes folgte ich dem Angestellten, drehte mich aber noch mal um. »Hey, Jason, spielst du noch Gitarre?«

Er schüttelte den Kopf, gutmütig wie immer. »Nö, dafür habe ich keine Zeit mehr.«

Ich nickte und wandte mich ab, unsicher, warum ich das hatte wissen wollen.

Der Tischzuweiser zog eine Braue hoch, als sollte ich für seine Aufmerksamkeit ewig dankbar sein, und ich folgte ihm, nahm Platz und bestellte sofort. Ich sah mir die Speisekarte immer schon online an, bevor ich essen ging.

Es war offensichtlich, dass er am liebsten erwidert hätte, er sei kein Kellner, und sich weigern wollte, meine Bestellung anzunehmen, doch stattdessen lächelte er leidgeprüft und hörte zu. Das kam mir vor wie ein Sieg.

Nachdem mein Glas Wein an den Tisch gebracht worden war und ich mein Buch hervorgeholt hatte, konnte ich endlich aufatmen.

Der Abend sollte ein Genuss werden und keine Tortur. Einmal im Monat, ob es regnete oder sonnig war, gönnte ich mir ein gutes Restaurantessen, trank dazu etwas Leckeres und las, und zwar ganz allein, selbst wenn ich gerade jemanden datete. Das war die einzige Zeit, in der ich nicht vorgeben musste, jemand anderes zu sein, in der ich für niemanden etwas zu tun brauchte. Das waren die Abende, an denen ich nicht freudig hoffend zu einem Date ging, nur um dann festzustellen, dass er mit fünfunddreißig seine Kindheitsverletzungen noch nicht verarbeitet hatte, nicht wusste, wie man eine Frage stellte *und* zuhörte, wenn sie beantwortet wurde, und dass er zwei verschiedene Socken trug. Es war angenehmer, mich selbst zu daten.

Außerdem leckte ich noch meine Wunden nach der Sache mit Michael. Ich hatte ihn an einem Samstagmorgen auf dem Bauernmarkt kennengelernt, als ich überteuerte Oliven kaufte. Er sah zu mir herüber und sagte schlicht: »Hallo du«, und das so freudig überrascht, als hätte er nur auf mich gewartet, aber nicht geglaubt, dass ich je erscheinen würde. Er hatte ein wirklich hübsches Lächeln und machte für meinen Geschmack den besten Cappuccino außerhalb Italiens. Was im Nachhinein betrachtet kein wirklich guter Grund war, um auf jemanden zu stehen.

Ich half ihm, eine neue Wohnung zu finden, nachdem seine grauenhafte Wohngemeinschaft sich aufgelöst hatte. Und anschließend verbrachte ich eine Woche damit, ihm beim Umzug zu helfen, die Wände zu streichen und seine Grundsteuerzahlung einzurichten. Wir schlenderten viel durch IKEA und bauten seine Möbel auf. Danach hatte er gemeint, es gehe ihm ein bisschen zu schnell und ich würde mich benehmen, als wäre ich seine feste Freundin. Er hatte sich aber bei mir bedankt, weil ich bei der Umzugsfirma einen guten Preis ausgehandelt hatte.

Also war ich mal wieder allein und gab mir damit Mühe. Die Restaurantabende waren manchmal unbehaglich, aber ich behielt sie bei in der Hoffnung, sie würden mir eines Tages leichter fallen und ich hätte dann die gleiche Ausstrahlung wie jene Frau, die ich mal in New York allein an einer Bar beobachtet hatte. Sie wirkte entspannt, selbstbewusst, trank Wein und las ihr Buch, während sie ein köstlich duftendes Spargelgericht verspeiste. Von da an hatte ich so sein wollen wie sie. Egal, wie oft mich das Restaurantpersonal mitleidig betrachtete.

Normalerweise gewöhnte ich mich nach den ersten fünf Minuten daran, auf dem Präsentierteller zu sitzen, doch heute Abend schweifte mein Blick immer wieder zu dem gepflegten, erfolgreichen Jason hinüber. Fünf Jahre waren vergangen, und er hatte sich zu einem völlig anderen Menschen entwickelt. Während ich, Alyssa Aresti, die in anderen Potenzial entdeckte und sie zur Selbstverwirklichung drängte, seit Jahren denselben Job hatte, im selben feuchten Einzimmerapartment wohnte und mit dreiunddreißig noch Single war. Und noch immer stand kein hochtrabender Jobtitel hinter meinem Namen.

Mir war nicht ganz klar, warum mich die Begegnung mit Jason derart irritierte. Vielleicht, weil ich ihn so lange ermutigt hatte herauszufinden, was er im Leben wollte. Wie viele Stunden hatte ich das Internet durchstreift und mit ihm Job-Tests gemacht? Wie oft hatten wir über die Notwendigkeit von Körperpflege gesprochen? Wie oft hatte ich ihm gesagt, er solle vor dem Sex nicht im Haus seiner Eltern die Treppe hinunterbrüllen, dass wir »Zeit für uns allein« bräuchten?

Die rasend schnellen Jahre zwischen zwanzig und vierzig sollten eigentlich kein Wettbewerb sein. *Erfolg sieht für jeden anders aus, und wir wollen nicht alle dasselbe.* Natürlich wusste ich das. Aber als ich Jason und seine Frau beobachtete, die eine Flasche Champagner tranken und auf ihr neues Haus anstießen, begriff ich, dass ich mich selbst belog.

Wie immer das Spiel hieß, das wir spielten, er hatte es gewonnen. Und ich hatte das Gefühl, ihm zum Sieg verholfen zu haben.

2

»Also ist er jetzt Projektmanager!«, erzählte ich Tola und Eric am nächsten Morgen im Büro an der Kaffeemaschine.

Ich hatte gelogen und behauptet, ich wäre mit einer Freundin in einer Bar gewesen und Jason wäre hereingekommen, als wir gehen wollten. Die beiden sollten von meinen Solo-Restaurantabenden nichts wissen. Unsere gemeinsamen Freizeitaktivitäten beschränkten sich darauf, nach der Arbeit etwas trinken zu gehen und hinterher ab und zu betrunken einen Döner zu essen, aber sie waren nun mal die besten Freunde, die ich hatte. Trotzdem wollte ich ihnen nicht verraten, dass ich mir einmal im Monat bei meinem traurigen Selbstfürsorgeritual den Bauch mit handgemachter Pasta vollschlug und dabei überteuerten Rioja schlürfte.

»War das der, der so schlecht Ukulele gespielt hat?«, fragte Eric.

Ich schüttelte den Kopf. »Gitarre. Und er hat gut gespielt.«

»Dann muss das ein anderer deiner Kindmänner gewesen sein.« Eric streckte mir die Zunge raus.

Ich hob eine Augenbraue und reichte ihm seinen Kaffee. »Ich war nie mit einem Ukulelespieler zusammen. Greg hat Okarinas gebaut, aber das ist nicht dasselbe.«

Tola lachte. »An den kann ich mich gar nicht erinnern. Oh, warte, war das der Typ, der nie geredet hat?«

Ich verneinte wieder. »Das mit ihm war vor deiner Zeit. Ist ungefähr fünf Jahre her.«

»Und er hat dir gedankt, weil du ihn zu einem kapitalistischen Ken gemacht hast?«

Eric zeigte auf mich und redete dazwischen: »Sie hatte ihre liebe Mühe mit Jason. Einmal hat er mir eine Viertelstunde lang den Plot eines Films erklärt, von dem ich ihm erzählt hatte. Und er hielt Surfen für ein Persönlichkeitsmerkmal und nicht für ein Hobby.« Eric sprudelte immer über, sobald er einmal in Gang gekommen war. Mein furchtbarer Männergeschmack war eins seiner Lieblingsthemen. »Ach ja, und er redete nicht vom Meer, sondern von der See, als wäre sie eine Frau. Er beobachtete, wie ihre schönen Wellen das Ufer liebkosten … so ein Volldepp. Er war bestimmt der Schlimmste von allen, oder, Aly?«

Ich verdrehte die Augen und tat, als würde es mich nicht treffen. Und als hätte ich Jason gestern Abend nicht sofort auf LinkedIn gesucht, sobald ich wieder zu Hause war.

»Aber hey, sie waren nur zwei Monate zusammen, also wenn du sie nicht mochtest, hast du wenigstens keine Zeit vergeudet.« Tolas fuchsiafarbener Lippenstift lenkte meine Aufmerksamkeit auf unser Gespräch zurück. »Ich respektiere das.«

»Wirklich? Du respektierst Alys katastrophalen Bindungswillen?« Jetzt verdrehte Eric die Augen, und ich schürzte die Lippen.

»Ich mach das doch nicht mit Absicht!«, rief ich. »Im Gegenteil, ich biete mich an, versuche, freundlich und liebevoll zu sein, und … es geht immer kaputt. Die Trennung geht ja nicht immer von mir aus.«

Eric zog eine Braue hoch. »Niemand sucht sich solche Männer absichtlich aus. Außer du stehst auf hoffnungslose Kleinkinder. Du datest nicht, um dich zu binden, Süße. Diese Typen sind Zeitverschwendung.«

»Du bist heute aber gemein! Warst du wieder bei einem Grindr-Date, um die wahre Liebe zu finden, und hast nur bedeutungslosen Sex bekommen?«, flötete ich in der Hoffnung, die Unterhaltung in eine andere Bahn zu lenken.

Eric schaute sich im Büro um, ob womöglich jemand zugehört hatte, und funkelte mich dann an. »Es ist nicht falsch, eine echte Bindung anzustreben.«

»Nein, aber wenn man eine behagliche Strickjacke will, darf man sie nicht im Sexshop kaufen und sich dann beschweren, dass man an den Nippeln friert.« Tola sah mich an. »Hab ich recht?«

Ich schnaubte. »Du hast immer recht.«

Eric und ich kannten uns seit etlichen Jahren. Als er kurz nach mir in der Firma anfing, war ich zuerst von ihm eingeschüchtert. Da war jemand in meinem Alter, mit einem edlen Anzug und einem Zuhause und einer schönen Verlobten. Er hatte einen todschicken Haarschnitt, benutzte herbe Rasierwasser und wusste immer, wie er mit den Leuten reden musste. Er lachte viel. Jeder in der Werbeabteilung mochte ihn und trieb sich an seinem Schreibtisch herum in der Hoffnung auf eine gute Geschichte oder ein witziges Wortgeplänkel.

Als er schon sechs Monate in der Firma war, verließ ich eines Abends erst spät das Büro, verpasste den Bus und begegnete ihm im Pub. Er hatte schon ein paar Gläser getrunken und wirkte mitgenommen. Ich sah ihm an, dass er jemanden zum Reden brauchte. Dabei erfuhr ich dann, dass sein schönes perfektes Leben nur Fassade war. Denn Eric war schwul und stand vor der Notwendigkeit, es seiner Verlobten zu gestehen, aus der Wohnung auszuziehen und ein neues Leben anzufangen. Zufällig war ich der erste Mensch, dem er das anvertraute, und nach solch einem Gespräch freundet man sich unweigerlich miteinander an.

Ein Jahr später stieß Tola zu uns, und wir wunderten uns, warum diese kühne, umwerfende Anfangzwanzigjährige mit uns abhängen wollte. Sie war eine Naturgewalt – hatte die Schule abgebrochen, um am New Yorker Broadway vorzusprechen, war Kostümbildnerin geworden und hatte sich nach ihrer Heimkehr als Social-Media-Expertin neu erfunden. Meinem Eindruck nach glaubte sie, dass Eric und ich sie brauchten, jemanden mit der Generation-Z-Energie, der uns davon abbrachte, als verbitterte Millennials zu leben, die ständig nur über alles herzogen. Und da hatte sie absolut recht. Außerdem schenkte sie uns die dreifache Dosis strenger Liebe, wenn wir sie nötig hatten, und das war nicht zu unterschätzen.

»Und warum bist du verärgert?«, fragte sie, als wir zu meinem Schreibtisch gingen.

»Bin ich nicht. Ich wünsche Jason alles Gute.«

»Aly, du kannst dich sehr gut selbst belügen, aber ich glaube dir kein Wort. Sei so nett und lass das.« Sie lehnte sich an die Schreibtischkante und gestikulierte mit einem hellblau lackierten Fingernagel.

»Ich ärgere mich, weil er erfolgreicher ist als ich!«, gestand ich jammernd und legte frustriert den Kopf auf den Schreibtisch. »Fünf armselige Jahre und er hat sich neu erfunden, macht Karriere, hat die Liebe seines Lebens getroffen, geheiratet, Ersparnisse aufgebaut und ein Haus gekauft. Was habe ich in der Zeit erreicht?«

»Dir den Respekt deiner Kollegen und Kunden erworben? Eine ganze Abteilung mit deiner Effektivität in Schrecken versetzt?«, sagte Tola.

»Acht Wannen Wein getrunken?«, fügte Eric hinzu.

»Das ist nicht hilfreich!« Ich warf einen Bleistift nach ihm, dann lehnte ich mich im Stuhl zurück und schaute die beiden an. »Hätte ich bei Jason länger durchhalten müssen? Habe ich zu früh aufgegeben? Ich dachte, er hat keinen Antrieb, aber offenbar hat er den jetzt. Vielleicht werfe ich gute Beziehungen weg, nur weil meine Partner Fehler haben. Vielleicht bin ich zu wählerisch.«

Eric verzog das Gesicht. »Es gibt Fehler, und es gibt … was immer mit den Typen los ist, die du datest. Du bist nicht zu wählerisch – du bist nicht wählerisch genug! Zum Beispiel bei diesem Nathan!«

»Nathan war wirklich nett!«, wandte ich ein. »Er hatte große Träume, er wollte Schauspieler werden.«

»Ja, und am Ende hast du fünf Monate lang seinen Schauspielunterricht bezahlt und ihm kleine Auftritte beschafft.« Eric warf den Kopf in den Nacken. »Und das, ohne Provision zu nehmen!«

Tola nickte. »Er hat recht, Süße. Weißt du, was dein Problem ist? Du datest keine Männer, sondern Projekte.«

Ich sah Eric in Gedanken die Männer durchgehen, mit denen ich zusammen gewesen war, während sein Lächeln immer breiter wurde.

»Lass es! Du guckst gerade viel zu selbstgefällig.«

»Nein, sie hat recht, Aly! Du nimmst die kleinen verletzten Vögel auf, legst all deine Eier in ihren Korb, und dann wird das Omelett der reinste Müll.«

»Hör auf, Metaphern zusammenzuwürfeln!« Ich verdrehte die Augen. »Was soll das überhaupt heißen?«

»Das heißt, du datest Männer, die noch nicht richtig erwachsen geworden sind, bringst deine ganze Energie dafür auf, ihr

Leben zu verbessern, und dann bist du erschöpft und gibst auf, bevor du den Lohn für deine Anstrengung bekommst.«

»Ooh.« Tola wackelte mit den Augenbrauen. »Lohn für deine Anstrengung. Klingt sexy. Aber er hat recht. Jason hat es selbst gesagt: Er ist jetzt besser dran, weil er mit dir zusammen war. Er ist ein neuer Mensch.«

»Er ist kein neuer Mensch, er ist nur … anders«, widersprach ich.

»Er ist jetzt erfolgreicher als zu deiner Zeit. Und hoffentlich nicht mehr so ein überhebliches Arschloch, aber hey, du kannst keine Wunder vollbringen.« Eric schnaubte. »Sieh den Tatsachen ins Auge, Aly. Du datest Typen, die dich nicht verdient haben, und dann tust du alles für sie. Das ist ein Muster.«

Ich warf die Hände in die Luft. »Was habe ich zum Beispiel für Jeremy getan?«

Tola lachte und zeigte auf. »Ganz einfach: Du hast eine Woche lang auf seinen heimtückischen Pudel aufgepasst und ihn stubenrein gemacht. Jeremy hat sich dafür nicht mal bedankt!«

»Du hast ihm einen Auftritt im Belle's verschafft, um seine Musikkarriere in Gang zu bringen, und den hat er versäumt, weil er sich mit seinen Kumpels besoffen hat.«

Ich zuckte zusammen. »Okay, wir können aufhören.«

Eric riss die Augen auf. »Nein, er ist das perfekte Beispiel! Ich hab ihn letzte Woche im Radio gehört. Der talentlose Vollidiot kam morgens kaum aus dem Bett, und jetzt hat er ein Album veröffentlicht?«

Er grinste mich an, und ich schüttelte den Kopf, unsicher, was sie als Nächstes anführen würden, doch überzeugt, dass es nichts Gutes sein konnte.

»Als Statistiker vermute ich hier ein Muster und möchte das untersuchen. Ich wette fünfzig Mäuse: Wenn du uns eine Liste deiner Ex-Freunde gibst, werden wir garantiert feststellen, dass alle erfolgreich geworden sind.«

Tola runzelte die Stirn, und ich hoffte, sie würde mich verteidigen. Doch dann kam ihr strahlendes Tausend-Watt-Lächeln zum Vorschein, und damit war klar, dass es für mich nur schlimmer werden würde. »Wir brauchen klare Bewertungskriterien. Erfolg ist ein relativer Begriff. Wir brauchen für jeden Wert eine Skala. Und wir können nicht alle Freunde einbeziehen, die sie je hatte. Nehmen wir nur die kurzzeitigen, hoffnungslosen Fälle.« Tola sah mich an, als würde sie um meine Erlaubnis bitten.

»Danke«, brummte ich. »Welchen Zweck soll das haben?«

»Es soll meine Theorie bestätigen.« Eric tippte sich an die Nase und ging zu seinem Schreibtisch.

Ich schaute Tola an. »Was springt für mich dabei heraus?«

Sie zuckte mit den Schultern. »Selbsterkenntnis? Du gibst deinen Freunden was zu lachen? Schick mir einfach eine Liste der Namen, okay?«

Mein Handy klingelte, und ich scheuchte sie mit beiden Händen weg. »Okay, okay, meinetwegen. Spielen wir Aly verarschen. Aber ich muss den Anruf annehmen.«

Ich holte tief Luft und nahm ab. »Hallo, Mama, ich bin gerade auf dem Weg in ein Meeting. Ist alles in Ordnung?«

»Natürlich, du hast zu tun, bist zu beschäftigt für meine Nichtigkeiten.« Sie sprach leise und zurückhaltend und erwartete, dass ich ihr zustimmte. Doch ich wusste, wie das Spiel lief. *Man ist nie zu beschäftigt, wenn es um die Familie geht, Alyssa. Vergiss das nicht.*

»Mama!«, stöhnte ich und griff nach einem Kuli. »Ich höre zu. Was ist los?«

»Es geht um deinen Vater.«

Ein paar Augenblicke wartete ich ab und schwieg.

»Was hat er getan?« *Diesmal.*

Sie zögerte. »Vielleicht war ich überempfindlich.«

»Mama …«

»Nein, geh zu deinem Meeting, du kluges Mädchen. Die Leute verlassen sich auf dich. Du kommst doch diese Woche zum Essen, ja?«

»Sicher. Lass uns am Sonntag zum Lunch irgendwohin gehen. Ich lade dich ein.« Ich hörte sie freudig gicksen und stellte mir vor, wie sie begeistert in die Hände klatschte. Natürlich würden wir die meiste Zeit über meinen Vater und seine jüngste Eskapade reden, aber in den verbliebenen zwanzig Prozent der Zeit, in denen sich die Unterhaltung um uns beide drehte, würden wir Spaß haben.

»Das klingt gut. Ich hab dich lieb, mein Schatz.« Sie schickte mir einen Kuss durchs Telefon und legte auf.

Eine Zeit lang hatte ich gedacht, sie zu lieben und zu unterstützen würde genügen, damit sie über ihn hinwegkäme, doch das funktionierte nicht. Wie meine Großmutter zu sagen pflegte: *Manche Leute müssen denselben Fehler immer wieder machen, bis er sie hart genug in den Hintern beißt.*

Mein Vater war immer ein schlechter Ehemann gewesen, und die meiste Zeit meiner Kindheit hatte ich damit verbracht, ihn zu decken. Ich erinnerte mich, wie er mich mit seiner Kreditkarte am Einkaufszentrum abgesetzt und mir aufgetragen hatte, Mummy etwas Hübsches zum Geburtstag zu kaufen und eine Karte in seinem Namen zu schreiben. Ich fragte mich noch immer, ob sich die Dinge anders entwickelt hätten, wenn ich mich geweigert hätte.

Zum Glück blieb mir nicht genügend Zeit, um darüber nachzudenken. Ich hatte Termine und Meetings, dann Besprechungen über die Meetings, bis der Arbeitstag fast vorbei war.

Ich drehte meine gewohnte Elf-Uhr-Runde, vergaß auch nicht, Matilda aus der Finanzabteilung zu fragen, wie ihr Urlaub gewesen war, und Martin aus der Personalabteilung ein Kompliment zu seinem Haarschnitt zu machen (an den Seiten und hinten kurz, alle zwei Wochen, und ob ich wisse, dass er nur vierzehn Pfund bezahlt hat?). Ich kochte Tee für die hintere Büroecke, hörte mir Justines Liebesdrama an und versicherte ihr, dass sie etwas Besseres verdiente. Durch die kleinen Dinge, die für sich genommen nichts zählten, sich aber summierten, fühlten sich die Leute geschätzt. Und plötzlich war es kurz vor Feierabend und schon fast Wochenende.

Fast.

Oh, Mist.

Natürlich. Da kam er, wie jeden Freitagnachmittag, wenn ich schon glaubte, einmal glücklich davonzukommen. Ich tat, als hätte ich ihn nicht bemerkt.

»Aly Pally!«, dröhnte Hunter neben meinem Schreibtisch, sodass ich gezwungen war, aufzublicken und das Headset abzunehmen.

Lächelnd versuchte ich, mir das Seufzen zu verkneifen. »Hunter! Wie geht's? Freust du dich aufs Wochenende? Ich wette, du verbringst es auf dem Golfplatz.«

Selbst bei Leuten wie Hunter, die ich nicht ausstehen konnte, merkte ich mir solche Details. Es war wie ein Zwang, und in dem Moment hasste ich mich dafür.

Er blickte mich vergnügt an und strich sich durch seine hellbraunen Haare. »Stimmt genau. Du bist immer so … aufmerksam, Aly. Du verstehst es, einem Mann das Gefühl zu geben, etwas Besonderes zu sein.«

Ich biss die Zähne zusammen. Aber ob ich nur eine sarkastische Bemerkung hinunterschluckte oder ob tatsächlich Kotze dabei war, hätte ich nicht mit hundertprozentiger Sicherheit sagen können.

Es gab vieles an ihm, das ich nicht leiden konnte. Zum Beispiel wie er darüber redete, nur zum Spaß den Aktienmarkt zu manipulieren, oder dass er stets Daddy sagte, wenn er von seinem Vater sprach, oder dass er gerne Halstücher trug, orangefarbene, gepunktete, pink gestreifte, für jedes Outfit eins, was bei mir seltsame Empfindungen auslöste. In Anbetracht dessen, wie viele grauenhafte Eigenheiten er hatte, war es schockierend, dass mich gerade diese am meisten abstieß.

Er war zwei Jahre nach mir eingestellt worden, war aber schon Teamleiter, genau wie ich. Nur dass er nicht fähig war, etwas zu Ende zu bringen, Arbeiten termingerecht zu erledigen oder Kunden etwas abzuschlagen. Seine Inkompetenz machte seine Arbeit zu einem Drahtseilakt, doch der Mistkerl war noch kein Mal gestolpert, geschweige denn abgestürzt. Es gab immer ein Sicherheitsnetz. Leider.

Also, nein, er war kein guter Teamleiter. Und auch kein guter Teamplayer. Dafür jedoch reich, vornehm und charmant. Und derart mit heißer Luft und Bullshit aufgeblasen, man hätte ihn mit einem güllegetriebenen Zeppelin verwechseln können.

Der Kerl war mein Todfeind, ohne das im Geringsten zu ahnen. Denn ich hielt meine Feinde darüber gern im Unklaren.

»Wie kann ich heute helfen, Hunter?« *Du willst eindeutig etwas.*

»Oh, na ja, Felix meinte, du könntest vielleicht bei dem Bericht für Big Screen helfen? Ich kriege ihn nicht ganz so perfekt hin. Und wir wollen doch, dass er perfekt wird, nicht wahr? Daher dachte ich, du bist die Richtige, um ihn zu perfektionieren, weil deine Präsentationen immer so perfekt sind.« *Du lieber Gott, gib dem Mann einen* Thesaurus.

Hunter lächelte mich breit an, als wäre das ein Geschenk, und ich fragte mich, wie viele Frauen auf die Nummer schon reingefallen waren – den charmanten Mann, der sich vertraulich heranneigte und einem weismachte, dass man klug und überragend sei und deshalb die Ehre verdient habe, seine Arbeit für ihn zu erledigen.

Und dennoch stand für mich fest, dass ich ihm helfen würde. Nicht weil ich Hunters Anerkennung wollte, sondern weil Felix ihm empfohlen hatte, sich an mich zu wenden. Und offen gestanden wollte ich nicht, dass der Bericht in mieser Qualität abgeliefert wurde. Hunter wusste, dass das meine Schwachstelle war. Ich wollte nicht nur beliebt sein, ich war auch kontrollsüchtig. Viel besser.

»Ich verstehe ... Und wie viel hast du schon geschrieben?«

»Oh, der Entwurf steht, man muss nur ein wenig daran feilen, ihm ein wenig Farbe verleihen. Die Details stimmen jedenfalls. Felix und ich möchten praktisch nur, dass Aly ihren Zauberstab schwingt!« Er stupste mich an, und ich unterdrückte meine Wut und lächelte umso breiter.

»Ich helfe immer gern, Hunter, das weißt du. Ich kann ihn mir auf jeden Fall ansehen. Wann brauchst du den Bericht?«

»Tja, wir haben eine Besprechung mit deren Team am Montagmorgen, also ...« Er warf hoffnungsvoll die Hände in die Luft, was so viel hieß wie: was immer du da noch tun kannst, freitags um halb fünf.

»Das heißt also ... na ja ...« Ich seufzte. »Es ist fast Wochenende, Hunter.«

»Oh, das wird nicht lange dauern, Süße! Nicht bei deinen Zauberkünsten! Ich weiß, du wirst das wunderbar hinbekommen.« Er klopfte mir auf die Schulter. »Aber ich muss jetzt los. Ein paar aus der Abteilung gehen noch was trinken, und die

Runde geht diesmal auf mich. Danke, Aly!« Er machte sich hastig aus dem Staub, und ich stützte den Kopf in die Hände.

Warum hast du nicht Nein gesagt? Warum hast du ihm nicht gesagt, dass es zu spät ist, um die Aufgabe abzutreten? Warum hast du ihm nicht klargemacht, dass das diesen Monat schon das dritte Mal ist und du nicht sein Lakai bist? Ich brummte mich böse an, zog das Zopfgummi um meinen Pferdeschwanz fester und machte mich an die Arbeit. Wenn ich Glück hatte, würde es nicht bis in den Abend hinein dauern.

»Du könntest eine miese Arbeit abliefern, damit der inkompetente Arsch endlich kriegt, was er verdient«, sagte Tola, die mit zwei Dosen Bier neben mir erschien. An Freitagnachmittagen kam der Barwagen in die Büros. Damit wollten wir zeigen, dass wir eine entspannte Firma mit einer tollen Unternehmenskultur waren. Doch das verlor seinen Glanz, wenn man an so vielen Freitagen Überstunden gemacht hatte.

»Das habe ich auch überlegt. Doch das würde auf mich zurückfallen. Hunter ist ein Goldjunge, an dem nichts kleben bleibt. Ich wäre die Schuldige, weil ich ihn nicht angemessen unterstützt hätte.« Seufzend dehnte ich meinen Nacken und öffnete das Word-Dokument. »Außerdem hat Felix ihn zu mir geschickt. Es könnte ein Test sein, bei dem ich mich bewähren muss. Er sagt immer, ich muss einen Gang hochschalten und Verantwortung übernehmen. Ich glaube, sie werden diesen Monat den Branding-Chef ernennen.«

Unbeeindruckt zog Tola eine Braue hoch und stellte eine Bierdose auf den Tisch. »Haben sie das nicht schon letzten Monat gesagt? Außerdem, wenn du noch mehr Verantwortung übernimmst, leitest du gleich die ganze Firma. Fang an. Du hast dreißig Minuten. Ich sag dir Bescheid, wenn die um sind. Dann kannst du dein Bier trinken, und ich lese Korrektur.«

»Das musst du nicht tun! Bestimmt hast du was Tolles vor.«

»Ich tue nie etwas, das ich nicht tun will. Also mach dir keine Gedanken. Außerdem ist vor elf Uhr doch nirgendwo etwas los ... Oma.« Sie zwinkerte mir zu und wandte sich ab, um wieder zu den Leuten an der Bar zu gehen. »Wenn du mir ernsthaft danken willst, schreib die Liste deiner Ex-Freunde. Ich will sehen, wie viele Loser du mit deinem Zauberstab schon verwandelt hast.«

Es war ein Glück, dass ich sie hatte. Sie und Eric. Selbst wenn die beiden darauf bestanden, mein Liebesleben auseinanderzunehmen und meine Unsicherheiten aufzudecken. Was, wenn all die Männer inzwischen erfolgreicher waren als ich? Was, wenn ich seit fünf Jahren auf der Stelle trat und der einzige Fortschritt darin bestand, dass sich der Betrag auf meinem Sparkonto leicht erhöht und meine Mitarbeiterführung verbessert hatte? Ich hatte Jason geraten, sich das Leben vorzustellen, das er führen wollte, und nur solche Entscheidungen zu fällen, die ihn auf diesem Weg einen Schritt voranbrachten. Warum hörte ich nicht auf meinen eigenen Rat?

Ich wollte die Liste nicht schreiben. Denn mich beschlich der Verdacht, dass sie recht hatten.

Ich riss ein Blatt aus meinem Notizbuch und schrieb die Namen auf, in umgekehrter Reihenfolge, in Richtung Vergangenheit ... Michael, David, Timothy, Noah, Jason ... bis zu meinem siebzehnten Lebensjahr, und dann überlegte ich.

Dylan. Der Junge mit den blauesten Augen und dem lautesten Lachen der Welt. Der erste, neben dem ich erwachsen geworden war und bei dem ich mir hilflos vorgekommen war, selbst als er seine Freundinnen anlächelte und ich vom Rand aus zusah – in der Rolle der unglücklichen besten Freundin. Ich schrieb die ersten Buchstaben seines Namens hin, hielt inne und strich sie durch. Er zählte nicht. Er war Schnee von gestern. Mehr nicht.

Okay, das machte also zwölf Techtelmechtel in fünfzehn Dating-Jahren. Und nicht mal eine aufgelöste Verlobung oder ein grausamer Verrat, die als Ursprung allen Übels heranzitiert werden konnten. Ich hatte nur … Zeit vertan, als bedeutete sie nichts. Und nun saß ich hier.

Ich wandte mich dem Bildschirm wieder zu, erleichtert, weil wenigstens eins begreiflich war: warum mich gewisse piekfeine Kollegen dazu brachten, ohne Gegenleistung ihre Arbeit zu erledigen, und ich anschließend zu Hause hockte, Wein trank und bis Montagmorgen darüber sauer war.

Wie jedes Mal.

3

»Meine Damen und Herren, die Ergebnisse sind da«, verkündete Eric im Ton eines Fernsehmoderators, als wir am Montag beim Lunch saßen. Wir hockten auf einer Picknickbank im Park hinter dem Firmengebäude. Die meisten Kollegen campierten ringsherum an verschiedenen Stellen und lagen auf ihren Jacken im Gras oder saßen an den Bistrotischen vor dem Café. Manchmal erinnerte mich das an meine Schulzeit, weil wir alle nach draußen rannten, kaum dass die Frühlingssonne schien, und das Gesicht in die Sonne drehten, unsere Handys ignorierten und überteuerten Kaffee tranken. Dreißig Minuten Seligkeit.

Ich knabberte an meinem traurigen Hähnchenbrust-Salat-Sandwich, das ich mir am Abend sorgfältig zubereitet hatte, und schnaubte aufgebracht. »Musst du unbedingt so viel Freude daraus ziehen?«

»Und musst du unbedingt so übellaunig reagieren? Schließlich ist das keine Kritik an dir«, erwiderte er und stopfte sich ein ganzes Sushi-Stück in den Mund.

»Doch, genau das ist es.«

»Aber keine negative.« Er kaute schneller, und Tola sprang als Schlichterin ein.

»Willst du unsere Methode nicht kennenlernen? Da ist eine komplette Datenanalyse dabei, echt super. Also mussten wir als

Erstes die Messgrößen für Erfolg festlegen. Aber die mussten mit deinen Erfolgskriterien übereinstimmen. Wir haben das übliche Zeug ausgewählt – Ehe, Kinder, schicker Job, Immobilienbesitz, Geld und so weiter.«

Es gefiel mir nicht, wie ich mich nach der Aufzählung fühlte.

»Was sind denn deine Erfolgskriterien?« Ich blickte Tola stirnrunzelnd an, und sie zuckte mit den Schultern.

»Weiß nicht … sich in seiner Haut wohlzufühlen, jede Menge Abenteuer zu erleben, ein Lebensziel zu haben, glücklich zu sein, gute Menschen in seinem Leben zu haben, Risiken einzugehen?«

»Bin ich so oberflächlich?«

Sie schaute mich verwirrt an. »Nein, aber wenn das nicht deine Werte wären, hätten sie nicht auf deine Kindmänner abgefärbt. Ich könnte starke Argumente dafür liefern, dass dein Leben viel gelungener ist als das dieser Blödmänner, aber gemessen an meinen Werten, nicht an deinen. Hier kommt es darauf an, was du denkst. Also, was meinst du? Habe ich deine Ansichten falsch erfasst?«

Ich holte tief Luft und seufzte in mein Sandwich. »Nein. Sprich weiter.«

Aus den Augenwinkeln sah ich die beiden einen Blick wechseln.

»Also dann, dank meiner ausgezeichneten Social-Media-Detektivarbeit …«

»Und der Tatsache, dass die Kerle alle Egomanen sind«, ergänzte Eric.

»… ist es uns gelungen, ihr Leben anhand jener Faktoren zu bewerten. Dabei haben wir möglichst berücksichtigt, wie sie waren, als du sie kennenlerntest, um zu sehen, ob eine Verbesserung stattgefunden hat. Und das war der Fall. Trommelwirbel bitte …«

Ich verdrehte die Augen, und Eric trommelte auf dem Tisch.

»Die durchschnittliche Verbesserung lag bei siebenundachtzig Prozent!«, verkündete Tola und grinste mich an. »Wir nennen das den Aly-Faktor.«

Ich blinzelte heftig. »Also sind siebenundachtzig Prozent der Typen jetzt erfolgreicher als zu der Zeit, zu der ich mit ihnen zusammen war?«

Eric schüttelte den Kopf. »Oh nein, Schatz.«

Ich atmete auf. »Gut. Dachte mir doch, dass das ein bisschen verrückt klingt.«

»Alle sind jetzt erfolgreicher«, erklärte er. »Tatsächlich hat sich jeder Mann auf der Liste um siebenundachtzig Prozent verbessert.«

Sie schauten mich erwartungsvoll an, und ich bekam das nicht so richtig in meinen Kopf.

»Ihr wollt damit sagen, dass jeder von denen jetzt in einer festen Beziehung lebt, eine Immobilie besitzt oder einen hohen Posten in einer Firma bekleidet … wirklich jeder?«

Sie nickten.

»Erzähl mir nicht, dass Adrian endlich das Buch veröffentlicht hat, von dem er mir wahllos unfertige Kapitel geschickt hat.«

Unmöglich. Niemand will was mit fliegenden Werwölfen lesen, nicht mal, wenn sie im Steampunk-England einer Parallelwelt vorkommen.

»Nein.« Tola hob die Hände. »Aber nachdem er an einem Schreibwettbewerb teilgenommen hatte, bei dem – korrigiere mich, wenn ich mich irre – du ihm einen Platz verschafft hattest, hat er ein Stipendium bekommen. Jetzt gibt er Online-Schreibkurse und arbeitet außerdem als IT-Führungskraft.«

Ich zog die Brauen so hoch, dass ich beinahe Kopfschmerzen bekam.

»Aly, wir können ihre Verbesserung auf dich zurückführen. Auf deinen Elan, deine Unterstützung, deine … spezielle Art von Zuneigung«, erklärte Eric sanft, als wäre ich schwer von Begriff. Und wahrscheinlich war ich das.

»Eric, Menschen sind für ihre Entwicklung, ihre Entscheidungen selbst verantwortlich. Vielleicht habe ich ein bisschen geholfen, aber diese Männer sind offenbar mit der Zeit erwachsen geworden. Haben andere Leute kennengelernt, Erfahrungen gemacht, durch die sie sich verändert haben.«

»Oder du verströmst beim Vögeln mysteriöse Kräfte, durch die sich die Männer zum Besseren entwickeln«, sagte Tola völlig ernst und brach dann in Lachen aus. »Deine magische Vagina! Aber im Ernst, du kannst das nicht alles für Zufall halten, oder?«

Ich starrte sie an. »Wenn ich zwischen einem extremen Zufall und magischen Genitalien wählen muss, würde ich sagen, der Zufall leuchtet mehr ein. Außerdem sind das nur zwölf Männer. Das ist wohl kaum ein riesiger Stichprobenumfang.«

»David ist vor drei Monaten auf einer TED-Konferenz als Referent aufgetreten«, sagte Eric und legte die Hände flach auf den Tisch. »Ausgerechnet David. Der Typ, der nie geredet hat. Nach eigener Aussage verdankt er sein Selbstvertrauen einer Ex-Freundin, die ihn zwang, an einem Seminar teilzunehmen.«

»Er hat gar nicht teilgenommen«, widersprach ich und schnaubte. »Er hat sich geweigert, meinte, das wäre peinlich. Deshalb bin ich hingegangen, habe mitgeschrieben und ihm die Notizen gegeben, und er hat sich zu Hause einen Teil der Videos angesehen.«

»Da hast du's. Du setzt etwas in Gang.« Eric gab mir die Liste. »Schau selbst.«

Ich überflog sie und entdeckte lauter Auszeichnungen. Meine Ex-Freunde waren erwachsene, beeindruckende, wichtige Leute geworden. Ganz anders als damals.

»So ist das nun mal, wenn man in seinen Zwanzigern mit Männern ausgeht. Sie sagen, Heiraten und kaltes Wetter wären ihnen zuwider, und acht Jahre später sieht man sie unter dem nördlichen Polarlicht jemandem das Jawort geben.«

Ich schaute wieder auf die Liste. »Warum steht Matthew dabei? Wir waren nicht zusammen.«

Tola und Eric wechselten einen Blick und sahen mich stumm an.

»Was? Waren wir nicht!«

»Du hast ihn monatelang gefördert, nachdem er bei uns eingestellt wurde, du hast ihn einmal nach der Weihnachtsfeier geküsst, und jetzt steht er auf der gleichen Stufe wie du, obwohl er erst ein Jahr hier ist.«

»Er war neu in der Branche! Ich habe ihm nur unter die Arme gegriffen!«

»Der Mann ist das menschliche Äquivalent von Beige, und trotzdem hat er es in die oberen Ränge geschafft. Aufgrund der Informationen, die du ihm gegeben hast«, hielt Tola mir entgegen.

»Also, wenn wir jeden zählen, dem ich beruflich geholfen habe, wird die Liste wesentlich länger«, brummte ich. »Er zählt nicht.«

»Na schön.« Tola seufzte. »Unser Statistiker kann ihn rausrechnen, okay?«

Eric setzte einen mürrischen Blick auf, holte aber einen Stift hervor. »Sicher, aber ich bitte dich, mach eine Therapie. Und hör auf, Matthew zu helfen. Er ist, unter uns gesagt, ein kleiner Betrüger.«

»Ich dachte, er ist beige.«

»Du kriegst nicht mit, was er von sich gibt, wenn er mit den Jungs allein ist. Beige ist eine Fassade des Bösen. Immer.« Eric klopfte mit seinem Stift auf den Tisch. »Okay, also beträgt der Aly-Faktor fünfundachtzig Prozent. Unsere Analyse steht noch.«

Ich verdrehte die Augen und sah die beiden wieder einen Blick wechseln. So als wäre ich unvernünftig.

»Was? Was ist an meiner Reaktion enttäuschend?«

»Du solltest zugeben, dass sich dein Einfluss ausgewirkt hat. Mehr wollen wir nicht«, sagte Tola sanft. »Ist es denn nicht schön zu sehen, wie sehr dein Einfluss das Leben anderer verbessert?«

Nicht, wenn die plötzlich alle im Rennen vor mir liegen, dachte ich, und ich hinter ihnen zurückbleibe. »Ich bin nur ... verärgert und weiß nicht, warum. Ich bin nicht neidisch auf sie. Ich würde mich übergeben, wenn ich einen Vortrag auf einer TED-Konferenz halten müsste. Und ich möchte definitiv nicht im Investment-Banking arbeiten oder meine Hochzeit im *Tatler* bekannt geben. Es ist nur ... keine Ahnung ...« Ich seufzte, und Tola neigte den Kopf zur Seite.

»Vielleicht fragst du dich, wo du jetzt stündest, wenn du deine Zeit und Energie in dich selbst investiert hättest?«

Vielleicht frage ich mich, warum ich immer wieder mit Projekten anstatt mit Menschen ausgegangen bin. Und was das über mich aussagt.

Ich wollte von jeher nur, was meine Großeltern hatten: jene beständige Liebe, mit der sie einander diskret zulächelten, als verständigten sie sich in ihrer eigenen Sprache. Es kam mir nicht darauf an, jemandem alles zu bedeuten ... doch egal, was ich tat oder wie viel ich gab, es schien nie genug zu sein.

Seufzend packte ich meine Lunchbox zusammen. »Tja, das hat unglaublichen Spaß gemacht, und Glückwunsch zu eurer treffenden Analyse, aber ich muss jetzt zurück zu meinem vollen E-Mail-Postfach und dem selbstgefälligen Hunter.«

Sie sahen besorgt zu mir hoch, als ich ging, und ich wusste wirklich nicht, was ich von der Sache halten sollte. Was, wenn tatsächlich alle Männer, die ich mal gedatet hatte, erwachsen geworden waren? Was, wenn ich mir stundenlang ihre Kindheitsverletzungen angehört und sie getröstet hatte, während sie besser zur Therapie gegangen wären? Und was, wenn ihre derzeitigen Freundinnen und Ehefrauen den Lohn meiner harten Arbeit kassierten? Ich hatte mich entschieden, den Männern unter die Arme zu greifen, hatte in der kurzen Zeit, die ich mit ihnen zusammen war, die perfekte Freundin sein wollen. Wenn ihnen das geholfen hatte, sollte ich stolz auf mich sein. Und es war nett, dass Jason seinen Erfolg mir zuschrieb, weil ich an ihn geglaubt hatte, und dass David sich an den Workshop erinnerte. Vielleicht war ich für sie die gute Fee gewesen, die sie zu der Zeit gebraucht hatten.

Aber was bedeutete das für mich?

Tola und Eric hatten immer gelacht, wenn ich sagte, dass ich Beziehungen anstrengend fand oder dass ich zu erschöpft sei, um mich auf ein Date einzulassen. Doch jetzt verstand ich das. Für mich wäre es besser, ich würde mir einen jungen Hund anschaffen. Von dem würde ich wenigstens Zuneigung dafür bekommen, dass ich mich mit seiner Scheiße abgab. Aber es wäre doch schön, wenigstens ein Mal jemanden zu haben, der sagt: Keine Sorge, ich kümmere mich drum.

Auf dem Weg zu meinem Schreibtisch hörte ich Becky aus der Buchhaltung mit Kolleginnen quatschen. Sie saß ein paar Schreibtische von meinem entfernt, sodass wir uns oft aus Versehen genervte Blicke zuwarfen, wenn wir frustriert waren oder zu viel nachdachten. Wenn ich Beckys Augenrollen und ihr anschließendes ertapptes Lächeln sah, munterte mich das immer gleich auf.

Offenbar war sie auch eine Art Ratgeberin für die jüngeren Kolleginnen, die mit ihren Liebesproblemen zu ihr kamen, woraufhin sich die kleine Clique bei ihr zusammenscharte. Aber heute schien es um ihre eigene Beziehung zu gehen.

»Er hält nichts vom Heiraten, hat er gesagt, und er versteht nicht, warum ich davon so besessen bin!« Sie seufzte, und die anderen gaben mitfühlende Laute von sich. Ich dachte daran, welchen Grund Jason für seinen Sinneswandel anführen würde – eine andere Frau. Doch das könnte Becky jetzt nicht gebrauchen.

»Sicher will er dich nur auf die falsche Fährte bringen«, vermutete Katherine, die zu viele Kitschfilme geguckt hatte. »Damit es eine schöne Überraschung wird, wenn er dir den Antrag macht!«

Becky schüttelte den Kopf. »Er sagt, wir hätten zusammen doch eine tolle Familie. Wozu also? Und ich weiß nicht, wie ich es erklären soll, denn es klingt wirklich blöd, wenn ich sage: ›Ich will eine große schicke Hochzeitsfeier im weißen Brautkleid.‹ Wir haben Kinder und haben zusammen ein Haus gebaut … insofern hat er recht, ich sollte zufrieden sein.«

Ihre aggressive Dankbarkeit kam mir bekannt vor. Das Gefühl, es sei nicht in Ordnung, mehr zu wollen, als sie hatte, und nicht okay, etwas zu wollen, das andere für unwichtig hielten. Ich biss die Zähne zusammen, als ich mich auf meinen Stuhl plumpsen ließ und mir das Headset aufsetzte, doch dann schreckte ich zusammen, weil Tola und Eric hinter mir standen und genauso gelauscht hatten wie ich.

»Hey, Aly.« Eric lächelte mich an. »Du weißt, was passiert, wenn man eine neue Theorie hat?«

Tola verschränkte grinsend die Arme und deutete mit dem Kopf auf Becky. »Man testet sie.«

Tola bestand darauf, noch am selben Abend anzufangen. Darum gingen wir ins Prince Regent, einen Pub in der Nähe der Firma. Er war ziemlich hübsch, mit gerahmten Porträts der Königsfamilie an den Wänden und dem bezaubernden Geruch von verschüttetem Bier. Ich hatte eine absonderliche Vorliebe für den Laden. Tola und ich hatten uns dort schon durch die (begrenzte und ziemlich abstoßende) Cocktail-Karte gearbeitet, und die Freundschaft zwischen Eric und mir hatte dort mit zwei Flaschen Pinot Grigio und vielen Tränen begonnen. Sicher, der Fußboden war klebrig, und zu essen gab es nur Chips mit Salt-and-Vinegar-Geschmack, aber der Laden war ein Teil unserer gemeinsamen Vergangenheit.

Eric und ich saßen auf Barhockern an einem hohen Tisch und beobachteten Tola und Becky, die sich an der Bar unterhielten. Wir konnten kaum hören, was sie sagten, aber ich wusste, dass Tola ihr die glorreiche Geschichte erzählte, wie ich auf meine Verflossenen eingewirkt und sie am Ende doch geheiratet hatten und dass ich dasselbe für Beckys bindungsscheuen Partner tun könne.

»Ich will das nicht. Ich kenne den Mann doch gar nicht«, sagte ich.

»Aber du wirst ihn kennenlernen. Du hast einen Abschluss in Psychologie, oder nicht?« Eric stupste mich mit dem Ellbogen an und nahm grinsend einen Schluck Bier.

Ich schnaubte. »Nein, ich habe einen Sommerkurs in Lebenshilfe und einen Fortgeschrittenenkurs in Marketingmethoden belegt. Da ging es um Kommunikation und Manipulation, nicht um therapeutische Arbeit.«

»Ist es das, was du mit ihnen angestellt hast?«

»Nein, ich war mit ihnen zusammen, ich war nett und habe versucht zu helfen! Außerdem ist das ein beliebiger Typ. Deshalb müssen wir uns eine Geschichte ausdenken, weil er sonst glaubt, ich will ihn anbaggern!«

Ich kniff die Lippen zusammen, als Becky sich auf ihrem Hocker zu mir umdrehte und mit einem hoffnungsvollen, dankbaren Gesichtsausdruck die Daumen reckte. Oh Gott.

Tola sprang von ihrem Hocker und stolzierte zurück zu unserem Tisch, wobei sie unterwegs vor einem Spiegel anhielt, um ihre Frisur zu prüfen. In den Händen hielt sie zwei Gläser Cola, die sie schwungvoll vor uns abstellte. »Wir haben grünes Licht, Leute.«

Ich zeigte auf die Gläser. »Hast du einen von uns vergessen?«

Tola wackelte mit den Brauen. »Die stammen von einem Verehrer.«

Eric blinzelte. »Wir haben keinen gesehen, der sich für dich interessiert hat.«

Tola kniff die Augen zusammen und grinste. »Ich komme bei älteren Barkeepern immer gut an. Das ist Cola-Rum. Trink.« Sie schob mir ein Glas zu.

»Wie ist es so, überall bewundert zu werden, wo man hingeht?«, fragte Eric und hielt ihr sein Handy als Mikrofon hin.

»Tja, ich würde gern antworten, es wird mit der Zeit langweilig, aber das tut es nicht.« Sie musterte mich. »Sieh dir nur dein Gesicht an. Nervös? Trink deinen Cola-Rum.«

Ich nippte daran und sah sie flehend an. »Hab ich schon gesagt, dass ich das nicht tun will?«

»Ja, und wir haben dir erklärt, dass feiges Verhalten nicht zu deiner persönlichen Marke als professionelle Arschtreterin passt. Du solltest uns danken, Süße. Wir geben dir die Gelegenheit zu glänzen«, erwiderte Tola neckend. »Also, wie sieht's aus?«

»Du kennst die oberste Regel beim Marketing?« Ich gab mich geschlagen und sog am Strohhalm meines Drinks.

»Mehr Geld einnehmen, als man ausgibt?«, riet Eric.

Ich seufzte. »Den Leuten geben, was sie brauchen. Ihnen sagen, was sie hören wollen.«

»Woher wissen wir, was sie hören wollen?«

Ich lehnte mich nach vorn, damit sie mich bei dem anschwellenden Stimmenlärm im Pub verstehen konnten, ohne dass ich lauter reden musste. Denn die Stammgäste wurden ausgelassener, und die Anzugträger, die gerade erst ausgestempelt hatten, lockerten ihre Krawatten. Tola und Eric beugten sich auch nach vorn, als wären sie gespannt.

»Wir wissen es nicht.« Ich grinste Eric erwartungsvoll an. »Deshalb schicken wir jemanden, der ihn unter die Lupe nimmt.«

»Wieso habe ich das Gefühl, dass du am Ende des Abends Tony Soprano sein wirst?«, fragte Tola, die Hand in die Hüfte gestemmt.

Eric lachte auf. »Nette Anspielung, aber für dich ist die Serie ein bisschen zu alt.«

»Hör zu, Eric wird als Erster hingehen und ein paar wichtige Informationen ergattern. Dadurch werden wir wissen, wie wir ihn rumkriegen können.«

»Und du glaubst wirklich, nach einem Gespräch mit einer Zufallsbekanntschaft in einem Pub wird der Kerl völlig umdenken?«

Ich schüttelte den Kopf. »Natürlich nicht. Das muss erst mal gar keine Änderung herbeiführen. Es muss nur einen Riss in seinem Denkgebäude hinterlassen, damit Licht einfällt, ein bisschen Spielraum entsteht. Damit ein anderer Gedanke aufkeimen kann.«

Ich sah zu Becky, die an der Bar ihren Wein schwenkte, das Kinn auf die Hand gestützt und den Kopf zur Seite geneigt, als wartete sie auf etwas. Sie wirkte ... traurig. Wir würden ihr vielleicht helfen können. Ich war bereit, es zu tun.

»Und diese Aufgabe muss ich übernehmen?«, fragte Eric stirnrunzelnd. »Bist du sicher?«

»Ähm, wer erzählt uns immer wieder, wie toll er an der Uni in *Hello, Dolly!* war?«, antwortete ich, und Tola bekräftigte das grinsend.

»Ja, hat dein Teen Angel in *Grease* nicht stehende Ovationen bekommen? Und hast du für *West Side Story* nicht einen Preis gewonnen?«

Eric hob das Kinn und schürzte die Lippen, als hätte er plötzlich einen Gegner ausgemacht. »Oh, hallo, sieh mal an, wer da plötzlich so engagiert ist.«

Ich zuckte mit den Schultern. »Wenn mir nichts anderes übrig bleibt, will ich es eben gut machen. Außerdem bist du richtig gut darin, ungezwungene Männergespräche zu führen. Ein wahres Naturtalent.«

Eric sah mich überrascht an, wartete, ob ich das als Scherz abtat, aber ich lachte nur. »Ach komm, sei ehrlich.«

Er tat empört. »Na schön, für dich, Schnuckelchen, spiele ich mal den sportbegeisterten Hetero.«

Wir sahen Beckys Freund hereinkommen, und ich stieß Eric und Tola an, damit sie still waren. Aber natürlich war das so unnötig dramatisch, dass Tola und ich kichern mussten.

So albern das war, es machte Spaß. Ein guter Vorwand für mich, um an einem Montagabend mit meinen Freunden einen trinken zu gehen, anstatt allein zu Hause zu hocken, meine

Mutter anzurufen und mir anzuhören, was sich mein Vater wieder erlaubt hatte. Anstatt mir alles Mögliche einfallen zu lassen, wie ich beweisen könnte, dass ich die Beförderung verdiente. Anstatt im Bett zu liegen und mich zu wundern, wie schnell die Zeit verging, ohne dass sich etwas änderte.

Beckys Freund hatte breite Schultern und Muskeln wie ein Bauarbeiter, aber er trug eine Menge Zärtlichkeit in sich, die sichtbar wurde, wenn er sie anblickte oder wenn er ihr über den Arm strich. Das hieß, wir hatten vielleicht jemanden vor uns, der seine Freundin bloß neckte, weil er wusste, wie gern sie heiraten wollte, oder aber jemanden, der von der Ehe überhaupt nichts hielt. So oder so, der Mann machte den Eindruck, als würde er alles für sie tun, und ich kam zu dem Schluss, dass es einfach sein würde, ihm einen sanften Schubs in die richtige Richtung zu geben.

»Du weißt also, welche Fragen du stellen musst?«, vergewisserte ich mich bei Eric, und er nickte. »Okay, dann los. Nutze die Macht!«

Er strich sich die blonden Haare zurück, ging zur Bar und begrüßte Becky mit seinem Tausend-Watt-Lächeln, das er hervorbringen konnte, wann immer er es brauchte. Bewusst lockerte er seine Krawatte, bevor er sich ihrem Freund vorstellte. Wir sahen Eric im Verkaufsmodus, Schultern gestrafft, breite Körperhaltung. Er schüttelte ihm die Hand, klopfte ihm auf den Rücken und drehte sich sofort zum Tresen. »Die Runde geht auf mich!«, hörten wir ihn rufen. Dabei hob er die Hände, um Einwände abzuschmettern, und machte den Barkeeper auf sich aufmerksam.

»Gott, er ist so lässig«, sagte Tola neben mir und verfolgte das Geschehen wie eine Nachmittagsfernsehserie. »Wir müssen bald jemanden für ihn finden, sonst gibt er das Daten einfach auf und verzichtet auf die große Liebe.«

»Da stimme ich dir zu. Das Herumvögeln verliert seinen Reiz, egal was er behauptet. Kennst du jemanden für ihn?«

Aus dem Augenwinkel sah ich sie den Kopf schütteln. »Meine Bekannten sind alle zu jung und wahrscheinlich ein bisschen zu ... leicht zu haben für jemanden wie Eric«, sagte sie. »Er braucht einen entspannten Kerl, der Strickjacken trägt, aber damit heiß aussieht. Und der kocht, denn Eric ist am Herd eine Niete, und ich hätte gern, dass jemand eine lohnenswerte Dinnerparty für uns schmeißt.«

Ich kicherte. »Guter Punkt. Sehr selbstlos.«

Nach zwanzig Minuten kam Eric an unseren Tisch zurück, wo er sich aus seiner Machorolle löste und berichtete, was er in Erfahrung gebracht hatte. Ich behielt Becky und ihren Freund an der Bar im Auge. Sie schienen nicht allzu geschockt zu sein.

»Es liegt am Geld, denke ich.« Eric trank einen Schluck von meiner Cola-Rum-Mischung. »Und er ist wohl ein wenig schüchtern. Er sieht keinen Sinn darin, grundlos eine Riesenfeier zu veranstalten, da sie Kinder haben, deren Nachmittagsbetreuung sie bezahlen müssen.«

Ich nickte und beobachtete die Körpersprache des Paares. Gut, nun wusste ich, wie ich vorgehen musste. »Keine Sorge, Leute, die Sache läuft. Hundertprozentig.«

Als ich mich hinterher wieder zu Tola und Eric setzte, kam ich mir vor wie eine Göttin, wie eine gefeierte Schauspielerin, die andere ihrem Willen unterwarf, und nicht wie jemand, der lediglich gut zuhören und Lösungen entwickeln konnte. Oder sich auf Manipulation verstand, wenn man es technisch ausdrücken wollte.

»Was hast du gemacht? Er ist kreidebleich geworden! Hast du ihm Angst gemacht, damit er sie heiratet?« Eric verkniff sich das Lachen, weil das Pärchen gerade ging und uns zuwinkte, wobei Becky uns mit gerunzelter Stirn und halbem Schulterzucken ein »Danke für den Versuch« signalisierte. Diesmal sah ihr Freund geschockt aus, und ich musste mir das Kichern verkneifen, zumal er vorhin sein Bierglas wie einen Rettungsring umklammert hatte.

»Ich habe eine Geschichte gesponnen, ich hätte meinem Freund nach fünfzehn Jahren den Laufpass gegeben, weil er mich nicht heiraten wollte, und er hätte immer gesagt, heiraten sei unwichtig und ich wäre zu versessen darauf, während ich eigentlich immer nur wollte, dass er mir seine Liebe beweist, indem er sich für mich entscheidet. Für ihn wäre es schließlich einfach gewesen, mit mir zusammen zu bleiben, solange ich für ihn gekocht und die Wäsche erledigt habe, aber er hätte mich nie offiziell zu seiner Frau machen wollen. Dabei wäre ich gar nicht auf eine Riesenhochzeit aus gewesen, sondern auf eine kleine Feier, damit ich ihn herzeigen und allen sagen kann, dass er mein Mann ist und ich stolz auf ihn bin.« Ich faltete die Hände vor der Brust und sah in die Ferne. »Und nun müsse er sich das Abendessen selber kochen, denn ein Mann in meinem Fitnessstudio, der aussieht wie Jason Momoa, hätte mich auf der Stelle heiraten wollen.«

Die beiden starrten mich mit offenem Mund an.

»Das ist dir alles spontan eingefallen?«, staunte Tola.

»Und was noch bemerkenswerter ist: Du stehst auf Jason Momoa?« Eric neigte den Kopf zur Seite wie ein Hund, der einen unerwarteten Leckerbissen gefunden hatte. »Interessant.«

»Nein, aber Becky steht auf ihn. Und außerdem ist alles ein Narrativ.« Ich zuckte mit den Schultern. »Das war die Rechtfertigung für ihre Empfindungen und hat einen Hauch von Angst erzeugt. Zumindest wird das ein Gespräch auf dem Heimweg auslösen, und vielleicht kann sie sich dabei Gehör verschaffen.«

Tola sah mich mit großen Augen an, beinahe überwältigt. Der Ausdruck gefiel mir. »Süße, wir sind da auf was gestoßen. Du spürst es auch, oder? Wie viele Frauen sind in derselben Lage wie Becky? Wie viele Frauen haben so viel … emotionale Kraft und Geld und Zeit aufgewendet, um so zu sein, wie ihre Partner sie brauchen? Wir könnten ihnen helfen.«

»Indem wir ihre Freunde zwingen, ihnen einen Antrag zu machen?« Ich rümpfte die Nase. »Da tun wir nicht gerade ein gutes Werk.«

Tola schaute an die Decke und ballte die Fäuste. »Nein, wir zwingen sie nicht zum Heiratsantrag, sondern zur Beziehungsarbeit! Denk nur an die Stunden zusätzlicher Hausarbeit und den Papierkram und die Kindererziehung, und ständig müssen sie alles im Griff haben, während sie nichts dafür zurückkriegen! Wir haben eine Generation erschöpfter Frauen vor uns.«

»Du willst, dass wir eine Firma gründen und Betreuer einstellen, die das Leben der Leute managen?«, fragte ich und zuckte mit den Schultern. »Die Reichen haben persönliche Assistenten … vielleicht könnten wir das als App anbieten.«

»Du hörst nicht zu. Denk daran, wie viel Zeit und Kraft Becky in ihr Familienleben gesteckt hat, okay? Und wie viele Jahre sie schon vom Heiraten redet. Dann stell dir vor, wie du bei ihnen reinspazierst und genau das Richtige sagst und tust, sodass deine Bemerkungen zu ihm durchdringen. All die Zeit und emotionale Anstrengung wären gespart. Wir könnten den Frauen buchstäblich Zeit schenken.«

»Indem wir … ihre Männer für sie hinbiegen?« Ich runzelte die Stirn.

»Indem sie die emotionale Arbeit outsourcen!«, rief Eric, und ich sah unseren Zahlenjongleur schon am Geschäftsplan basteln.

»Wir könnten damit tatsächlich helfen«, sagte Tola, als rechnete sie damit, dass wir die umwälzende Erkenntnis zwar nachvollzogen, uns aber dagegen sperrten.

»Hör mal, das hat Spaß gemacht, und es war wirklich schön, mit euch beiden diesen Plan auszuhecken«, begann ich. »Aber ich will die Branding-Abteilung leiten. Das wollte ich schon immer. Deshalb habe ich studiert, deshalb habe ich den Master gemacht, deshalb arbeite ich hier und nehme es seit Jahren mit den Hunters dieser Welt auf. Und ich bin so kurz davor, dass ich es schmecken kann. Ich verbringe genug Zeit damit, die Probleme anderer zu lösen. Da brauche ich das nicht auch noch als Nebengeschäft.«

»Aber …« Tola sah mich enttäuscht an. »Denk an die Frauen und Freundinnen deiner Ex-Partner, wie froh sie sein müssen, dass du diese Kindmänner in Liebesromanhelden verwandelt hast. Wir gucken all diese Filme, in denen Kerle mit Waschbrettbauch es draufhaben, ausgeklügelte romantische Überraschungen zu planen, und in der Wirklichkeit müssen die Frauen im ganzen Land ihre Typen ermahnen, jeden Tag eine frische Unterhose anzuziehen. Sie haben Besseres verdient, und das können wir ihnen verschaffen. Das könnte eine große Sache werden, Aly.«

»Du meinst also, wir helfen der weiblichen Bevölkerung, indem wir ihre Männer umprogrammieren, einen Versager nach dem anderen?« Meine Frage triefte vor Sarkasmus, und Tola grinste.

»Genau das meine ich.« Sie legte einen Arm um uns beide. »Wir drei lassen uns auf Abenteuer ein, sorgen für Veränderung. Was könnte schöner sein?«

»Du bist so eine gewiefte Geschäftsfrau!«, erwiderte ich. »Lasst uns … lasst uns einfach mal sehen, was passiert. Und jetzt geht die nächste Runde auf mich, um Eric zu würdigen, den beliebten außergewöhnlichen Schauspieler und das schrecklich vergeudete Talent aus der Anzeigenabteilung.«

Eric verneigte sich dezent, und ich bestellte zur Feier drei Espresso Martinis. Das war der lustigste Montagabend seit Jahren. Der Spaß konnte jedoch nicht andauern, nicht wenn sie begriffen, dass das kein Geschäftsmodell oder brauchbarer Plan war, egal wie sehr Tola sich das wünschte. Daraus würde keine YouTube-Reihe und auch kein Podcast werden oder was immer die Leute heutzutage nutzten, um ihre Macken in Ruhm zu verwandeln.

Genau das hielt ich Tola vor Augen, als Becky uns am nächsten Morgen im Pausenraum fand und mir für die Mühe dankte. Sie hätten ein gutes Gespräch geführt, erzählte sie, aber seine Haltung sei dieselbe geblieben. Ich atmete erleichtert auf und überspielte das sofort, indem ich Becky auf die Schulter klopfte und sagte, es sei trotzdem schön gewesen, mit ihr zu plaudern. Daraufhin lächelte sie.

Das Leben konnte normal weitergehen, ohne verrückte Ideen oder Pläne. Ich wollte die leitende Stelle haben. Und dann würde ich respektiert werden. Dann würde kein Hunter mehr zu mir kommen, damit ich seine Arbeit erledigte, und die Kollegen der Anzeigenabteilung würden ihre Berichte nicht mehr verspätet abliefern, und ich bräuchte keinem mehr hinterherzulaufen, damit er seinen Text im richtigen Format abgab. Ich würde endlich die Theorie beweisen, auf der meine berufliche Karriere aufgebaut war: Wer hart arbeitet und zielstrebig bleibt, bekommt, was er verdient.

Das verpuffte natürlich, als Becky am Freitag mit einem funkelnden Saphir-Diamant-Verlobungsring zur Arbeit kam.

4

Becky schleppte uns drei zusammen mit ihrem Buchhaltungsteam in den Pub, um das Ereignis mit Cocktails zu feiern, und hielt eine Lobrede auf uns, weil wir ihren Freund umgestimmt hatten. Ich wollte das herunterspielen, doch Tola ging das runter wie Öl, sie genoss ihren Moment im Rampenlicht als feministische Beziehungsexpertin, die die schwelende Erschöpfung, Wut und Frustration zu einem Leuchtfeuer anfachte.

»Er weiß nicht mal, wann unsere Kinder Geburtstag haben!«

»Jedes Jahr muss ich mich um die Weihnachtsgeschenke für seine Mutter kümmern!«

»Ich bin zu einer Konferenz gereist, und meine Tochter ging in gelb gepunkteten Strumpfhosen und einem Peppa-Wutz-Pyjamaoberteil zur Schule!«

»Ich glaube, in Wirklichkeit hat er sich nicht für mich gefreut, als ich befördert wurde, wisst ihr? Insgeheim, meine ich.«

»Ich bin noch mal zur Uni gegangen, um meinen Master zu machen, und jetzt sagt er, ich führe mich auf, als wäre ich intelligenter als jeder andere.«

»Er kam betrunken nach Hause und hat in den Wäschekorb gepinkelt.« Na, das war zumindest lustig.

Ich fürchtete ein wenig, Tola könnte sie zu einem Mob aufstacheln.

Vielleicht war es doch ein Glück, Single zu sein? Über meine Zeit und mein Handeln selbst zu bestimmen und niemandem Rechenschaft schuldig zu sein? Vielleicht lohnte es sich gar nicht, sich für die Liebe derart anzustrengen? Ich dachte an meine Großmutter, die fünfzig Jahre lang täglich das Abendessen gekocht und sich nie darüber beklagt hatte. Hätte sie vielleicht, wenn ich sie darauf angesprochen hätte.

»Bist du etwa seine Mutter?«, fragte Tola eine von Beckys Freundinnen und legte eine Kunstpause ein, in der sie an ihrem Strohhalm sog. »Nicht? Dann hör auf, ihn zu verhätscheln! Hör auf, ihn zu bekochen. Hör mit allem auf und fordere, was du verdienst. Denn ihr seid alle schöne, wunderbare Frauen, und ihr verdient es, verehrt zu werden! Diese schlecht rasierten, ungewaschenen Weiß-nicht-wo-die-Spültabs-sind-Männer sollten vor euch niederknien und dankbar dafür sein, dass ihr euch mit ihnen abgebt.«

Dafür wurde sie bejubelt.

»Das entwickelt sich rasant von einer Verlobungsfeier zu einem Opferritual«, raunte ich Eric zu, der sich schnaubend zu mir lehnte.

»Ich versuche, abrupte Bewegungen zu vermeiden, damit sie nicht plötzlich auf mich aufmerksam werden«, flüsterte er.

»Aber sie hat Charisma«, räumte ich ein und beobachtete weiter, wie Tola Hof hielt. »Sie ist brillant.«

»Mehr als das. Ich habe den Eindruck, dass sie entschlossen ist, etwas daraus zu machen und uns um jeden Preis mit in die Sache hineinzuziehen. Es gibt Ehrgeiz, und dann gibt es Tola.«

Ich sah die Frauen reden und lachen, beobachtete ihre Gesichter, während sie sich über ihre Mutterschaftspakete lustig machten und darüber witzelten, wie sie ihre angeheirateten

Verwandten umschifften oder ihren Verflossenen unverhofft begegnet waren. Und sich über die Eifersucht ihrer Freunde und die tägliche Morgenhektik austauschten. Oder übers Haarefärben.

Diese Frauen hatten die Nase voll, und das war ihnen nicht einmal klar. Von ständig enttäuschten Erwartungen erschöpft zu sein war ein fester Bestandteil des weiblichen Daseins. Wie Tola sagte: Sie hatten auf einen erwachsenen Mann gehofft, der sich sein Abendessen selbst kochen konnte und die Lieblingsblumen seiner Mutter kannte.

»Entschuldigt mich.« Eine von Beckys Freundinnen löste sich aus der Gruppe und blieb vor uns stehen. »Ihr habt Tola geholfen, stimmt's?«

Eric grinste und deutete mit dem Kopf auf mich. »Sie ist das Genie. Expertin für menschliche Absurdität.«

Ich stieß ihm in die Rippen und lächelte entschuldigend. »Ja, ich habe geholfen.«

Sie zog sich einen Stuhl heran und ließ sich hineinfallen. »Ich bin Emily. Mein Mann kommt nicht klar, wenn er mit unserem Baby allein ist. Er hat angeboten, Hausmann zu sein, damit ich wieder arbeiten gehen kann, aber er hat kein einziges Elternbuch gelesen und ruft mich alle fünfzehn Minuten an, oder er bringt meine Mutter dazu rüberzukommen, und sie kritisiert mich dann dafür, dass ich mein Baby zu Hause lasse, weil ich eine ›Karrierefrau‹ sein will. Ich verdiene mehr Geld als er, also musste ich in den Job zurück! Und wenn ich abends nach Hause komme, ist die Wohnung ein Chaos, und er drückt mir das Baby in den Arm und spielt den ganzen Abend auf der PlayStation! Ich sollte eigentlich dankbar sein, aber …«

Ich schloss die Augen. »Dankbarkeit ist ein gutes Gefühl. Aber damit kann man solchen Mist nicht ewig an sich abprallen lassen.« Ich klang wie die Kummerkastentante einer Teeny-Zeitschrift, die dazu riet, sich nicht mit weniger zufriedenzugeben. »Du musst es ihm beibringen.«

»Ich muss ihm beibringen, dass unsere Tochter Zuwendung braucht und die nicht nur von mir kommen darf? Wieso weiß er das nicht von selbst? Wieso ist es meine Aufgabe, ihm etwas beizubringen?«

Ich verzog das Gesicht und warf die Hände in die Luft. »Ich habe keine Ahnung, aber solange das kein anderer tut, musst du dir die Arbeit machen, wenn du den Lohn ernten willst. Hoffentlich nur kurz und mit langfristigem Erfolg.«

»Und das könnt ihr hinkriegen?«, fragte Emily plötzlich optimistisch.

»Nun ja, wir haben überlegt, eine Firma zu gründen, die Frauen die Beziehungsarbeit abnimmt«, erklärte Eric. »Allem Anschein nach könnte das der letzte entscheidende Schritt zur Abschaffung des Patriarchats sein.«

Sie hielt den Blick auf mich gerichtet und erwartete, dass ich das Zauberwort sprach und all ihre Probleme löste. Bestürzt stellte ich fest, dass ich mich mächtig fühlte. Ich liebte es, ein Problem zu betrachten und eine Lösung dafür zu finden. Und ich konnte einer Herausforderung nicht widerstehen.

»Okay, sag mir, wie ich helfen kann.«

Wir brauchten ein Baby, das schon alarmierend schrie, wenn nur die Windel nass war. Zum Glück war Erics Freund Marcus gern bereit auszuhelfen.

Marcus hatte die Statur eines Quarterbacks, und die Kleidung spannte sich über seinen Muskeln, als wäre ihm alles zwei Nummern zu klein. Das Einzige, was das Bild des stahlharten Bodybuilders dämpfte, war sein Töchterchen, das er in einem pink gesprenkelten Tragetuch vor der Brust trug und das zu ihm hochlächelte, als wäre er die Sonne ihres Universums.

»Okay, es gibt ein paar zentrale Punkte«, sagte er, als wir uns an einem stürmischen Samstagmorgen im Finsbury Park auf eine Bank kauerten, wohlwissend, dass Emilys Mann hier mit ihrer Tochter zum Spielen hinging. »Marcus, wir müssen zeigen, dass du der ideale Vater bist und dass euer Baby glücklich gedeiht.«

Er grinste und rückte seine Tochter zurecht. »Ich lass mir immer gern sagen, dass ich perfekt bin.«

»Solange du bereit bist, bei einem gesunden Wettstreit mitzumachen«, neckte ich. »Liam, der Ehemann, soll sehen, wie gut du deine Sache machst und wie mühelos das bei dir aussieht. Wir müssen erreichen, dass er sich wünscht, wie du zu sein.«

Tola sah Marcus misstrauisch an. »Warum hilfst du uns noch gleich?«

Er lachte, und seine Tochter gluckste entzückt. »Weil Eric mich darum gebeten hat. Und auch, weil der Typ uns schlecht dastehen lässt. Aber der Hauptgrund ist der: Je eher wir Männer als aktive Väter wahrgenommen werden, desto eher kriegen wir ein anständiges Vaterschaftspaket.«

Tola nickte lächelnd. Sie war überzeugt. »Eins, das nicht mehr daran geknüpft ist, ob ein weibliches Elternteil vorhanden ist?«

Marcus zeigte auf sie. »Du hast es erfasst.«

»Okay.« Tola rieb sich die Hände. »Lasst das Spiel beginnen.«

Marcus schlenderte zu den Schaukeln, wo Liam lustlos seine Tochter anschubste und dabei aufs Handy sah. Wir beobachteten, wie er auf ihn zutrat und Liam angesichts seiner Statur die Augen aufriss. Über seinem Kopf bildete sich praktisch eine

Sprechblase: *Dieser Kerl geht mit seinem Kind in den Park? Sollte der nicht eigentlich in der Muckibude schwitzen? Oder jemandem die Zähne einschlagen?*

»Ist die noch frei?« Marcus lächelte gewinnend und deutete auf die Schaukel neben Liams Tochter.

Tola gluckste leise an meinem Ohr. »Will er ihn anbaggern?«

Eric verzog das Gesicht und antwortete gereizt: »Marcus ist sehr glücklich verheiratet. Er ist einfach freundlich.«

Liam starrte Marcus einen Moment lang stumm an und zuckte dann mit den Schultern. »Klar. Nur zu.«

»Danke.« Marcus wandte sich seiner Tochter zu. Er hob sie aus dem Tragetuch und setzte sie in die Babyschaukel. Dabei erklärte er ihr in Babysprache und Singsang, was er tat.

Liams Tochter beobachtete den neuen, aufregenden Daddy aufmerksam, lächelte und klatschte in die Hände, und das sicher öfter als bei ihrem eigenen Vater, der etwas außerhalb ihres Blickfelds stand und noch immer das Smartphone in der Hand hielt. Liam bemerkte es schließlich auch und wirkte erstaunt.

»Er steckt sein Handy weg!« Aufgeregt fasste Tola nach meinem Arm.

»Schsch!«

»Lass uns näher rangehen«, sagte ich leise, »und hör auf, dich seltsam zu benehmen. Drei kinderlose Erwachsene, die an einem Spielplatz herumstehen, können unangenehm auffallen.«

Wir schlenderten beiläufig zu dem Rasenfleck hinter den Schaukeln, damit wir den Männern zuhören konnten.

»Ein glückliches Kind hast du da«, sagte Marcus lächelnd und deutete dann mit dem Kinn auf sein eigenes. »Meine entwickelt sich schon zum mürrischen Teenager. Es ist, als hätte ich ihr eben noch Brei gekocht, und plötzlich macht sie sich zum Ausgehen schick. Die Zeit vergeht wahnsinnig schnell, oder?«

Liam sah ihn an, als verstünde er kein Wort. Als hätte er sich seit einer Weile mit keinem Erwachsenen unterhalten und müsste sich erst erinnern, wie man das machte.

»Ich weiß nicht. Manchmal denke ich, sie vergeht unglaublich langsam.« Liam seufzte, dann schaute er verlegen drein, als hätte er etwas Falsches gesagt. Doch Marcus nickte freundlich.

»Ja, die aufregende Routine: sie weinen hören, warten, bis sie die Windel vollgeschissen haben, beide Daumen drücken, dass sie einschlafen, und dann Panik kriegen, wenn sie plötzlich still sind.« Marcus zuckte mit den Schultern. »Oder bin nur ich so überfordert? Ich hatte mir irgendwie vorgestellt, dass zum Leben als Hausmann mehr Zeit zum Kuscheln und für die Xbox gehört, weißt du?«

Liams Augen leuchteten auf, während Tola mich skeptisch ansah. »Echt jetzt?«, zischte sie.

»Er spielt eine Rolle«, verteidigte Eric seinen Freund, stutzte dann aber. »Zumindest glaube ich das.«

Doch das reichte schon, damit Liam seinen Schutzschild fallen ließ. Er sah jemanden vor sich, der ihn nicht verurteilte, ihm nicht vormachte, das wäre eine magische Erfahrung. Er hatte jemanden gefunden, mit dem er zusammen jammern konnte, und seine Erleichterung war ihm anzusehen.

»Also bist du auch mit dem Kind allein zu Hause!«, rief er aus. »Ich habe noch keinen anderen getroffen. Es ist … tja, irgendwie … langweiliger, als ich gedacht hätte.«

Marcus nickte und behielt seine Tochter im Auge. »Hast du beim Windelwechseln auch schon gekotzt? Beim allerersten Mal … Mir war schlecht, ihr war schlecht, uns liefen die Tränen … aber es wird mit der Zeit besser.«

Er betrachtete seine Tochter liebevoll, und Liam lächelte.

»Außerdem«, fügte Marcus hinzu, »wie viel war bei dir im Job langweilig? Auf diese Weise bist du derjenige, der sie wachsen sieht. Ich werde da sein, wenn sie ihre ersten Wörter spricht und ihre ersten Schritte macht. Meiner besseren Hälfte fällt der Verzicht ziemlich schwer, glaube ich. Aber so kommt man finanziell mitunter besser klar, oder?«

Er erwähnte, dass sein Partner mehr verdiente als er, dass es eine finanzielle Entscheidung war, bei der das eigene Ego keine Rolle spielte. *Netter Zug, Marcus.* Allmählich hatte ich das Gefühl, dass ich ihm keine Spickzettel hätte schreiben müssen. Er war ein Naturtalent.

»Ja, Emily, meine Frau, ist auch traurig, dass sie diese Zeit nicht so miterlebt. Deshalb gebe ich ihr Lila, sobald sie nach Hause kommt, damit sie mehr von ihr hat. Ich weiß, wie sehr sie ihr tagsüber fehlt, wenn sie arbeiten muss.«

Ich schaute Tola mit großen Augen an und flüsterte: »Simple Fehlkommunikation.«

»Ja, ich weiß, was du meinst. Das muss hart für sie sein. Deshalb gehe ich, wenn mein Partner nach Hause kommt, die Wäsche sortieren oder aufräumen, damit die beiden Zeit miteinander haben und er sich um nichts anderes kümmern muss. Wir sind gut durchorganisiert, nicht wahr, meine Kleine?« Marcus lachte seine Tochter an, die in die Hände klatschte.

Liam machte ein Gesicht, als wäre ihm der Gedanke noch nie gekommen.

»Es ist verlockend, das Kind einfach sofort abzugeben, wenn der andere zur Tür reinkommt, und endlich mal frei zu haben, stimmt's? Aber wir versuchen, es partnerschaftlich anzugehen, und wenn er das Baby nimmt, gehe ich das Abendessen kochen. Er badet die Kleine, und dann kann ich ins Fitnessstudio ... so haben wir beide unsere freie Zeit.«

Liam sah Marcus an und nickte, als hätte er beschlossen, diesem mystischen Führer auf seinem Weg der Vaterschaft etwas anzuvertrauen. Er holte tief Luft. »Ich rufe Emily ziemlich oft auf der Arbeit an, das ist mir klar. Aber ich weiß überhaupt nicht, ob ich es gut mache. Ringsherum warten alle nur darauf, dass ich Mist baue. Dass ich Lila auf einer Parkbank vergesse oder ihre Finger mit Sekundenkleber einschmiere oder sie auf dem Schwanz der Katze kauen lasse.«

Er legte eine Hand auf den Kopf seiner Tochter, und ich empfand Mitgefühl für ihn. Er mochte keine Ahnung haben, was seine Frau brauchte, aber er wollte ganz klar ein guter Vater sein und ein guter Partner. Er brauchte nur einen Anstoß. Vielleicht ein Vorbild. Auf jeden Fall aber eine Gruppe Gleichgesinnter. Ich fragte mich, ob Marcus das auch erkannte …

»Gehst du zu einer Eltern- oder Krabbelgruppe?«

Marcus, wir engagieren dich! Ich grinste Tola und Eric freudig an.

»Ja, aber in der sind fast nur rechthaberische Mütter, und die sagen bloß immer, dass ich alles falsch mache. Also …«

»Es gibt jede Menge Vätergruppen!« Marcus holte sein Handy hervor. »Hier ist eine örtliche Gruppe, bei der ich auf Facebook Mitglied bin – soll ich dich einladen?«

In Liams Gesicht zeichneten sich so viel Hoffnung und Erleichterung ab, dass ich einen Kloß im Hals bekam. Sein Blick sagte: Ich bin nicht allein.

»Oh, wunderbar«, flüsterte Tola, und ich lächelte sie an, bevor ich beide anstieß, damit sie mit mir ein Stück weiter weg gingen. Als wir außer Hörweite waren, redeten wir wieder in normaler Lautstärke.

»Das kam überraschend«, sagte Eric. »Ich dachte, die beiden sollten miteinander wetteifern, wessen Kind beeindruckender ist. Ich hatte mich schon auf einen Baby-Wettkampf gefreut!«

»Bisher kannten wir nur eine Seite der Geschichte«, sagte Tola und klang schwärmerischer als vorher. »Wir sind hier aufgekreuzt mit der Vorstellung, dass er als Vater unbrauchbar ist und nur an sich denkt, aber dem Mann fehlten nur Gesellschaft und Unterstützung!«

»Er hat gedacht, er tut seiner Frau etwas Gutes, wenn er ihr das Baby in den Arm drückt, kaum dass sie zur Tür reinkommt.« Ich schüttelte den Kopf. »Natürlich, das ist naheliegend.«

»Wirklich süß. Das gefällt mir. Wir dachten, wir sehen ihn versagen, und stattdessen sehen wir ihn wachsen. Das war schön.« Tola wedelte mit den Händen. »Na, kommt schon. Ihr seht es jetzt, oder? Ihr seht, dass wir Leuten helfen können. Wir sind hier an etwas dran.«

»Ja, okay, aber was genau ist es?«, erwiderte Eric. »Wir spielen den Leuten etwas vor, um ihre Beziehungen zu retten, obwohl sie eigentlich zur Therapie gehen sollten.«

Ich sah ihn an. »Starke Worte von jemandem, der nach seinem Coming-out den Großteil seiner Familie meidet.«

Er warf die Hände in die Luft. »Sie sind es, die nicht mit mir reden. Und man macht eine Therapie, um sich selbst zu ändern, nicht die anderen. Man kann niemanden ändern, der sich nicht ändern will.«

»Er wusste nicht, dass er sich ändern will. Oder dass seine Beziehung gerettet werden muss.« Tola deutete auf Liam. Der sah Marcus an, als wäre ihm ein Dschinn erschienen, bei dem er drei Wünsche und eine Deep-Dish-Peperoni-Pizza frei hatte. »Und jetzt weiß er es. Bibbidi bobbidi boo, Bitches. Wir sind da an was dran.«

5

Von da an ging alles ziemlich schnell, und Tola übernahm die Führung. Sie war von unserer Sache zutiefst überzeugt. Dass wir Gutes bewirken würden, dass es Spaß machte, Beziehungen zu verbessern, dass wir Frauen aus ihrer Selbstlosigkeit befreien und sie dazu bringen würden, ihre Energie auf sich selbst zu verwenden. Als Sahnehäubchen obendrauf. Halb rechnete ich damit, dass sie noch den Weltfrieden mit auf die Liste setzte.

Eric wollte Gelegenheit haben, seine Schauspielerfantasien auszuleben, und sich von seinem wenig erfolgreichen Liebesleben ablenken. Darum war er auch bereit mitzumachen.

Und ich … ich konnte nützlich sein. Leuten helfen. Ein Wesenszug, für den ich mich geschämt hatte, war plötzlich der Schlüssel zu allem, was wir nach Tolas Ansicht tun sollten. Ohne mich wäre das nicht möglich. Und das genoss ich ein bisschen zu sehr.

Tola hatte einen sehr klaren Schlachtplan: Wir würden unsere Methode an verschiedenen Beziehungsproblemen ausprobieren und abwarten, ob es eines gab, das wir nicht beheben konnten. Zu Anfang fragten wir uns, ob wir jemanden finden würden, doch darüber hätten wir uns keine Gedanken machen müssen. Becky und Emily erzählten ihren Freundinnen von uns, diese wiederum ihren Schwestern, die auch Freundinnen hatten, und nach drei Monaten hatten wir einen Leitfaden, einen Fragebogen und ein Buchungssystem.

Die Männer – ja, es waren meist Männer – fielen in bestimmte Kategorien: 1) die unmotivierten und 2) die bindungsunwilligen. Sie waren unglücklich in ihrem Job, opferten aber auch keine Zeit, um zu klären, was sie tatsächlich wollten. Sie wollten eine Firma gründen oder ein Buch schreiben oder einen Song aufnehmen, doch sie redeten lieber darüber, als es zu tun. Bei manchen Paaren wollte sich die Frau verloben, aber bei den meistens trafen wir auf starke, motivierte Frauen, die es leid waren, ihren Partner mitzuschleifen und darauf zu warten, dass er sich weiterentwickelte. Diese Frauen gingen dann zur Therapie oder zu Karriereberatern und führten große Unternehmen, während sie Nebengeschäfte aufzogen. Sie investierten in sich selbst. Und trotzdem mussten sie sich um ihren Partner kümmern. Sie sorgten sich darum, ob er glücklich und zufrieden war, ob er zu seinen Kindern eine gute Bindung aufgebaut hatte, ob er von seinen Entscheidungen überzeugt war. Sie hinterließen ihm überall Haftnotizen, stellten ihm den Wecker und trugen ihm Termine in den Kalender ein. Sie bewältigten den gemeinsamen Alltag mit der Effizienz und Gewissenhaftigkeit eines Generals. Und dennoch fürchteten sie, eine Nervensäge zu sein, das Schlimmste, was eine Frau sein konnte, abgesehen von einer alten Jungfer natürlich.

Es gab ein paar Frauen, die sich fragten, ob ihr Ehemann sie betrog, doch wir beschlossen ziemlich früh, dass solche Fälle für uns nicht infrage kamen. Ihnen ging es nicht um Weiterentwicklung, sondern sie wollten aufdecken, wie ihr Mann wirklich war, und ehrlich gesagt wollte ich nicht das Schlimmste in jemandem hervorlocken, indem ich ihn in eine erotische Falle lockte, und das Ergebnis dann wie ein Geschenk präsentieren.

Außerdem ahnten wir, dass uns die meisten sowieso nicht glauben würden.

Tola war begeistert und verbrachte Stunden damit, pinkfarbene Visitenkarten und eine auffällige Website zu entwerfen. Aber wir wussten, die Sache musste geheim bleiben – es war dieser reine Frauen-Club, das plötzliche Wiedererkennen, wann immer wir mit jemandem sprachen. »Ja!«, sagten sie, »genau so läuft es, genau damit müssen wir uns ständig herumschlagen!« Daher war uns klar, dass wir keine gewöhnliche Website brauchten. Wir brauchten ein gewisses Maß an Anonymität und Schutz.

Es war Erics Idee, Fixer Upper hinter etwas anderem zu verbergen – hinter einer Website, die ehrgeizige Frauen mit Artikeln und Beratungslinks unterstützte, die schlicht und farbenfroh war und nicht erkennen ließ, was wir eigentlich anboten. Zu der Buchungsplattform gelangte man nur, wenn man auf einen Link für Menstruationstassen klickte und ein Formular ausfüllte. Eric erstellte einen Algorithmus, der nach den Wörtern »müde«, »erschöpft«, »satthaben« suchte. Auf Tolas neuen Geschäftskarten stand: *Unglücklich? Ändern Sie das!,* mit einem Passwort für die Website.

Wir brauchten sie kaum. Die Mundpropaganda reichte aus.

Menschen sind einzigartig, klar, aber ihre Probleme nicht. Es ging darum, Muster zu erkennen und Dinge, die immer zu wirken schienen, und Ersatzstrategien zu erstellen, wenn die üblichen nicht fruchteten. Ich füllte ganze Notizbücher mit verschiedenen Spielszenen, als wäre ich eine Trickbetrügerin. Und auch wenn ich das vor den anderen nie zugegeben hätte, mir gefiel die Schauspielerei. Ich trug dabei Perücken und verkleidete mich und wurde eine andere Person. Eric übte fremde Akzente, konnte das aber so schlecht, dass wir die Idee sofort wieder verwarfen. Wir arrangierten Zufallsbegegnungen, durch die sich die Sichtweise der Angesprochenen veränderte. Und das erzeugte bei uns ein Machtgefühl, obwohl die Situationen eingefädelt waren.

Mit einem Mal war ich jeden Abend beschäftigt: Entweder schmiedete ich mit Tola Pläne oder ging mit Eric shoppen, observierte eine Bar oder probierte Eröffnungssätze durch, um den besten zu finden.

»Du denkst noch immer zu klein«, sagte Tola immer wieder. »Wir müssen Frauen helfen, sich selbst zu helfen, nicht nur ihrem Partner. Wir könnten dabei Großes bewirken, Aly!«

»Ich halte es lieber klein«, erwiderte ich dann. »Klein bedeutet beherrschbar. Und dadurch haben wir Spaß ohne Risiko. Wir müssen nur spielen.«

Darauf setzte sie ihren ernsten Blick auf, wie immer, wenn ich sie frustrierte, und zog eine Braue hoch, sodass sich darüber eine Falte bildete, sagte aber kein Wort.

Ich wusste, sie hielt mich für feige. Sie hatte ständig große Ideen, große Pläne, Fixer Upper als Lifestyle-Marke, als Unternehmen, als Zwölf-Schritte-Programm zu etablieren, und ich brachte die Seifenblase regelmäßig zum Platzen, indem ich immer ein Problem fand. Ich holte sie auf den Teppich zurück. Doch irgendwann machte es die Leute sauer, wenn man immer auf Sicherheit setzte, selbst wenn man damit für Stabilität sorgte. Tola wollte die Welt aus den Angeln heben, und ich bremste sie aus, bevor sie loslegen konnte.

Darum kamen wir überein, dass sie ein paar Stammkunden im Programm aufnehmen durfte – Leute, die bloß einen Schubs brauchten. Eine Zufallsbegegnung und dann eine überraschende Nachfolgebegegnung, eine Erinnerung an die Dinge, die dazu beitrugen, dass die Botschaft hängen blieb. Schließlich musste eine Pub-Unterhaltung keinen bleibenden Eindruck hinterlassen. Wir erschufen die Illusion einer schicksalhaften Begegnung. Das Universum sandte eine Botschaft, also sollte man besser darauf hören.

Doch die Wahrheit sah so aus: Je häufiger wir das taten (und wir machten unsere Sache gut), desto wütender wurde ich auf mich selbst. Jedes Mal, wenn uns eine Kundin eine Flasche Champagner oder eine Dankeskarte schickte, hätte ich am liebsten den Kopf gegen eine Wand gerammt. Auf das Leben anderer Leute konnte ich positiv einwirken, nur nicht auf mein eigenes.

Tola sah es nicht so.

Deshalb stolzierte sie sieben Monate und zwölf Tage nach unserem ersten Experiment auf meinen Schreibtisch zu und ließ eine Visitenkarte darauf fallen, als käme sie direkt aus einem Gangsterfilm.

»Wir haben eine neue Klientin.«

Ich sah sie groß an. »Wir?«

»Die FU.« Tola grinste. Sie hatte ihre Freude daran, »Fixer Upper« abzukürzen und zuzusehen, wie ich das Gesicht verzog. Ich nahm das Kärtchen und sah zweimal hin, als ich den Namen las.

»Ist die echt?«

Sie lehnte sich an meinen Schreibtisch und ließ ihr Lächeln mit voller Wattleistung erstrahlen. Es blendete fast. »Hundertprozentig. Ich habe mit ihr und ihrem Team gesprochen. Es war irre.«

»Wie ist sie auf uns gekommen?« Ich blickte Tola verwundert an. »Hat sie denn keine Leute für so was?«

Tola grinste weiter. »Süße, wir sind die Leute für so was. Ihre Assistentin hat über eine Freundin von uns erfahren und über das Moon Portal um einen Termin gebeten. Ich habe sie angerufen, um zu erfahren, ob das ernst gemeint war, und das ist es! Ist es zu fassen, dass die Promis unsere Fähigkeiten brauchen?«

Ich betrachtete die spitze Schriftart und las: *Nicolette Wetherington-Smythe: Content Creator, Produzentin, Unternehmerin, Influencerin.*

»Gott, ist die beschäftigt.«

»Anscheinend war da kein Platz mehr für ›soziale Aufsteigerin, Bewerberin bei absolut jeder infrage kommenden Reality-Show und Erbin eines Katzenstreu-Imperiums‹«, sagte Eric, der sich apfelkauend über die Trennwand meines Schreibtischs beugte. »Aber das müssen wir machen, oder? Einfach zum Spaß. Was für einen Pin-up-Boy datet sie denn? Nach dem, was ich zuletzt gelesen habe, war sie mit dem Kapitän der englischen Rugby-Nationalmannschaft zusammen!«

»Nee!«, rief Tola. »Das war vor einem Jahr. Sie hatte doch immer diesen schnöseligen Chelsea-Schwachkopf aus der Fernsehserie, bei der sie mitgemacht hat. Ihr wisst schon, mit dem immer wieder Schluss war – Drama um des Dramas willen. Aber ich glaube, diesmal hat sie einen ganz normalen Typen. Ihre Assistentin war ziemlich ausweichend. Sagte, sie möchte zuerst ein persönliches Treffen, bevor wir loslegen. Sie will«, Tola senkte die Stimme und malte Anführungszeichen in die Luft, »›eine Reihe intensiver Ereignisse‹.«

Eric und ich sahen uns an und runzelten verwirrt die Stirn.

»Geht es nur mir so oder klingt das nach einem grausamen Hindernislauf?«

»Oder nach einem richtig gruseligen Sommercamp.«

Tola stützte sich mit beiden Händen auf den Schreibtisch, superdramatisch, und schwieg einen Moment lang, um sich unsere ganze Aufmerksamkeit zu sichern. Das tat sie gern.

»Sie will uns einen Monat lang exklusiv.«

»Du lieber Himmel, was stimmt mit dem Typen nicht? Tauch ihn in Weihwasser oder so was.«

Eric hatte recht. Ich neigte den Kopf zur Seite und sah Tola fragend an, um mehr Infos zu bekommen, aber sie zuckte mit den Schultern.

»Ich weiß gar nichts. Außer, dass ich auf jeden Fall das Erstgespräch führen will. Denn wenn die reichen Promis sich an uns wenden und verrückte Dinge verlangen, weiß man zumindest, dass es interessant wird. Und dass wir teuren Champagner trinken werden.« Grinsend blickte sie zwischen uns hin und her, als wären wir die strengen Eltern, die ihr den Plan, bis Mitternacht aufzubleiben, verderben konnten. »Also machen wir das, ja? Wenigstens das Erstgespräch. Ich bin schon wahnsinnig gespannt darauf.«

»Ihr beide geht hin und erzählt mir dann alles.« Eric traf eine Vorstandsentscheidung. »In der Gegenwart von Promis werde ich total nervös.«

»Du wusstest doch nicht mal, wer sie ist.«

»Das ist egal. Es reicht schon, dass die sich für berühmt halten, dann kriege ich kein Wort mehr heraus. Außerdem, wenn ich zu Fixer-Upper-Meetings gehe, warten die nur darauf, dass ich was sage, und dann heißt es immer: ›Es ist ja soo interessant, die männliche Sichtweise zu hören‹«, stöhnte er, und Tola sah mich an.

»Tja, willkommen in unserer Welt«, erwiderte ich und schnaubte. »Wenigstens bekommt ihr Hosentaschen.«

»Na schön, Aly und ich werden uns mit der Katzenstreu-Prinzessin unterhalten und mal sehen, was für einen Peter-Pan-Typen sie sich geangelt hat. Dann entscheiden wir, ob sich der Stress lohnt. Deal?«, fragte Tola.

»Deal«, stimmte ich zu und stutzte dann. »Ähm, kann ich jetzt weiterarbeiten?«

Sie stolzierte genervt davon und warf mir über die Schulter noch einen Wenn-du-nicht-anders-kannst-Blick zu.

»Hast du schon mal das Gefühl gehabt, dass wir einfach nur mitmachen?« Eric lachte leise und schüttelte den Kopf.

»Ich hätte mehr Vertrauen in diese Sache, wenn es ein Makeover gäbe und Tola mich zu einer coolen Person machen würde«, erwiderte ich.

»Vielleicht will sie unser Potenzial entfachen, so wie wir das Potenzial der Männer. Wir waren die ganze Zeit die eigentlichen Projekte!« Er zog ein idiotisches Gesicht, als wollte er sagen: *Oh mein Gott, was für eine Enthüllung*, und lachte.

»Zu gruselig, um darüber nachzudenken. Geh! Wir sehen uns nachher!«

Ich bemerkte gerade noch, wie er an mir vorbeiblickte und seine Mundwinkel zuckten. Oh, Scheiße.

Ich drehte mich auf meinem Schreibtischstuhl herum und wusste schon vorher, wen ich sehen würde.

»Hey, Hunter. Was kann ich heute Morgen für dich tun?«

Nicolette Wetherington-Smythe war es nicht gewohnt zu warten, wenn sie etwas wollte. Als sie uns auf Tolas Nachricht hin auf einen Drink ins Royale einlud, war ich neugierig zu sehen, wie schwierig ein Mann sein konnte, dass wir uns einen ganzen Monat lang nur mit ihm befassen sollten. Ich fragte mich auch, welcher Mann es wert war, dass jemand wie Nicolette so viel Arbeit in ihn stecken wollte. Sie war eine typische Reality-TV-Schönheit, die darauf achtete, dünn und sonnengebräunt zu sein, und wirkte immer leicht künstlich wie eine zum Leben erweckte Schaufensterpuppe. Darum fragte ich mich, warum sie sich nicht einfach einen neuen Coverboy angelte, zumal ihr jetziger Lover keine Berühmtheit war.

Tola empfing mich vor dem Bürogebäude und musterte betrübt mein Arbeitsoutfit.

»Fang jetzt nicht mit mir an.« Ich hob die Hand, damit sie still war, und streckte dann den Arm zur Straße raus, um das schwarze Taxi anzuhalten, das gerade auf uns zukam. Wir sprangen hinein, und als ich dem Fahrer die Adresse nannte, die nur ein paar Minuten entfernt lag, wirkte er wenig erfreut. Doch wir wollten nicht mit hohen Absätzen die Oxford Street hinunterstöckeln, egal, wie berühmt unser Promi war.

»Es ist nur wahnsinnig … schwarz. Was hast du gegen Farben, Aly? Es gibt so viel schöne, die getragen werden wollen!«

»Schwarz wirkt professionell, macht schlank, und man sieht darauf keinen Schmutz. Es sieht immer chic aus.« Ich griff in meine Handtasche und zog den Lippenstift hervor. »Außerdem, guck: Farbe!«

Mithilfe des Handy-Spiegels legte ich mein typisches Orangerot auf und presste zufrieden die Lippen aufeinander.

»Irgendwann wirst du mir vertrauen und mich für dich Klamotten kaufen lassen. Der Tag wird dein Leben verändern.« Tola seufzte, lächelte aber, um zu zeigen, dass sie es nicht ernst meinte. »Also, müssen wir uns irgendwie vorbereiten?«

»Womit zum Beispiel?« In meiner Tasche vibrierte das Handy, und ich tastete darin herum, bis ich es zu fassen bekam. Meine Mutter. Natürlich. Ich leitete sie an die Mailbox weiter, zuckte innerlich zusammen und tippte schnell eine Entschuldigungsnachricht, während ich mir schon Sorgen machte, wie sie reagieren würde.

Tola sah mich an, als stünde ich kurz davor, die ganze Sache zu vermasseln. Ich steckte das Handy weg. »Was willst du recherchieren?«, fragte ich noch mal, um zu beweisen, dass ich bei der Sache war.

»Na ja … wir sollten uns über Nicolette informieren.« Sie kniff die Augen zusammen und fixierte mich mit ihrem Blick. »Was ist los? Normalerweise bist du auf die Leute neugierig.«

Ich nickte. »Sicher, aber wir wissen noch nichts über die Situation. Das hier ist also unsere Recherche. Wir gehen hin, wir hören ihr zu, wir stellen Fragen, und, Tola, das ist sehr wichtig: Wir verpflichten uns erst mal zu gar nichts. Okay?«

Sie salutierte. »Keine Sorge. Du bist der Boss.«

Irgendwie glaubte ich das nicht.

Jedes Mal, wenn ich jemand Berühmtem begegnete, war ich verblüfft, wie normal Prominente im realen Leben aussahen. Wie unauffällig, in ihren verlotterten Jeans und abgenutzten Converse Chucks. Wenn Tola nicht schnurstracks auf Nicolette zugehalten hätte, hätte ich mich in der schummrigen Bar erst mal ewig nach der Influencerin umgeschaut und mich gefragt, wie sie wohl ohne Filter aussehen könnte.

Nicolette trug ein einseitig schulterfreies Top und zerrissene Jeans mit Kalbslederstiefeln, und ihre langen blonden Haare flossen über ihre Schultern. Das einzige unverwechselbare Merkmal an ihr waren ihre Augenbrauen, die dicht und permanent gewölbt waren, als wartete sie darauf, dass man eine witzige Bemerkung machte. Sie winkte uns lächelnd, als sie uns kommen sah, und es wirkte wie ein Magnet, der uns unweigerlich anzog.

»Hallo, hallo!« Sie ergriff unsere Hände und hauchte uns Küsschen auf die Wangen, bevor sie auf die Plätze ihr gegenüber deutete. »Setzt euch, setzt euch! Ich finde es so toll, euch kennenzulernen! Ich habe *so viel* über euch gehört!«

Man hörte bei ihr praktisch die Kursivschrift, aber sie war viel herzlicher, als ich erwartet hatte.

»Ich finde es auch großartig, dich kennenzulernen, Nicolette –«, begann ich, doch sie kreischte.

»Nicki! Bitte! Ihr müsst Nicki sagen!«

»Nicki.« Ich nickte, und sie redete sofort weiter.

»Ich habe euch Cocktails bestellt.« Sie schob zwei neonpinkfarbene Getränke zu uns rüber. »Mein Freund sagt, man muss Barkeeper ihr Ding machen lassen, aber ich bin gern kreativ und sage ihnen, was sie reintun sollen. Das macht es zu einer persönlichen Erfahrung. Also das ist meine Kreation: der Love Drunk Flamingo!«

Tola griff nach ihrem Glas. Ich probierte einen Schluck und setzte ein Lächeln auf. Es schmeckte wie eine Mischung aus einer Barbiepuppe und einem My Little Pony mit einer Grapefruit obendrauf.

»Erfrischend!« Ich schnalzte mit den Lippen und blinzelte.

»Ich finde es einfach schön, wenn ich irgendwo ankomme und da wartet schon etwas auf mich, ihr nicht?« Nicki grinste mich an. »Ständig muss man im Leben Entscheidungen treffen, da hab ich es gern, wenn mal jemand die Kontrolle übernimmt.«

Zum Beispiel ein Barkeeper?

»Also.« Ich setzte den strahlenden Blick der Begeisterung auf und wählte den Ton, der nach Klatsch lechzte. »Erzähl uns von ihm.«

Ich drückte es immer so aus, als wären wir Teenager, die bei einer Flasche Bacardi Breezer ihre Geheimnisse teilten. Als könnten sie alles, was sie an ihm toll fanden, aufzählen, bevor sie zu den hartnäckigen Eigenschaften kamen, die sie ändern wollten. Bevor sie zugeben konnten, dass nicht alles an ihm toll war.

»Oh, er ist absolut fantastisch, er ist …« Sie stockte. »Entschuldigt, das war ein bisschen vorschnell von mir. Ihr müsst beide eine Winzigkeit an Papierkram unterschreiben, ihr wisst ja, wie das ist. Die Klatschpresse und all das.«

Sie schob uns zwei recht einfach gehaltene Verschwiegenheitserklärungen über den Tisch, die wir überflogen und unterschrieben. Allerdings überlegte ich, ob sie ungültig waren, weil sie uns vorher Alkohol spendiert hatte. Aber das spielte eigentlich keine Rolle, denn ich hatte sowieso keine Absicht, jemandem zu erzählen, mit wem Nicki gerade zusammen war. Ich wollte nur wissen, worin ihr Problem bestand. Und stur, wie ich nun mal bin, wollte ich auch beweisen, dass ich, Alyssa Aresti, einen Mann ändern konnte, an dem sich sogar eine berühmte, schöne Erbin die Zähne ausbiss.

Wir schoben die beiden Verträge zurück, und sie steckte sie zusammengefaltet in ihre riesige Handtasche.

»Wunderbar! Also, ich soll euch von ihm erzählen?« Nicki erwartete offenbar zwei begeisterte Jas, doch wir nickten nur wortlos.

»Wir haben uns vor ein paar Jahren in einem Restaurant kennengelernt – er hat mir tatsächlich seinen Drink übers Kleid geschüttet, und als ich ihn beschuldigte, er hätte das mit Absicht getan, erwiderte er: ›Nimm dich mal nicht so wichtig!‹« Nickis Lachen klang schrill und ein bisschen blechern. »Ich hatte geglaubt, er wüsste, wer ich bin, doch er hatte keine Ahnung. Ich stehe auf Bad Boys, und seine schroffe Art nach dem Motto ›Keinen Bock, dich zu beeindrucken‹ war für mich etwas Neues.« Sie verdrehte die Augen, als wäre ihr klar, wie albern es war, dass sich jeder in ihrer Umgebung nach ihren Launen richtete. Doch ich hatte den Eindruck, dass sie dafür einen anderen Grund hatte.

»Sobald ich ihn besser kannte, merkte ich natürlich, dass er gar nicht so ist. Er ist warmherzig und freundlich und kommt mit jedem gut aus. Wir sind ein paarmal zusammen ausgegangen, und das war … einfach so normal. Nicht in irgendwelche schicken Restaurants. Einen Abend waren wir bei Nando's, stellt euch vor!« Sie legte sich die Hand auf die Brust, als wäre das ungeheuerlich. »Und dann habe ich ihm nach und nach meine Welt gezeigt. Wir haben ein paar tolle Reisen gemacht und waren in schönen Hotels, und er hat ein paar Leute aus meinen Sendungen kennengelernt …«

Und das hat ihm gefallen. Natürlich. Wie auch nicht, wenn man die Privilegien und den Glamour sah, der mit Nickis Leben einherging? Wie leicht gewöhnte man sich doch an kostenlose Drinks und luxuriöse Urlaube.

»Und er versteht jetzt das Leben, das ich führe, woran ich gewöhnt bin. Wir reisen, er plant unsere Dates, er bekommt, was üblich ist, wenn man mit jemandem wie mir zusammen ist. Ich bin eigentlich keine Frau, mit der man bei Nando's essen geht, stimmt's? Und das hat er kapiert. Aber … ich habe den Eindruck, dass er nicht wirklich an das glaubt, was ich tue.«

Was tust du denn eigentlich?

»Welchen Teil deiner Karriere versteht er nicht?«, fragte Tola und wählte genau die richtigen Worte. Ich hätte sie vor Erleichterung umarmen können.

»Die Influencer-Sache. Er meint …« Nicki holte Luft. »Er meint, es ist, als ob ich ständig vor einem unsichtbaren Publikum spielen würde, dass ich nie ich selbst bin, dass ich nie bereit bin, die Fans aus meinem Privatleben rauszuhalten.«

»Ah.« Tola nickte. »Aber darauf kommt es an, nicht wahr? Du musst völlig angreifbar sein, ganz authentisch. Jede Träne und jeden Triumph teilen.«

Nicki zeigte angriffslustig mit dem Finger auf sie. »Genau! Ganz genau! Du verstehst das, natürlich verstehst du das! Meine

Fans sind mein Kapital. Sie müssen an mir interessiert bleiben, damit ich Aufträge bekomme. Meine Zahlen, Follows und die Engagement-Rate müssen ganz oben sein. Er versteht das einfach nicht.«

»Was macht dein Freund beruflich, Nicki?«, fragte ich.

Man konnte nicht von jedem Verständnis dafür erwarten, wie digitale Vermarktung und Finanzierung funktionierten. Zumal ihr Freund wohl eher eine traditionelle berufliche Karriere verfolgte. Wir würden ihn irgendwie dazu bringen müssen, den Wert ihrer Arbeit zu erkennen. Den Preis für die schicken Urlaube zu akzeptieren. Dafür würden wir keinen Monat brauchen.

»Er ist App-Entwickler.«

Fast hätte ich Nickis monströsen Barbie-Cocktail über den Tisch gespuckt.

»Ein App-Entwickler, der den Wert der sozialen Medien als Plattform zur Markenentwicklung nicht erkennt?«, fragte Tola so entrüstet, dass ich beinahe lachte.

»Er hat ein Start-up-Unternehmen, ist wirklich innovativ und kreativ. Er sieht den Wert, er möchte nur, dass ich einen Schritt zurücktrete.« Sie neigte den Kopf zur Seite. »Und ich will, dass er einen Schritt nach vorn macht.«

Ah, jetzt kommen wir der Sache näher.

»In welcher Hinsicht, Nicki?« Ich lehnte mich nach vorn und drängte sie im Stillen, uns zu vertrauen, genau die richtigen Worte zu gebrauchen, sodass ich ihr Problem bestimmen und eingrenzen konnte, was in ihrer Beziehung schieflief.

»Nun ja, da ist einmal die berufliche Seite. Er hat das Start-up schon seit einer Weile und ist damit noch nicht durchgestartet, wisst ihr? Er ist zu vorsichtig. Er ist ein gebranntes Kind, das verstehe ich, aber das Wesen eines Start-ups ist die rasante

Entwicklung. Man verschafft sich einen Sponsor und legt los, oder?«

»Genau.« Ich nickte. »Doch er lässt sich Zeit. Hast du sein Unternehmen mitfinanziert?«

»Nein, das wollte er nicht. Er sagt, das ist seine Angelegenheit, seine Verantwortung. Ich hätte das gern getan, es ist wirklich gut. Er ist buchstäblich ein Genie.«

Sie betonte das Wort nicht, sondern ließ es seriös klingen.

Okay, also geht es nicht um Geld. Er ist anständig, will es aus eigener Kraft schaffen. Er braucht nur jemanden, der ihm gut zuredet?

Mein Handy summte, und bestürzt sah ich, wer anrief. Wieder meine Mutter. Ich leitete sie noch mal an die Mailbox weiter und setzte eine entschuldigende Miene auf, doch Nicki hatte das Summen nicht weiter beachtet.

»Ich denke, ich bin wirklich darauf fokussiert, meine Marke zu entwickeln, und er … eben nicht. Ich ziehe ihn hinter mir her, und das bin ich leid. Ich habe für so etwas keine Zeit.«

Tola lächelte, und eines musste ich Nicki lassen: Sie tat genau das, was Tola sagte. Sie setzte sich selbst an die erste Stelle. Und die Presse mochte sie als egoistische, verwöhnte Prinzessin bezeichnen, aber mir gefiel ihre Einstellung.

»Ende des Monats hat er ein wichtiges Meeting, eine Präsentation für Investoren, und ich denke, er braucht etwas Hilfe.«

Ich runzelte die Stirn. »Das entspricht völlig unserem Unternehmenszweck. Aber warum willst du keinen Unternehmensberater hinzuziehen? Warum einen Beziehungscoach?«

»Weil ich am Ende des Monats auch ein wichtiges Meeting habe und …« Sie suchte nach den passenden Worten und schaute an uns vorbei, als wären sie in der Luft neben den falschen Buntglasfenstern oder auf dem Samt der Nischenwand zu finden. »Meine Energie reicht nicht für uns beide.«

Oh, Schätzchen. Das Gefühl kannte ich, das hatte ich so viele Male erlebt. Als schleppte man einen Freund mit verstauchtem Knöchel beim Marathon über die Ziellinie. Nur dass er die meiste Zeit nicht trainiert hatte und nicht die richtigen Schuhe trug und es ihm lieber gewesen wäre, wenn ich ihn von Anfang an in einer Schubkarre geschoben hätte, damit er nicht rennen musste.

Tola legte eine Hand auf Nickis, die unter ihren langen Wimpern aufsah und bebend ausatmete. Es klang nach Erleichterung.

»Ich bin so froh, dass es euch gibt! Ich wusste nicht mehr, was ich noch tun sollte. Und bei meinem Profil ist es natürlich wichtig, dass ich mit jemandem zusammen bin, der aus eigener Kraft erfolgreich ist, wisst ihr? Mit jemandem, der sich an meinen Sachen beteiligt, aber auch selbst etwas darstellt.«

Ihren Gedankengängen zu folgen war, als spränge man einem Grashüpfer auf der Wiese hinterher. Ich fragte mich, wie viel sie bei ihren Fernsehshows schneiden und bearbeiten mussten.

»Also … ist es wichtig, dass dein Freund erfolgreich ist«, äußerte ich behutsam.

»Oh, immens wichtig. Da geht es um soziale Gleichheit, wisst ihr? Mein Agent wollte unbedingt, dass ich mir einen Reality-Star oder einen aufstrebenden Sänger als Freund suche, jemanden, der meine Marke wirklich voranbringt, mich bei einem ganz neuen Publikum bekannt macht. Aber es ist Liebe, daran kann ich nichts ändern.« Sie zuckte mit den Schultern. »Woran ich etwas ändern kann, ist seine Aversion gegen die sozialen Medien. Wenn er bis zum Ende des Monats erfolgreich ist und ein bisschen entschiedener für sich wirbt …«

»… dann wird seine Präsentation von den Investoren besser aufgenommen?«

Nicki zuckte wieder mit den Schultern. »Sicher. Aber das wird sich auch positiv auf mein Meeting auswirken. Ich habe Chancen auf etwas wirklich Großes, aber ich brauche ihn an meiner Seite. Als strahlenden, beeindruckenden Freund der sozialen Medien.«

Ich merkte, dass Tola mich aus dem Augenwinkel ansah, und versuchte, nicht mit den Zähnen zu knirschen. »Nicki, wenn wir zusammenarbeiten, dann ist es wirklich wichtig, genau zu wissen, was du willst, damit wir die Erwartungen erfüllen können. Kannst du uns etwas über das wichtige Projekt erzählen, das du zu bekommen hoffst?«

Sie sah uns mit großen Augen an und genoss ganz offensichtlich jeden Moment. »Ihr dürft es keiner Menschenseele erzählen.«

Ich versiegelte meine Lippen mit der Reißverschlussgeste.

»Das ist eine neue Show. Sie heißt *Celebrity Wedding Wars*.« Sie quiekte und klatschte in die Hände. »Es geht um drei Promis, und sie gehen jeweils zu der Hochzeit der anderen und bewerten sie, und die beste gewinnt Geld, das einem guten Zweck gespendet wird. Wenn ich gewinne, wollen sie eine Hochzeitskleidlinie mit einem angesehenen Designer auf den Markt bringen. Mein eigenes Hochzeitskleiddesign, ist das nicht unfassbar?«

»Absolut.«

»Also könnt ihr verstehen, warum ich euch für den ganzen Monat brauche! Da wartet jede Menge Arbeit. Die Runderneuerung eines Lebens und ein Heiratsantrag!« Sie lachte wieder so schrill, dass mir die Ohren klingelten.

Ich war völlig verdattert. Sie wollte nicht nur, dass ihr unmotivierter App-Entwickler- und Social-Media-Phobiker-Freund endlich sein Start-up-Potenzial entfaltete, sie wollte auch, dass er eine Follower-Zahl auf Influencer-Niveau vorweisen konnte, eine andere innere Haltung einnahm und ihr am Ende des Monats einen Heiratsantrag machte? Was hatte die denn geraucht?

»Nicki, nichts für ungut, aber hast du mal überlegt … dich von ihm zu trennen und mit einem unbeschriebenen Blatt neu anzufangen?«, fragte ich völlig ernst.

»Oh, du bist irrsinnig witzig.« Sie wandte sich an Tola. »Ist sie nicht witzig? Ich kann das nicht … ich liebe ihn.«

»Aber … nichts, was du über ihn gesagt hast, passt zu dem, was du willst. Du verlangst von uns, dass wir einen ganz anderen Menschen aus ihm machen. Innerhalb eines Monats. Habt ihr schon mal übers Heiraten gesprochen? Wie lange seid ihr zusammen?«

Nicki wischte meine Einwände beiseite, als wäre ich eine tatterige, alte Tante. »Seit einem Jahr. Und natürlich haben wir übers Heiraten geredet. Wir waren bei vielen Hochzeiten von Freunden eingeladen. Da kommt das Thema immer auf.«

»Und …?«, fragte Tola. Ihr ruhiges Lächeln verschwunden.

»Er sagt, wenn der richtige Zeitpunkt gekommen ist, wird es das Richtige sein. Das ist also eure Aufgabe. Ihn zu überzeugen, dass der Zeitpunkt gekommen ist. Vielleicht wird er durch seinen Erfolg bei den Investoren so euphorisch, dass der Impuls ganz von selbst kommt!«

»Soll er den Ring selbst aussuchen, oder sollen wir auch dabei helfen?«, fragte ich trocken, und Nicki kicherte.

»Den habe ich schon ausgesucht. Meine Güte, würdest du einen Mann Schmuck aussuchen lassen, den du dein Leben lang tragen willst? Da wärst du aber mutig!«

Ich war noch nie sonderlich romantisch gewesen, aber ich dachte wieder an meine Großeltern. Wie sie am Ende des Abends miteinander tanzten, wie Opas Blick weich wurde, wenn er Oma quer durchs Zimmer ansah. Wie sie manchmal im Vorbeigehen eine Hand an seine Wange legte. Liebe.

Wenn ich Nicki dagegen zuhörte, war das, als ob sie über jede romantische Geste, die ich je gesehen hatte, einen Eimer warmer Pisse ausgoss. *Das passiert, wenn Influencer Unmengen an Aufmerksamkeit bekommen und über grenzenlose Ressourcen verfügen können. Das ist Narzissmus in Reinkultur.*

Ich sah zu Tola, die mich verzweifelt anlächelte. Nun ja, wir hatten das Erstgespräch absolviert, einen grauenhaften Cocktail geschlürft und uns den Plan der berühmten Dame angehört. Es würde immer wieder Spaß machen, die Anekdote zu erzählen. Außerdem mochte ich das Royale. Durch die vielen Art-Deco-Elemente und die schicken kleinen Tische kam man sich vor wie auf der *Titanic*. Vielleicht könnten Tola und ich gleich noch etwas essen gehen und uns darüber schlapp lachen, was hier gerade passiert war …

»Nicki, ich muss ehrlich sein. Ich weiß nicht, ob wir das hinkriegen«, sagte Tola sanft.

»Ach, ihr seid bloß bescheiden!« Nicki wedelte mit den Händen, als ließen sich unsere Argumente damit wegwischen. »Ich würde es selbst tun, wenn ich die Zeit dazu hätte, aber ich muss mich um so viel anderes kümmern. Mein letzter Freund hat mir einen Antrag gemacht und war zuerst auch nicht vom Heiraten überzeugt.«

Der Reality-TV-Typ?

»Doch er hat verstanden, wie sehr das eure Marken fördert, ja?«, fragte Tola. »Er gehörte derselben Welt an wie du.«

Nicki seufzte. »Wie wär's, wenn ihr ihn einfach kennenlernt? Das gehört doch zu eurer Vorgehensweise, oder? Ihr lernt ihn kennen, um den Schaden einzuschätzen? Und wenn ihr dann meint, es ist hoffnungslos, dann belassen wir es dabei.«

Tola und ich zögerten, sagten weder Ja noch Nein. Nicki betrachtete das als Zustimmung und griff nickend zu ihrem Handy. »Gut. Wir sollten auch über das Honorar sprechen.«

»Honorar?«

Wir hatten bisher nur unsere Barrechnungen gedeckt, als pflegten wir ein Hobby, bei dem es nötig war, Sekt zu trinken. Deshalb war ich zuversichtlich gewesen, dass das nicht zu einer Vollzeitbeschäftigung ausarten würde und damit womöglich mein berufliches Fortkommen behindern könnte. Fixer Upper bestand aus drei Freunden, die Leuten halfen, dabei Verkleiden spielten und Spaß hatten. Jetzt entwickelte es sich ... zu einem regelrechten Albtraum.

»Für eure Zeit, Darling, wenn ihr das Projekt übernehmt. Mir ist klar, dass das viel Arbeit bedeutet, das Businesscoaching und die gesellschaftlichen Ziele und die Liebesangelegenheit, das ist praktisch einen Monat lang ein umfassendes Coaching.«

»Tja, wir müssten uns zusammensetzen und ein bisschen rechnen, auf Basis der geschätzten Stundenzahl ...«, begann Tola, doch Nicki wedelte wieder mit den Händen.

»Also, ich habe mir mal die durchschnittliche Arbeitszeit eines Monats überlegt und dazu die Reiserei addiert und alles weitere, daher dachte ich, zehntausend wären angemessen. Was meint ihr? Aber wenn es zu zusätzlichen Dienstleistungen kommt, verstehe ich das.« Sie sah uns mit großen Augen an.

Tola kniff mir unter dem Tisch ins Knie und gab mir damit zu verstehen, dass ich das jetzt nicht vermasseln durfte. Zehn Riesen dafür, dass wir die Persönlichkeit eines Mannes einen Monat lang nach und nach ummodelten? *Zehn Riesen.*

Ich holte Luft. »Nicki, du verstehst sicher, dass wir einen Heiratsantrag nicht garantieren können, oder?«

Sie lächelte von einem Ohr zum anderen. »Natürlich, Darling, juristisch wäre das ein Albtraum. Aber vielleicht können wir einen etwas … motivierenderen Bezahlungsmodus vereinbaren? Zum Beispiel fünftausend für einen Monat Coaching und den Rest, wenn er mir den Heiratsantrag gemacht hat?«

Ich versuchte, nicht auszuflippen. Wieso war das ganz anders als bei den Frauen, die sich bisher bei uns über ihren heiratsunwilligen Freund beklagt hatten? Wieso empfand ich es diesmal als so viel schlimmer? Ich konnte nicht sagen, ob es am Geld lag oder ob mir der arme Kerl leidtat.

Ich sah Tola entsetzt an, und sie tätschelte meine Hand.

»Nicki –«

»Lernt ihn einfach kennen, okay? Seid nicht so negativ!« Sie schenkte uns wieder ihr strahlendes Lächeln, das nun etwas zu ausladend wirkte, als hätte sie die Delphinmaske fallen gelassen und der Piranha in ihr wäre zum Vorschein gekommen. Und dann glitt ihr Blick in die Ferne. »Perfektes Timing!«

Sie stand auf und winkte jemandem zu, und ich wusste sofort, was sie getan hatte. Sie hatte uns engagiert, damit wir ihren Freund manipulierten, und uns manipuliert, damit wir ihn kennenlernten. Natürlich. Sie war eine Frau, die ihre Ziele erreichte. Ich hätte sie dafür bewundert, wäre ich nicht so verärgert gewesen.

Ich sah Tola mit großen Augen an, doch sie zog nur unbeeindruckt eine Braue hoch. Wir würden den verrückten Auftrag sowieso nicht übernehmen, also spielte das keine Rolle. Wir würden Hallo sagen, uns dann entschuldigen und gehen, um uns in einem erschwinglicheren Restaurant darüber zu amüsieren. Tola nickte, als wüsste sie genau, was ich dachte.

Und dann sah ich ihn.

Der Mann, der durch die Bar auf Nicki zukam, war groß, seine dunklen Haare waren auf raffinierte Art zurückgekämmt, und er hatte seine blauen Augen auf sie gerichtet. Auf seinen Lippen lag ein lässiges Lächeln. Und ich hätte es überall wiedererkannt.

Er trug einen dunklen Anzug, ein weißes Hemd mit offenem Kragen, und ohne hinzusehen wusste ich, dass er einen silbernen Christophorus-Anhänger um den Hals trug und einen künstlichen Schneidezahn hatte. Ebenso wusste ich, dass er Angst vor Pferden hatte, sich mit dreizehn den Knöchel gebrochen hatte und dass er beim Nachdenken Daumen und Zeigefinger aneinanderdrückte.

Dylan James.

Er war meine ganze Kindheit, mein bester Freund, meine erste Liebe. Und ich hatte ihn fünfzehn Jahre nicht gesehen.

6

Gleich wird mir schlecht, gleich wird mir schlecht. Wie sollte ich mich geben? Gelassen und reserviert? So tun, als wäre nichts, und hoffen, dass er sich genauso verhielt? Ich musste so tun, als ob, wie jeder, der jemandem aus seiner Vergangenheit über den Weg läuft. Ich musste wieder die charmante, beherzte junge Frau sein wie an dem Abend, als Jason in der Warteschlange im Restaurant hinter mir stand: *Guck mal, wie gut es mir geht.*

Doch Dylan hatte mein falsches Lächeln immer schon von Weitem durchschaut.

Als er an den Tisch trat, stand ich auf und wartete darauf, dass er mich erkannte.

»Oh mein Gott«, begann ich, und er sah mich lachend an.

»Na, das ist eine tolle Begrüßung!« Er streckte mir die Hand hin. »Dylan James, sehr erfreut.«

Ich spürte, dass mein Gesicht länger wurde. Ich stand da, ohne seine Hand loszulassen, und hatte das Gefühl zu schrumpfen. Ich wollte ihn anschreien: *Dyl, du Idiot, ich bin's!* Doch die Art, wie er mir in die Augen sah, hielt mich davon ab. Er hatte mich durchaus erkannt. Verbarg das aber mit Absicht.

Irgendwie machte mir das mehr aus als geheuchelte Nettigkeiten.

Plötzlich fühlte ich mich kraftlos und setzte mich wieder hin. Ich fühlte mich zurückgewiesen.

»Das sind Aly und Tola«, flötete Nicki, den Blick auf ihr Handy gerichtet. Sie sah nicht für einen Moment auf. »Sie sind Unternehmensberater. Ich habe mit ihnen über zwei meiner Projekte gesprochen, aber ich denke, sie könnten dir eine große Hilfe vor deinem wichtigen Meeting sein. Was meinst du, Babe?«

Jetzt sah sie ihn an und erwartete offenbar eine begeisterte Reaktion. Dylan rieb sich den Nacken und verzog ein wenig das Gesicht. »Ich meine, dass ich gerade dreißig Sekunden hier bin und du schon versuchst, mein Leben zu ändern.« Er küsste sie auf die Schläfe, um die Schärfe seiner Worte abzumildern, nahm ihr das Smartphone aus der Hand und legte es auf den Tisch. Nicki zog eine Braue hoch, schwieg aber.

Gott, du hast ja keine Ahnung.

»Also …« Er fing meinen Blick auf, und ich merkte, wie böse ich ihn ansah. *Sag etwas, na los, sag etwas.* »Wenn ich euch engagiere, kann ich mich darauf verlassen, dass ihr da seid, wenn ich euch brauche, ja? Und ihr werdet den ganzen Monat zur Verfügung stehen? Ich möchte nicht gern feststellen, dass ihr verschwunden seid, wenn ich eure Hilfe wirklich benötige.« Er sah weg, nahm einen Schluck von dem Bier, das ein Kellner gebracht hatte, und nickte dem Mann dankend zu. »Das wäre nicht gerade … professionell.«

Oh, so wird es also zwischen uns laufen.

Ich war nahe daran, mich wortreich zu entschuldigen und zu rechtfertigen – *ich bin fürs Studium weggezogen, du hattest eine Freundin, und überhaupt, fick dich doch* –, aber ich beherrschte mich.

Ich ließ Tola erklären, wie wir uns vor ein paar Jahren bei der Arbeit in London kennengelernt hatten, dass wir noch in einer Agentur angestellt waren und zeitgleich unser eigenes Unternehmen aufbauten.

Er setzte sich zu uns in die Nische, vollkommen entspannt, lächelte und nickte, schrecklich freundlich. Und dann blickten mich diese blauen Augen an, als forderten sie mich zu einer Mutprobe heraus.

»Und was ist mit dir? Aly, richtig?«

Du weißt genau, wie ich heiße, du Mistkerl. Du kennst meinen zweiten Vornamen und den meiner Mutter und den meines Kaninchens, das ich mit zwölf hatte.

»Alyssa.« Ich schenkte ihm mein professionelles Lächeln, aber es fühlte sich an, als würde ich auf Glasscherben kauen. »Was soll mit mir sein?«

»Kann ich mich auf dich verlassen? Wenn wir euch engagieren, werdet ihr da sein?«

Dieser arrogante, höhnisch schmunzelnde Mann war mal der Junge gewesen, der meine Hand gehalten hatte, als meine Eltern sich scheiden ließen. Der Junge, der sich an meiner Schulter ausweinte, als seine Mutter starb. Der, mit dem ich gemeinsam an meiner ersten Zigarette zog, das erste Bier teilte. Dem ich meine Geheimnisse anvertraute. Bis ich eines hatte, das ich für mich behalten musste.

»Gegenüber Leuten, die ehrlich zu mir sind, verhalte ich mich immer loyal.« Verkniffen lächelnd schaute ich in seine Augen und sah zu meiner Befriedigung Ärger darin aufblitzen. Er sollte der Vergangenheit auch nicht entkommen. Dylan James konnte mir alles Mögliche vorspielen, aber wenn man wusste, wie jemand früher war, gab einem das eine gewisse Macht.

Wie lange wir einander anstarrten, merkte ich erst, als Tola das Gespräch wieder an sich riss und mich prüfend musterte. »Wir sind ein offenes Buch. Was möchtest du noch über uns wissen?«

Die ganze Zeit über beobachtete Nicki uns interessiert, das Kinn in die Hand gestützt, als würde sie gespannt eine Fernsehshow verfolgen. Vielleicht glaubte sie, das gehörte schon zu unserem Spiel, dass ich deswegen ihren Freund böse anstarrte, bis der aufhörte, sich wie ein Arschloch zu verhalten. Trotzdem schnellte ihr Blick immer wieder zum Handy. Vielleicht wartete sie auf den passenden Moment, es sich wieder zu schnappen. So interessant wir waren, offenbar konnten wir nicht mit Hunderttausenden treuer Follower konkurrieren, die jeden ihrer Gedanken würdigten.

Dylan wandte sich Tola zu und überlegte sich seine nächste Frage sehr genau. »Ihr beide seid Wirtschaftsexperten?«

»Wir helfen Leuten, ihr Potenzial auszuschöpfen. Das ist unsere Expertise«, antwortete ich, bevor Tola es tun konnte, und neigte leicht den Kopf zur Seite. *Weißt du nicht mehr? Du warst der Erste, bei dem ich das getan habe.*

Er lachte spöttisch. »Wie nett. Also ermuntern und anfeuern?«

»Babe!«, rief Nicki peinlich berührt, aber sie wirkte auch ein wenig belustigt. »Sei nicht unhöflich!«

»Nun, wir werden dir nicht die Hausaufgaben abnehmen, falls du das meinst«, ätzte ich zurück, inzwischen offen feindselig. Nicht mal mein Lächeln konnte das noch verbergen. Er grinste, als hätte er einen Punkt erzielt.

Ich hatte mich so gefreut, ihn zu sehen, trotz der Demütigung. Er hätte mich mit demselben Lächeln begrüßen können, mit demselben Schulterzucken, und alles wäre gut gewesen. Stattdessen kam ich mir blöd vor, weil ich für einen kurzen Moment so glücklich gewesen war. Wie ein enttäuschtes Kind, das wieder auf dasselbe reingefallen war.

»Also gut, gebt mir eure Visitenkarte. Es wird allmählich ermüdend, all das Potenzial selbst zu entfalten.« Er lachte, nun schon ehrlicher, und zwinkerte mir zu. Er zwinkerte mir zu! Ich kochte innerlich vor Wut, doch er hatte sich schon abgewandt und sprach Tola auf ihre maßgeschneiderte Lederjacke an, bekam Nickis Meinung zur Mode zu hören und führte eine Unterhaltung, die völlig an mir vorbeiging.

Er war schon immer charmant gewesen, selbst als schlaksiger Teenager. Er hatte eine Art, einen zum Lächeln zu bringen, egal, wie sehr man sich über ihn geärgert hatte. Er wusste, wenn er einen erst mal zum Lächeln gebracht hatte, war man verloren – egal, ob man ein Mädchen und in ihn verknallt war oder ob man ein Lehrer war, der seine Erdkundehausaufgaben kontrollierte. Ich habe mich immer gefragt, ob sein Charisma und seine Freundlichkeit sich zu ungezügeltem Narzissmus entwickeln würden, wenn ich mal nicht mehr bei ihm sein und mich über ihn lustig machen konnte, damit er er selbst blieb. Und wie es schien, hatte ich das zu Recht befürchtet. Aber es war unfair, dass er auch noch so attraktiv aussah.

Nicki hatte eine gute Wahl getroffen. Sie registrierte jede Kellnerin, die einen Blick auf ihn warf, jede Frau, die sich im Vorbeigehen nach ihm umdrehte. Keine Frage, sie liebte das. Es war nur ein Bruchteil der Aufmerksamkeit, die sie bekommen hätte, wenn sie mit besagtem Reality-TV-Star zusammen gewesen wäre, aber dennoch eine kleine Anerkennung, dass dieser Mann an ihrer Seite etwas Besonderes war.

Dylan war kräftiger geworden. Er war muskulös, hatte breite Schultern, und die Ärmel seines Shirts spannten über seinem Bizeps, wenn er sich zurücklehnte. Wahrscheinlich war das nicht weiter überraschend. Sein Vater war bei der Army gewesen und hatte ihn sonntagmorgens genötigt, Übungen zu machen, um fit zu bleiben.

Einiges an ihm war jedoch unverändert. Seine dunklen Wimpern waren noch immer dicht und lang. Damals hatte ich oft darüber gejammert, wie unfair es war, dass er Bambi-Wimpern hatte, ich mich dagegen mit der Wimpernzange und dem Mascarabürstchen abquälen musste. Er klimperte dann mit seinen Wimpern und sagte grinsend: »Warum gibst du dich überhaupt mit solchem Zeug ab, Aly? Wir sind unter uns. Niemand achtet auf deine Wimpern.« Ich war immer nur die beste Freundin gewesen, nie das Mädchen, für das er sich interessieren könnte.

Dylan spürte, dass ich ihn anstarrte, denn sein Blick schnellte immer wieder zu mir, bevor er sich wieder konzentrierte. Sollte er sich ruhig Gedanken machen, was ich von ihm hielt, ob ich ihn abschätzte und nach all den Jahren enttäuschend fand. Genau das wollte ich. Ich wollte nur selber nicht darüber nachdenken, was er von mir hielt.

Als wir uns zehn ewig lange Minuten später verabschiedeten, wich er meinem Blick aus, indem er auf mein linkes Ohrläppchen sah, aber er saß noch genauso entspannt da und hob grüßend die Hand.

»War wirklich nett, euch kennenzulernen«, sagte er mit versteinertem Gesicht und schmalen Lippen.

»Ja, Dylan«, sagte ich überdeutlich, »wirklich aufschlussreich.«

Ich sah seinen Ärger erneut aufblitzen und wusste, ich hatte gewonnen. Was etwas bedeutet hätte, wenn ich nicht den befremdlichen Wunsch verspürt hätte, in Tränen auszubrechen.

Nachdem wir endlich auf die belebte Straße entkommen waren, griff Tola nach meiner Hand. »Was war das denn?«

»Verdammt unfassbar war das.«

Ich fühlte mich wie vom Bus gestreift, und das helle Grau des Londoner Himmels und die vielen Leute ringsherum auf dem Bürgersteig taten mir auch nicht gerade gut. Ich musste wohl ausgesehen haben, als würde ich gleich ohnmächtig werden, denn Tola übernahm die Führung.

Sie brachte mich in eine nahe gelegene Bar, setzte mich auf einen Stuhl und ging zur Theke, wo sie uns zwei Martinis und frittierte Leckereien bestellte, denn wie sie oft sagte: Zwiebelringe sind gut für die Seele.

Als sie zurückkam, ging es mir schon ein bisschen besser. Sie stellte einen Martini vor mir ab und bedeutete mir zu trinken, so als würde unsere Unterhaltung dadurch zeremoniell eröffnet.

»Gut?«, fragte sie, und ich nickte und trank.

»Okay.« Sie spreizte die Hände. »Raus damit.«

Es war schwierig zu entscheiden, wo ich anfangen oder wie viel ich preisgeben sollte. Ob ich die peinlichen Sachen auslassen oder herunterspielen sollte, wie viel er mir bedeutet hatte. Am besten, ich machte es nicht so kompliziert.

»Dylan James ist mein bester Freund.«

Tola runzelte die Stirn. »So sah es nicht aus.«

Ich verzog das Gesicht. Zu blöd. »War. War mein bester Freund.« Allerdings hatte ihm den Rang seitdem auch keiner streitig gemacht. Er war mein letzter wirklich guter Freund gewesen, bis ich Tola und Eric kennengelernt hatte, was peinlicher war, als ich zugeben wollte. Es war nicht leicht, mich besser kennenzulernen.

In den Jahren nach Dylan war ich mit gesenktem Kopf herumgelaufen, hatte mich aufs Studium konzentriert, weil ich nicht noch mal verletzt werden wollte, und ging mit einem Typen, der mich die meiste Zeit nicht mal wahrnahm, wenn ich in seiner Nähe war. Drei vergeudete Jahre mit jemandem, der mich nicht mal besonders mochte. Jemand, der Freunde und Hobbys und all die Erfahrungen ersetzte, die man haben sollte, wenn man gerade erst zu Hause ausgezogen war.

Aber dadurch verließ ich die Uni mit einem erstklassigen Abschluss und ohne dass mich jemand bei der Abschlussfeier umarmte.

»Ich habe ihn am ersten Tag auf der Oberschule kennengelernt. Wir verstanden uns gut, zwei Außenseiter, die sich gefunden hatten.«

Ich versuchte immer wieder, mein Bild von dem Teenager mit dem Mann in Übereinklang zu bringen, den ich eben erlebt hatte, aber das war fast unmöglich. Der Dylan, den ich damals gekannt hatte, hatte permanent gelächelt – und nicht dieses verkniffene, aufgesetzte Lächeln, sondern ein echtes, breites. Er hatte so schallend gelacht wie kein anderer.

»Und ihr habt euch furchtbar gestritten und nie wieder miteinander geredet?«, riet Tola. »Denn danach sah es gerade aus. Ganz abgesehen davon, dass ihr so getan habt, als ob ihr euch nicht kennt.«

»Es war ein bisschen komplizierter …« Ich seufzte und überlegte, wie angreifbar ich mich machen sollte. Doch Tola tätschelte mir lächelnd die Hand.

»Erzähl es mir.«

»Ich habe mich mit der Zeit in ihn verknallt. Das war im letzten Schuljahr, und ich dachte, wenn ich an die Uni komme und jemand anderen kennenlerne, geht das vorbei, weißt du?« Ich kniff die Lippen zusammen. »Ich würde ein ganz neues Leben anfangen, und wir würden weiter befreundet sein, und alles wäre bestens.«

»Aber …«

»Wir sind zu einer Party gegangen, und da wurde Wahrheit oder Pflicht gespielt, und einer der Jungs forderte Dylan auf, mich zu küssen, so als wäre das die schlimmste, lächerlichste Strafe, die man sich für ihn ausdenken könnte.« Ich gab mir

Mühe, meine Stimme wieder ruhiger klingen zu lassen, und trommelte mit den Fingern auf der Tischplatte. »Ich weiß nicht, ob du schon mal in einem Raum voller Leute geküsst wurdest, die das schreiend komisch finden. Mich hat das jedenfalls fertiggemacht. Der Kuss war mein größter Wunsch und zugleich die schlimmste Demütigung, die ich mir vorstellen konnte.«

Danach hatte er mich lächelnd angesehen und mir liebevoll mit dem Daumen über die Wange gestrichen, sodass mein Herz einen hoffnungsvollen Sprung machte. Vielleicht hatte das tatsächlich etwas bedeutet. Dann hatte er sich zu den anderen umgedreht und gesagt: »Na schön, ihr Spinner, ihr hattet euren Spaß. Der Nächste bitte.«

»Ich habe mich volllaufen lassen, und zwar halbe-Flasche-Tequila-ganze-Zitrone-mäßig. Ich war völlig weggetreten.« Ich blinzelte, um das Peinlichkeitsgefühl loszuwerden.

»Hey, so was macht man als Teenager eben.« Tola zuckte mit einer Schulter und stieß mich freundschaftlich an, als wollte sie mich daran erinnern, dass sie für mich da war.

»Aber weißt du, wenn man zurückblickt und begreift, wie gefährlich das war, die Kontrolle über sich aufzugeben … wie lieblos man mit sich selbst umgegangen ist …«

Tola neigte den Kopf zur Seite und sah mich an, als wollte sie sagen: Das tust du noch immer. Ein paar Augenblicke lang schwieg sie und fragte dann: »Süße, soll das eine superdüstere Geschichte werden?«

Ich schüttelte den Kopf, und sie nickte einmal knapp. In dem Moment wusste ich, egal wie düster die Geschichte geworden wäre, sie hätte auf dieselbe Weise reagiert: einen Schluck Martini getrunken, freundlich gelächelt und mich ermutigt, mir mit dem Erzählen Zeit zu lassen.

»Dylan fand mich, brachte mich zu ihm nach Hause und kümmerte sich um mich. Ich kann mich kaum daran erinnern oder an das, was ich gesagt habe. Mir war schlecht, und ich weiß noch, dass er mir sein T-Shirt gab. Ich muss mich irgendwie verraten haben, weil ich etwas gesagt habe und er entsetzt die Augen aufriss. Er war entsetzt.«

Ihr das zu erzählen war hart, selbst nach so langer Zeit.

»Dann war es Morgen, und ich lag unter der Decke und er auf der Decke, und sein Handy summte. Nachrichten von seiner Freundin, die sauer war, weil er sich um mich gekümmert hatte, anstatt sie zu entjungfern, wie sie vorher abgemacht hatten, vermute ich mal.« Ich lachte, um Abstand zu gewinnen, aber Tola lachte nicht mit. Sie schaute nur traurig, als wäre ihr klar, was los war. »Und in seinen Antworten, die er geschrieben hatte, während ich schlief, stand eine ganze Menge … dass er mich nicht allein lassen durfte und welche Last ich war und dass er sich keine Gedanken mehr zu machen brauchte, wenn er erst mal weit weg auf eine andere Uni ging … tja, ich hatte mich immer ein bisschen gefühlt wie ein Anhängsel, weil er so beliebt war und sich überall so leicht einfügte, aber ich hätte nie gedacht, dass er mich so sah.«

Er machte mich zu der bedauernswerten Kumpel-Freundin, die peinlicherweise in ihn verknallt war, die sich an ihn klammerte und hoffte.

»Also schlich ich mich raus und ging nach Hause. Ich fragte meine Mutter, ob ich den Sommer bei meinen Großeltern auf Kreta verbringen könnte, bis das Semester anfing. Ich blockierte seine Telefonnummer und machte mich aus dem Staub. Seitdem haben wir uns nicht wiedergesehen.« Ich breitete die Hände aus.

»Bis heute. Ach, Aly«, sagte Tola. »Aber das erklärt noch

nicht, wieso er glaubt, er könnte sich aufs hohe Ross setzen, oder warum er so getan hat, als würde er dich nicht kennen.«

»Wahrscheinlich, weil ich ihn geghostet habe. Den großen Streit gab es nicht. Es fiel mir damals schwer, Konflikte offen anzusprechen und Leute zu konfrontieren.« Ich zuckte mit den Schultern und trank einen Schluck. Okay, nun hatte ich meine Seele entblößt. Das war gar nicht mal so schlimm.

»Oh ja, und heute kannst du das richtig gut, wenn du Hunters Arbeit machst und permanent darauf wartest, dass Felix dich befördert, anstatt das einzufordern.«

»Ich habe es gefordert! Wie auch immer, das ist nicht dasselbe … Ich hatte Dylan vertraut und bin enttäuscht worden. Unsere jahrelange Freundschaft kam mir danach wie eine Lüge vor. Ich hatte geglaubt, ihn wirklich zu kennen und dass er mich wirklich kennt, doch da habe ich mich getäuscht. Das war mir zu peinlich, um mich deswegen zu streiten.«

Ich war noch am selben Abend ins Flugzeug gestiegen. In einer Kleinstadt auf Kreta ließ ich mir von meinen Cousinen über den Kopf streichen, während sie von Liebeskummer und gebrochenen Herzen erzählten, und ich trank Kaffee mit meiner Großmutter. Abends sah ich zu, wenn sie und mein Großvater unter der Pergola auf der Steinterrasse, wo saftige Weintrauben über unseren Köpfen hingen, miteinander tanzten und sich im Takt wiegten. Und ich erinnerte mich, dass es für jeden Topf einen Deckel gab, wenn man nur geduldig blieb. Mein ganzes Leben lag noch vor mir. Ich würde zur Uni gehen und Freunde finden. Das fühlte sich wie Hoffnung an.

Und dann ging ich natürlich an die Uni und passte dort auch nicht hin. Die Freundschaften, von denen immer alle redeten, fand ich nicht. Ich telefonierte jeden Abend mit meiner Mutter, der es schlechter ging, seit ich zu Hause nicht mehr den motzigen Teenager spielte und meinen Vater nicht mehr auf Abstand hielt. Ich vertiefte mich ins Studium, denn dazu war ich schließlich dort.

Dann lernte ich Timothy kennen und machte ihn zu meiner Welt, denn ich hatte keine Freunde und fand es schwer, noch mal jemandem zu vertrauen. Und als ich begriff, dass Timothy eine schlechte Idee gewesen war, dass ich Heimweh hatte, mich einsam und innerlich leer fühlte, blieben nur noch ein paar Monate bis zum Examen, und da lernte sowieso jeder fleißig in der Bibliothek. Ich hatte keine Zeit für Freundschaften. Ich hatte nur Zeit für meine Pläne: einen erstklassigen Notendurchschnitt, einen Masterstudiengang, den ich von zu Hause aus machen konnte – um auf meine Mutter aufzupassen –, und eine Stelle mit Aufstiegschancen.

Das war seit Jahren mein Plan gewesen, und ich war so nahe dran, ihn zu verwirklichen …

Tola nahm sich einen Mozzarella-Stick und benutzte ihn für untermalende Gesten. »Warum wollte er nicht zugeben, dass er dich kennt? Das ist so seltsam. Nicki hat eindeutig bemerkt, dass was im Gange war.«

Ich zuckte mit den Schultern. »Er konnte schon immer gut vorgeben, dass alles okay ist.«

»Tja, das habt ihr gemeinsam«, erwiderte sie, und ich stieß sie an. »Aber ich habe mir Nickis Freund anders vorgestellt. Nach allem, was sie über ihn gesagt hat, dachte ich, wir hätten es mit einem sozial inkompetenten Typen zu tun, der in Surfershorts und einem T-Shirt mit Videospiel-Motiv aufkreuzt.«

Ich versuchte zu vergessen, was ich über Dylan wusste, und nur den Mann zu bewerten, den wir gerade gesehen hatten. »Tja, der Anzug war nicht billig, aber das könnte Nickis Werk sein. Er hat sich selbstbewusst bewegt und geredet. Er wirkte nicht wie jemand, der Hilfe braucht, wenn er sich auf ein Verkaufsgespräch vorbereiten muss. Er sah aus, als könnte er neben ihr auf dem roten Teppich bestehen.«

Tola lachte. »Jep, er ist unbestreitbar ein attraktiver Typ. Einer, der sie nicht mehr in billige Restaurants einlädt. Anscheinend hat sie ihn schon ein Stückweit in den Mann verwandelt, den sie am Ende haben will.«

»Das konnte er selbst auch schon immer ganz gut. Er mag es, gemocht zu werden. Ein Chamäleon, das sich jeder Gruppe, jeder Situation anpasst. In unserer Teenagerzeit hat er sich für das Mädchen, das ihn interessierte, komplett gewandelt. Er wurde der sportliche Typ oder der empfindsame Typ oder der romantische Typ. Er wusste genau, was er tun musste, damit sie sich in ihn verliebten.«

»Wieso habe ich den Eindruck, dass du daran beteiligt warst?«

Ich zuckte mit den Schultern. »Ich habe ihm ein bisschen geholfen, bei den Hausaufgaben und bei den Mädchen.«

»Du hast ihm beigebracht, wie man Mädchen abschleppt?« Tola lachte.

»Wie man der perfekte Freund ist. Von daher ist es komisch, dass ausgerechnet er Nicki vorwirft, bloß eine Rolle zu leben. Er hat das damals selber ständig getan. So ist er. Ich glaube nicht, dass Nicki uns überhaupt braucht.«

»Da wäre noch der Umstand zu beheben, dass er nicht genügend Follower hat, um für sie wertvoll zu sein. Mir ist klar, dass er sich dir gegenüber wie ein Arschloch verhalten hat, aber er tut mir auch leid. Er ahnt überhaupt nicht, was auf ihn zukommt.«

»Tja, dann viel Glück für die beiden«, schnaubte ich und hob mein Glas. »Auf dass wir es nie wieder mit einem von ihnen zu tun kriegen.«

»Ein Monat Zeit, um ihn dazu zu bringen, ihr einen Antrag zu machen, damit sie an einer Hochzeitsfernsehshow teilnehmen kann …« Tola schüttelte den Kopf und stieß mit mir an. »Ich hatte ja schon mit einigen Social-Media-Diven zu tun, aber ehrlich, Nicki schlägt alle um Längen.«

»Wenigstens hat der Abend ein schönes Ende.« Ich deutete auf unseren Tisch. »Leckeres Essen, nette Gesellschaft und eine gute Geschichte.«

»Darauf trinke ich. Aber bist du nicht neugierig? Willst du ihn nicht schütteln und fragen, warum er sich so verhalten hat, und alles erfahren? Ich würde brennen vor Neugier.«

»Ich bin nicht mit ihm befreundet«, entgegnete ich gleichgültig. »Das war vielleicht mal so, aber es hat keinen Sinn, die Zukunft auf einem Friedhof zu suchen.«

»Verdammt, du bist eiskalt«, sagte Tola lachend.

»Ich habe keine Zeit für Dinge, die wehtun«, sagte ich leise. »Das ist alles.«

Wir bezahlten, und ich fragte mich, in was für eine Geschichte sie unser Abenteuer morgen für Eric umstricken würde. In der U-Bahn lachten wir darüber und gingen zu anderen Anekdoten über, Albernheiten, die sich Kollegen im Büro erlaubt hatten. Wir machten Pläne für den nächsten Fixer-Upper-Klienten, das Drama, das sich in Tolas (jüngerem, coolerem) Freundeskreis derzeit abspielte. Als wir uns bei King's Cross trennten, umarmte sie mich ungestüm, drehte sich dann umstandslos weg und rannte zu ihrem Zug.

Doch als ich später warm und gemütlich eingerollt im Bett lag, konnte ich nicht einschlafen. Ständig sah ich Dylans Augen, die mich herausfordernd anblickten, mich zwingen wollten, als Erste einzuknicken, das Spiel aufzugeben und ihn zu fragen, was er sich verdammt noch mal dabei dachte. Immer wieder modelte ich mir unsere Begegnung nachträglich zurecht und suchte nach einer Variante, die nicht wehtat. Eine, bei der wir uns herzlich begrüßten und als Freunde auseinandergingen. Wie wäre es gelaufen, wenn wir uns ohne Nicki über den Weg gelaufen wären, wenn ich nur mit Tola in dem Restaurant gesessen hätte oder wenn ich ihn auf der Straße gesehen hätte?

Ich schämte mich für die freudige Aufregung, die ich empfunden hatte, als ich ihn sah, und weil ich im ersten Moment gedacht hatte: Hey, mein Freund ist hier! Ich war wütend auf mich selbst. Doch das hielt mich nicht davon ab, um ein Uhr aufzugeben und nach dem Handy zu greifen, um Dylan James zu googeln.

Zehn Jahre hatte ich durchgehalten, eine strikte Verleugnungsdiät eingehalten – keine Dylan-Infos. Ich erfuhr allenfalls mal etwas, wenn meine Mutter seinen Vater beim Einkaufen gesehen hatte, und selbst dann wechselte ich das Thema und fragte nicht mal nach, ob sich sein Verhältnis zu seinem Vater verbessert hatte oder ob er ihn noch besuchte.

Denn ich hatte genau gewusst, dass ich so sein würde. Süchtig nach mehr Details. Wenn ich erst mal aufgehört hätte, jenen Schatten an meinem Blickfeldrand zu ignorieren, würde ich alles wissen wollen.

Und deshalb war ich um vier Uhr morgens noch wach, durchkämmte das Internet und verschlang die mageren Brocken über den Werdegang des Jungen, den ich mal geliebt hatte.

»Alyssa, kannst du heute nach der Arbeit vorbeikommen?« Meine Mutter klang angespannt, als sie mich am nächsten Morgen anrief. Ich gähnte in meine Kaffeetasse und versuchte, das möglichst lautlos zu tun. Sie musste endlich mal aufhören, mich auf der Büroleitung anzurufen. Meines Wissens hatte ich ihr nicht mal die Nummer gegeben.

Mir schwirrte noch der Kopf vor lauter Gedanken an Dylan, und nachdem ich einiges im Internet erfahren hatte, fühlte ich mich miserabel und kam mir vor wie eine Stalkerin.

Teils hoffte ich, er wäre durch unser überraschendes Wiedersehen genauso aufgewühlt wie ich, hätte mich gegoogelt und versucht herauszufinden, ob ich mich seiner Vermutung gemäß entwickelt hatte, ob ich meine Träume verwirklicht und mich bewiesen hatte. Wahrscheinlich würde er nur meinen sorgfältig erstellten beruflichen Lebenslauf und mein LinkedIn-Profil finden. Schließlich war es leichter, anonym zu bleiben, wenn man keinen C-Promi datete. Nachdem ich seinen Namen eingegeben hatte, schien er wirklich überall zu sein. Einmal hatte er bei einer Firma gearbeitet, die nur drei Straßen von meinem Büro entfernt war. Unmöglich …

Ich kniff die Augen zu und blinzelte, um mich wieder auf meine Aufgaben zu konzentrieren: mit meiner Mutter telefonieren, mir die Finger wund schuften und die Beförderung kriegen.

»Sicher, Mama.« Ich seufzte, kniff mir in die Nasenwurzel und suchte auf meinem Schreibtisch nach Schmerztabletten. »Ist alles in Ordnung?«

Einen Moment lang zögerte sie, dann sagte sie leise Ja. Meine Mutter log miserabel. Ich versuchte, meinen Ärger zu unterdrücken. Was war jetzt wieder los? Was würde ich diesmal aus der Welt schaffen müssen?

»Mama«, sagte ich mit warnendem Unterton.

»Wir sprechen darüber, wenn du da bist, Schatz. Mach dir keine Gedanken.«

Ich würde sie nicht drängen. Es war erst zehn Uhr, und ich würde es durch den Tag schaffen müssen, bevor ich sie sah.

»Okay, aber du bist gesund, ja?«

Sie lachte, und ich seufzte erleichtert. »Meine Kleine, macht sich immerzu Sorgen. Ich bin fit wie ein Turnschuh. Alles gut. Ich möchte nur hören, wie meine kluge Tochter über gewisse Dinge denkt. Ich werde Pizza bestellen.«

Oh-oh. Trostfutter. Eindeutig ein Dad-Drama. Als Kind hatte ich mir immer Geschwister gewünscht, nur damit ich jemanden hätte, mit dem ich mir diese Bürde teilen könnte. Aber wahrscheinlich hätte ich mich irgendwann auch um die noch kümmern müssen.

Ich wusste nie, wie ich die Probleme zwischen meinen Eltern beheben sollte. Sie waren geschieden. Mein Vater wieder verheiratet. Und trotzdem, trotzdem führte ich mit meiner Mutter jede Woche dasselbe Gespräch. Wie in *Und täglich grüßt das Murmeltier* wusste ich einfach nicht, wie ich die ewigen Wiederholungen beenden konnte.

Nach dem Tod meines Großvaters und meinem Uni-Abschluss lebte meine Großmutter bei uns, und wir hatten einige schöne Jahre, weil mein Vater sich von uns fernhielt. Meine

Mutter hatte ihr emotionales Auffangnetz, und meine Großmutter war ein Wolf. Sie verjagte ihn, sobald er wieder bei uns aufkreuzte. Einmal trieb sie ihn sogar mit dem Besen vom Haus weg. Ich jubelte vor Lachen, als diese kleine zierliche alte Dame mit erhobenem Besen hinausrannte und erst, als sie ihn anschreien wollte, bemerkte, dass sie ihre Zähne nicht im Mund hatte. Sie war brillant. Eine Frau, die sich nichts bieten ließ. So wollte ich auch gern sein.

Doch nach ihrem Tod kam mein Vater zurück, sagte, er wolle für meine trauernde Mutter da sein. Das sei seine Pflicht, obwohl sie nicht mehr verheiratet seien. Das konnte man für bewundernswert halten, solange man ihn nicht kannte. Und so hatte sie sich wieder von Neuem einwickeln lassen. In gewisser Weise machte er sie zu seiner Geliebten, und das würde ich ihm nie verzeihen. Ehrlich gesagt war ich mir nicht einmal sicher, ob ich ihr das verzieh.

Solange er nicht bei ihr war, war sie die Beste. Sie arbeitete im Krankenhaus, ging zu Töpferkursen und tanzte freitagabends Salsa. Sie hatte eine laute, fröhliche Freundesclique, die ausgezeichnete Dinnerpartys schmiss, und sie sang, während sie den Garten bewässerte. Sie zog darin schöne blühende Stauden, die sich üppig ausbreiteten, kaum dass der Frühling da war. Sie hatte ein gutes Leben. Und dann kam er vorbei und machte es wieder kaputt. Manchmal wollte sie, dass ich ihr sagte, das sei in Ordnung und dass er sie wirklich liebe. Und manchmal wollte sie von mir hören, dass sie etwas Besseres verdiente, und ich sollte sie stärken, damit sie die Kraft hatte, ihn abzuweisen.

Es war Jahre her, und ich war es leid, immer wieder dasselbe zu sagen, ohne dass sich etwas besserte.

Der Tag schleppte sich dahin. Ich konzentrierte mich auf meine Arbeit, müde, aber entschlossen. Ich fragte die anderen, wie sie zurechtkamen und was sie und ihre Familien vorhatten, gab mich bei Felix begeistert und knirschte mit den Zähnen, wenn Hunter wie ein Gremlin an meinem Schreibtisch auftauchte.

Ich wollte den Job mehr als alles andere. Die Beförderung zu bekommen hieße, dass es in meinem Leben insgesamt gut lief. Darum lächelte ich weiter, schrieb meine Berichte, leitete meine Meetings und spielte meine Rolle. Ich bestellte eine Abschiedstorte für einen Mitarbeiter, der in Pension ging, und erinnerte Felix daran, dass seine Frau am Wochenende Geburtstag hatte.

»Verdammt! Aly, du bist meine Rettung«, sagte er, als er stirnrunzelnd das Internet durchforstete. »Was, meinst du, würde ihr gefallen?«

Das fragst du mich, die ich Marilyn nur dreimal gesehen habe, während du seit zwölf Jahren mit ihr verheiratet bist?

Ich machte ein paar Vorschläge und sagte, ich würde am Ende des Monats gern einen Teamfördertag einlegen, weil ich mir Sorgen machte, dass die neueren Mitglieder sich nicht zugehörig fühlten. Felix nickte lächelnd und hörte mir eigentlich gar nicht zu. Doch ich plante ihn für den Termin ein, schickte eine E-Mail an alle und stellte mir vor, dass er das gut finden würde, wenn es so weit war. Ich hatte das Gefühl, dass er mir immer wieder sagte, ich solle Präsenz zeigen, mich verbessern, mich beweisen. Er verlangte ständig von mir, ich solle springen, verriet aber nie, wie hoch.

Darum achtete ich einfach darauf, in jedem Bereich höher zu springen als jeder andere. Bald würde man das bemerken. Und nichts, nicht mal das sonderbare Wiedersehen mit ihrem einstmals besten Freund, konnte Alyssa Aresti von dieser Schiene abbringen.

»Hey, Aly, hast du eine Minute?« Matthew lächelte nervös und hoffnungsvoll, und ich nickte und deutete auf den Stuhl hinter mir, obwohl ich vor Erschöpfung schwankte.

»Natürlich! Setz dich. Wie kann ich helfen?«

Sein erleichterter Blick war süß, und er zog sich den Bürostuhl von dem freien Schreibtisch hinter mir heran. Er wirkte immer wie ein kleiner Junge am ersten Schultag. Ich war mir nicht sicher, woran es lag – ob er die falsche Hemdengröße trug oder die bunten Krawatten schuld waren, die er zu mögen schien –, jedenfalls weckte es in mir das Bedürfnis, ihn unter meine Fittiche zu nehmen. Ich hatte ihm sofort geholfen, sich zurechtzufinden, als er vor einem Jahr in der Firma anfing, und anders als bei Hunter machte mir das nichts aus, weil er ungeheuer dankbar war. Eric behauptete steif und fest, das sei bloß gespielt, aber ich glaubte das nicht.

»Ah, Aly, du ahnst nicht, wie dankbar ich dir bin.« Er seufzte, wobei die komische kleine Falte zwischen seinen Augenbrauen wieder erschien. Ich mochte seine lockigen Haare und wie bereitwillig er lächelte. Was wahrscheinlich auch der Grund war, wieso ich ihn im leeren Treppenhaus bei seiner ersten Weihnachtsfeier in der Firma geküsst hatte. Es war eine nicht besonders tolle, nervöse Fummelei in betrunkenem Zustand gewesen, und danach waren wir eine Zeit lang verlegen miteinander umgegangen. Doch inzwischen hatte er eine Freundin, und zwischen uns herrschte wieder die ganz klare Mentor-Schützling-Dynamik.

Außerdem hatte ich am Tag danach erfahren, dass er erst fünfundzwanzig war, und ich fühlte mich nicht gerade toll damit. Das war, als hätte ich aus Versehen meine Machtposition ausgenutzt. Darum half ich ihm, und er sprudelte über vor Dankbarkeit, und so funktionierte es jetzt zwischen uns. Eine nette, freundliche Angelegenheit.

»Was hältst du von dem Pitch für den neuen Velvet Touch Moisturizer? Irgendwas kommt mir daran falsch vor, und ich komme nicht drauf, was es ist.« Er schob die Mappe über meinen Schreibtisch, wobei er einen angemessenen Abstand einhielt, und ich überflog die Seiten.

»Hmm, du hast recht.« Ich knackte mit den Handgelenken und dachte nach, dann griff ich nach einem Stift. »Was dagegen?«

»Soll das ein Witz sein? Tob dich aus. Deine Ideen sind Gold wert.« Er deutete lächelnd auf die Seite.

»Du bist süß«, sagte ich, ohne von den Unterlagen aufzublicken. »Ist das Briefingdokument des Unternehmens hier drin?«

Er zog es weiter hinten aus der Mappe, und ich runzelte die Stirn. »Ah, ja. Siehst du? Das geht an der Zielgruppe vorbei. Das Design ist jung und frisch, aber die Durchschnittskonsumentin ist über fünfunddreißig.«

»Ja, aber sie wollen –«

»Den jüngeren Markt?« Ich nickte. »Sicher, aber wie viel kostet ein Tiegel mit ihrer Gesichtscreme?«

»Etwa achtzig Pfund.«

Ich hob die Hände. »Es ist deine Aufgabe, dem Kunden klarzumachen, was möglich ist, Matt. Handhabe ihre Erwartungen, lenke sie auf etwas Erschwingliches. Du kannst das. Brust raus und kompetenter Tonfall. Du kennst die Branche, du weißt, was für deren Geschäft gut ist, nicht wahr?«

Er lächelte mich dankbar an und nickte. »Stimmt. Danke, Aly. Wirklich. Keine Ahnung, was ich ohne dich tun würde.«

Ich winkte ab, während er aufstand und den Stuhl wieder an seinen Platz rollte.

»Ach, und Matt?« Er drehte sich um. »Ändere diese erbärmliche Schrift, okay? Felix reißt dir den Kopf ab, wenn du eine Simulation mit Comic Sans machst.«

Er schnaubte und salutierte. »Geht klar, Boss.«

Hunter kam an meinem Schreibtisch vorbei und sah zweimal hin, schaute Matt hinterher, der mit federnden Schritten wegging, und setzte sein schmieriges Grinsen auf. »Warum bevorzugst du ihn, Aly? Zu mir bist du nie so nett, wenn ich Hilfe brauche.«

Mein Lächeln geriet zu einem Zähnefletschen. »Weil er höflich bittet. Und weil er nicht fünf Minuten vor Feierabend damit ankommt.«

Hunter schmollte. »Ach, sei doch nicht so. Du weißt, du liebst die Macht, mit der du jeden von uns bezauberst, und dass keiner was ohne dich zustande bringt.«

Ich holte tief Luft, warf mein Zeug in meine Tasche und blieb kurz stehen, als ich an ihm vorbeiging, um ihm auf die Schulter zu klopfen. »Du hast recht. Es kann nur daran liegen, dass er hübscher ist als du.«

Ich ging weiter, bevor ihm eine billige Retourkutsche einfiel, und fing Tolas freudigen Blick auf, als ich in den Aufzug stieg. Sie schrieb eine Eins in die Luft, als führte sie den Punktestand. Da ich Tolas und Erics berüchtigtes Bürolotto kannte, traute ich ihr das sogar zu.

Die Arbeit hatte mich wunderbar abgelenkt, doch sowie ich in den Zug einstieg und zu meiner Mutter fuhr, fiel ich wieder in mein Google-Loch und ging alles durch, was ich in der Nacht über Dylan erfahren hatte. Ich fand eine Website seiner Firma EasterEgg Development, aber die bot gerade mal eine Infoseite über die Belegschaft – lauter junge lächelnde Gesichter, die Potenzial ausstrahlten. Auf Nickis Social-Media-Fotos war er im Hintergrund zu sehen, aber nicht markant. Kein Social-Media-Profil. Ich ging auf die Alumni-Seite der Universität von Portsmouth, um zu sehen, ob er auf einem der Absolventenfotos war, fand ihn aber nicht. Der Mann war kaum irgendwo existent.

Wieder fragte ich mich, ob er mich gestern Abend auch gegoogelt und ob ihn unser überraschendes Wiedersehen genauso aufgewühlt hatte. Oder hatte er teure Drinks bestellt, ein schickes Menü mit seiner ehrgeizigen Freundin verspeist und dabei ignoriert, dass sie fast alles an ihm ändern wollte? Wie jede seiner Freundinnen während unserer Teenagerzeit. Sie mochten sein hübsches Gesicht und sein lässiges Lächeln, aber jede fand etwas, das sie an ihm ändern wollte. Und er war gern bereit, so zu sein, wie sie ihn haben wollten.

Und ich hatte als Einzige gesehen, wie mühsam er die Fassade aufrechterhielt und die Tränen zurückhielt.

Jetzt nach Hause zu fahren war für mich gar nicht hilfreich, da jeder Teil der Strecke mit Erinnerungen an Dylan verbunden war. Der Bahnhof, wo wir stundenlang auf die ständig verspäteten Züge gewartet hatten, die in die Innenstadt oder aus London rausfuhren, um uns Gigs im Electric Ballroom oder Barfly anzusehen oder im World's End Bier zu trinken.

Ich ging die Hauptstraße entlang, an der wir uns auf dem Weg zum Kino oder in den Park unsere bunte Tüte Süßigkeiten geholt hatten, die Leute beobachteten und uns zu ihnen Geschichten ausdachten. Da waren unsere Schule und der Pub, in dem wir etwas trinken gegangen waren, als wir achtzehn geworden (oder kurz davor) waren, und die Abzweigung zu Dylans Straße. Ich vermutete, dass sein Vater dort noch wohnte, aus dem Zuhause einen Schrein für seine Frau machte und sich weigerte, irgendetwas zu verändern. Sie war unterwegs gewesen, um uns von einer Geburtstagsparty abzuholen, als es passierte. Eben war sie noch da gewesen, dann hatte es sie plötzlich nicht mehr gegeben.

Als ich endlich zu Hause angekommen war, blieb ich einen Moment lang draußen stehen und sah mich um. Es war ein schönes Haus, immer gewesen. Der üppige Vorgarten, die Magnolie in der Mitte, die einen Teil der Fassade verdeckte. Im Sommer hatte meine Großmutter oft einen Stuhl unter den Baum gestellt und die Passanten beobachtet. Das war eine mediterrane Angewohnheit, aber die Nachbarn in der Straße hatten nichts dagegen. Sie hatte nur zehn Minuten dort sitzen müssen, und schon war jemand vorbeigekommen und hatte ihr Äpfel aus seinem Garten angeboten oder sie mit seinem Hund bekannt gemacht oder gefragt, ob sie aus Griechenland stamme.

Dieses Haus war mein Zuhause. Nachdem mein Vater ausgezogen war, strichen wir die Zimmer in hellen Farben. Dylan kam vorbei, während wir mit meinen Kunstpinseln Farbe an die Wände tupften, und schlug sich mit gespieltem Entsetzen an die Stirn, lief dann zu dem kleinen Haushaltswarenladen an der Hauptstraße und kehrte mit Kreppband, Malerpinseln und Farbrollen zurück. Er achtete darauf, dass wir es richtig machten, obwohl er laut auflachte, als er das helle Orange sah, das wir ausgesucht hatten. Er kriegte sich kaum wieder ein, so als wäre ein orangefarben gestrichenes Wohnzimmer das Eigenartigste, Erstaunlichste, von dem er je gehört hätte. Wir strichen und sangen, und meine Mutter bestellte Pizza und weinte an dem Tag kein einziges Mal. Es hatte sich angefühlt wie ein Neuanfang.

Ich schloss die Haustür auf und roch Weihrauch, frischen Kaffee und Waschpulver. Langsam durchquerte ich den Flur und hörte Musik – sie hatte ihr Tablet auf den Küchentresen gestellt und ließ ihr Hochzeitsvideo laufen. In mir stieg Ärger auf und machte mich kampfbereit.

»Mama.«

Sie drehte sich um. Natürlich hatte sie geweint.

»Ist das hilfreich?« Ich deutete auf das Tablet, und sie wischte sich die Augen.

»Ich wollte nur meine Eltern ein bisschen sehen. Sieh nur, wie sie miteinander tanzen. So schön.«

Mir wurde klar, wie schmerzvoll es sein musste, die eigene Ehe kaputtgehen zu sehen, während die Eltern das Paradebeispiel für die wahre Liebe abgaben, sich ein halbes Jahrhundert lang grenzenlos und unerschütterlich geliebt hatten. Meine arme Mutter, sie hatte sich das auch gewünscht und war bei meinem schnorrenden Vater gelandet.

»Wein?«, fragte sie und goss mir ein, bevor ich antwortete.

Ich nahm das Glas entgegen und sah sie groß an. »Ist das ein besonderes Abendessen? Wir … wir bekommen doch keinen Besuch, oder?«

Mir wurde mulmig. Würde ich wieder mal einen Abend lang auf meine Mutter einreden müssen, dass sie liebenswert war und nur Gutes verdiente? Sicher, daran war ich gewöhnt. Aber einen Abend, an dem mein Vater am Kopfende des Tisches saß und mir Fragen stellte, als wüsste er etwas über mein Leben? Auf keinen Fall. Auch die beste Tochter hatte ihre Grenzen.

Sie schüttelte den Kopf. »Mir hat heute deine Yiayiá gefehlt. Sie hielt viel auf die Cocktailstunde. Und die Sonne schien, also dachte ich: Warum nicht?«

Sie goss sich auch ein Glas ein, und wir prosteten einander zu.

Dann musterte sie mich kurz und fasste mir an die Wange. »Du siehst blass aus, Liebes, du arbeitest zu viel.«

Ich zuckte mit den Schultern. »Das geht schon.«

»Hast du jemand Nettes kennengelernt?«

Ich hasste es zu sehen, wie ihre Augen hoffnungsvoll aufleuchteten. Sie war eine Romantikerin, selbst nach all den Jahren noch. Sie wünschte sich nichts mehr, als dass ich mit jemandem eine Familie gründete, abgöttisch liebte und geliebt wurde. Und ich hatte das Gefühl, sie zu enttäuschen.

»Ich lerne viele nette Leute kennen, Mama.« Ich lächelte breit und trank meinen Wein.

»Du weißt, ich meine einen netten Mann, du vorwitziges Mädchen.« Sie drehte sich wieder zum Küchentresen um.

»Nein, ich bin zu sehr mit meiner Arbeit beschäftigt, wie du weißt.« Ich schwieg und überlegte, ob ich etwas preisgeben sollte. Irgendwie glaubte ich nicht, dass sie auf Fixer Upper stolz wäre. Sie wünschte sich, dass ich mich Hals über Kopf in jemanden verliebte. Und mich schreckte schon der Gedanke daran ab. Denn ich hatte mit angesehen, wie es ihr dabei ergangen war. »Aber … gestern habe ich Dylan wiedergesehen.«

Sie schnappte nach Luft, eine viel zu dramatische Reaktion, und ich bereute, es erwähnt zu haben.

»Dylan James? Der hübsche Dylan! Das ist so lange her! Wie geht es ihm? Was macht er?«

Tut, als hätte es mich nie gegeben.

Meine Mutter klatschte entzückt in die Hände, und mit meiner Stimmung ging es weiter bergab. Sie wusste nicht, warum wir uns entzweit hatten. Ich hatte mich zu sehr geschämt, um es ihr zu erzählen, um zuzugeben, dass ich einen Jungen liebte, der mich nicht liebte. Wie die Mutter, so die Tochter.

Deshalb ließ ich sie glauben, wir hätten uns bloß aus den Augen verloren, wie das eben vorkam. Keine große Sache. Kein Liebeskummer, kein Verlust.

»Er arbeitet in der Computerbranche und ist mit einer Prominenten zusammen, die in einer Reality-TV-Show mitspielt, der Katzenstreu-Prinzessin. Sagt dir das was?«

Meine Mutter rümpfte die Nase. »Die mit der großen Klappe?

Die kommt mir ziemlich albern vor. Das heißt, Dylan sucht sich nicht immer die Intelligenten aus.«

»Mama«, ich schnaubte entrüstet, »das dürfte wohl eine antifeministische Bemerkung sein.«

»Aber ist sie falsch? Das glaube ich nicht.« Sie warf die Hände in die Luft. »Manche Männer sind nun mal so. Sie wollen ein leichtes Leben. Sie wollen eine Partnerin, die immer lächelt und behauptet, dass alles in Ordnung ist. Nichts Echtes.«

Ich ahnte, wohin diese Unterhaltung führen würde, und hatte noch genau vor Augen, wie sich meine Eltern früher angeschrien hatten. Dass er sie betrogen und sie Geschirr zerschmettert hatte und wie ich sie einen Tag später aneinandergeschmiegt auf dem Sofa antraf, das Bild eines liebenden Ehepaars.

Ich trank meinen Rest Wein in einem großen Schluck und hielt ihr mein Glas hin. »Es ist noch Cocktailstunde, oder?«

Sie sah mich überrascht an, schenkte mir aber nach. Als sie zum Thema Dylan zurückkehrte, seufzte ich erleichtert, weil ich sie ein paar Minuten länger abgelenkt hatte. Irgendwann würden wir über meinen Vater sprechen, wie immer, während meiner Mittagspausen und an den Wochenenden. Der Mann nahm einem die Luft zum Atmen, selbst wenn er gar nicht da war. Und ich hörte mich an wie eine kaputte Schallplatte, die Worte leierten aufgrund der vielen Wiederholungen.

Du verdienst was Besseres, er ist nicht gut genug, das ist keine Liebe, fang noch mal neu an, du schaffst das.

Sie lächelte. »Ich weiß noch, wie Dylan uns beim Streichen geholfen hat. Immer wenn ich das Bücherregal entstaube und den Fleck an der Steckdose sehe, höre ich ihn entsetzt sagen: ›Mrs Aresti, bitte lassen Sie mich ein paar richtige Malerpinsel besorgen, vertrauen Sie mir.‹ Und er hatte recht! Kommt er inzwischen gut mit seinem Vater aus? Manchmal sehe ich ihn im Supermarkt. Ein sehr trauriger Mann.«

»Wir haben … Das war ein geschäftliches Treffen. Wir hatten keine Gelegenheit, uns privat auszutauschen.«

»Ich wette, er sieht sehr gut aus, hab ich recht?« Sie wackelte mit den Brauen. »Man konnte sich denken, dass er mal ein Herzensbrecher wird.«

Ich dachte an seine strahlend blauen Augen, daran, wie er mich gemustert und sofort abgetan hatte. Wie er meine Hand kurz gedrückt hatte, bevor er sie losließ.

»Ja, das konnte man«, sagte ich leise und deckte den Tisch.

Bis wir uns schließlich zum Essen hinsetzten, hatten wir jedes andere Gesprächsthema durch, und es war klar, dass niemand krank war oder im Sterben lag und meine Mutter noch ihren Job hatte. Unserer Familie auf Kreta ging es gut, Mamas Freundinnen waren glücklich, und ich hatte einen ausführlichen Bericht über die Operation der Nachbarskatze erhalten. Und somit blieb nur noch das eine Thema, mit dem ich schon die ganze Zeit rechnete.

»Willst du mir nun sagen, warum ich herkommen sollte? Ich kann das Essen nicht genießen, solange ich beunruhigt bin«, sagte ich.

»Du solltest herkommen, um deine Mutter zu besuchen, die dich liebt und vermisst. Und um etwas Gutes zu essen und guten Wein zu trinken. Du siehst ein bisschen abgemagert aus. Ich werde dir was für zu Hause mitgeben.« Sie plapperte und wich mir aus.

»Mama, komm schon.«

Sie holte tief Luft. »Dein Vater will das Haus verkaufen.«

Ich runzelte die Stirn. »Unser Haus? Dieses Haus? Was hat er denn damit zu schaffen?«

»Es gehört ihm immer noch zur Hälfte, Liebes.«

Ich ballte die Fäuste und lockerte sie dann bewusst. »Warum jetzt?«

»Er hat finanziell zu kämpfen, die drei Kinder … Er möchte weniger arbeiten und mehr Zeit mit seinen Kindern verbringen, bevor sie erwachsen werden.«

»Ach, wie nett von ihm.« Meine Verbitterung schäumte über wie schlecht gezapftes Bier, und ich versuchte, mich zu zügeln. »Du bist geschieden, das ist dein Haus. Und haben dir deine Eltern nicht das Geld für die Anzahlung zur Hochzeit geschenkt?«

»Ja, aber es stehen noch immer beide Namen in den Urkunden.«

»Er hat seit fast zwanzig Jahren keine Raten gezahlt!«

Meine Mutter schloss die Augen, atmete durch und legte ihre Hand auf meine. »Also, ich wollte dich nicht aufregen.«

»Aber ich rege mich auf! Du solltest dich darüber aufregen! Der Mann zerstört dein Leben, und dann will er auch noch dein Zuhause!«

Sie verzog den Mund – ein Versuch zu lächeln. Doch ich wollte kein Lächeln, sondern ihre Wut sehen. Sie sollte begreifen, dass dieser Mann ihr schon viel zu viel genommen hatte. Doch dieser Ansatz ging für mich nie gut aus. Es hieß immer: *Arme Aly, ich habe dich so wütend und verbittert gemacht, das muss meine Schuld sein, ich bin eine schlechte Mutter.* Dann tröstete ich sie jedes Mal, und das war alles, mehr erreichte ich nicht, sodass er am nächsten Tag vorbeikommen und alles von vorne anfangen konnte.

»Er darf dein Haus nicht bekommen. Das ist unser Zuhause. Er kann sich verkleinern oder aus London rausziehen, wenn er will, dass seine Teufelsbrut mehr Platz hat.«

»Das sind deine Geschwister, Liebes«, erwiderte meine Mutter. »Und sie sind jünger als du. Ich muss nicht in diesem großen Haus herumgeistern.«

»Also willst du ihm einfach geben, was er will, egal was?« Ich kippte den letzten Schluck Wein hinunter. Meine Hände zitterten vor Wut. »Wenn er dich nächste Woche bittet, ihm eine Niere zu spenden, tust du das auch, Mama?«

Sie sah mich an, und da wurde mir klar, dass sie wahrscheinlich auch das tun würde. Sie liebte ihn wider alle Vernunft, trotz seines Charakters und Verhaltens. Meine Mutter war überzeugt, dass er ihre eine große Liebe war, auch wenn er ihre Gefühle anscheinend nicht erwiderte.

»Schau, Aly, von Rechts wegen gehört ihm die Hälfte des Hauses. Und wir können es verkaufen und uns das Geld teilen oder ich kann ihn auszahlen. Er sagt, ich kann ihm eine kleinere Summe geben, damit das Haus überschrieben werden kann. Vielleicht werden wir das tun.«

»Oh, wie rücksichtsvoll von ihm. Wie verständnisvoll. Und woher sollen wir das Geld nehmen?«

Anscheinend fragte sie sich das auch, denn sie schüttelte den Kopf und griff nach ihrem Glas.

»An solchen Tagen vermisse ich meine Eltern«, seufzte sie.

Yiayiá würde das nicht zulassen. Sie würde dich aufbauen und ihn in Stücke reißen und ihm eine Scheißangst einjagen. Also musste ich diese Rolle jetzt vielleicht übernehmen.

»Lass mich mit ihm reden«, sagte ich.

»Nein.«

»Mama, das ist doch lächerlich. Er kann nicht einfach herkommen …«

»Er kann, Alyssa. Er hat das Recht dazu.«

»Nein, hat er nicht. Ihr seid geschieden. Er hat zugestimmt, dass es dir gehört.«

»Wir haben die Urkunden nie geändert. Wir wollten uns einigen, sobald du älter bist.«

Also, das war mir neu. Und nachdem ich aus der vordersten Reihe mit angesehen hatte, wie sich ihre Ehe zu einer Vollkatastrophe entwickelte, war ich nicht bloß überrascht, sondern stinksauer.

»Reicht es nicht, dass du ihm das Studium finanziert hast, dass du deine Karriere für seine aufgegeben hast? Willst du jetzt auch noch dein Haus opfern? Du weißt aber, dass es für Selbstlosigkeit keine Medaille zu gewinnen gibt, oder?«

»Es ist meine Ehe, Alyssa, meine.« Sie knurrte beinahe, und ich wollte sie am liebsten schütteln und gleichzeitig um sie weinen.

»Überhaupt nicht. Er ist nicht mehr dein Mann.« Ich stand kopfschüttelnd auf. »Hör zu, willst du in diesem Haus bleiben, ja oder nein?«

»Natürlich will ich –«

»Dann werde ich das Geld beschaffen«, sagte ich und schob meinen Teller weg, ohne dass ich das Essen angerührt hatte. »Sag ihm, ich werde mich darum kümmern.«

Das hatte ich immer getan. Wenn er früher tagelang wegblieb und sie sich ins Bett verkroch, um an die Decke zu starren, kümmerte ich mich um sie. Ich brachte sie in die Dusche, ich machte ihr Tee und Toast. Ich hatte die staubigen Kochbücher aufgeschlagen und versucht, irgendwie eine Mahlzeit zu kochen. Selbst heute schmeckten Pellkartoffeln noch nach langen, traurigen Abenden.

Das würde ich hinbekommen. An den beiden konnte ich nichts ändern, ich konnte meine Mutter nicht von ihm abbringen oder zwingen aufzuwachen, doch Geld zu beschaffen war nicht das Schwierigste auf der Welt.

Aber diese Unverfrorenheit daran! Die kannte ich gut, ich wusste, wie es war, wenn mein Vater einen anerkennend anstrahlte, wenn er einen lächelnd ein Genie nannte. Doch ich war es leid, flüchtiges Interesse mit Liebe zu verwechseln, sie dagegen nicht.

In der Bahn nach Hause fragte ich auf dem Handy meinen Kontostand ab und überlegte, wie viel er wohl verlangen würde. Das Haus war mindestens eine halbe Million wert. Mit welchem Betrag würde ich ihn mir vom Hals schaffen können? Wie viel wäre nötig, damit er sie ein für alle Mal in Ruhe ließ? Meine Mutter arbeitete in der Krankenhausverwaltung, und ich wusste, dass sie nie viel gespart hatte. »Ich brauche nur genug für meinen Garten und um eine schöne Dinnerparty zu geben«, hatte sie immer gesagt, woraufhin ich sie meist kritisierte, und sie erwiderte, sie sei die Mutter. Dann hatten wir gelacht und es dabei bewenden lassen.

Ich besaß knapp zwanzigtausend, die ich in den letzten zehn Jahren zusammengespart hatte, weil ich hoffte, mir eines Tages eine kleine Wohnung zu kaufen, aber das wurde jedes Jahr unrealistischer. Deshalb bewahrte ich das Ersparte, arbeitete weiter, und die Zeit verging. Das Geld würde ich nun notfalls verwenden.

Ich wollte, dass sie sich wehrte, dass sie sagte: »Nein, natürlich darfst du deinem Vater nicht dein sauer verdientes Geld geben, Liebes.« Ich wollte, dass sie mich an die oberste Stelle setzte. Doch das würde sie nicht tun, das konnte sie nicht. Er stand bei ihr noch immer an erster Stelle, nach all der Zeit, obwohl er eine andere Familie, ein anderes Zuhause, eine andere Frau hatte, und meine Mutter saß noch immer fest wie eine Fliege im Bernstein. Ich versuchte, ihr das nicht zu verübeln.

Mein Vater würde seinen Willen bekommen. Genau wie die Hunters dieser Welt, die stets bekamen, was sie wollten, und sich wunderten, wieso sich alle anderen so furchtbar anstrengten. Genau wie Nicki, die von anderen verlangte, sich ihren Erwartungen anzupassen.

Aber war das, was ich mit Tola und Eric zusammen bei Fixer Upper tat, so anders? Wir manipulierten Leute, damit sie sich änderten. Nicki und Hunter erwarteten von anderen sofort das Beste, doch ich verstand es, ein Samenkorn zu pflanzen und das Potenzial ans Tageslicht zu bringen. Ich würde ebenfalls bekommen, was ich wollte, es würde nur ein wenig länger dauern.

Als ich in meiner kleinen Wohnung ankam, stand ich kurz davor, den Tränen freien Lauf zu lassen, und wollte mir ein langes, wohltuendes Schaumbad gönnen. Aber eines musste ich vorher erledigen. Und wenn ich zu lange darüber nachdachte, würde ich den Mut dazu verlieren.

Ich rief Nicki an.

»Hallo! Ich war mir nicht sicher, ob ich noch mal von euch höre.«

»Hunderttausend«, sagte ich ohne Umschweife. Ohne mir die Gelegenheit zu lassen, in letzter Minute zu kneifen.

Sie würde garantiert nicht akzeptieren. Das war eine irre Summe. Ich wollte mir nur sagen können, dass ich es versucht, mein Möglichstes getan hatte.

»Wie bitte?«

Ich riss mich zusammen, damit meine Stimme nicht zitterte. »Du hast gesehen, wie er mir gegenüber war, du weißt, wie schwierig das wird, und du weißt, wie wertvoll die Fernsehshow und der Hochzeitskleid-Deal für dich sind.«

Nicki schwieg einen Moment lang. »Warum war er dir gegenüber so? Ich habe Dylan noch nie so unhöflich erlebt. Er ist der netteste Mensch überhaupt. Ich wüsste nicht mal, dass ich ihn je wütend gesehen hätte.«

Tja, die Wahrheit konnte ich wohl schlecht offenbaren.

»Vermutlich erinnere ich ihn an jemanden, den er nicht leiden kann.« Ich versuchte, das abzutun. »Oder er steht unter immensem Druck wegen des Pitchs und will nicht akzeptieren, dass er Hilfe braucht. So oder so wird es dadurch schwieriger. Wie viel ist es dir wert?«

Wie viel ist er dir wert?

Schweigen am anderen Ende der Leitung. Hatte ich zu viel Druck ausgeübt? Ich sah immerzu meine Mutter vor mir, die in einer winzigen feuchten Wohnung hockte, mich jeden Tag anrief und fragte, warum sie ihr Haus habe verkaufen müssen. Die dasaß und darauf wartete, dass mein Vater sie besuchte. Die ohne zu singen ihre Topfpflanzen goss. Meine Mutter würde ohne ihren Garten eingehen wie eine Primel.

»Dafür müsst ihr den Heiratsantrag garantieren«, sagte Nicki plötzlich, und ich fragte mich, ob sie schon die ganze Zeit über vermutet hatte, dass es so laufen würde. »Andernfalls wäre es sinnlos.«

Nett, wie du über eure Beziehung redest.

Und dann begriff ich, was sie da sagte. Hundert Riesen. Sie hatte akzeptiert. Damit würden sich meine Probleme in Luft auflösen.

Ich dachte an all die Jahre der Freundschaft, die ich verriet. Doch dann stellte ich mir Dylans Gesicht vor, wenn er mich wiedersah, diesen leeren Blick der Ablehnung. Ich dachte an die Nachrichten auf seinem Handy, die mir damals klarmachten, dass ich nur ein lästiges Anhängsel war, eine Loserin, eine mitleiderregende Teenagerin, die ihn anhimmelte. Eine, die ihm nie etwas bedeutet hatte.

Und dann dachte ich an das Gesicht meiner Mutter.

»Abgemacht«, sagte ich.

8

»Du hast zugestimmt.« Tola sah mich groß an. »Ohne vorher mit uns zu sprechen?«

»Es gab mildernde Umstände.« Ich drängte meine Schuldgefühle zurück, während ich den Wasserkocher einschaltete und unsere gewohnten Tassen aus dem Schrank holte. Sie setzte sich auf die Arbeitsfläche der Büroküche, obwohl man sie schon hundertmal gebeten hatte, das nicht zu tun.

Eric lehnte neben mir und wechselte mit ihr einen Blick. Den Aly-ist-wieder-seltsam-Blick.

Den hasste ich.

»Und die wären?«

»Persönliche.« Ich schloss die Schranktür nachdrücklich und konzentrierte mich darauf, das Kaffeepulver sorgfältig abgemessen in die Tassen zu löffeln. Alles war besser, als die beiden anzusehen. Tolas gelbgrüne Fingernägel klickten rhythmisch gegen die Schranktür.

Ich hätte planvoller vorgehen müssen. Schließlich war ich die Beziehungsretterin, die andere Leute dazu brachte, sich zu ändern. Ich sollte in der Lage sein, diese Situation zu meinem Vorteil zu nutzen.

Doch wenn ich ihnen von dem Geld erzählte, müsste ich auch erklären, warum ich es brauchte. Ich müsste erklären, dass alle Energie, die ich darauf verwendet hatte, Männer zu ändern, nichts war verglichen mit der Lebenszeit, die ich damit verbracht hatte, meine Eltern ändern zu wollen. Und dann würden sie mich auf die typische Art ansehen, wie die Leute es immer taten, wenn man sich geöffnet und ihnen seine wunden Punkte offenbart hatte: *Ach, deswegen bist du so, ja natürlich.*

Außer mir wusste nur einer über meine Eltern Bescheid, und das war ausgerechnet Dylan. Er hatte geholfen, Entschuldigungsschreiben zu formulieren, »zufällige« Begegnungen zu planen, Abendessen zu kochen, wenn meine Mutter dafür zu traurig war. Er hatte sie in jeder Situation erlebt. Und jetzt konnte ich im selben Zug ihn und meine Eltern auf Dauer ändern.

Eric sah mich an. »Sind wir sicher, dass Aly nicht nur den Typen zurückhaben will, für den sie als Teenager geschwärmt hat?«

Ich zog eine Braue hoch. »Danke, Tola.«

»Er ist unser Geschäftspartner!«, rechtfertigte sie sich. »Er muss über die Situation Bescheid wissen!«

Ich legte die Hände auf die Arbeitsplatte und wappnete mich für diese Diskussion.

»Hört mal, ihr wolltet doch eine Herausforderung, oder? Nun, da habt ihr sie, direkt vor eurer Nase. Die größte Herausforderung, die wir uns wünschen können. Also lasst uns beweisen, dass wir die Besten sind. Dass wir so etwas schaffen.« Ich versuchte, sie mit einem begeisterten Tonfall für mich zu gewinnen, aber sie wussten, das war bloß Tarnung. Sie warteten auf mehr, und ich bekam Panik. »Sie hat uns mehr Geld geboten.« Ich legte eine Kunstpause ein. »Zwanzig Riesen.« Ich flötete die Zahl in einem lustigen Tonfall, als würde ich mit Lollis winken, um sie in mein Lebkuchenhaus zu locken. Im selben Moment hasste ich mich für meine Falschheit. »Geteilt durch drei?«

Eric stieß einen leisen Pfiff aus. »Ne schöne Stange Geld …«

Er schaute hoffnungsvoll, doch Tola war nicht überzeugt. Sie runzelte die Stirn und sah mich argwöhnisch an. »Sie hat ihr Angebot verdoppelt. Und du bist interessiert? Du fandest die Sache manipulativ und lächerlich und … irgendwie abstoßend. Er ist dein Freund.«

»Er war mal mein Freund«, korrigierte ich. »Und natürlich finde ich es ein bisschen … widerlich. Aber nur wegen Nickis Auftreten. Als sie zurückrief, wirkte sie viel verletzlicher. Ist das wirklich so anders als bei den anderen Frauen, denen wir geholfen haben, einen Heiratsantrag zu bekommen? Ist das anders, als wenn Leute sich im ersten Monat einer Beziehung von ihrer besten Seite zeigen und dann langsam nachlassen?«, argumentierte ich.

»Ja«, sagte Tola, »absolut.«

»Selbstverständlich«, bekräftigte Eric. Er neigte besorgt den Kopf zur Seite. »Was ist los mit dir?«

Ich zuckte verärgert mit den Schultern, goss heißes Wasser ein und rührte mit aggressivem Schwung in den Tassen. »Ich weiß nicht, was ich sagen soll. Ich muss das tun. Also wenn ihr nicht mitmachen wollt, meinetwegen. Ich ziehe das durch.«

Tola krümmte die Finger vor ihrem Gesicht, als wollte sie mich erwürgen. »Irgendwann werde ich deinen Schädel aufbrechen und nachsehen, was darin vorgeht. Denn irgendwas ist da faul.«

Was du nicht sagst.

»Aber in Anbetracht dessen, dass das eine enorme Aufgabe ist, könnte ich wirklich eure Hilfe gebrauchen.« Ich versuchte zu lächeln, ein bisschen zu betteln, mit den Wimpern zu klimpern, sie zum Lachen zu bringen. Solange ich sie zum Lachen bringen könnte, wäre alles gut. Ich reichte ihnen ihren Kaffee, ganz unschuldig und hoffnungsvoll.

»Oh, jetzt schaltet sie ihren Charme ein.« Eric verdrehte die Augen und nahm seine Regenbogentasse entgegen, das Einzige im Büro, mit dem er auf seine sexuelle Orientierung anspielte, während es sonst bei Männerwitzen blieb.

»Bitte?« Ich machte große Augen und einen Schmollmund und blickte zwischen meinen Geschäftspartnern hin und her. »Wir werden Dylan James in einen Traummann verwandeln und ihn auf den Heiratsantrag vorbereiten. Ich kenne ihn, und wir kriegen das auf jeden Fall hin.«

»Ah, die böse Fee. Der arme Kerl.«

»Glaub mir, Dylan ist gern beliebt«, erwiderte ich. »Er wird für die Anleitung dankbar sein.«

»Von einer Frau, mit der er nicht mal direkten Blickkontakt haben wollte?« Tola sah mich skeptisch an. »Komm schon.«

Ich musste sie in eine andere Richtung lenken. Es ging nicht um mich, sondern um Dylan. Es ging darum, das Haus meiner Mutter zu retten. Darum, meinen Vater nicht wieder gewinnen zu lassen.

»Du sagst doch immer wieder, wir denken zu klein, stimmt's? Also lass uns groß denken. Am Ende dieses Experiments werden wir eine junge Frau mit einem Fernsehvertrag, einen jungen Mann mit einer erfolgreichen Firma und einen Heiratsantrag haben! Wir wissen bereits aus Erfahrung, dass wir so etwas schaffen, wenn die Latte nicht so hoch liegt. Lasst uns sehen, ob wir auch diese Aufgabe bewältigen können!«

Tola und Eric blickten einander an. Na also. Sie wussten, dass wir das hinkriegten. Sie wussten, dass ich seit Jahren nicht mehr auf etwas außerhalb der Arbeit heiß gewesen war. Wenn sie ihr Bürolotto veranstalteten und zu Indoorcycling-Kursen gingen, bei denen Disney-Songs liefen, machte ich im Büro Überstunden, um meinen Wert für die Firma zu beweisen.

Und jetzt flehte ich sie an, mit mir etwas Riskantes zu versuchen.

»Na, kommt schon.« Ich grinste und wackelte mit den Brauen, mein letzter Versuch. »Seid ihr nicht wenigstens fasziniert, weil ich mal vorschlage, etwas zu wagen? Ich, die Vernünftige?«

»Das ist es ja, was mir Angst macht«, brummte Tola und hob ihre Tasse, um mit uns anzustoßen. »Okay, Süße, wirken wir unsere Magie.«

Am nächsten Tag nahm ich mir den Nachmittag frei und schritt in meiner Power-Jacke und meinen geliebten schwarzen nietengespickten Stiefeln in den Empfangsbereich von Dylans Büro. Tola nannte die Stiefel Punk-Stegosaurus, und sie gehörten zu den wenigen Stücken meiner Garderobe, die sie interessant fand.

Mir war klar, dass ich ihn schnell brechen musste, bevor er die Chance hatte, Nein zu sagen. Meine Hoffnung war, dass er seiner Freundin wirklich gefallen wollte (wie ich es von ihm kannte) oder dass er zugab, wirklich Hilfe zu brauchen (was unwahrscheinlich war). Die dritte Option, dass er tatsächlich neugierig war und mich um sich haben wollte, verdiente erst gar keine Beachtung.

Er hatte eine grauenhaft moderne Büroetage am Fluss angemietet, in einem jener Bauten, in denen junge Start-up-Hipster versuchten, wieder reinzuholen, was sie für hippe Kaffeesorten und Gebäck ausgegeben hatten, während sie über die Innenstadt blickten und vom Erfolg träumten. Das Gebäude wirkte dynamisch und strahlte Energie aus – es war nicht überraschend, dass er sich dafür entschieden hatte. Dylan stand auf Äußerlichkeiten. Er hatte schon immer schicke Fitnessstudios und elegante Bars bevorzugt. Er wollte das gute Leben. Er würde sich bestens in Nickis Lebensweise einfügen.

Natürlich war er zu unserer Teenagerzeit nicht oberflächlich gewesen, nur begierig auf Erfahrungen und edle Bars und Leute. Er lebte damals in einem grauen Haus mit einem ehemaligen Soldaten, der Routine, Ordnung und Fleiß verlangte. Da hatte es keinen Platz für Abwechslung oder Leichtsinn im heimischen Alltag gegeben.

Ich erinnerte mich daran, wie ich ihn gebeten hatte, sich sein künftiges Leben auszumalen, als wir uns für unsere Uni-Kurse einschrieben. »Wir essen Steak und Hummer in einem superschicken Restaurant«, antwortete er. »Ich habe gerade eine Flasche Wein für fünfzig Mäuse bestellt, und keiner findet uns deplatziert.«

»Das ist alles?«, fragte ich amüsiert, aber insgeheim freute ich mich, weil ich in seiner erträumten Zukunft bei ihm war. »Geld?«

Er hatte die Nase gerümpft. »Nein. Sich anpassen. Abenteuer erleben. Alles ausprobieren! Geld macht das nur möglich. Das wird großartig!«

Und jetzt brauchte er dafür kein Geld, denn er hatte Nicki. Vielleicht würden meine Anstöße ein Geschenk für ihn sein und ihm ein angepasstes Leben unter schönen Menschen in sagenhaftem Ambiente eröffnen. Alle Abenteuer, die er sich wünschen konnte.

Als ich im zweiten Stock aus dem Aufzug stieg, wartete ein junger Typ mit Hornbrille und blonden, glatt zurückgekämmten Haaren auf mich, mit hochgezogenen Brauen und dem Willen, mich zu beeindrucken.

»Hallo! Du willst anscheinend zu EasterEgg Development. Wir erhalten selten unerwarteten Besuch. Kann ich helfen?«

»Na, das hoffe ich doch!« Ich lächelte den Torwächter an. Ich trug meine Powerschuhe und meinen orangeroten Lippenstift.

Ich war eine Naturgewalt, und niemand würde mich aufhalten. »Ich möchte Dylan James sprechen.«

Der Typ runzelte leicht die Stirn. »Tatsächlich?«

Ich strahlte ihn an und streckte ihm die Hand hin. *Gewinnt man sie nicht mit Gewalt, dann mit Begeisterung.*

»Ich bin Aly. Ich bin Unternehmens- und Markenberaterin und wurde von Miss Wetherington-Smythe engagiert. Ich bin hier, um mit euch zusammen die Präsentation für Ende des Monats vorzubereiten.«

Sein Gesichtsausdruck änderte sich abrupt. Plötzlich sah er viel jünger aus, umfasste meine ausgestreckte Hand und schüttelte sie energisch. »Na, halleluja. Wir brauchen dich dringend. Ich bin Ben.«

»Freut mich.« Ich war verblüfft, wie schnell er mit mir warm wurde. »Du arbeitest mit Dylan zusammen?«

Er nickte. »Ich war einer der Ersten im Team. Dylan hat brillante Ideen und will das Beste für uns alle, aber ... wenn wir den Investor nicht überzeugen, werde ich wieder hinter der Theke stehen müssen, und ehrlich gesagt ist der viele Alkohol Gift für meine Haut.«

Ich sah ihn stirnrunzelnd an. »Du warst Barkeeper und bist allergisch gegen Alkohol?«

»Nein, ich war Barkeeper, der trinken musste, um damit klarzukommen, wie blöd betrunkene Leute sind.« Er grinste und führte mich zu den Büroräumen.

Vielleicht war das meine Eintrittskarte: Wenn sein Team mich haben wollte, würde Dylan mich hierbehalten müssen, ziemlich sicher.

»Ben«, ich fasste ihm an den Arm, um ihn zu bremsen, bevor wir den Raum betraten, »Dylan wird wahrscheinlich nicht erfreut sein, mich zu sehen. Er hat meine Unterstützung abgelehnt, als Nicki sie vorschlug. Wie kann ich deiner Meinung nach erreichen, dass er meine Hilfe annimmt?«

Ben überlegte kurz. »Dyl will mit jedem gut Freund sein. Er wird deinen Rat annehmen, wenn er glaubt, er macht dich damit glücklich.«

Ich nickte. Das klang nach Dylan.

»Aber ich denke, im Grunde ist ihm klar, dass er Hilfe braucht. Er weiß, wenn wir das nicht hinkriegen, sind wir erledigt. Wir sind schon einmal von den Toten auferstanden. Wir witzeln immer, dass wir Phönixe sind.«

»Phönixe?«

Er nickte. »Aber unsere Flügel sind im Moment ein bisschen versengt, verstehst du? Ein zweites Feuer können wir uns nicht leisten. Mann, er kann nicht mal ein Grillfeuer im Garten gebrauchen.« Er nahm meine Hand und sah mir in die Augen. »Ich bin sehr erleichtert, dass du hier bist. Normalerweise ist Nickis Aufdringlichkeit unerträglich, aber genau das brauchen wir jetzt. Ich möchte ihr am liebsten einen Geschenkkorb schicken, aber der würde untergehen in all dem Zeug, das sie ständig bekommt.«

Ich lachte. Offenbar wusste Ben bestens Bescheid.

Als er die Tür öffnete, warf er mir über die Schulter einen Blick zu. »Lass dich nicht von seinem Charme beeindrucken und dir von ihm weismachen, wir bräuchten deine Hilfe nicht.«

»Glaub mir, er wird seinen Charme nicht an mich verschwenden.«

Ben schaute verwundert, ging dann aber durch die Tür in einen kleinen Raum mit zwei Schreibtischen. Dank der Glaswände hatte man eine schöne Aussicht über das kühle, graue London, aber etwas passte nicht zusammen. Die gerahmten

Motivationsposter an den Wänden, die teure Uhr an Dylans Handgelenk. Die Anzahl schicker Computer, obwohl da nur drei Leute arbeiteten.

Sie zogen sich Anzüge an und taten so, als wäre das ein echtes Unternehmen. Und wer weiß, wie viel sie für diese Fassade ausgaben. *Oh, Dylan, was hast du getan?*

Er saß mit dem Rücken zu uns über einen Laptop gebeugt. Eine dunkelhaarige Frau ihm gegenüber tippte mit Hochgeschwindigkeit, hatte Kopfhörer aufgesetzt und fühlte sich durch sein verärgertes Schnauben augenscheinlich nicht gestört.

Diesmal trug er immerhin Jeans und T-Shirt, also spielte er den »erfolgreichen Geschäftsmann« bloß für seine Freundin. Interessant. Ich konnte an seinen Schultern ablesen, wie gestresst er war. Er wurde bereits panisch, und ich würde eine Lawine lostreten. Zugegeben, ein kleiner Teil von mir, ein winziger Splitter, wollte ihn in Panik sehen, damit ich diejenige sein konnte, die für alles eine Lösung hatte. Wie in den alten Zeiten. *Versuch jetzt, mich zu vergessen, Dylan.*

»Hey, Dyl, du hast Besuch.«

Er drehte sich um, und einen schönen Moment lang sah er nur erschrocken aus, dann jedoch unwillig.

»Aly«, begann er und stand stirnrunzelnd auf.

»Oh, du erinnerst dich«, sagte ich strahlend. »Ich war mir nicht sicher, ob ich neulich einen guten Eindruck hinterlassen habe.« *Du wolltest dieses Spiel spielen, Dyl, also tun wir das.*

Doch er wollte gar nicht spielen. »Was tust du hier?«

Ich trat näher, um meine Tasche abzulegen. »Nicki sagt, du brauchst Hilfe. Sie hat mich für eure Firma engagiert. Also bin ich hier.«

Er lachte scharf auf, verschränkte die Arme und lehnte sich gegen den Tisch. »Kommt nicht infrage.«

Ich sah, wie Ben die Kinnlade herunterklappte und die Frau an dem anderen Tisch zwischen uns hin und her blickte. Offenbar hatten sie ihren Boss noch nicht unhöflich erlebt. Das glaubte ich gern. Als er erfahren hatte, dass seine Mutter gestorben war, hatte er mit dem Weinen gewartet, bis er zu Hause war und niemand ihn sehen konnte. Obwohl er erst dreizehn war, ließ er sich nichts anmerken. Im Auto auf der Fahrt nach Hause hatte er mich seine Hand halten lassen. Doch der Dylan, der jetzt vor mir stand, war nicht mehr mein Vertrauter, er war mein Projekt. Eines, das mein Leben sehr komplizieren würde.

»Du willst also lieber einen Investor verlieren und dir das Leben schwer machen, weil ... du von deiner Freundin keine Hilfe annehmen willst?« Ich neigte den Kopf zur Seite und forderte ihn mit meinem Blick heraus, damit er als Erster wegsah. »Ich frage mich, wie deine Kollegen darüber denken.«

»Du kannst nicht einfach herkommen und mir sagen, was ich tun soll. Es ist nicht –«

Nicht mehr wie früher in der Schule. Na los, Dylan, sag es.

»Es ist nicht was, Dylan?« Höflich lächelnd forderte ich ihn weiter heraus.

»Nicht angemessen, Alyssa.«

Ben sah uns beide an, und seine Augen wurden immer größer. Er wechselte einen Blick mit seiner Kollegin, die ihre Kopfhörer abgesetzt hatte, um den Wortwechsel mit anzuhören, und anscheinend Mühe hatte, sich das Lachen zu verkneifen. Sie strich sich durch die schulterlangen schwarzen Haare, befreite einige Strähnen aus ihren silbernen Kreolen und fummelte dann an ihrem Nasenring, während sie uns beobachtete. Ich bemerkte das filigrane Fineline-Tattoo, das ihren Arm überzog, und wie so manches Mal, wenn ich mir eine Freundschaft mit jemandem wünschte, der so wahnsinnig cool war, verspürte ich einen Stich.

»Das ist Priya«, sagte Ben, »unser anderes Teammitglied.«

Priya nickte mir zu, die Form ihres Mund änderte sich in einem fort, als fände sie alles ein bisschen zu amüsant. Ich hatte den Eindruck, dass sie mich anfeuerte.

»Hier arbeitet nur ihr drei?« Das bestätigte meinen Eindruck. »Auf eurer Website –«

»Die muss auf den neusten Stand gebracht werden«, sagte Ben rasch, und ich sah zwei rote Verlegenheitsflecke auf Dylans Wangen erscheinen. Er hatte Mitarbeiter verloren. Je nach dem, wann die Website erstellt worden war, nicht wenige.

Er wirkte verzweifelt, als er sich durch die dunklen Haare strich, und danach waren sie zerzaust und fielen ihm fast in die Augen. Er hatte sich seit ein paar Tagen nicht rasiert. Offensichtlich war er völlig erledigt und brauchte jemanden, der alles für ihn regelte. Er zerrte am Halsausschnitt seines T-Shirts, als wäre es ihm zu eng.

»Schau, entweder nimmst du Hilfe von einer Expertin an, oder du gefährdest die Lebensgrundlagen deiner Teammitglieder.« Ich wandte mich schulterzuckend zur Tür. »Ich besorge mir einen Kaffee. Komm mich holen, wenn du dich entschieden hast.«

Das war ein machtbewusster Schachzug. Aber wenn man bei jemandem eine bestimmte Entscheidung herbeiführen wollte, gab man ihm am besten das passende Werkzeug dazu in die Hand. Dylan wollte Nickis Hilfe nicht. Und meine Hilfe erst recht nicht. Aber war sein Hass auf mich größer als die Liebe zu seiner Firma? Hoffentlich nicht.

Ich fing Bens anerkennenden Blick auf. Er schien angenehm überrascht zu sein, als ich mich umdrehte und hinausging. Also bedeutete das etwas. Er würde wenigstens für mich kämpfen.

Ich beschäftigte mich eine Weile mit der schicken Kaffeemaschine im Empfangsbereich und genoss die Aussicht. Ich schaute in meine E-Mails und fand eine weitere Anfrage von Hunter. Dann eine E-Mail von Felix, dass mein Urlaubsantrag genehmigt war, aber er fragte, ob bei mir alles in Ordnung sei. Normalerweise musste man mich zwingen, Urlaub zu nehmen, also kein Wunder, dass er geschockt war. Doch direkt hinter der besorgten Nachfrage stand der Satz: *Wir werden in Kürze über interne Kandidaten für den Leiter Markenentwicklung sprechen – sieh zu, dass du Engagement beweist.*

Panik überschwemmte mich. Ich holte tief Luft und schloss die Augen. Als ich sie öffnete, stand Dylan vor mir und sah mich finster an. Er hatte versucht, seine Haare wieder zu richten, und stand kerzengerade da, als wäre er nicht gewillt, sich einschüchtern zu lassen. Die silberne Kette blitzte am T-Shirt-Rand hervor, der Christopherus-Anhänger drückte sich unter dem Stoff ab. Ich sah weg, als gäbe es ihm Macht über mich, wenn ich das Ding zur Kenntnis nähme. Ich trank von meinem Kaffee, schaute über London und wartete darauf, was er sagen würde.

»Ich habe dich noch nicht engagiert, und schon schläfst du bei der Arbeit?«

Ich setzte mein Haifischlächeln auf. »Tja, wenn man eine Ewigkeit auf eine vernünftige Entscheidung warten muss, wird man schläfrig.«

Er blickte nach oben, als flehte er um Kraft, und selbst das war mir so vertraut, dass es ein Ziehen in meiner Brust auslöste.

»Du weißt wahrscheinlich, warum ich hergekommen bin.« Er klang wie ein Fünfzehnjähriger, der zu seiner Großtante geradelt war, um sich für ihr Geburtstagsgeschenk zu bedanken.

»Na ja, du bist intelligent und deine Mitarbeiter sind dir nicht egal, also ja, ich denke, ich weiß es. Wollen wir anfangen?«

»Warte.« Er berührte kurz meinen Ellbogen, um mich aufzuhalten. »Ich will wissen, warum du das tust.«

Ich gab mich verwirrt und zuckte lächelnd mit den Schultern. »Ich weiß nicht, was du meinst, Dylan. Das ist nur ein Job, Nicki hat mich angeheuert, und ich denke, ich kann helfen. Das ist alles.«

Er schaute argwöhnisch, suchte in meinem Gesicht nach einem Anzeichen, dass ich log. Ich hielt seinem Blick stand.

»Es kümmert mich nicht, ob Nicki dich angeheuert hat«, sagte er plötzlich. »Wenn du für mich arbeitest, arbeitest du für mich.«

»Ich nenne es lieber Zusammenarbeit.«

»Wenn du dann besser schlafen kannst.« Damit ging er, blieb aber in der Tür stehen. »Kommst du oder brauchst du ein paar Augenblicke vor deinem großen Auftritt, o weise Firmenretterin?«

Oh Mann, das kann ja heiter werden.

Solange ich nicht mit Dylan redete, Dylan ansah oder Dylan zuhörte, war alles bestens. Ben war ein Traum, voller Ideen, unterstützend und fachkundig, und Priya war ironisch und schnell und hatte keine Zeit für Unsinn. Das sah ich oft bei Frauen in männerdominierten Berufen. Sie hatte wahrscheinlich doppelt so hart arbeiten müssen, um so weit zu kommen, und war nicht gewillt, sich ignorieren zu lassen. Aber andererseits hatte sie ein Kind, also arbeitete sie ihre vereinbarten Stunden und ging dann nach Hause. Sie würde sich nicht von jemandes Ego in etwas reinziehen lassen. Es beeindruckte mich, wie klar sie ihre Grenzen setzte. Vielleicht kam man nur so zu einer Familie und einem Kind, nämlich indem man für sie Raum schuf. Ich wollte wie Priya sein.

»Okay, also präsentiert mir die App.« Ich breitete die Hände aus und lehnte mich zurück.

»Was, wie bei der offiziellen Präsentation?« Ben runzelte die Stirn. »Wir haben eigentlich –«

»Nein.« Ich lächelte. »Erklärt mir, wofür die App benutzt wird und warum das wichtig ist.«

Dylan holte Luft, und ich hob eine Hand. »Ohne das Technikzeug.«

Er schnaubte. »Fantastisch. Eine Firmenberaterin ohne Technologiekenntnisse. Genau, was wir brauchen.«

Ben und Priya wechselten einen betroffenen Blick, als hätte sich ihr sorgloser Boss in einen Oger verwandelt.

»Tatsächlich kenne ich mich bestens damit aus, aber das ist irrelevant. Beschränkt euch darauf, was die App kann und warum sie von Bedeutung ist, wie sie bei den Leuten ankommen wird. Der Code mag wirklich clever sein, aber das spielt keine Rolle, wenn die App beim Publikum nicht ankommt.«

»Ja.« Priya nickte. »Nur Nerds interessiert es, wie sauber der Code ist. Deshalb fleht mich mein Mann immer an, den Mund zu halten, wenn ich davon rede.«

»Er ist kein Nerd?«, fragte ich, und sie zog ein Gesicht.

»Buchhalter.«

»Ah, eine andere Sorte Nerd. Alles klar«, scherzte ich, und Priya lachte.

»Wenn du das nicht ernst nimmst, Alyssa, dann ist das hier Zeitverschwendung«, sagte Dylan grob, und ich konnte nicht anders, ich sah ihn an und versuchte, ernst zu bleiben, obwohl er während unserer Kindheit derjenige gewesen war, der den Unterricht störte, schwänzen wollte und die Lehrer zum Lachen brachte, damit wir keine Hausaufgaben aufbekamen. Seine Lippen waren schmal wie ein Strich und seine Stirn gerunzelt, und ich konnte nicht mehr an mich halten.

Ich lachte schallend.

»Wirklich?« Er verschränkte die Arme, während ich nach Luft rang und versuchte, das Kichern zu unterdrücken.

Priya und Ben sahen sich an.

»Hey, Dyl, kann ich dich einen Moment sprechen?« Ben deutete mit dem Kopf zur Tür. Vermutlich würde er seinen Boss fragen, warum er sich vor der netten Lady, die kostenlose Firmenberatung anbot, wie ein Arschloch benahm. Das geschähe ihm recht.

Priya wartete darauf, dass ich zu lachen aufhörte, und schob mir ein Glas Wasser zu.

»Danke.« Ich stürzte es hinunter. »Verzeihung. Weiß nicht, was in mich gefahren ist.«

»Ich denke, du wirst gewöhnlich nicht wegen deiner Freundlichkeit abgelehnt«, sagte Priya. »Bist du mit Nicolette befreundet?«

Ich schüttelte den Kopf. »Sie hat uns in einer anderen Angelegenheit engagiert, aber die Rede kam auf Dylan und sie möchte ihn unterstützen. Sie sagt, das Start-up … will nicht so richtig in Gang kommen?«

Priya nickte langsam, als überlegte sie, wie viel sie preisgeben sollte. »Ich bin noch nicht so lange hier wie Ben, aber … Dylan ist Perfektionist. Er will nicht vorschnell loslegen und den Start vermasseln. Aber weißt du, solange wir keinen Investor haben, werden wir nicht bezahlt, also …«

Ich stutzte. »Ihr bekommt kein Gehalt?«

»Wir arbeiten gewöhnlich vier bis sechs Monate, dann nehmen wir bei einer anderen Firma einen befristeten Job an, sparen Geld an und kommen hierher zurück.« Sie wirkte schuldbewusst, als hätte sie schon zu viel erzählt. »Das läuft seit drei Jahren so.«

»Ist das nicht kraftraubend?«

Sie lachte. »Und wie! Und wenn man ein Kind hat und es in die Kindertagesstätte geben muss, damit man arbeiten gehen kann, erst recht … Aber ich glaube an unser Produkt. Und ich glaube an Dylan, auch wenn er sich heute sehr seltsam benimmt. Er ist eigentlich ein Problemlöser, ein nervtötender Optimist. Kann aber keinen Druck aushalten.«

»Findest du das nicht kraftraubend?«, hatte ich ihn einmal gefragt. »Immer die Stimmungskanone auf der Party, immer Mr Perfect zu sein?«

»Was ist verkehrt daran, andere mit guter Laune anzustecken?«, hatte er mit seinem schönen, aufgesetzten Grinsen erwidert, das bei allen Mädchen wirkte.

Manche Dinge änderten sich nie.

»Das war sehr hilfreich«, sagte ich, machte mir ein paar Notizen, und Priya schaute betroffen. Ich schüttelte den Kopf. »Keine Sorge, es ist nur so, dass Nicki mir keine Informationen gegeben hat, außer dass hier eine App entwickelt wurde und am Ende des Monats ein Treffen mit Investoren ansteht.«

»Hat sie dich darauf vorbereitet, dass Dylan so sein würde?«

Ich kniff die Lippen zusammen und überlegte, wie ich es formulieren sollte. »Ich habe mit Widerstand gerechnet. Aber ich bin wie ein Pitbull, ich werde damit fertig.«

Sie blickte zum Flur, wo Dylan von Ben was zu hören bekam. Der war rot im Gesicht, gestikulierte und tippte ungeduldig mit der Fußspitze. Es war befriedigend.

Als sie fünf Minuten später hereinkamen, setzte sich Dylan wieder hin und wandte sich mir zu.

»Es tut mir leid, ich war ein bisschen … kurz angebunden. Wir stehen zurzeit wohl ziemlich unter Druck, und ich habe dich heute nicht erwartet. Ich wäre dankbar für dein Feedback.«

Er klang ernst, aber als ich seinem Blick begegnete, las ich darin eine Kampfansage: *Solange du bereit bist nachzugeben.*

Ich lächelte bloß, als kaufte ich ihm ab, was er sagte, und breitete die Hände aus. »Also gut, dann gehen wir die Sache mal an.«

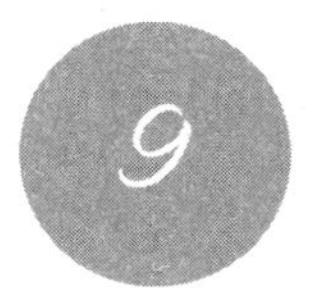

Plötzlich war mein Leben unglaublich ausgefüllt oder besser gesagt, ich war unglaublich ausgelastet. Es blieb keine Zeit mehr, um Kollegen eine Schulter zum Ausweinen zu bieten oder die Problemlöserin für meine Mutter zu spielen. Jeden dritten Donnerstag schick essen zu gehen und der persönlichen Entwicklung zu widmen, das ging auch nicht mehr. Ich musste arbeiten, und wenn ich nicht in der Agentur arbeitete, dann für Dylan, wobei Priya und Ben sich einmischten, damit es freundlich oder wenigstens höflich zuging.

Tola hatte gewollt, dass wir unsere Fixer-Upper-Aktivitäten weiterführten. Immerhin wurden wir Monate im Voraus gebucht, aber sie übernahm nun die meisten Aufträge, was mich entlastete.

»Ich kann nicht so gut jemand anderen spielen«, sagte sie seufzend zu mir, als wir an einem Mittwochabend telefonierten. Ich faltete dabei meine Wäsche und überlegte, ob ich mir einen zweiten Luftentfeuchter kaufen sollte, weil die Farbe von den Wänden abblätterte. Gott, ich hasste meine Wohnung.

»Das kommt, weil du so ausgezeichnet du selbst sein kannst«, sagte ich ins Handy, das ich mir in die Halsbeuge geklemmt hatte. Es war herzzerreißend zu sehen, wenn Tola Nude-Make-up und konventionelle Kleidung trug. Damit sah sie aus, als hätte ihr jemand das Leben ausgesaugt.

»Na, hoffentlich wird es bald ruhiger. Das waren jedenfalls leichte Auftritte. Mehr Karrieremotivation und Aufmerksamkeit. Der letzte war supereasy. Die Frau hat uns eine Flasche Schampus geschickt – ich hebe sie auf, damit wir sie zusammen trinken können.«

Ich lachte, gab das Wäschefalten auf und lief in die Küche, um einen Topf Wasser aufzusetzen. Ich wohnte schon jahrelang in der kleinen Bude und konnte von Glück reden, denn in London war selten eine zu finden, die für eine Person erschwinglich war. Trotzdem, je mehr ich über Jason und all meine Verflossenen mit ihren Häusern und Ehefrauen nachdachte, desto niedergeschlagener fühlte ich mich, wenn ich abends nach Hause kam. Die Artex-Decken und der Mangel an Tageslicht waren das Schlimmste daran, das und die Feuchtigkeit. Ich hatte versucht, die Wohnung behaglicher zu machen, mit einem weichen blauen Sofa, gelben Kissen und einem bunten Wandteppich, den ich in einem Second-Hand-Laden gefunden hatte und der den großen Riss in der hinteren Wand verdeckte. Aber sie hatte nur eine vorübergehende Bleibe sein sollen, und genauso fühlte sie sich an. Ich hatte mir kein Zuhause geschaffen, sondern einen Platz, wo ich zwischen Feierabend und Arbeitsbeginn schlafen konnte. Ich nahm mein Weinglas aus dem Schrank und zog die Stirn kraus. Ich war dreiunddreißig und lebte noch wie eine Studentin. Aber ohne den Spaß des Studentenlebens.

Tolas Stimme holte mich aus meinem Ärger heraus. »Und wie läuft es mit unserem Wunderknaben? Wurdest du heute terrorisiert?«

»Ich habe eine E-Mail mit kreativen Vorlagen für Präsentationen geschickt und Infos zu der Firma, der sie sich präsentieren wollen«, sagte ich leichthin. »Dylan hat sich in einer E-Mail bedankt, also scheint das gut angekommen zu sein.«

»Was genau hat er geschrieben?«, fragte sie nach, und ich lachte.

»Tatsächlich nur ›danke‹, ohne Anrede und Schluss. Ohne Punkt.«

»Der Mann versteht, seinen Groll zu wahren. Tut er immer noch so, als ob ihr euch nicht kennt?«

»Jep. Übermorgen verbringe ich den ganzen Tag bei ihnen im Büro. Da wird sich herausstellen, wie gut er das aufrechterhalten kann. Felix ist sauer, weil ich mir so viel freinehme. Sagt, das könnte meine Beförderungschancen schmälern.«

Ich konnte fast hören, wie sie die Stirn runzelte. »Ich bin mir ziemlich sicher, dass das illegal ist, Süße. Ich werde mal mit Irene vom Personalbüro reden. Sie hat eine Schwäche für Karamell-Macchiato und Büroklatsch. Aber davon abgesehen läuft die Arbeit gut?«

»Weißt du«, sagte ich fast ungläubig, »es ist schockierend leicht, sie für die Präsentation vorzubereiten. Ich liebe das. Ist das schlecht? Bin ich ein schlechter Mensch, ein machtbesessener Meistermanipulator?«

»Du hast jahrelang in einer superstressigen Umgebung Erfahrung gesammelt, du führst den Laden praktisch, ohne die Lorbeeren dafür zu bekommen, und trotzdem handelst du Hunters Mist immer noch mit einem Lächeln im Gesicht«, sagte Tola, um dann eine dramatische Pause einzulegen. »Also bist du offensichtlich eine Psychopathin.«

Ich schnaubte. »Gut, dass ich dich habe, die mir immer wieder Bodenhaftung gibt.«

»Machst du Witze? In meinen Augen bist du eine Göttin, Heil dir, Aly, Königin des langen Atems. Wir werden am Ende des Monats auf deine Beförderung anstoßen und auf Hunters Untergang.«

»Falls es irgendeine Gerechtigkeit auf der Welt gibt.« Ich seufzte, plötzlich unsicher. »Sie mögen ihn.«

»Sie sind Idioten. Du bist eine knallharte Frau, die kriegt, was sie will, die die Eier ihrer Konkurrenten zum Frühstück verspeist oder was man ambitionierten Frauen sonst noch für blödes Zeug nachsagt. Wenn wir dafür bezahlt werden, deinen ehemaligen besten Freund für eine Social-Media-Prominente in einen heiratswilligen Ken zu verwandeln, und du das brauchst, um endlich zu erkennen, dass du eine Göttin bist, dann bin ich dabei.«

Tola war eine Ein-Frau-Cheerleader-Truppe. Sie reagierte außerdem empfindlich auf Koffein, und ich hörte ihr an, dass dieser Tag bereits drei Dosen Red Bull von ihr gefordert hatte.

Ich grinste. »Okay, na gut. Danke für die Unterstützung. Lass uns mal sehen, wie das nächste Meeting läuft. So wie sie bisher gelaufen sind, könnte Dylan mich in den Wahnsinn treiben, sodass ich mich entweder bildlich oder tatsächlich vom Dach stürze.«

»Ruf mich an, wenn du Unterstützung brauchst«, sagte sie ernst, dann stutzte sie. »Aber nicht heute Abend, da gehe ich tanzen, und ich werde jemanden aufreißen, der am nächsten Morgen meinen Namen nicht mehr weiß. Genau wie ich es haben will.«

Ich lachte, und wir verabschiedeten uns. Kurz überlegte ich, mein trauriges einzelnes Glas mit Wein zu füllen. Gott, einfach tanzen zu gehen und jemanden zu küssen, weil man es wollte – was für ein Gefühl wäre das?

Ich musste mehr wie Tola sein, selbst wenn das heute Abend bedeutete, die doppelte Portion Pasta zu essen, nur weil ich es wollte. Gerade als ich im Küchenschrank nach High-Carb-Futter suchte, klingelte mein Telefon. Eine unbekannte Nummer. Das machte mich immer nervös.

»Hallo?«

»Meldest du dich immer, als wäre ein Axtmörder am anderen Ende?«, fragte eine männliche Stimme. Ich konnte sie nicht einordnen, und mein Herz raste plötzlich.

»Wer spricht da?«

»Hier ist Ben! Von EasterEgg Development. Ich scheine ja einen mächtigen Eindruck hinterlassen zu haben.«

»Hallo, Entschuldigung! Ich hatte bloß keinen Anruf erwartet.« Ich schaltete in den Problemlösungsmodus. »Ist alles okay? Steht unser Sitzungstermin diese Woche noch?«

»Ja, deshalb rufe ich an. Ich dachte, es wäre vielleicht gut, wenn wir uns vorher zusammensetzen und darüber sprechen. Vielleicht heute Abend? Bei ein paar richtig ungesunden Cocktails?«

Oh. Das kam unerwartet.

»Ähm, Ben, das klingt reizvoll, aber es wäre vielleicht nicht besonders professionell, wenn –«

Er lachte schallend. »Oh Gott, nein, das sollte keine –«

»Oh, entschuldige, ich wollte nicht –« Ich wurde praktisch am ganzen Körper rot. Das war megapeinlich. Verdammt, Tola und ihre Aufmunterungen.

»Aly«, unterbrach er, »du bist eine schöne, interessante Frau, und sollte ich je auf die dunkle Seite wechseln, wäre es mir eine Ehre. Aber ich stehe auf Männer. Das war mehr ein heimtückischer Plan von mir, dir ein paar wichtige Informationen zu geben, die Dylan wahrscheinlich nicht erwähnen will.«

»Heute Abend?«

»Hast du schon was vor?«, fragte er.

Ich schaute zu dem Wasserkessel, der auf dem Herd stand, und sah mich wieder allein an meinem Küchentresen sitzen. »Könnten wir bei dem Cocktailabend vielleicht etwas zu essen einplanen?«, fragte ich und hörte ihn kichern.

»So gefällst du mir. Wir treffen uns um sieben.«

Es ist furchtbar wichtig, sich mit Leuten anzufreunden, die die besten Lokale der Stadt kennen, und es war sofort klar, dass Ben zu diesen Leuten gehörte. Das La Bamba lag versteckt in den Seitenstraßen des Embankment, ein hübscher Mexikaner mit einer Terrasse, die von Lichterketten beleuchtet wurde. Ein warmer Wind kündigte den Sommer an, und Ben stand auf, als er mich kommen sah.

»Wenn man was trinken geht, finde ich Tapas als Essen immer am sympathischsten«, sagte er zur Begrüßung und küsste mich auf beide Wangen. »Oder was meinst du?«

Uns wurden zwei große Margaritas gebracht, und als ich meine kostete, schloss ich genießerisch die Augen – perfekt.

»Ich meine, du bist im Rennen, mein neuer Lieblingsmensch zu werden. Danke dafür. Das ist definitiv besser, als einen Teller Nudeln auf dem Sofa zu essen und sich eine *Friends*-Wiederholung anzusehen.«

»Hey, solche Abende tun manchmal auch gut.« Er hob sein Glas und stieß mit mir an. »Auszeit ist wichtig. Die meisten Leute lernen es nicht, etwas mit sich selbst anzufangen, und wenn sie schließlich in einer Partnerschaft leben, sind sie ohne den anderen nichts.«

Ich sah ihn an. »Meinst du damit Dylan?«

»Wie hast du das erraten?« Er gluckste und tat, als läse er mit größter Aufmerksamkeit die Speisekarte. »Ich kenne ihn seit einer Weile, und vor Nicki war es Delilah, und vor Delilah war es Nadia, und vor der –«

»Okay, ich verstehe.« Ich runzelte die Stirn und fragte mich, warum mir diese Aufzählung Magenschmerzen bereitete.

»Er kann einfach nicht er selbst sein. Er hängt sich immer an eine Frau, die in ihm … ich weiß nicht, nicht ihn selbst sieht, sondern –«

»Sein Potenzial«, sagte ich traurig. *Du hast ja keine Ahnung.* »An dem Punkt war ich auch schon.«

»Auf welcher Seite?«

»Auf beiden.« Ich versuchte zu lächeln. »Das ist eine mächtige Droge.«

»Genau deshalb date ich nicht wahllos.«

Ich lachte. »Wie kommst du dann an ein ernsthaftes Date?«

»Ich nehme mir Zeit und suche mir den richtigen Menschen aus. Mein Leben verläuft fast genauso, wie ich es haben will. Ich habe eine schöne Wohnung und wunderbare Freunde. Mit deiner Hilfe wird mein Job, der bisher gelegentlich großartig ist, die ganze Zeit fantastisch sein. Ich habe mein Hündchen und meinen Töpferkurs und habe endlich eine zufriedenstellende Augencreme gefunden.« Ben zwinkerte mir zu und strich sich eine Haarsträhne zurück. »Ich muss jemanden finden, der das ergänzt. Jemanden, der ein Teil meines Lebens sein will.«

»Du hörst dich an wie meine Freundin Tola. So brillant das klingt, so richtig nach Selbstliebe und Selbstwertschätzung, frage ich mich doch, ob du denn auch mal jemanden kennengelernt hast. Schien irgendwer es mal wert zu sein, ihn nach Hause mitzunehmen?«

Ben lachte und verzog das Gesicht. »Nein, eigentlich nicht.«

Wir wandten uns der Speisekarte zu und bestellten. Er plauderte dabei mit der Kellnerin und wählte den Wein aus, den wir nach unseren zu früh geleerten Cocktails trinken würden. Es tat gut, umsorgt zu werden.

»Also, was war dein erster Eindruck von Dylan?«

Ganz vorsichtig, Aly.

»Dass ihm seine Firma und sein Team eindeutig am Herzen liegen. Er ist stolz und will schützen, was er aufgebaut hat. Und vielleicht will er niemanden, den seine Freundin beauftragt hat, an seinem Geschäft herumpfuschen lassen. Oder derjenige soll nicht merken, dass er nicht die große Erfolgsgeschichte ist, wie er sie bisher glauben ließ?« Ich sah Ben fragend an, und er verkniff sich ein Lächeln und wandte verlegen den Blick ab. »Ich kann das verstehen. Wir wollen die Menschen, die wir lieben, beeindrucken. Aber ich glaube auch, dass er Angst hat.«

Ben nahm sich einen Tortillachip und kaute nachdenklich. »Nicki hat nie wirklich kapiert, worum es uns geht. Sie betrachtet alles nur als eine Gelegenheit, Geld oder Ansehen zu gewinnen. Bei der App geht es darum, Teenager durch verschiedene Formate zusammenzubringen und ihre seelische Gesundheit zu fördern. Es geht darum, etwas Gutes zu tun. Klar, wir wollen bezahlt werden, damit wir weiter produzieren können, aber wir haben das nicht angefangen, um reich und berühmt zu werden. Doch je länger Dylan mit ihr zusammen ist …«

»Verliert er es aus den Augen?«

Ben schüttelte den Kopf. »Nein, das nicht, sondern … er verbiegt sich total, um als der zu erscheinen, den sie sich wünscht.«

Anscheinend gelingt ihm das nicht besonders gut.

»Wie meinst du das?«

Ben wand sich, und ich bekam fast ein schlechtes Gewissen, als ich sah, welcher Konflikt sich in ihm abspielte. Verriet er einen Freund an eine Außenstehende oder half er der Firma, die nötige Unterstützung zu bekommen?

»Mit den anderen war es nicht so schlimm«, begann er und schwenkte seinen Wein. »Die waren normal. Er kam bestens mit ihren Eltern aus, schickte ohne Anlass Blumen. Es war, als hätte er ein Benutzerhandbuch gelesen. Aber die Wahrheit ist die: Dylan mag es, Leute glücklich zu machen. Und offenbar konnte er das irgendwann nicht mehr aufrechterhalten oder die Frau verlangte zu viel oder er hatte einen schlechten Tag und sie wusste nicht, wie sie damit umgehen sollte, und dann fing alles wieder von vorne an. Aber Nicki mit ihrer Familie, ihrer Erziehung, ihrem Influencer-Lifestyle? Die Sträuße für fünfzig Mäuse beeindrucken jemanden wie sie nicht. Also wird die Sache teurer, der Urlaub geht auf Kreditkarte, und plötzlich zogen wir aus unserem schlichten Erdgeschossbüro in ein protziges Bürogebäude am Fluss, und er trägt Designeranzüge und nennt sich Tech-Unternehmer.«

Ich zuckte zusammen. »Er hat Schulden?«

Ben senkte den Blick. »Das vermute ich. Ich mache mir Sorgen um ihn. Wir sind seit Jahren befreundet, und ich habe Angst, er könnte sich verlieren. Bevor du aufgekreuzt bist, habe ich ihn noch nie jemanden anfahren sehen. Noch nie.«

»Anscheinend ... löse ich bei ihm einiges aus«, sagte ich. *Die Untertreibung des Jahres.* »Und das ist okay, ich kann damit umgehen.«

Ben nickte und klopfte auf Holz.

»War es das, was du mir sagen wolltest? Dass er Leuten gefallen will und Schulden hat?«

Ben wirkte schuldbewusst und sah an die Decke. »*Nope.* Ich verrate nur all seine Geheimnisse heute Abend. Was für ein guter Freund ich doch bin.«

»Hey«, sagte ich, sodass er mich ansah. »Du bist ein großartiger Freund, der auf seinen Kumpel und sein Geschäft aufpasst. Letzten Endes ist das auch dein Lebensunterhalt. Was du hier sagst, bleibt absolut unter uns.«

»Er würde nicht wollen, dass ich es dir sage.«

»Wird das einen Unterschied dabei machen, wie ihr den großen Geschäftsabschluss angeht?«

»Es erklärt vielleicht Dylans Zögern.« Er überlegte. »Und sein Benehmen.«

Ich bedeutete ihm weiterzusprechen und trank von meinem Rotwein, stützte das Kinn in die Hand und konzentrierte mich auf ihn.

»In der Anfangszeit bestand EasterEgg aus Dylan und einem anderen Kerl, Peter. Peter brachte Dylan das Programmieren bei. Dyl hatte die Idee für eine App. Daran hatte er schon herumgetüftelt, seit er das Studium abgebrochen hatte –«

»Er hat es abgebrochen?!«, wiederholte ich entgeistert und besann mich. »Entschuldige, das klang wertend. Aber ich bin nur überrascht.«

Ich hatte ihm monatelang geholfen, sich für eine Laufbahn, für ein Studium zu entscheiden. Als er die Zusage der Uni bekam, hob er mich in der Schulbibliothek hoch und drehte sich jubelnd mit mir im Kreis. Selbst die Bibliothekarin lächelte, trotz der Ruhestörung. Er freute sich wahnsinnig auf seine Zukunft.

Und dann hatte er gar nicht durchgehalten?

»Er sagte, er hat es ein paar Wochen lang probiert, war aber nicht mit dem Herzen dabei. Er zog schließlich in eine WG, lebte von seinem Darlehen und arbeitete ehrenamtlich in der Bibliothek, wo er Computerkurse für alte Leute gab. Ich schätze, das lag ihm, er ist ziemlich geduldig. Meistens. Mit den meisten Menschen.«

»Das sehe ich«, sagte ich höflich. »Was ist dann passiert?«

»Er und Peter begannen an der App zu arbeiten, und nach kurzer Zeit stieß ich zu ihnen. Sie hieß HomeSafe und ermöglichte es Eltern, mit ihren Kindern in Verbindung zu bleiben, ihre Handys zu verfolgen, aber mit deren Erlaubnis. Die App zeigte nicht den genauen, sondern nur den ungefähren Aufenthaltsort an und meldete es, wenn sie die registrierten sicheren Orte verließen. Zum Beispiel die Adressen von Freunden und Verwandten.«

»Cool«, sagte ich und dachte sofort an eine passende Werbung. So etwas würde ich problemlos verkaufen können.

»Ja, Dylan war mit Leidenschaft dabei. Er sagte, ein Vorfall in seiner Schulzeit hätte ihn auf die Idee gebracht. Es hatte wohl mit der Mutter einer Freundin zu tun. Mit der Scham und der Peinlichkeit, die er empfunden hat, als er dort einmal anrufen musste, weil die Freundin zu viel getrunken hatte. Und mit der Angst in der Stimme der Mutter. Er wollte nicht, dass Eltern ständig Sorge um ihre Kinder haben müssen. Also überlegte er sich Folgendes: Wenn Eltern sehen können, wo sich ihre Kinder aufhalten, also ob sie noch bei der unbedenklichen Party oder noch auf dem Schulgelände sind, dann würden sie nicht panisch losfahren, um sie abzuholen, und das wäre für alle Beteiligten sicherer.«

Es zog mir das Herz zusammen. Ich fragte mich, ob Ben über den Autounfall von Dylans Mutter Bescheid wusste. Wahrscheinlich nicht. Und über die Mutter, die vor Sorge außer sich war, weil ihre Tochter nicht nach Hause gekommen war? Das war meine Mama. Dylan hatte, nachdem ich abgehauen war, einiges wiedergutgemacht.

»Das ist … brillant«, sagte ich leise. »Das klingt nach einer wunderbaren Idee.«

»War es, und die App war sehr gut gemacht«, fuhr er fort. »Wir waren richtig gut, ehrlich. Wir waren alle in den Zwanzigern, voller Energie, haben Nächte durchgearbeitet. Haben von Energydrinks und Tiefkühlpizza gelebt. Wir wollten eine spitzenmäßige App erschaffen, ganz besonders Dylan.

Wir stellten mehr Entwickler ein, und es hatte wirklich den Anschein, als wären wir auf der Gewinnerstraße. Das war, als würde man als Teenager mit Freunden abhängen und etwas erschaffen und Spaß dabei haben.«

Er hielt inne und schien zu überlegen, wie er den Rest der Geschichte erzählen sollte, ohne jemanden in Schwierigkeiten zu bringen.

»Was ging schief?«

»Peter drängte darauf, die App zu präsentieren oder sie sogar im App Store unterzubringen und damit schon mal Geld zu verdienen. Zu Ende entwickeln könnten wir sie später noch. Aber Dylan wollte sie perfekt haben. Immer kurz bevor wir fertig wurden, fiel ihm noch eine Verbesserung oder ein zusätzliches Feature ein. Er war nie bereit, sie freizugeben.« Er schüttelte den Kopf. »Wir waren alle erschöpft, gestresst, und es kam kein Geld rein. Es kam zum Streit zwischen ihm und Peter, und sie trennten sich. Ein paar Entwickler gingen ebenfalls. Sie waren es leid, zu arbeiten und nie Geld dafür zu kriegen. Und zwei Wochen später erfuhren wir, dass Peter die App an einen der größeren Entwickler verkauft hatte. Und er hat dafür eine Stelle bekommen.«

»Habt ihr ihn verklagt wegen Vertragsbruch oder Diebstahl geistigen Eigentums? Copyrightverletzung? Wettbewerbsverstoß?«, fragte ich. *Oh, armer Dylan.*

»Hätten wir getan … wenn es einen Vertrag oder irgendwas Offizielles gegeben hätte. Aber es gab nichts, womit wir ihn hindern konnten. Daraufhin kündigten auch die übrigen Mitarbeiter. Wir hatten kein Geld, kein Projekt, keine Hoffnung. Nur Dyl und ich waren noch übrig.«

»Warum bist du nicht auch gegangen? Du bist talentiert. Du wurdest abgezockt.«

»Wir wurden abgezockt, weil Dylan zu sorgfältig und zu vertrauensselig war.« Er zuckte mit den Schultern. »Ich arbeite lieber für so einen als für jemanden, der mich ohne Skrupel benutzt. Dylan hat einen Fehler gemacht, aber er hatte Loyalität verdient. Also bin ich wieder kellnern gegangen, und er hat tagsüber auf dem Bau gearbeitet, und ein paar Monate später haben wir uns getroffen und Ideen gesammelt. Ganz von vorne angefangen. Da kam uns die Idee mit der jetzigen App.«

»Ich verstehe jetzt, warum du mir das erzählen wolltest.« Ich tippte an den Rand meines Glases.

»Er mag so tun, als wäre alles in Ordnung, aber nur, weil er es sich nicht leisten kann, als Enttäuschung betrachtet zu werden. Er will nicht zulassen, dass seine Angst ihn abhält, seine Arbeit zu machen. Und ich denke, das wird er auch nicht zulassen …« Seine Stimme verebbte, sein Blick wurde weicher.

»Aber?«

Ben wirkte hin- und hergerissen. Er putzte seine Brille am Hemdsaum, aß einen großen Happen von dem letzten Taquito, damit er nicht reden musste, und konzentrierte sich aufs Kauen. Der arme Kerl sah elend aus. Ich wartete.

»Die Nicki-Sache macht mir Sorgen. Er ist so damit beschäftigt, den tollen Geschäftsmann zu spielen, dass er vergisst, die Entscheidungen zu fällen, die nicht gut aussehen, das langweilige, unattraktive Zeug. Wir brauchten dieses schicke Büro nicht. Wir hätten unsere Website aktualisieren können, damit wir nicht wie eine riesige Firma erscheinen. Er könnte mal aufhören, mit einem Lächeln herumzulaufen, als hätte er keine Sorgen. Er muss ehrlich sein.«

»Manchmal braucht man solche Verschleierungen, wenn man ein wichtiges Geschäft realisieren will. Man muss sich größer machen, als man ist, dann springt auch mehr für einen dabei raus.«

Ben nickte. »Das stimmt wohl.«

Stirnrunzelnd versuchte ich zu erraten, worum es ging. »Versucht er eine Online-Marke aufzubauen wie Nicki? Influencer zu werden?«

»Nein, das wäre wenigstens nützlich!«, rief Ben aus, dann lachte er über sich. »Was ihr Leben angeht, setzt er sich immer in die hinterste Reihe. Als würde er das Rampenlicht fürchten.«

»Er liebt sie, oder?«, fragte ich, bevor ich mich zurückhalten konnte, und Ben zog eine Braue hoch.

»Wieso?«

»Weil … viele Männer es vorteilhaft fänden, eine berühmte Freundin zu haben, wenn sie das Geschäft ihres Lebens einfädeln wollen.« *Dreh den Spieß um, nimm dir den Druck.*

»So ist er nicht, er benutzt Leute nicht. Er ist ein guter Mensch. Ich weiß, du kennst ihn noch kaum –«

»Ich kann ihn ganz gut einschätzen.« Ich tätschelte lächelnd seine Hand. »Wenn ich jeden Mann danach beurteilen würde, wie er reagiert, wenn ich auf seine Fehler hinweise, würde ich nie jemanden daten.« *Tja, das kam der Wahrheit schmerzhaft nahe.* »Sag mir nur, dass ihr inzwischen Arbeitsverträge habt.« Ich drückte die Daumen und lächelte breit, damit er es nicht merkte.

»Haben wir.«

Ich atmete auf. »Gut.«

»Aber nur, weil ich sie aufgesetzt und mit Priya zusammen unterschrieben habe. Dyl hat keinen.«

»Warum das denn nicht?«

»Er sagt, er vertraut uns.«

»Also will er als Firma auftreten, ohne eine richtige Firma zu sein?« Ich stützte den Kopf in die Hände. »Bitte versteh mich nicht falsch, ich bin froh über unser Gespräch, aber du ruinierst gerade mein Leben.«

Oder eigentlich Dylan.

Ich hob den Kopf. »Jetzt mal im Ernst – gibt es noch etwas, das ich wissen sollte? Über die ganze Situation, über Nicki, über Dylan?«

»Nur dass … na ja, er ist ein echt guter Kerl. Ich weiß, er benimmt sich im Moment nicht so, aber ich versichere dir, er ist es.«

»Ich weiß«, sagte ich sanft und tätschelte noch einmal seine Hand. »Und glaub mir, ich bin genauso motiviert wie er, die Sache gut über die Bühne zu bringen. Vielleicht sogar mehr als er.«

Ben hob sein Glas, und wir stießen auf mein Engagement und unseren Erfolg an. Auf die Phönixe mit den angesengten Flügeln.

Sobald ich bei EasterEgg ein Problem löste und mich wie ein Sieger fühlte, warf mir Dylan durch den Konferenzraum einen bösen Blick zu und holte mich wieder auf die Erde zurück. Bei jeder Gelegenheit sorgte er für eine unangenehme Stimmung. Ich stellte eine Frage, und er guckte mürrisch. Ich saß still da, und er fragte laut, ob ich das Geld wert sei. Aber ich war nicht bereit, ihn gewinnen zu lassen. Und manchmal, nur manchmal, ertappte ich ihn dabei, wie er mich fasziniert anstarrte, ehe er schnell wieder eine mürrische Miene aufsetzte, als hätte er kurz vergessen, seine Rolle zu spielen.

Ich lebte für diese Momente. Aber ich war mir nicht sicher, was ich damit anfangen sollte.

Als Priya gerade die Funktionsweise der App erklärte, klingelte mein Handy: Felix. Ich verzog das Gesicht und leitete ihn an die Mailbox weiter, aber Dylan sah mich tadelnd an.

»Hinterlassen wir irgendeinen Eindruck bei dir, Aly?«

»Jep, ich denke gerade, ich hätte ein höheres Honorar verlangen sollen«, sagte ich grob, um mich Priya wieder süß lächelnd zuzuwenden. »Entschuldigung, könntest du mir mehr über die Journalfunktion erzählen?«

Sie grinste zurück. »Es gibt ein Journal, das für Notizen gedacht ist, aber worauf ich wirklich stolz bin, ist das.« Sie schickte das Bild auf die Weißwandtafel hinter ihr, ein Video über die

Nutzung der App, das sie erstellt hatte. Sie scrollte durch Begriffe, schob sie hin und her und sortierte sie auf dem Bildschirm zu Gruppen.

»Das ist wie Kühlschrankmagnetpoesie, bei der man aus einzelnen vorgegebenen Wörtern Gedichte macht. Manchmal fällt es Jugendlichen schwer, die richtigen Worte zu finden. Und man will ihnen keine ganzen Sätze vorgeben, weil die nicht zu ihnen passen würden, sie werden bloß zu dem Einfachsten greifen, das am wenigsten unangenehm erscheint. Aber mit dieser Funktion können sie die Worte finden, mit denen sie sich wohl fühlen, und verbringen ein paar Augenblicke damit, mit den Wörtern zu spielen, sich über Gefühle und Bilder klarzuwerden, sie zu benennen und einzuordnen. Das ist beruhigend, gibt ihnen aber auch das Gefühl, die Kontrolle zu haben. Das ist in unserer Zielgruppe richtig gut angekommen, als cooles Extra, das uns von anderen abhebt. Spielen ist wichtig.«

Ich tippte mir an die Nase und zeigte dann auf Priya. »Genau das. Das ist es. So müsst ihr die App präsentieren. Mit dieser Herzlichkeit und Fürsorglichkeit, mit Fortschrittsgeist und dennoch genauso verspielt.«

Priya strahlte stolz und setzte sich wieder hin.

Ich bemerkte, dass Dylan mich mit zur Seite geneigtem Kopf betrachtete, ließ ihm aber keine Zeit für eine stichelnde Bemerkung.

»Okay, damit wären wir mit den Features durch. Ich schreibe etwas dazu und schicke es euch. Das ist ein starkes Produkt, ihr könnt wirklich stolz sein.« Ich hielt inne und wappnete mich. Es war Zeit, ein bisschen Fixer-Upper-Geschmack in die Situation zu bringen. »Da ihr es nicht einfach in den App Store hochladen und die Verkaufszahlen vorweisen könnt, empfehle ich, den sozialen Beweis anders zu erbringen.«

Dylan fuhr sich durch die Haare und zupfte an deren Spitzen. »Was soll das nun wieder heißen?«

»Das heißt: Meldet euch auf einer Social-Media-Plattform an. Mir ist sogar egal, auf welcher. Zeigt, dass Leute an eurer App Interesse haben, dass sie dem entspricht, wofür ihr steht und was die Jugendlichen heutzutage benutzen. Ihr könnt keine App verkaufen, ohne zu berücksichtigen, wie die Kids ihre Geräte verwenden.«

»Doch, das können wir, weil die seelische Gesundheit von Erwachsenen und Kindern durch die sozialen Medien signifikanten Schaden erlitten hat.« Er verschränkte die Arme und sah mich richtiggehend finster an.

»Das mag stimmen. Aber sie werden sie weiterhin benutzen, nicht wahr? Das ist ihre Art, sich zugehörig und weniger allein zu fühlen. Sie bieten ihnen die nötige Orientierung, um glücklich zu werden, auch wenn diese Orientierung nicht richtig sein mag. Wenn du dich da draußen hinstellst und die sozialen Medien niederschreist, wenn du die Menschen zwingst zu wählen, ob sie sich lieber beliebt fühlen oder lieber Selbstsorge betreiben wollen, dann werden sie sich für die Beliebtheit entscheiden. Wenn überhaupt, dann solltest du es mit einer Teilen-Funktion nutzbar machen, um Communitys zu verbinden, und ihnen zeigen, dass Selbstsorge etwas ist, worauf sie stolz sein können.«

Priya schrieb hastig mit und nickte dabei, und Ben grinste mich an. Aber Dylan schaute weiter mürrisch. Wie schade, er hatte immer ein so schönes Lächeln gehabt. Am liebsten hätte ich das laut ausgesprochen, nur um ihn zu ärgern, aber ich widerstand der Versuchung.

»Betrachte es als Abenteuer«, sagte ich breit lächelnd. »Probiere etwas Neues aus und schau, wohin es führt.«

Dylan sah mich verwirrt an, kniff die Augen zusammen, als suchte er in meiner Wortwahl nach einer versteckten Botschaft. Einen Moment lang starrte wir uns an und versuchten, aus dem anderen schlau zu werden. Was hatte ich gesagt?

Schließlich wandte er den Blick ab. »Das sagst du nur, weil du mit Nicki zusammenarbeitest.« In gewisser Weise kam das der Wahrheit so nahe, dass ich energisch zum Widerspruch ansetzte, doch er wandte sich Ben zu, bevor ich etwas sagen konnte. »Gestern hat sie zehn Minuten lang mit ihren Fans darüber geredet, welchen Käse sie isst. Wen interessiert das?«

Ich lachte, und er fuhr herum und sah mich wütend an. »Aber es hat interessiert, richtig? Die Fans haben zugehört. Das ist es, was dich verrückt macht.«

»Fünfzehntausend Leute hören meiner Freundin zu, wenn sie Käsesorten aufzählt. Fünfzehntausend, wenn sie bloß verschiedene Käsesorten nennt, damit sie sagen kann, ob sie sie isst oder nicht. Was zur Hölle soll das?!« Er schnaubte, und ich lachte, und ganz kurz lächelten wir gemeinsam. Bis er meinem Blick begegnete, abrupt ernst wurde und wieder mürrisch vor sich hin sah.

»Ihr wisst aber, warum, ja?« Ich richtete mich an die anderen. »Verbundenheit. Sie gibt ihnen etwas von sich.«

»Ihre Meinung zu Milchprodukten?« Ben lachte.

»Die spielt keine Rolle. Sie ist stimmig, sie ist da. Sie teilt etwas. Das macht sie zur Marke. Man kann genau erkennen, ob etwas Nickis Handschrift trägt oder nicht. Wenn sie ein Foto von ihrem Schlafzimmer mit einer Dinosaurierdecke postet, würde man sofort wissen, dass sie gehackt wurde. Die Beständigkeit gibt den Leuten etwas, worauf sie sich verlassen können.«

Priya und Ben nickten, und ich drehte kurz den Kopf und sah, dass Dylan mit ausgestreckten Beinen an einem der Schreibtische lehnte und mich betrachtete. Ich spürte seinen Blick, konnte aber nicht sehen, was er tat. Auf seiner Stirn lagen Falten, aber er schaute nicht so unwillig wie sonst.

»Du kennst dich damit aus? Mit Verlässlichkeit?«, fragte er. Es hätte spitz oder scharf rüberkommen sollen, doch er klang nur traurig.

In meiner Brust zog sich etwas zusammen, und darum fing ich an, meine Sachen einzupacken, und hielt den Blick gesenkt. Was für ein seltsames Hin und Her. Er machte Druck, und ich gab nach, er wich zurück, und ich drängte wieder vorwärts. Immer ungeduldig, ohne dass einer gewann.

»Nicht unbedingt. Ich bleibe eine Weile, rette, was es zu retten gibt, und gehe wieder, um dem Nächsten zu helfen.« Ich sagte das leichthin, schob meinen Laptop in die Tasche und hängte sie mir über die Schulter. Das war weitgehend wahr. Ich ging, bevor er noch etwas sagen konnte.

»Aly, zu mir bitte!«, rief Felix quer durch den Büroraum, als ich am nächsten Morgen zur Arbeit kam, und ich fühlte, wie meine Wangen heiß wurden. Sorgfältig hängte ich meine Jacke über den Stuhl und nahm mir einen Notizblock.

»Guten Morgen, Boss!«, grüßte ich gut gelaunt und versprühte Arbeitseifer, als ich die Tür hinter mir schloss. »Was kann ich für dich tun?«

»Du musst aufhören, dir freizunehmen!« Er strich sich über seinen kleinen Schnurrbart und schürzte die Lippen. Felix sah aus wie ein Stummfilmstar. Aber leider klang er, als würde er in ein Megafon brüllen. »Du sagst mir immer, du willst den Job, du willst aufsteigen, doch du bist nicht da!«

Mir fielen lauter Ausflüchte ein: *Tut mir leid, aber ich muss meinen besten Freund von früher für die Katzenstreu-Prinzessin in einen Märchenprinzen verwandeln, weil meine Mutter sonst ihr Haus verliert. Wenn das nicht wäre, wäre ich hier, ehrlich.*

»Felix.« Ich versuchte, so selbstbewusst zu klingen wie bei Dylan. »Ich habe seit Jahren keinen Urlaub mehr genommen. Und ich nehme nur einzelne Tage frei, nicht Wochen!«

»Ich brauche dich engagiert, ich brauche dich ehrgeizig. Du musst Führung beweisen …« Verärgert trommelte er mit den Fingern auf den Schreibtisch und sah zur Tür.

Ach du Schreck.

Ich ließ mich auf den Stuhl vor seinem Schreibtisch sinken. »Was ist los?«

»Kann ich dir vertrauen?«

»Wenn du willst, dass ich etwas in Ordnung bringe, sicher«, antwortete ich, und meine Unverblümtheit schien ihn nicht zu stören. Ich war eindeutig die Einzige, die sein Problem, was immer es war, aus der Welt schaffen konnte. Andernfalls wäre es schon gelöst.

»Wegen BigScreen …«, begann er.

»Teddy Bell. Er kommt nächste Woche zu einer Strategiebesprechung«, sagte ich und gab mir Mühe, nicht die Augen zu verdrehen. Teddy Bell ließ sich jedes Quartal einen Termin geben, und jedes Mal kam er, hörte sich unsere Präsentation an, erklärte uns, das sei alles ein bisschen zu modern, und bestand darauf, dass wir dasselbe machten wie in den letzten zehn Jahren. Nämlich sehr wenig.

»Du musst diesmal vorher mit ihm reden. Er hält morgen eine Rede bei der Tech X-Change.«

»Dieselbe wie jedes Jahr.«

»Wahrscheinlich dieselbe wie letztes Jahr«, brummte er und wirkte ein bisschen besänftigt. »Du musste ihn überzeugen, bei uns zu bleiben.«

»Er wurde abgeworben?« Im Stillen war ich erleichtert. Wenn wir einen Kunden gehen ließen, der keine Vision hatte, konnten wir uns größeren, besseren Dingen zuwenden. Und mehr Geld einnehmen. »Vielleicht ist es so das Beste.«

»Er wurde nicht abgeworben. Und es wäre nicht das Beste.« Felix zog an einem Ende seines Schnurrbarts, demselben wie immer, wenn er frustriert war, deshalb sah das Ding irgendwie schief aus. »Teddy Bell ist eng mit dem Big Boss befreundet, schon seit Jahren. Deshalb geben wir uns überhaupt mit ihm ab. Und Teddy sucht nach einer anderen Agentur, weil … wegen eines Fehltritts eines unserer Angestellten.«

Ich runzelte verwirrt die Stirn. »Jemand hat ihn angemacht? Ist er nicht in den Siebzigern?«

Felix verdrehte die Augen. »Nicht ihn, seine Frau. Seine sechsunddreißig Jahre alte, sehr hübsche Frau.«

Er drehte den Kopf nach links, und ich brauchte seinem Blick nicht zu folgen.

»Hunter«, seufzte ich.

»Er und Teddy spielen manchmal zusammen Golf. Er hat Teddys Frau durch den Club kennengelernt.«

Ah, so ist es wohl, wenn man jung und stinkvornehm ist und nicht befürchten muss, dass das eigene Handeln Konsequenzen hat.

»Dann schick Hunter hin, lass ihn um Gnade winseln, und Ende.«

Felix schnaubte. »Teddy will ihn nicht sehen. Aber er will, dass jemand zu Kreuze kriecht und ihm das Blaue vom Himmel verspricht. Es wird besser ankommen, wenn du das machst.«

»Ich? Hunters Entschuldigung soll von mir kommen?« Stirnrunzelnd suchte ich nach einer logischen Begründung. »Weil … ich seine Vorgesetzte sein werde?«

Felix grinste mich an. »Da ist ja der Ehrgeiz! Aly, du hast

Leute schon zu Dingen überredet, bei denen ich nie geglaubt hätte, dass das klappt, aber ich war dabei. Du schlägst etwas vor, ganz sanft, und eine halbe Stunde später tun sie so, als wäre das schon immer ihre eigene Idee gewesen.«

»Du kriegst es also mit, wenn Leute meine Ideen klauen?« Ich sah ihn erwartungsvoll an, aber er schüttelte den Kopf.

»Das ist jetzt nicht der Punkt. Geh und bring Teddy wieder auf unsere Seite. Du kannst Leuten das Gefühl geben, wichtig zu sein. Darin bist du ungeheuer gut. Lade ihn zum Essen ein, versprich ihm, was immer er will, entschuldige dich dafür, dass wir einen Blödmann eingestellt haben, der sein Ding nicht in der Hose lassen kann. Sorge einfach dafür, dass er bei uns bleibt. Betrachte es als Aufgabe, um zu zeigen, dass du die Verantwortung der neuen Rolle ausfüllen kannst.«

»Also werde ich Hunters Chefin sein?«

Felix hob die Hände und verschloss seinen Mund mit der Reißverschlussgeste. »Ich schätze, das werden wir abwarten müssen, nicht wahr?«

Ich umfasste die Armlehnen und lehnte mich ein wenig nach vorn. »Also, nur zur Klarheit: Ich soll morgen nach Birmingham fahren, mir seine dämliche Rede darüber anhören, wie großartig seine rapide scheiternde Firma ist, ihn wegen Hunter um Verzeihung bitten und mit dem alten Knaben flirten, damit der den Vertrag mit uns nicht auflöst?«

»Ja.«

»Und was wird Hunter währenddessen tun?«

»Über seine Dummheit nachdenken.« Felix runzelte die Stirn. »Tu es für den Job, Aly. Vergiss Hunter. Zeig, dass du es kannst, wenn du Publikum hast.« Er lächelte ermutigend, und in mir flammte etwas auf, so etwas wie Kampfgeist, nahm ich an.

Und dann kam mir eine Idee.

»Ich möchte zusätzliche Tickets für die Konferenz. Und ich will auf der Bahnfahrt in der Ersten Klasse sitzen. Und außerdem erwarte ich, dass meine Spesen ein ausschweifendes Restaurantessen abdecken. Samt Getränken.«

Er schaute amüsiert und ein bisschen stolz. »Was immer du sagst, Mädchen. Du bist der Boss.«

Das war der Moment, um hoch zu pokern. »Eins noch: Ich brauche Tola und Eric in Birmingham. Sie führen Projekte von Kunden weiter, die dort sein werden …« Ich fing an, das zu rechtfertigen, aber er winkte ab, als hätte er keine Zeit, sich das anzuhören. Es war einfacher, das abzunicken. Selbst das fühlte sich wie ein Erfolg an.

Als ich sein Büro verließ, sah ich Matthew draußen warten, und er neigte den Kopf zur Seite. »Alles okay? Er hatte heute Morgen echt miese Laune.«

Ich wies das Thema mit einer Geste ab. Sosehr Hunter mir ein Dorn im Auge war, so wenig wollte ich, dass irgendein Büroklatsch auf mich zurückging. »Alles gut. Ich muss nur morgen außer Haus und für den Erhalt eines Kunden sorgen.«

»Kann ich irgendwie helfen?«, fragte er, und ich blinzelte überrascht. »Na ja, wahrscheinlich wäre ich dir nur im Weg, aber … wenn ich etwas tun kann, sag Bescheid.«

Ich nickte. »Danke, das weiß ich zu schätzen. Hast du …« Ich deutete auf Felix' Tür. »Hast du hier gewartet, um reinzugehen?«

»Nein, ich habe tatsächlich auf dich gewartet.« Er kratzte sich verlegen im Nacken. »Ich wollte sehen, was du von dem Slogan hältst. Die Texter finden ihn super, aber ich bin mir nicht sicher, ob er den richtigen Ton trifft …«

Ich blickte über die Schulter durch den Büroraum zu Tola, die mich mit einer hochgezogenen Braue ansah und wissen wollte, was los war. »Brauchst du das jetzt, Matthew?«

»Das dauert nur eine Sekunde.« Er hielt mir die Mappe vor die Nase und beobachtete ängstlich, wie ich reagierte. Ich unterdrückte einen Seufzer und gab nach. Mit zusammengekniffenen Lippen sah ich mir den Entwurf an.

»Setze ihn ins Präsens und schau, ob er dadurch mehr Dringlichkeit entfaltet.« Ich gab ihm lächelnd die Mappe zurück. »Aber im Allgemeinen kannst du dich auf das Urteil der Texter verlassen. Die wissen, was sie tun.«

Er lächelte so breit, dass ich mich dabei ein wenig fremdschämte. »Danke, Aly! Ich wusste, du würdest mir helfen können!«

Als ich es endlich in meine Büronische geschafft hatte, saß Tola auf meinem Stuhl. »Was geht da vor? Und könnte der Junge mal aufhören, dich anzusehen wie ein schmachtendes Hündchen? Das ist verwirrend.«

»Er schmachtet mich nicht an, er ist mir dankbar.« Ich tippte ihr auf die Schulter, bis sie aufhörte, sich mit dem Stuhl zu drehen, und ihn freigab. »Könnt ihr beide euch morgen frei halten und zur Tech X mitkommen? Ich habe einen blödsinnigen Auftrag und einen heimtückischen Plan.« Ich strich mir theatralisch übers Kinn.

»Oh gerne. Für Intrigen bin ich immer zu haben.«

Als Nächstes musste ich Dylan an Bord holen. Und ich hatte wirklich keine Zeit für Nettigkeiten. Ich rief ihn an und hielt mich nicht mit einer Begrüßung auf. »Ich brauche euch morgen.«

»Ja, na klar, wir sind nur zu deiner Unterhaltung da. Es ist nicht so, als müssten wir –«

Ich stöhnte genervt und verdrehte die Augen. Das Telefon in die Halsbeuge geklemmt, suchte ich mir im Computer einen Zug raus. »Lass den Quatsch für einen Moment, ja?« Ich seufzte. »Ich habe euch Eintrittskarten für die Tech X-Change besorgt.«

»Die Konferenz?« Vor lauter Schock vergaß er kurz, sich kühl zu geben.

»Genau. In Birmingham, morgen. Kriegt ihr das hin?«

»Warte mal kurz.« Ich hörte gedämpfte Stimmen. »Priya muss sehen, ob ihre Eltern ihr Kind nehmen können, aber Ben und ich können definitiv mitkommen.«

»Okay, dann treffen wir uns morgen früh um neun in der Euston Station. Ihr werdet netzwerken, also zieht euch entsprechend an.«

»Ich weiß, wie ich mich kleiden muss, Aly«, brummte er, und wenn ich die Augen schließen würde, wäre es wieder wie damals mit siebzehn.

»Sicher. Tja … dann bis morgen.«

»Also gönnen wir uns wohl ein kleines Abenteuer«, sagte er leise, und ich lächelte ein bisschen traurig in mich hinein. *Oh, deshalb hat er neulich so ein Gesicht gemacht.*

»Ich habe schon eine ganze Weile kein Abenteuer mehr erlebt«, erwiderte ich. Hatten wir etwa ein Patt erreicht? Ich wagte kaum zu hoffen.

Dylan hatte damals oft ein Spiel mit mir gespielt, das er von seiner Mutter übernommen hatte und das mit einem Spruch begann.

»Hör mal kurz damit auf und nenn mir fünf Dinge, über die du dich heute gefreut hast.«

Fünf wunderbare Dinge, so hatte seine Mutter es genannt. Sie meinte, sie könne keinen Tag aushalten, ohne fünf Dinge zu finden, für die sie dankbar sei. Joyce konnte sich ungeheuer gut an Kleinigkeiten erfreuen: wie der Wind in den Bäumen rauschte, dass ihr Sohn sie umarmte, dass die Katze sie zum Lachen gebracht hatte. Und wenn ihr mal nichts eingefallen war, dann hatte sie es heraufbeschworen, indem sie ein leckeres

Stück Kuchen aß oder zu einem Lieblingssong durch die Küche tanzte.

Ich hatte noch klar vor Augen, wie sie mich einmal aufgefordert hatte, ihr fünf Dinge zu nennen, und ich nichts antworten konnte. Meine Eltern hatten sich gerade wieder gestritten und meine Mutter hatte geweint, und ich fürchtete mich davor, nach Hause zu gehen. »Dir fällt nicht mal eine Sache ein, Mäuschen?«, fragte Joyce. »Also, das können wir nicht dulden, oder?«

Sie fuhr mit uns Eis essen, obwohl das Abendessen anstand. »Wenn du die fünf Dinge nicht zusammenkriegst, dann musst du dir ein Abenteuer gönnen, meine Kleine, das sind die Regeln.«

Sie wirkte damals unendlich cool in ihrem rot-weiß gestreiften Pullover, als sie Schokoladeneis aß und Dylan ein paar Erdbeeren wegnaschte. Sie konnte aus dem Nichts wunderbare Dinge hervorbringen.

Nach ihrem Tod redeten wir nicht mehr darüber. Bis zu dem Tag, an dem mein Vater uns verließ. Am nächsten Morgen rief Dylan mich an und fragte mich nach fünf wunderbaren Dingen.

»Mir fällt keins ein, Dyl. Ehrlich.«

»Dann müssen wir uns ein Abenteuer gönnen.«

Wir bestiegen einen Zug nach Brighton und verbrachten den Tag am Meer, aßen Zuckerwatte und streckten die Zehen ins Wasser. Wir durchstöberten die Läden und gingen ins Kino, gaben Geld in der Spielhalle aus und aßen auf der Rückfahrt im Zug Burger.

»Fallen dir fünf Dinge ein, Aly?«, fragte er wieder.

»Jetzt fallen mir hundert ein.«

Sein Lächeln war unglaublich gewesen.

So war er damals. Er munterte mich auf. Er zog mich an der Hand mit und weigerte sich, mich unglücklich sein zu lassen. Er wusste, ich musste beschäftigt bleiben, damit ich abgelenkt war. Dass ich Fakten und Geschichten liebte, kostbaren Kleinkram. In der hinteren Hosentasche trug er eine Liste, die ich einmal gesehen hatte: *Alys Fakten.* Wir hatten unsere gewohnten Abläufe, unsere heiligen Rituale, die typische Art von Jugendlichen, sich umeinander zu kümmern.

Als der herrliche Brighton-Tag zu Ende ging und wir in den Zug steigen mussten, fürchtete ich mich vor zu Hause. Davor, ins Haus zu kommen und das Gemetzel zu sehen und, schlimmer noch, es Dylan sehen zu lassen. Aber Dylan war wie immer unbeeindruckt. Er brachte mich nach Hause, streckte den Kopf zur Tür rein und sah meine Mutter, die kaum ansprechbar auf dem Sofa lag, und dann sagte er: »Du und ich kochen jetzt das Abendessen, Aly. Mal sehen, was ihr dahabt.« Er öffnete den Kühlschrank und machte ein Spiel daraus, und meine Mutter setzte sich sogar an den Tisch, setzte ein geisterhaftes Lächeln auf, während sie mit uns aß, und hörte uns über den abenteuerlichen Tag reden. Es war mir vorgekommen, als hätte er gezaubert.

Der Mann, den ich jetzt am Telefon hatte, der bissige Bemerkungen über kurzfristige Forderungen machte, der mir nicht mal gedankt hatte, war nicht mehr der Junge, der die Faktenliste in der Hosentasche bei sich trug und der immer das Richtige zu sagen wusste.

Aber vielleicht war der kleine Seufzer in der Leitung so was wie Anerkennung? Vielleicht hieß die Anspielung auf unsere Abenteuer, dass er auch an jene Zeit zurückdachte? Gemeinsame Erlebnisse waren eine Geheimsprache, und ich stellte überrascht fest, wie viel ich von unserer noch wusste.

»Dylan –«, begann ich hoffnungsvoll, doch er schnitt mir das Wort ab.

»Versuch, pünktlich zu sein«, sagte er unwirsch, und ich lachte halb vor Entrüstung.

»Ich bin noch nie im Leben zu spät –«

Er legte auf.

Es war leichter, einem Geist nachzutrauern, aus besonderen Momenten und Erinnerungen etwas aufzubauen, das Bedeutung hatte – eine gemeinsame Geschichte. Aber wenn jener Geist plötzlich wieder aufkreuzte und ganz anders war als früher, dann fragte man sich, ob jene Momente wirklich passiert waren.

»Also eines muss ich dir sagen: Ich glaube, dass Ben perfekt für dich ist«, sagte ich an diesem Morgen zu einem verschlafenen Eric, als wir uns in der Liverpool Street Station einen Kaffee kauften.

»Oh nein, lass den Quatsch. So eine bist du nicht.« Er biss herzhaft in seinen Muffin, auf der Nase seine Sonnenbrille, mit der er sowohl unangestrengt cool als auch furchtbar verkatert aussah. »Jede Hetero-Frau will die einzigen zwei Schwulen, die sie kennt, miteinander verkuppeln. Dass wir beide mit Männern schlafen, reicht nicht für eine Beziehung.«

»Aber für deine üblichen Affären«, neckte Tola und zog sich mithilfe der Spiegelfunktion ihres Handys die Lippen nach. Heute mit einem hellen Violett, das deckte wie Wachsmalfarbe. Es passte zu der lilafarbenen Gürteltasche, die sie über ihrem Jeansminikleid trug. Sie sah aus, als wollte sie zu einem Festival, doch sowie sie jemandem ihre Visitenkarte gab, auf der *Social-Media-Expertin* stand, funktionierte das Outfit. Ich trug natürlich wie immer Schwarz und roten Lippenstift. Dazu goldene blitzförmige Ohrstecker, um ein bisschen kühner zu wirken. Teddy Bell sollte erkennen, dass ich ein erfahrener Profi war.

Wenn ich den alten Dinosaurier überzeugen konnte zu bleiben, obwohl ich ihn für einen uninspirierten Hohlkopf hielt, wäre das ein Triumph. Ich wollte zurückkehren wie eine siegreiche Feldherrin, seine Geschäftskarte morgen früh auf Felix' Schreibtisch werfen und sagen: *Siehst du, bin nicht mal ins Schwitzen geraten. Gib mir die Stelle. Du weißt, dass ich sie verdiene. Lass mich das Team leiten! Ich hab's drauf!*

Aber ich war froh, dass ich meine Leute bei mir hatte. Teddy Bell war kein einfacher Gesprächspartner. Es hatte seinen Grund, warum Hunter ihn immer auf dem Golfplatz traf, leicht angetrunken und bereit, für Schmeicheleien zu bezahlen. Aber ich würde das schaffen, das wusste ich.

»So ist es gar nicht. Ich finde bloß, er ist wunderbar«, sagte ich, als ich mit den Gedanken zum Thema Ben zurückkehrte. »Und da du ihn in ein paar Minuten kennenlernen wirst, dachte ich, ich warne dich vor.«

»Schön.« Eric machte eine resignierte Handbewegung. »Nur zu, preise ihn mir an.«

»Was?«

»Deiner Ansicht nach ist er ein Produkt, das mein Leben verändern wird. Beschreib ihn mir.«

»Tolle Haare, Hornbrille, trainiert, quasi ein Klassennerd, der in die Muckibude geht. Kennt super Restaurants und ist lustig, ohne zickig zu sein.«

Eric stutzte. »Wieso kommt mir das Letzte wie eine Spitze vor?«

»Weil es eine ist.« Ich lachte. »Er ist einfach richtig nett, und er hat sein Leben im Griff. Er liebt seine Wohnung und hat einen niedlichen Beagle, und er kann großartige Cocktails mixen.«

»Also, welche Macke hat er? Warum ist er noch Single?«

Tola zog eine makellos gezupfte Braue hoch und schaute gelangweilt. »Was denn? Wer Single ist, hat zwangsläufig Macken?«

»Ähm, ja«, bekräftigte Eric. »Offensichtlich. Sieh uns an. Nicht dich, Tola, du bist bloß jung und lebenshungrig.«

Sie nickte und frischte weiter ihr Make-up auf. »Danke, Süßer.«

»Hey!«, rief ich halb lachend. »Entschuldige mal!«

Eric zog seine Sonnenbrille ein Stück herunter. »Soll ich das wirklich näher ausführen?«

Ich seufzte. »Seine einzige Macke könnte sein, dass er Dylan gegenüber wahnsinnig loyal ist, sogar wenn die Firma ein Scherbenhaufen ist.«

Er schnaubte. »Ah, eine dieser vermeintlichen Schwächen, die eigentlich ein Plus sind. Du bist mir zu anstrengend, Aly, ehrlich. Lass mir meinen bedeutungslosen Sex, und ich kaufe mir selbst einen Hund. Mehr brauche ich nicht zum Glücklichsein, vielen Dank auch. Du musst für mich nichts arrangieren.«

In dem Moment sah ich Dylan durch die Bahnhofshalle kommen. Er trug einen ähnlichen Anzug wie bei unserem ersten Wiedersehen, mit dunkelblauer Krawatte und einem blauen Streifenhemd, aber diesmal war der Kragen hochgeklappt, und Dylan runzelte angespannt die Stirn. Er wirkte professionell. Weiter ließ ich meine Gedanken nicht wandern. Obwohl es mir gefiel, dass er nicht glatt rasiert war – das verlieh seinen Zügen eine gewisse Schärfe.

Ben sah auf seine Weise stylish und äußerst attraktiv aus. Er trug eine dezente braune Tweedhose und eine Weste, darunter ein cremefarbenes Hemd, und er hatte die Hände lässig in die Taschen geschoben, während er auf uns zulief – als wäre er geradewegs aus einem Vierzigerjahre-Film gestolpert. Ich wartete auf Erics Reaktion und wurde nicht enttäuscht.

Ihm sank das Kinn herab. »Das ist der, über den wir gesprochen haben? Der Blonde?«

Ich nickte, und er griff nach meiner Hand.

»Ich will ihn haben.«

»Er ist kein Pony«, witzelte Tola, linste aber auch über den Rand ihrer Sonnenbrille. »Aber süß.«

Sie blieben stehen und winkten, und ich war begeistert, weil ich Priya durch die Menschenscharen eilen sah, lässig schick in blauen, ausgestellten Leinenhosen, weißen Turnschuhen und cremefarbener Bluse, eine große Sonnenbrille auf dem Kopf. Ich winkte und strahlte sie an, so sehr freute ich mich, dass sie doch mitkommen konnte.

»Ich entschuldige mich für jede dumme Bemerkung von vorhin«, plapperte Eric, als die drei auf uns zuhielten. »Bitte, sei nett!«

»Nicht, dass du das verdient hättest«, raunte ich ihm zu, kurz bevor ich die drei lächelnd begrüßte. »Hi! Freut ihr euch darauf, einen Tag lang über Technikkram zu fachsimpeln?«

»Und wie.« Ben küsste mich auf die Wange und lächelte mich herzlich an. »Ich wollte schon immer mal zur Tech X, wir haben's aber nie geschafft, stimmt's, Dyl?«

Dylan nickte nervös und straffte die Schultern. »Sollte gut werden.« Er stutzte und musterte mein schwarzes Kleid im Sechzigerjahrestil mit Bubikragen. Tola nannte den Look »Boss Bitch mit einem Hauch von Schrulligkeit«.

»Du siehst hübsch aus«, sagte er, und sein verwunderter Ton verdeutlichte, dass er das gar nicht hatte sagen wollen. Ich wartete auf eine Pointe, aber die blieb aus, sodass mein Schweigen peinlich wurde.

Ich besann mich und salutierte. »Für dich nur das Beste, Boss.«

Dylan sah mich stirnrunzelnd an, während Ben loswieherte, und ich kapierte, dass ich den dargereichten Ölzweig gerade zerbrochen hatte. Ups. Ich wandte mich Priya zu, um die Aufmerksamkeit auf etwas anderes zu lenken.

»Du kommst tatsächlich mit! Du siehst klasse aus!« Ich grinste, und sie drehte sich im Kreis.

»Erstaunlich, was man zustande bringt, wenn man morgens kein kleines Monster hat, das einen mit Süßkartoffelbrocken bespuckt.« Sie lächelte zurück und stieß Dylan und Ben mit den Ellbogen an. »Außerdem gehen die Jungs sonst immer zu den coolen Events. Ich wollte nicht schon wieder außen vor bleiben.«

»Ich freue mich! Das ist Tola, und das ist Eric.« Ich deutete auf die beiden. »Meine Kollegen.«

»Ihre Handlanger«, sagte Eric zu Ben, und das mit einem kaum merklichen Schmollmund, den ich bei ihm noch nie gesehen hatte.

Ben nahm ihn in Augenschein, bevor er auf Tolas Bauchtasche zeigte. »Gefällt mir. Die erinnert mich daran, wie ich in meinen Zwanzigern durch die Clubs gezogen bin. Man hat das Wichtigste bei sich.«

»Genau.« Tola öffnete sie und griff hinein. »Kaugummi gefällig?«

»Oh, ich!« Priya hielt die Hand auf und trat zu ihr. »Du siehst aus wie eine Frau, die alle Antworten hat.«

Tola grinste. »Das höre ich gern.«

Wir setzten uns in unseren Waggon, und ich versuchte, nicht ständig mit dem Bein zu wippen. Ich ging meine Notizen zu Teddy Bell durch, was ich sagen, wie ich die Sache angehen wollte. Ich hatte mir Karteikarten geschrieben, um keinen Punkt zu vergessen, wusste also, wie ich lavieren konnte, wenn mein erster Ansatz nicht fruchtete. Die anderen saßen alle an dem Tisch gegenüber, und ich breitete mich an meinem aus und erklärte, ich müsse mich konzentrieren und vorbereiten. Sie schienen Spaß zu haben, sogar Dylan. Wenn ich ihn mit meinen und seinen Freunden sah, vergaß ich die Spannungen zwischen uns. Es wirkte, als könnte er wieder der Alte sein, solange ich nicht dabei war.

»Ist das BigScreen?«, hörte ich ihn fragen und blickte auf. Dylan rutschte auf den freien Sitz mir gegenüber und nahm eine meiner Karteikarten. »Teddy Bell.«

»Du kennst ihn?«

»Alle nennen ihn ›Dinosaurus Tech‹.« Er hielt den Blick auf den Tisch gesenkt, die Hände über den Karten, als würde unser Waffenstillstand beim ersten Blickkontakt gebrochen. »Die meisten Firmen gehen zugrunde, wenn sie sich nicht anpassen, und bei seiner wird es irgendwann auch so kommen. Es ist zu teuer, die Geräte zu produzieren, darum hat er wenig Konkurrenz. Da braucht man nicht innovativ oder kreativ zu sein. Keiner macht ihm den Erfolg streitig und lässt ihn mal zweifeln, ob er die richtigen Entscheidungen trifft.«

»Nein, außer man zählt meinen Kollegen, der sich an seine Frau rangemacht hat«, sagte ich leichthin und tippte mit dem Zeigefinger auf die Karten.

»Ah, du betreibst Schadensbegrenzung. Natürlich.«

»Natürlich?«

»Behebst anderer Leute Probleme«, sagte er. »Typisch Aly.«

Er lehnte sich bequem zurück und verschränkte die Arme über dem Kopf. Es war seltsam, wie jung er aussah, gekleidet wie ein Erwachsener, aber in der lümmelnden Haltung eines Teenagers.

»Teddy ist für sein Ego bekannt. Er will, was andere haben. Klingt, als hätten er und dein Kollege das gemeinsam. Du solltest etwas Exklusives vor seiner Nase baumeln lassen.«

Ich fragte mich, ob Nicki wusste, wie scharfsinnig ihr Freund in Wirklichkeit war. Ich nickte und versuchte verzweifelt, nichts falsch zu machen, damit die Stimmung nicht kippte. Die letzten paar Augenblicke waren wohltuend gewesen.

»Wirst du meinen Rat annehmen?«, fragte er, und ich nickte wieder.

»Danke.«

Er klopfte zweimal auf den Tisch und stand auf, hielt aber noch kurz inne. »Ich habe auch auf deinen Rat gehört.«

Ich sah, dass Tola und Priya uns beobachteten. »Welchen?«

»Du sagtest, Nicki stellt durch die sozialen Medien eine Beziehung zu ihren Followern her. Sie gibt den Leuten etwas, selbst wenn es nur ihre Meinung ist.«

Er schob mir sein Handy zu, und da sah ich seinen ersten Social-Media-Post: ein Foto von ihm, auf dem er das Gesicht verzog und ein großes Stück Käse hochhielt. *Hallo, ich bin Dylan James und ich steh auf Gouda.*

Ich gluckste, doch als ich zu ihm hochblickte, schnappte er sich das Handy und eilte den Gang entlang, um Kaffee zu holen. Aber es kam mir vor wie eine winzige Verbesserung, und ich ließ mich davon optimistisch stimmen. Doch als ich Tolas forschen Blick bemerkte, verbannte ich das Lächeln aus meinem Gesicht. Dylan war ein Projekt, er ließ sich von mir beraten, und wir bewegten uns in die richtige Richtung. Nur darauf sollte ich mich konzentrieren. Na ja, darauf und auf »Dinosaurus Tech«.

Priya stützte das Kinn in die Hand und sah mich an, als würde sie nicht ganz schlau aus mir.

»Was?«

»Gar nichts.« Sie grinste. »Freue mich bloß, dass mein Boss offenbar den dringend nötigen Richtungswechsel eingeschlagen hat, mehr nicht.«

Dann sind wir schon zwei, hätte ich fast gesagt, wollte es aber nicht beschreien.

Als wir bei der Konferenz ankamen, drängelten sich alle bei den kostenlosen Croissants an der Kaffeestation, bis die Diskussionsrunden anfingen. Ich winkte Tola und Eric zu mir und sprach leise mit ihnen. »Für sie ist das praktisch ein Sprung ins kalte Wasser. Sie wissen nicht, wie sie über ihr Produkt reden sollen. Habt ein Auge auf sie und kommt ihnen notfalls zu Hilfe.«

Tola stutzte. »Was ist mit dem anderen Teil dieses Auftrags?« Sie summte den Hochzeitsmarsch. »Zuerst das Geschäftliche und die Beziehungsthemen in feuchtfröhlicher Runde auf der Rückfahrt?«

Eric horchte auf, während sein Blick auf Ben ruhte. »Na, das ist doch ein brillanter Plan.«

»Hör auf zu hecheln. Ich dachte, du willst eine richtige Beziehung und bist die Affären leid«, erinnerte ich ihn.

»Bin ich. Trotzdem kann ich doch verknallt sein. Das kommt selten genug vor. Lass mich das genießen!«, jammerte er.

»Benimm dich professionell.« Ich stieß ihn mit dem Ellbogen an, dann lief ich an Dylan, Priya und Ben vorbei zu jemandem, den ich kannte. »Laney, hi! Wie geht's denn so? Hast du schon EasterEgg Development kennengelernt? Sie arbeiten an einer Lebenshilfe-App für Teenager, die sich unheimlich gut in den Selbstsorge-Resilienz-Markt einfügt – das ist der Zeitgeist dieses Jahres, nicht wahr? Leute, wie wär's, wenn ihr Laney ein bisschen mehr darüber erzählt?« Ich wandte mich breit lächelnd zum Gehen. »Ich muss leider weiter. Wir sprechen uns später noch.«

»Hau sie um«, flüsterte ich Dylan im Weggehen zu und blickte Tola vielsagend an: *Lass sie nicht absaufen, aber greif erst ein, wenn sie untergehen.* In der Zwischenzeit musste ich den Dinosaurier finden.

Natürlich hielt Teddy Bell seinen Vortrag als einer der Letzten, und daher hatte ich viel Zeit, um nervös zu werden, während ich Dylan und Ben verschiedenen Leuten vorstellte und einiges zu erreichen versuchte.

Zwischendurch rief Felix frustriert an und wollte ein Update. »Er wird nicht vor seiner Rede erscheinen. Er hört sich nie die anderen Referenten an. Du wirst ihn also hinterher abpassen müssen.«

»Hab ich schon bemerkt«, sagte ich. »Wie geht's unserem Charmebolzen?«

Felix lachte. »Ist quietschfidel. Obwohl er traurig ist, dass ihm ein Golfkumpel abhandengekommen ist. Ich habe ihn von BigScreen abgezogen. Er arbeitet jetzt mit Matthew an der Haargel-Sache. Du wirst BigScreen von jetzt an betreuen.«

Ja! Nimm das, du fauler, schäkernder, stinkvornehmer Schwachkopf mit deiner perfekten Frisur und miesen Rechtschreibung.

»Du schaffst das, oder?«

»Natürlich«, sagte ich zuversichtlich. *Ich muss seine Arbeit sowieso immer neu machen.*

»Probeweise, Aly. Schließlich sollst du nicht so viel zu tun haben, dass du keine anderen Aufgaben mehr übernehmen kannst, nicht wahr?«, sagte er, und ich konnte ihm das Lächeln anhören.

»Absolut.« Ich grinste. »Gibt es noch etwas, das ich für dich erledigen soll, solange ich hier oben bin? Ich melde mich kurz bei unseren Kunden, wenn ich sie sehe.«

»Du bist unbezahlbar. Nein, das ist alles. Ruf mich an, wenn du mit Teddy gesprochen hast.«

Felix war entschieden zu nett zu mir, aber schließlich rettete ich ihm den Hintern, wenn ich die Situation mit Teddy aus der Welt schaffte, bevor der Big Boss davon Wind bekam.

Ich nahm mir einen Moment Zeit, um meine E-Mails zu checken, und hoffte irgendwie, es könnte eine Entschuldigung oder ein Dank von Hunter dabei sein, aber nein. Da waren zwei von Matthew, der fragte, was ich von den Druckbildern hielt und ob ich glaubte, dass sein Tweet sich wie ein Lauffeuer verbreiten wird. Das Problem mit manchen Leuten war, dass sie zu klein dachten, zu sehr aufs Detail konzentriert waren. Ich grübelte gern über Entwürfe nach, aber manchmal musste man seinem Instinkt folgen. Das hatte ich Matthew immer wieder gesagt, seit er bei uns war, aber er traute seinem Urteil noch nicht.

Ich ging zurück zu den anderen und sah Tola von der Kaffeestation aus beobachten, wie Dylan, Ben und Priya sich mit einem Google-Mitarbeiter unterhielten.

»Wie schlagen sie sich?«, fragte ich, als ich mir auch einen Kaffee eingoss.

»Ich glaube, sie haben den Bogen raus. Das erste Gespräch heute Morgen war ein weitschweifiges Durcheinander. Jetzt wirken sie natürlich und gelassen, wissen, warum ihr Produkt cool ist.« Sie nickte anerkennend. »Sie machen es gut.«

»Das ist noch nicht der schwierige Teil.« Ich seufzte und musterte Dylan.

Er sah wirklich entspannter aus, lächelte. Eine Locke war ihm in die Stirn gefallen. Sein Jackett hing über einem Stuhl. Er hatte die Hemdsärmel aufgekrempelt und erklärte lebhaft und mit aufrichtiger Begeisterung. Es war schön zu sehen.

»Zu viel«, sagte Tola plötzlich. »Die Gafferei, meine ich.«

Ich blinzelte und sah sie geschockt an. »Was?«

Sie verzog die Mundwinkel. »Eric. Er sieht Ben an, als wäre der eine Kugel Eis, die bald schmelzen wird. Was dachtest du denn, was ich meine?«

Sie wusste genau, was sie tat.

»Sei nicht gemein. Nicht du, sondern ich muss mit einem Geist aus meiner Jugend herumlaufen, der mich nicht beachtet.«

»Oh, das tut er, Süße. Nur nicht, wenn du guckst. Er weiß die ganze Zeit genau, wo du bist. Der Typ würde einen guten Privatdetektiv abgeben. Vielleicht kann er Social Media deshalb nicht ausstehen: zu viel Aufmerksamkeit.« Ich versuchte zu verstehen, was sie meinte, aber über Lautsprecher wurde der nächste Redner angekündigt, und ich wollte hören, was Teddy zu sagen hatte. Außerdem musste ich ihn hinterher abfangen.

Ich signalisierte meinen Leuten, dass ich in den Saal gehen würde, aber sie fassten es so auf, als sollten sie mitkommen. Und als wir die Stuhlreihe betraten, blieb Tola natürlich kurz stehen, damit Dylan gezwungen war, sich neben mich zu setzen. Er verschränkte sofort die Arme und richtete den Blick zur Bühne. Na großartig.

Wenn er es so haben wollte, dann würde ich ihn auch nicht beachten. Ich setzte mich kerzengerade hin, faltete die Hände elegant über dem Notizbuch auf meinem Schoß und gab mich aufmerksam, obwohl die Bühne noch leer war.

»Natürlich, die Musterschülerin«, sagte er leise, ohne mich anzusehen.

»Aufmerksamkeit ist nur höflich«, erwiderte ich.

»Da oben ist noch nicht mal jemand.«

»Tja, ich habe auch nicht damit gerechnet, dass du eine fesselnde Unterhaltung mit mir anfängst«, zischte ich. Weil du mich nicht mal ansiehst. Als gäbe es mich gar nicht.

»Hör mal auf, dir ständig ins Hemd zu machen. Ich kann dir genau sagen, wie die Sache laufen wird.« Er drehte sich zu mir.

»Welche Sache?«, hauchte ich hoffnungsvoll.

Wir bringen diese Konferenz hinter uns, Aly, und dann fahren wir mit dem Zug zurück und kippen ein paar Flaschen geklautes

Bier und lachen, weil wir beide so stur gewesen sind. Und dann werden wir wieder Freunde, denn ich habe dich vermisst und du mich auch.

»Teddy Bell. Er hält jedes Jahr dieselbe Rede«, flüsterte Dylan.

Ich versuchte, meine Enttäuschung in den Boden zu stampfen. »Ich dachte, du warst noch nie hier.«

»War ich auch nicht, aber das ist legendär. Sieh dich um. Der Saal ist nur halb voll. Alle, die hier sitzen, sind Neulinge. Die wissen noch nicht, was ihnen bevorsteht. Irgendjemand lädt das Video jedes Jahr bei YouTube hoch. Das Einzige, was sich ändert, sind seine Hemden.«

Ich schnaubte und drehte den Kopf zu ihm. »Das überrascht mich nicht. Er hasst Veränderung.«

Unsere Blicke trafen sich, als hätten wir beim Plaudern vergessen, dass wir eigentlich sauer aufeinander waren. Ich drehte den Kopf wieder weg und spürte, dass ich rot wurde. Ich hatte vergessen, wie blau seine Augen waren.

Er redete weiter und blickte zur Bühne. Als könnte er sich vormachen, dass er mit sich selbst sprach. »Er wird zuerst schildern, wie er die Firma aufgebaut hat, obwohl das keine gute Story ist, dann wird er damit angeben, wie viel Geld sie gescheffelt haben und dass keiner in der Branche macht, was sie machen, was nicht wahr ist. Dabei wird er sich ständig als Wegbereiter bezeichnen und sich dann mit Churchill und Steve Jobs vergleichen, ein wirklich furchtbarer Doppelschlag am Schluss.«

»Ihr braucht meine Hilfe eigentlich gar nicht, oder? Ihr wisst, was ihr tut.«

Er stutzte, und ich sah, wie er die Lippen aufeinanderpresste. »Manchmal spielt man eine Rolle so lange, bis man vergisst, dass man schauspielert.«

Und ehe ich nachhaken konnte, wurde es dunkel im Saal und auf der Bühne hell.

Dylan hatte recht. Teddy leierte dieselbe Rede herunter wie schon seit Jahren, sogar mit derselben PowerPoint-Präsentation, die jemand aus unserer Agentur vor zehn Jahren für ihn erstellt hatte. Und während der kleine Mann breitbeinig und mit geschwellter Brust dastand und erzählte, wie erfolgreich er war und wie viel Geld er machte, fragte ich mich, ob ich ihn als Kunden überhaupt haben wollte. Vielleicht wäre es Strafe genug, wenn Hunter gezwungenermaßen weiter mit ihm umgehen musste. Aber ich verdiente die Beförderung. Ob ich wollte oder nicht, ich würde Teddy Bell aus dem Abseits holen.

Er überzog um fünf Minuten, und als alle sich auf ihren Stühlen wanden, weil keiner eine Frage hatte, stellte er selbst ein paar. Den anschließenden Applaus konnte man allenfalls als höflich bezeichnen. Ich ging sofort zur Bühne.

»Mr Bell«, sagte ich herzlich und streckte ihm die Hand entgegen. »Großartige Rede.«

»Na, vielen Dank, junge Dame«, sagte er. »Ich glaube, ich kenne Sie von irgendwoher.«

»Ich bin Aly Aresti von Amora Digital, Ihrer Marketingagentur. Ich betreue Ihr Unternehmen schon seit ein paar Jahren.«

Er stutzte. »Dann sind Sie wohl hier, um mir einen Sermon über Loyalität zu halten?«

»Ich bin nur gekommen, um Ihnen unsere aufrichtige Entschuldigung anzubieten.« Ich hob die Hände, um zu zeigen, dass ich unbewaffnet war, und ließ meine vorbereitete Rede vom Stapel. »Es ist mir furchtbar peinlich, dass wir dieses Gespräch überhaupt führen müssen. Was Hunter getan hat, war unglaublich unangemessen. Die ganze Firma ist beschämt.«

Er runzelte die Stirn. »Wirklich? Sie finden es also furchtbar, was der junge Hunter getan hat?«

Ich nickte. »Natürlich.«

Bell sah mich verschlagen an. »Ich bin schon sehr lange im Geschäft, und verzeihen Sie, wenn ich das sage, aber Sie scheinen mir ein wenig naiv zu sein.«

»Wie bitte?«

Er gestikulierte, als suchte er nach den passenden Worten. »Die Welt ist kompliziert, Ms Aresti, man vertraut manchmal den falschen Leuten. Ich mag Hunter, er erinnert mich sehr an mich in dem Alter. Wie alt sind Sie, wenn ich fragen darf?«

»Alt genug, um zu wissen, dass man dem Ehepartner eines Kunden keine unangemessene Beachtung schenkt. Verstehe ich richtig, dass Sie wegen der Situation nicht aufgebracht sind und ich mit der Entschuldigung umsonst angereist bin?«

Wie beabsichtigt rüttelte ihn das wach. Und ich hatte ihm zu verstehen gegeben, dass er etwas Besonderes war. Ich war allein seinetwegen angereist. Davon würde er noch tagelang zehren, sich wichtig fühlen, weil man mich geschickt hatte, damit ich mich vor ihm in mein Schwert stürzte.

»Natürlich bin ich aufgebracht. Ich wurde betrogen!«

Das war der Moment, um verständnisvoll zu nicken und beruhigende Laute von sich zu geben.

»Natürlich, und diese Respektlosigkeit bedauern wir außerordentlich. Ich werde von jetzt an Ihr direkter Kontakt sein, und Sie brauchen Hunter nicht wiederzusehen.«

Er sah mich an, mit etwas mehr Respekt im Blick und vage beeindruckt. »Nun, dann ist für Sie etwas dabei herausgesprungen, Ms Aresti. Vielleicht sind Sie doch nicht so grün hinter den Ohren.«

»Ich bin nicht –«

»Das muss Ihnen doch nicht peinlich sein, meine Liebe. In dieser Branche muss man rücksichtslos sein. Oft sind Frauen die besten Intriganten und Verräter. So ist die Welt.« Er lächelte mich an, und ich versuchte, nicht zu schaudern, gab mich stattdessen gelassen und höflich.

»Das ist … eine einzigartige Sichtweise, Mr Bell.«

Er winkte ab, trat näher und berührte mich am Arm. »Teddy, bitte. Nun, wie wird Ihre Agentur mich für die Unannehmlichkeiten entschädigen wollen?«

Ich lächelte ihn an. Jetzt verstanden wir uns. Ich zählte alles auf, was ich bereits für seine Kampagne tat, stellte es aber als zusätzliche Leistung hin. Mehr Werbeplatz, mehr Print, mehr dies, mehr das. Er nickte und lächelte, aber ich sah ihm an, dass er keine Ahnung hatte, was wir für seine Firma taten. Er war nur auf die Bestechungsgeschenke konzentriert. Komisch, wie ausgerechnet die Reichen darauf abfuhren.

»Und natürlich, Mr Bell, wenn Sie morgen früh in Ihr Büro kommen, werden Sie einen wirklich exzellenten Single Malt einer limitierten Edition auf dem Schreibtisch finden. Ich weiß, Sie sind ein Glenfiddich-Kenner. Nur als kleiner Dank für unser heutiges Gespräch.«

Er lächelte, und ich setzte mein Profigrinsen auf. *Sie sind ja so besonders, so wichtig.* Ich hatte ihn am Haken. Er hielt sich für den Hai, aber der Hai war ich. Mir war nach Jubeln zumute. Ich wollte eine Siegerrunde rennen. Während er mir die Hand schüttelte und sagte, er freue sich auf die Zusammenarbeit mit mir, malte ich mir aus, wie ich morgen früh in Felix' Büro stolzierte.

Bell schüttelte mir die Hand, fasste mir mit der anderen an den Arm, und in dem Moment streifte mich jemand und trennte uns. Ich drehte verblüfft den Kopf.

»Teddy! Teddy Bell, das ist fantastisch.« Dylan war wie aus dem Nichts erschienen, schüttelte Bell die Hand und schob sich geschickt zwischen uns. »Ich sehe, Sie haben meine Werbeberaterin kennengelernt. Ist sie nicht brillant?«

Ich wollte Dylan zu verstehen geben, dass das unnötig war, kam aber nicht zu Wort.

»Kenne ich Sie, junger Mann?« Bell beäugte ihn misstrauisch.

»Dylan James, EasterEgg Development«, antwortete er geschmeidig.

»Den Namen habe ich heute einige Male gehört.«

»Na, das ist eine gute Nachricht. Aber wir sind uns letztes Jahr auch schon einmal persönlich begegnet, beim Polo, glaube ich? Sie kennen meine Freundin, Nicki Wetherington-Smythe.«

Bells Miene entspannte sich, er sah einen Moment lang sogar aufrichtig aus. Eine seltsame Erfahrung.

»Ah, die kleine Nicolette, natürlich. Sie ist eine Schönheit geworden. Und ungemein erfolgreich.«

Ich nickte und wollte die Situation wieder an mich reißen, doch Dylan hielt hinter seinem Rücken die Hand hoch, ein stilles Zeichen an mich, noch abzuwarten.

»Ja, Sie sind schon lange mit Onkel Artie befreundet, nicht wahr?«

Bell verging das Lächeln, und sein Ton änderte sich. Das gefiel mir nicht. »Wir sind miteinander bekannt.«

»Artie ist ganz vernarrt in Aly.« Dylan legte einen Arm um meine Schultern, und vor Schreck machte ich mich steif wie ein Brett. »Hat ihre Karriere gefördert. Schließlich hat sie so viele clevere Ideen.«

»Oh ja, enorm viele«, sagte Bell schwach und fasste sich wieder. »Sie wird jetzt unsere persönliche Betreuung übernehmen.«

»Na, dann haben Sie wirklich Glück. Wir konnten sie nur für ein paar Wochen bekommen, aber ihr Beitrag war ungeheuer wertvoll. Ich kann mir gar nicht vorstellen, wie viel solch ein Talent für Ihre große Firma bedeutet. Wir sind nur kleine Fische, aber Sie, Sie könnten wirklich den Markt beherrschen.«

»Das tun wir bereits«, erwiderte Bell steif, aber ich sah, dass ihn das Gespräch schon langweilte.

»Im Moment noch, aber man muss der Entwicklung immer einen Schritt voraus sein, nicht wahr?« Dylan lächelte, dann sah er auf die Uhr. »Entschuldigen Sie, Teddy, war nett, mit Ihnen zu plaudern, aber ich muss Aly jetzt entführen. Wir müssen den Zug erwischen. Haben Sie alles Wesentliche von ihr bekommen?«

Bell musterte uns eindringlich, um zu durchschauen, in welcher Beziehung wir zueinander standen, gab aber auf.

»Ich freue mich auf unser nächstes Meeting, Ms Aresti. Sie haben mich beeindruckt.« Dylan sah er argwöhnisch an. »Achten Sie darauf, weiter gute Entscheidungen zu treffen.«

Er ging davon, und wir schauten ihm schweigend nach, bis er den Saal verlassen hatte.

Ich entzog mich Dylans Arm. »Was sollte das denn?«, fragte ich empört und ging energisch zur Tür.

»Ich musste dich vor ihm retten! Du nimmst Leute für dich ein, und dieser Kerl ist … kein guter Typ. Wer weiß, was hätte passieren können?« Dylan redete aufgeregt und fuhr sich durch die Haare.

»Ich weiß, was passiert wäre, weil ich die Situation nämlich im Griff hatte«, erwiderte ich mit gedämpfter Stimme. »Du weißt schon, dass ich ein erfahrener Profi bin? Ich bin ziemlich gut in meinem Job. Was dir aufgefallen wäre, wenn du mich nicht ständig unterminieren würdest.«

Dylan schüttelte den Kopf und kniff die Lippen zusammen. »Hier geht's nicht um mich. Ich kenne den Kerl. Ich weiß genau, was für ein Typ der ist. Wozu er fähig ist.«

Ich sah ihm in die Augen. »Aber du kennst mich nicht.« *Nicht mehr.* »Du weißt nicht, wozu ich fähig bin.« Ich holte Luft und hob das Kinn. »Ich bin eine geschätzte, respektierte Mitarbeiterin. Ich habe diese Aufgabe übernommen, weil ich dachte, ich könnte euch dabei Vorteile verschaffen. Gern geschehen, übrigens.«

»Was ist jetzt los? Ich dachte, ich hätte dir geholfen!« Dylan warf die Hände in die Luft. »Ich kapiere das nicht.«

»Du kapierst das nicht? Du bist doch derjenige, der hier ein seltsames Spiel treibt!« Ich gab mir Mühe, nicht zu kreischen, aber ich sah ihn glucksen, bevor er es unterdrücken konnte. Na großartig. Jetzt hatte er das Spiel gewonnen.

Er holte tief Luft und trat mit erhobenen Händen von mir weg. *Ich verziehe mich. Nicht schießen.*

»Hör zu, Aly. Ich wollte nicht andeuten, dass du nicht allein klarkommst.« Er überlegte für einen Moment. »Aber bei der Art, wie er dir auf die Pelle rückte, da dachte ich …«

Ich nickte und versuchte, mich zu beruhigen. Wir waren nahe dran gewesen, uns einander wieder anzunähern, und die Chance entglitt uns gerade. »Okay, gut. Machen wir weiter. Was hatte das mit Onkel Artie zu bedeuten?«

Dylan schnaubte und sah zu Boden. »Artie ist der Buchmacher, zu dem Nickis Vater immer ging. Ich glaube, er hat früher an der Börse gearbeitet. Ein alter Italiener mit Dreiteiler und Hut. Ein richtig feiner Herr.«

Ich kreiste mit dem Zeigefinger, um ihm zu bedeuten, er solle zum Wesentlichen kommen.

»Laut Gerüchten gehört Artie zur Mafia und ist ein eifriger

Frauenbeschützer. Er hört es nicht gern, wenn jemand Frauen gegenüber gemein wird, *capiche*?«

Du lieber Himmel. Wie hatte Nicki diese Verbindung vor der Reality-TV-Redaktion und der Klatschpresse geheim gehalten?

»Und gehört er wirklich zur Mafia?«

Dylan schüttelte den Kopf. »Er hat sich bloß zu oft den Paten angesehen. Ich denke, er hat das Gerücht selbst in die Welt gesetzt, um sich ein bisschen Beachtung zu verschaffen. Offenbar ist das Seniorendasein verdammt langweilig.«

Ich schnaubte. »Okay, tja, das ist … interessant. Aber Bell hat sich gentlemanlike benommen, war ganz professionell.«

»Hmm.« Dylan glaubte das offensichtlich nicht. »Pass nur auf, dass immer andere dabei sind, wenn du dich mit ihm triffst. Mehr sage ich nicht.«

Ich seufzte. »Du verstehst es wirklich, einer Frau das Gefühl zu geben, dass sie nur unbedeutende Arbeit leistet, weißt du?«

»Na, was glaubst du denn, was ich die ganze Woche erreichen wollte?«

Ich lachte, zu überrascht, um etwas Geistreiches zu antworten, und er grinste, als er das sah.

»Sind wir jetzt startklar?«

»Hast du hier noch etwas zu erledigen?«, fragte ich. Wir hatten einen zerbrechlichen Frieden geschlossen und machten uns zusammen auf den Weg.

»Jetzt, wo du fragst, denke ich, wir sollten etwas von dem kostenlosen Happy-Hour-Bier für die Rückfahrt rausschmuggeln.«

Ich lachte, und ein *Typisch Dylan!* oder *War ja klar!* lag mir auf der Zunge. Stattdessen nickte ich nur. »Das ist doch genau das, was ein gutes Start-up tun würde. Minimalbudget und Innovation.«

Endlich löste sich zwischen uns etwas. Es war, als bräuchten wir uns nicht mehr knurrend zu umkreisen. Wir wussten, dass erst mal Entspannung angesagt war. Solange keiner die Vergangenheit erwähnte.

Auf der Rückfahrt fügte ich mich in die Gruppe ein und wurde in ihr Gelächter und ihre Witzeleien miteinbezogen. Erics Blick klebte die ganze Zeit an Ben. Ich fühlte mich schon fast genötigt, ihm zu sagen, dass es langsam gruselig wurde. Ben sah ihn immer wieder forschend an, als versuchte er zu ergründen, was für ein Mensch er war. Priya beobachtete die beiden ebenfalls und warf mir immer wieder Blicke zu, damit ich ihr bestätigte, dass sich da definitiv etwas entwickelte.

»Also, wie wirst du Hunter bestrafen?«, fragte Tola, und ich brummte böse. Dylan öffnete noch eine Bierflasche und gab sie mir. Ich hatte mich noch nicht so ganz daran gewöhnt, dass er höflich zu mir war. Das kam mir immer noch seltsam vor.

»Danke.« Ich überlegte. »Hm. Na ja, ich muss mich offenbar befördern lassen, und dann habe ich die Macht, ihn herumzukommandieren. Ich könnte auch seine Halstücher schreddern.«

Eric lachte. »Aly, Typen wie Hunter stehen über solchen Dingen … er wird trotzdem weiter zu dir kommen, dir seine Arbeit aufhalsen und so tun, als täte er dir damit einen Gefallen, egal, welchen Jobtitel du trägst. Privilegierte Leute sind so. Bei denen ist das eingebaut.«

»Oh.« Ich runzelte die Stirn. »Also werde ich ihn umbringen müssen?«

»Das Beste wäre, du stellst ihm eine Erbin vor, damit er nach Dubai abhaut und das Leben führt, das ihm seiner Meinung nach zusteht. Eins mit wenig Arbeit, wenig Konsequenzen und viel Shopping.« Eric lachte.

»Den Film würde ich gern sehen«, sagte Priya gähnend. »Ich würde zwar mittenddrin einschlafen und das Ende verpassen, aber alles mit einer manipulativen Frau und einem dämlichen Mann ist ein Knaller.«

»Hat Nicki keine reiche Erbin unter ihren Freundinnen?«, fragte Ben, und Dylan lachte.

»Ich glaube, die meisten ihrer Freundinnen sind vom Fernsehen, nicht aus dem Geldadel.«

»Die KSP«, sagte Tola ein bisschen wehmütig. »Es ist bewundernswert, wie sie aus eigener Kraft geschafft hat, eine Marke zu werden. Ich habe auf dem College eine Präsentation über sie gehalten. Der Titel lautete: *Vom Katzenklo zum Alphatier.*«

»Das ist nicht dein Ernst!« Ich grinste sie an. »Das wusste ich gar nicht!«

»Na ja, das war bei einem kleinen Social-Media-Kurs, kein richtiger Uni-Kurs.« Tola zuckte lächelnd mit den Schultern und wandte sich den anderen wieder zu. »Ich habe mich mehr auf Lebenserfahrungen als auf Prüfungen konzentriert. Aber jetzt wär's mir fast lieber, ich hätte die Chance dazu gehabt. Andere erzählen immerzu, dass die Unizeit die beste ihres Lebens war.«

Nö. Ich schüttelte den Kopf. »Ich glaube nicht, dass das auf jeden zutrifft. Außerdem bist du mit achtzehn allein nach New York gezogen, um Kostümbildnerin zu werden. Das ist besser, als von Nudeln zu leben und Kafka zu lesen.«

Eric schüttelte auch den Kopf. »Ich habe gern studiert, aber … die meiste Zeit über habe ich versucht, so zu sein, wie andere mich haben wollten. So hatte ich mir das nicht vorgestellt.«

»Ich hab abgebrochen«, sagte Dylan und sah mich dabei an. »Anfangs war ich begeistert vom Studium, aber es wurde schnell klar, dass ich nicht gut genug war, und ich war auch nicht so interessiert wie die anderen. Ich passte da nicht hin. Kam mir die ganze Zeit dumm vor. Darum habe ich aufgehört und bin mit ein paar Typen zusammengezogen.« Er schaute einen Moment lang ins Leere und lachte dann. »Was auch nicht die beste Entscheidung war. Wenn ihr gesehen hättet, was da in der Küche wuchs! Aber in gewisser Weise war das gut, dieser Schritt hat mich davon abgebracht, mich in Selbstmitleid zu suhlen. Ich habe aufgehört, mir Gedanken zu machen, weil ... weil ich die Leute enttäuscht habe, die an mich glaubten. Ich hatte das Gefühl, ich hätte sie im Stich gelassen.«

Er wartete, ob ich dazu etwas sagen würde, und ich lächelte matt. »Wenn du für dich das Richtige getan hast, hat keiner ein Recht, enttäuscht zu sein. Außerdem möchte ich wetten, dass all die Leute sowieso einen idealisierten Blick auf die Unizeit haben. Sieh nur, wie weit du es ohne Studium gebracht hast.«

Die anderen sahen uns an und wurden still.

Ben brach schließlich das Schweigen. »Okay, was ist hier los? Ihr beide wart vom ersten Moment an Todfeinde, und jetzt seid ihr plötzlich freundlich zueinander. Wie kommt das?«

Dylan zuckte mit den Schultern. »Ich musste wohl nur Aly in Aktion sehen, um zu erkennen, dass sie gut ist.«

»Und ich musste sehen, dass Dylan das erkennt.« Ich deckte seine Lüge.

Priya und Ben wechselten einen Blick, schwiegen aber.

Tola sah mich an, zog eine Augenbraue hoch und hustete. Sie hatte recht, wir mussten mit dem Verlobungsauftrag vorankommen. In drei Wochen eine Präsentation vor Investoren vorzubereiten war ein Kinderspiel. Innerhalb von drei Wochen jemanden zu einem Heiratsantrag zu bringen, war knifflig.

»Was hat Nicki heute vor?«, fragte ich und wechselte damit abrupt das Thema. »Sie scheint eine vielbeschäftigte Frau zu sein.«

Dylan seufzte und sah aus dem Fenster. »Na ja, als ich um sechs Uhr aufgewacht bin, sprach sie gerade mit ihren Fans, diesmal über ihre bevorzugte Pyjamamarke, als Werbung. Dann hat sie sich aus verschiedenen Kamerawinkeln dabei gefilmt, wie sie sich das Gesicht wäscht, und als ich das Haus verließ, bereitete sie ihr Schlafzimmer für ein Fotoshooting vor, bei dem Unmengen roségoldener Folienballons und ein gemieteter Welpe eine Rolle spielten.«

Tola riss alarmiert die Augen auf, versuchte aber, seinen Spott abzumildern. »Das muss enorm viel Mühe kosten.«

»Du meinst, um fünf Uhr aufzustehen und sich das Gesicht zu schminken, damit sie es im Video für ihre Follower waschen kann, um ihnen ihre Morgenroutine vorzuspielen?« Dylan lachte und knibbelte am Etikett der Bierflasche. »Bis dahin ist mir gar nicht klar gewesen, wie viel in den sozialen Medien gelogen ist. Wenn die Leuten sagten, das ist gefakt, dann dachte ich immer, nein, wieso sollte sich jemand so viel Mühe machen? Und dann habe ich begriffen, dass Nicki sich ständig diese Mühe macht.«

Ben stieß ihn an. »Ja, du bist arm dran mit deiner reichen, berühmten, schönen Freundin, die dich in irre teure Restaurants und auf schicke Urlaube mitnimmt und dich mit wunderbaren Werbeberatern zusammenbringt.«

Dylan sah mich abrupt an, als fiele ihm ein, dass ich im gegnerischen Team spielte. Wenn er nur wüsste.

»Ich bin durchaus dankbar, es ist nur … ich dachte, in einer Beziehung mit einer Influencerin, mit einem Promi, würde noch ein wenig Privates bleiben, das nicht zur Schau gestellt wird.«

»Ja«, Ben klopfte ihm auf die Schulter, »diese halbstündige Instagram-Story über euer Sexleben letzte Woche war ein bisschen heftig.« Er grinste breit und lachte Dylan ins Gesicht. »War nur ein Scherz! Siehst du, sie achtet gewisse Grenzen.«

»Vielleicht …«, begann ich, biss mir dann aber auf die Lippe. Ich war mir nicht sicher, ob ich den Gedanken aussprechen sollte. Ob wir unseren zerbrechlichen Frieden dann noch aufrechterhalten würden. Ich wartete, ob Dylan nachhakte, und natürlich tat er es.

»Vielleicht?«

»Vielleicht würde sie das etwas zurückfahren, wenn du vor ihren Followern ein bisschen von dir zeigst. Sie ist in dich verliebt, sie ist stolz auf dich. Tauche in einem ihrer Videos auf und sag Hallo, und sie nimmt vielleicht von anderen Aktionen Abstand. Immerhin hast du mit deinem ersten Post Fortschritte gemacht.« Ich lächelte ihn vorsichtig an. Er erwiderte es zwar nicht, aber der harte Zug um seinen Mund war verschwunden.

»Und das wäre gut für die App, oder?« Tola führte weiter aus, was ich angefangen hatte. Ich lächelte sie dankbar an. »Nicki hat Millionen Follower. Es ist leicht, das abzutun, weil sie deine Freundin ist. Aber das ist der Zweck von Influencer-Werbung. Bring sie dazu, echte Begeisterung aufzubauen.«

Dylan und Ben tauschten einen langen Blick, und zwischen ihnen schien eine wortlose Verständigung zu laufen. Priya sah mich schulterzuckend an, als wäre sie das aus dem Arbeitsalltag gewohnt.

»Es ist nur … Das ist unsere Arbeit«, sagte Dylan schließlich. »Wir haben die App entwickelt. Und wir denken, sie wird Menschen helfen. Aber durch Nicki wird sie vielleicht … banal erscheinen.«

Priya zuckte ein bisschen zusammen und ich beinahe auch.

Oh Gott, das Problem war größer als gedacht. Kaum jemand würde sich mit einem Partner verloben, von dem er glaubte, dieser würde die eigene Arbeit banalisieren. Das konnte Dylan nicht wollen, und es wäre nicht fair von mir, zu drängen, zu manipulieren und zu planen.

Die Frage war: Wie weit wollte ich gehen?

Die letzte Stunde der Zugfahrt herrschte eine andere Atmosphäre. Wir waren stiller, die Heiterkeit und Ausgelassenheit von dem kostenlosen Bier und dem sinnvoll genutzten Tag waren verflogen. Ben und Eric unterhielten sich leise, lachten und flüsterten. Eric war aufgeblüht. Er war mir noch nie so lebendig, noch nie so attraktiv vorgekommen. Auch als wir uns zum ersten Mal begegnet waren, als er noch diese Mir-gehört-die-Welt-Ausstrahlung verströmte, hatte er nicht so ausgesehen. Er strahlte vor Optimismus. Tola war ans Ende des Waggons gegangen, um mit einem ihrer Freunde zu telefonieren und sich mit ihnen in einem Club zu verabreden. Morgen würde sie auftauchen und uns erzählen, dass sie bis sechs Uhr früh gefeiert und nicht geahnt hatte, wie sehr ein richtiger Kater einen umhauen konnte. Priya hatte sich die Kopfhörer aufgesetzt, die Augen geschlossen und sich auf ihrem Fensterplatz eingerollt. Das sah sogar ziemlich behaglich aus. Sie sagte, sie würde jede Gelegenheit zum Schlafen nutzen. Dylan wischte durch eine Playlist auf seinem Handy.

Währenddessen starrte ich düster auf mein Display und arbeitete mich durch einen theorielastigen Marketingtext, bis der Akku leer war. Genervt legte ich das Handy auf den Tisch. Ich sah aus dem Fenster, dann wieder auf den Tisch. Wie hatte ich das Ladekabel zu Hause liegen lassen können? Ich wippte schon mit dem Bein, nur weil ich nicht produktiv sein konnte.

Dann sah ich einen Ohrhörer vor mir auf dem Tisch liegen. Ich blickte auf, Dylan nickte mir zu. Als ich hörte, welche Musik bei ihm gerade lief, musste ich lächeln. Derselbe weinerliche Teenagerrock, den wir damals geliebt hatten. Das mochte sogar unsere Playlist sein. Wir hatten sie ständig im Schulbus gehört, jeder mit einem Stöpsel im Ohr, der an seinen Walkman angeschlossen war, später an meinen CD-Player, dann an seinen MP3-Player. Die Musik hatte sich nicht verändert, nur die Technologie. Wir hatten uns immer ein Paar Ohrhörer geteilt, die Köpfe zusammengesteckt und im Takt der Musik genickt.

Meine Wehmut ging so tief, dass ich Magenschmerzen bekam.

Dylan schob sein Handy zu mir rüber. »Du suchst den nächsten Song aus.«

Dann sah er wieder aus dem Fenster, als ob das alles nicht passierte. Als hätte er mir gerade keinen verborgenen Rückweg in unsere Vergangenheit gewiesen.

So verbrachten wir die letzte Stunde im Zug, hörten die Musik, die wir damals geliebt hatten, sahen lächelnd aus dem Fenster und taten so, als hätte das nichts zu bedeuten.

»Meinst du nicht, die Perücke ist ein bisschen übertrieben?« Ich zupfte an meinem hellbraunen schulterlangen Bob. Tola und ich standen im Toilettenraum der Bar vor dem Spiegel und bereiteten mich für meinen großen Auftritt vor. Plötzlich war ich nervös.

»Hey, wenn ich der Boss bin, bestimme ich die äußere Erscheinung. Sehen heißt Glauben.« Tola lachte mich an, rückte mein silbernes Kleid zurecht und gab mir einen Lippenstift. Weil Nickis Probleme so viel Zeit in Anspruch nahmen, hatten wir die Fixer-Upper-Arbeit zurückgefahren, aber wir hatten Verpflichtungen, und Tola brauchte mich jetzt.

Sie zeigte mir auf dem Handy das Foto von unserem aktuellen Projekt: Mark Jenkins, fünfunddreißig, Verkaufsmitarbeiter. Seine Freundin Lucy hatte uns für ein Motivationspaket gebucht. Die fielen gewöhnlich in drei Kategorien: Karriere, Bindungsbereitschaft oder Selbstfürsorge. Man glaubte kaum, wie viele erwachsene Männer nicht regelmäßig duschten. Es war erschreckend.

Dieser Fall war jedoch ein leichter. Mark musste ermutigt werden, damit er seine Karriere endlich in die Hand nahm. Seit acht Jahren redete er davon, und Lucy bezahlte uns praktisch, damit sie sich das Gerede nicht mehr anhören musste.

Zum Glück hatte Mark keine hochtrabenden Wünsche – er wollte mehr Geld verdienen. Er musste nur begreifen, dass auch jemand wie er das erreichen konnte. Es war eine Frage der Ermutigung. Schließlich hatten alle Angst zu versagen, besonders in den Augen des Partners. Es war leicht, nur davon zu reden, dass man etwas tun würde, weil man dabei nicht versagen konnte, und zum Glück fand das Leben immer eine Möglichkeit, einem dazwischenzufunken.

Aber von nun an nicht mehr.

Tola nickte mir zu. »Eric steht an der Bar. Du weißt, was zu tun ist.«

Ich nickte und wackelte ein bisschen mit der Hüfte. Tola folgte mir aus der Damentoilette und setzte sich an einen Tisch in der Nähe. Ich brauchte sie für den Auftritt nicht, aber sie sah gern zu, wenn das Wunder seinen Lauf nahm, wie sie es nannte.

Eric stand neben Mark an der Theke, als ich auf ihn zusteuerte.

»Baby, Baby, ich will den Jaguar nach Hause fahren, bitte!« Ich schlang ihm die Arme um den Hals, und er lächelte nachsichtig.

»Glaubst du, ich habe geschuftet, bis ich mir meinen Traumwagen leisten konnte, und lasse ihn dich dann zu Schrott fahren? Du willst mich wohl auf den Arm nehmen, Frau. Ich liebe dich, aber du bist verrückt.«

Mark drehte den Kopf zu ihm, und sie wechselten einen Typisch-Frau-Blick. Darum brauchte ich Eric. Ohne ihn ging es nicht. Es war nun mal so, dass Männer nicht auf Frauen hörten, mit denen sie nicht schliefen. Unglaublich, oder?

»Nagelneuer Wagen. Hab mein halbes Leben darauf gewartet, und sie denkt, ich lass sie damit fahren!«, rief Eric aus, nachdem er nun offenbar einen Gleichgesinnten gefunden hatte. »Ist das zu glauben?«

»Was für einer ist es?«

»Jaguar F-Type.« Eric lächelte. »Mein ganzer Stolz.«

Ich sah zu Tola hinüber. Der Barkeeper brachte ihr gerade einen leuchtend grünen Cocktail. Jemand hatte ihr den spendiert. Ich sah das nie jemanden tun, außer wenn Tola anwesend war. Sie nahm die Drinks immer mit einem verführerischen Lächeln entgegen und bedankte sich, trank sie aber nie, denn man durfte Fremden nicht trauen.

Ich konzentrierte mich wieder auf das männliche Zwiegespräch und wartete auf meinen Moment.

»Du hättest dir den Wagen niemals leisten können, wenn ich dir nicht in den Ohren gelegen hätte, dass du den Buchhaltungskurs machen sollst«, sagte ich schmollend, eine Hand in die Hüfte gestemmt, als würde ich ständig ignoriert und unterschätzt. »Wenn ich dich nicht gedrängt und den vergünstigten Lehrgang für dich gebucht hätte, würdest du immer noch Schuhe zum Mindestlohn verkaufen.«

Eric wurde weich. »Na ja, du hast recht, Schatz, es tut mir leid.« Er legte einen Arm um mich und sah Mark an. Zeit für die große Enthüllung. »War mein Leben lang im Einzelhandel, ohne Qualifikation, wissen Sie? Und meine Frau hat ständig genervt: ›Du kannst mehr‹, aber ich dachte: Was soll ich schon erreichen können? Doch dann habe ich den Buchhaltungskurs gemacht, und jetzt kommt richtig Geld rein!«

»So einfach?« Mark musterte ihn skeptisch.

»Tja, ich will Ihnen nichts vormachen, man muss echt büffeln. Ich hab's sonst nicht so mit Büchern, habe aber trotzdem gut abgeschnitten. Mir liegen Zahlen, im alten Job war ich immer für die Inventur und diesen Kram zuständig.«

»Ich arbeite in einem Geschäft«, erzählte Mark. »Meinen Sie, ich könnte das auch schaffen? Meine Freundin drängt mich auch ständig, ich soll was tun.«

»Junge, Sie können das definitiv. Ehrlich gesagt«, Eric zauberte eine Karte aus seiner Tasche, »ich hab beim Abschluss einen Kurs zum halben Preis geschenkt bekommen, damit ich den an jemanden weitergebe. Nehmen Sie den Gutschein. Ich glaube, das ist Schicksal.«

»Im Ernst?«

»Ja, ehrlich. Ziehen Sie das durch, sind nur zwei Monate, und dann können Sie sich auch so was Hübsches zulegen. Den Wagen meine ich.« Er grinste, und ich stieß ihm in die Rippen. Zu dick aufgetragen.

»Prost, Mann. Ich bin Ihnen wirklich dankbar.« Mark streckte ihm die Hand hin, und die Sache war geritzt.

»Dann mal viel Erfolg, ja?« Eric umfasste meine Taille und schob mich zum Ausgang. Ich merkte, dass Tola uns folgte.

Als wir in Erics Wagen stiegen (definitiv kein Jaguar), johlten wir wie immer, wenn es super gelaufen war.

»Ihr meint wirklich, mehr ist nicht nötig?«, fragte Eric, auch wie immer.

»Ha, der war einfach, das hat man sofort gemerkt. Die Freundin hatte schon viel Vorarbeit geleistet, sie brauchte nur jemanden, der ihm den letzten Schubs gibt.« Tola grinste.

»Es hätte wahrscheinlich genauso gut funktioniert, wenn du diejenige mit dem schicken Wagen gewesen wärst«, sagte Eric mit wenig Überzeugung.

Ich verdrehte die Augen. »Tola, was bringt einen Mann davon ab, einen im Club permanent anzubaggern?«

»Wenn man sagt, man hat einen Freund.«

»Und warum ist das so?«

»Weil die Kerle mehr Respekt vor einem Mann haben, den sie gar nicht kennen, als vor der Frau, die vor ihnen steht«, antwortete sie ohne Zögern.

Ich machte ein Summergeräusch und nahm den Tonfall eines Showmoderators an. »Sie haben den Wagen, das Bargeld und die Reise gewonnen! Herzlichen Glückwunsch!«

Eric und ich lachten, aber Tola blieb still.

»Was ist los? Wir haben gerade einen Erfolg hingelegt.«

Sie seufzte. »Okay, kommen wir zum Ernst des Lebens zurück. Wo stehen wir mit Dylan? Unsere Zeit wird allmählich knapp, und im Moment zweifele ich ernsthaft, ob wir das schaffen.«

Ich sah ihre Angst und war überrascht. »Ist mit dir alles okay?«

»Wir stehen ohne Skript da, Aly! Wir stehen sonst nie ohne Skript da! Wir haben immer eine genaue Vorstellung, wer der Mann ist und wie er tickt. Das haben wir diesmal nicht.«

»Ja, nein, aber …«, begann ich und suchte nach einer Lösung.

»Wir kennen die Geschichte zwischen Aly und ihm«, warf Eric ein, »und er lehnt sie nicht mehr ab, wie es scheint, also ist das ein Fortschritt.«

»Noch zweieinhalb Wochen«, sagte sie. »Zweieinhalb Wochen, mehr haben wir nicht!«

Ich drehte mich zum Rücksitz um. »Tola, was ist los? Das sieht dir gar nicht ähnlich.«

Ihr dunkler Lippenstift hatte sich abgenutzt, und sie sah plötzlich erschöpft aus, als sie sich durch die Haare fuhr. »Wir haben wirklich hart gearbeitet, um etwas aufzubauen, und die Sache entwickelt sich gut. Aber wenn wir bei unserem größten Kunden versagen, weil es unmöglich war … dann können wir einpacken. Dann haben wir die bisherigen Erfolge zunichte gemacht.«

Ich griff nach hinten und drückte ihre Hand. »Ich schaffe das, versprochen. Ich suche noch nach dem richtigen Ansatz.«

»Damit du einen Kerl, der seine Freundin für oberflächlich hält, dazu bringst, ihr einen Heiratsantrag zu machen«, sagte sie.

»Hey.« Eric schaltete sich ein, ohne den Blick von der Straße zu nehmen. »Männer haben schon Dümmeres getan, um sich Zugang zu einem leichten Leben und einem hübschen Paar Titten zu verschaffen.«

»Dir ist aber schon klar, dass du nur jetzt aus der Rolle fallen darfst, oder?«, erwiderte ich scharf. »Sie müssen nur wieder zusammenfinden. Da war echte Zuneigung zwischen den beiden, als wir sie zum ersten Mal zusammen gesehen haben, stimmt's? Wir müssen Nicki dazu bringen, ein paar Grenzen zu ziehen, und ihn dazu, ihr entgegenzukommen. Eine Frage des Ausgleichs.«

»Jetzt sind wir also auch noch Paartherapeuten. Toll.« Eric drückte den Blinkerhebel ein bisschen zu aggressiv nach unten.

»Du bist bloß verärgert, weil Ben den Wink ignoriert und dich nicht gebeten hat, mit ihm auszugehen«, neckte Tola, die sich halbwegs gefangen hatte.

»Er hat mir seine Nummer gegeben!«, widersprach Eric und drückte auf die Hupe, weil ein anderer Fahrer ihn geschnitten hatte.

»Ja, für den geschäftlichen Kontakt.«

»Vielleicht wollte er nur subtil vorgehen.«

»Subtil. Gibt es das häufig in der schwulen Datingszene, Süßer?«, gab Tola zurück, bevor sie sich mir zuwandte. »Es tut mir leid, ich … ich will nicht, dass das unseren bisherigen Erfolg gefährdet. Für euch mag die Arbeit in der Agentur der Traum sein, und ich respektiere das. Aber … ich denke, mein Traum könnte die Arbeit für Fixer Upper sein. Und ich will mir das nicht von einer Erbin und ihrem mürrischen Freund kaputtmachen lassen.«

»Okay.« Ich nickte und schaltete in den Problemlösermodus. »Was brauchst du, um zuversichtlich zu sein?«

»Einen Plan. Und das Versprechen, dass du den Auftrag wirklich schaffen willst.«

Tola hatte so eine Art, einen anzusehen, als hätte sie einen Röntgenblick und könnte alles durchschauen, was in einem vorging.

»Glaub mir, du ahnst gar nicht, wie sehr ich diesen Erfolg brauche.« Ich stellte mir das Haus meiner Mutter vor und wie meine Großmutter unter der Magnolie saß, praktisch als Talisman.

»Es macht dir also nichts aus, wenn der Typ, den du mal geliebt hast, eine andere heiratet und du diejenige bist, die das in die Wege leitet?« Tola verschränkte die Arme und zog eine ihrer perfekt gezupften Brauen hoch.

»Liebe«, sagte ich verächtlich. »Ich war ein Teenager, T. Ich habe Kurt Cobain und Barry M Shimmer Eyeliner geliebt und Hosen mit zu vielen Taschen. In Dylan war ich bloß verknallt. Und ich kannte ihn gut genug, um zu wissen, wozu das führt.«

Ist das wirklich wahr?

»Jeder gewinnt. Das ist der Plan.« Ich griff nach ihrer Hand. »Verlass dich auf mich.«

»Okay, dann sag mir, wo wir anfangen.«

Ich hielt inne und scrollte durch Nickis Social-Media-Feed. Grinsend hielt ich ihr das Handy hin. »Wir beginnen mit dem Beweis, dass wir auf dem richtigen Weg sind.«

Denn da sah man Nicki bei den TV and Film Streaming Awards auf dem roten Teppich am Leicester Square. Sie war von Kopf bis Fuß das perfekte Starlet, ihre blonden Haare mit den Extensions flossen bis zu ihrer Taille hinab, das hellblaue, hautenge Meerjungfrauenkleid funkelte im Blitzlichtgewitter der Fotografen.

Und neben ihr stand Dylan im Smoking und lächelte in die Kameras.

Wer ist der süße Typ in dem Anzug?

Oh-oh, die KSP hat einen neuen in den Krallen!

Ist das wieder ein Schauspieler? Ich glaub, den hab ich schon mal irgendwo gesehen.

Die Erwähnungen und Bildunterschriften in der Klatschpresse waren sorgfältig ausgesucht: *Nicolette Wethering-Smythe in Givenchy mit ihrem Freund, Tech-Unternehmer Dylan James.*

»Das ist unsere Chance«, sagte ich zu Tola. »Wir müssen weiter Dynamik aufbauen.«

»Ich weiß genau, wie wir das hinkriegen, wir müssen nur Dylan ins Boot holen.«

Als Tola ihren Plan für ein Live-Interview mit dem Paar darlegte, sah ich Dylan schon ein finsteres Gesicht ziehen. Klar, er hatte sich für eine glamouröse Nacht in Schale geworfen und lächelte vor den Kameras. Aber seine Beziehung online zu präsentieren und von allen bewertet zu werden? Das würde ich ihm nur schwer abringen können. Aber wir hatten Ben auf unserer Seite. Ben, der ein paar sorgfältig getimte Fragen zu EasterEgg Development und deren Projekten vorschlug, war eine große Hilfe. Und wenn Dylan noch derselbe war wie früher, dann würde er vielleicht ein Lächeln aufsetzen, »Selbstverständlich!« sagen und sich mit allem einverstanden geben.

Und so saßen wir schließlich am nächsten Nachmittag in Nickis luxuriöser Wohnung in Chelsea, bauten ein Kamerastativ auf und stellten die Beleuchtung ein. Die Wohnung war allein aufgrund ihrer Größe und Lage immens teuer, aber sie war auch schön eingerichtet und strotzte von dem luxuriösen Schick, mit dem sich Influencerinnen umgaben. Eine fünfhundert Pfund teure Decke war kunstvoll über der Sofalehne drapiert, als ob Nicki sich ständig darin einkuschelte. Auf dem Sofatisch ein Stapel Kunstbücher, die noch nie einer aufgeschlagen hatte. Kunst, die hübsch aussah, aber wenig über ihre Besitzerin aussagte. Die Wohnung war schön, sah aber aus wie im Möbelhaus. Sie wirkte leer, obwohl Assistenten, Maskenbildner und Friseure darin herumwuselten.

»Okay, sag mir noch mal, wie das die App voranbringt«, bat Dylan, als eine Friseurin versuchte, seine Haare rings um den Wirbel zum Liegen zu bringen. Sie kapitulierte und lockerte sie stattdessen auf.

»Wir nutzen Nickis Ruhm, um deine Firma bekannt zu machen. Die Leute haben sich gefragt, wer du bist, als du gestern Abend auf dem roten Teppich neben ihr standest. Daraus werden wir Kapital schlagen, solange es sie noch interessiert.«

Er sah mich an, ein leidgeprüfter Blick. »Das klingt megakapitalistisch.«

Ich zuckte mit den Schultern. »Nicht für Nicki. Sie will helfen.«

Er stützte den Kopf in die Hände, und die Friseurin sah mich fragend an. Ich signalisierte ihr »zwei Minuten«. Nachdem sie gegangen war, setzte ich mich vor ihn auf ihren Hocker.

»Warum ist das so schwer?«, fragte ich.

Dylan lehnte sich seufzend zurück und öffnete die Augen wieder. »Weil mir das gefakt vorkommt, Aly. Jeden Tag macht Nicki Fotos und Videos von sich und bereitet einen ihrer Räume dafür vor und mietet Hunde und kocht etwas, das sie dann nicht isst. Alles für die namenlosen Deppen im Internet, die glauben, sie hätten ein Recht auf sie. Und jetzt soll ich ein Teil davon werden.«

»Du weißt, wie das geht, Dylan«, sagte ich sanft. »Du verstehst es, der charmanteste, liebenswerteste Mensch im Raum zu sein, den Leuten zu geben, was sie wollen, was sie erwarten. Ihre Zuneigung zu gewinnen.«

Er sah mich rätselhaft an. »Tja, ich habe von den Besten gelernt.«

Ich verspürte ein scharfes Stechen in der Brust und versuchte, es mir nicht anmerken zu lassen.

»Das Interview ist praktisch nichts anderes. Das ist nicht lügen, sondern … du zeigst von dir, was sie sehen wollen.«

»Ich soll mich darstellen«, sagte er leise. »Ich wollte nichts weiter, als eine App zu erschaffen, die Menschen hilft. Und ich will, dass mein Team für die Arbeit gut bezahlt wird, damit wir weitermachen können. Die App ist das erste Wertvolle, was ich geleistet habe, Aly. Das Einzige, was ich in die Welt bringe. Wir haben wirklich verdammt hart gearbeitet. Und das jetzt nur für ein Drei-Minuten-Video als Teil von Nickis Leben, weil sie und ich zusammen sind?«

Ich holte tief Luft und sah ihn an. Unsere Knie berührten sich beinahe. Er wollte sich durch die Haare fahren und zuckte zusammen, weil er das Gel an die Finger bekam. Ich lachte.

»Weißt du, so ehrlich bist du nicht zu mir gewesen, seit wir uns wiedergetroffen haben«, sagte ich.

Er sah mich forschend an, als überlegte er, was ich ihm damit eigentlich sagen wollte.

»Wahrscheinlich ist es am besten, wenn wir das erst mal beiseite lassen«, sagte er leise und blickte auf seine Hände.

»Okay, konzentrieren wir uns auf das Hier und Jetzt. Du glaubst mir, dass ich die App zum Erfolg führen will, ja? Damit alle Kids, die Beratung brauchen, sie auch bekommen, und zwar in der Form, die sie bevorzugen? Du glaubst mir, dass ich an das glaube, was du mit Ben und Priya geschaffen hast?«

»Sicher.« Er zuckte mit den Schultern.

»Und du glaubst mir, dass ich gut in meinem Job bin und weiß, was ich tue?«

Er lachte. »Ja.«

»Okay, dann glaub mir, wenn ich sage, dass die Sache genau so funktionieren wird. Das ist keine Kritik an dir oder Nicki oder eurer Beziehung. Wenn du nicht mit ihr zusammen wärst, würden wir nach anderen Optionen suchen, die App bekannt zu machen, aber ihr seid zusammen, und sie will helfen. Also lass sie. Sie glaubt an dich.«

Fast hätte er gelacht, vor allem aber verzog er das Gesicht, als hätte ich versehentlich auf einen Bluterguss gedrückt.

»Sie glaubt an mein Potenzial. Wie all die Frauen vor ihr. Und wie du.« Er sah mir in die Augen, und für einen Moment vergaß ich zu atmen, dann wandte er den Blick ab, und der Moment war vorbei. Er zog an seinen Manschetten. »Anfangs, als wir miteinander ausgingen, habe ich versucht, mich anzupassen, alles mitzumachen, worauf sie Wert legt. Aber die Follower haben mich zerrissen. Das stand sogar in einigen Illustrierten. *Mit welchem Loser hängt Nicki da ab? Ein Abstieg der Chelsea-Erbin*.«

Ich schloss gequält die Augen.

»Die haben miese Fotos von mir veröffentlicht und mich mit meinen Vorgängern verglichen.« Dylan hielt kurz inne. »Deshalb bin ich so oft ins Fitnessstudio gegangen, weil ich Angst hatte, die würden mich immer wieder vergleichen. Mich neben ihre reichen Ex-Freunde stellen mit den Firmen und Trust Funds, der Südfrankreichbräune und dem Waschbrettbauch und ihr ständig vor Augen führen, dass ich für sie nicht gut genug bin.«

Ich lächelte sanft. »Aber Nicki denkt das nicht. Sie vergöttert dich.« *Und was sie nicht an dir vergöttert, soll ich für einen Haufen Geld für sie verändern.*

»Sie hat sich mir zuliebe in den sozialen Medien zurückgehalten, während wir geschaut haben, ob das mit uns etwas werden kann. Damit wir uns in Ruhe kennenlernen können. Ich weiß, sie möchte, dass ich jemand bin, der ihre Marke wertvoller macht.«

»Du machst ihr Leben wertvoller. Das ist doch sicherlich wichtiger?«

Er sah mir in die Augen. »Ich glaube, das ist für sie so eng miteinander verzahnt, dass sie keinen Unterschied mehr sieht. Ich weiß, wir müssen das für die Firma tun, aber … Nicki hat uns ein Meeting im Silicon Valley verschafft, sie promotet uns heute, und sie hat mir dich geschickt. Das ist, als wären meine Leistungen ohne sie bedeutungslos.«

Ich hatte zwei Optionen, und mir gefiel keine. Ich konnte ihm Plattitüden anbieten oder die Wahrheit sagen. Mich verletzlich zeigen wie er gerade und auf das Beste hoffen.

Ich holte tief Luft. »Weißt du noch, als du in Geschichte durchgefallen bist und dein Dad sagte, er wäre nicht enttäuscht, weil er sowieso damit gerechnet hätte?«

Dylan schaute mich überrascht an, und seine Miene wurde ein wenig weicher. »Ja.«

»Und du weißt noch, was du dann getan hast?«

»Ich habe gebüffelt und die Prüfung wiederholt und ihm gezeigt, dass er sich geirrt hat.«

»Du hast achtundneunzig Prozent geholt. Das höchste Ergebnis in dem Jahr.«

»Stimmt.« Er grinste. »Es hat sich wohl ausgezahlt, dass ich hartnäckig sein kann.«

»Genau. Diesen hartnäckigen Jungen brauche ich jetzt. Den Jungen, der weiß, dass er das Zeug hat, es allen zu zeigen, und bereit ist, alles Nötige dafür zu tun. Der Junge, der seinen Charme als Waffe einsetzt.« Ich sah ihn an. »Kannst du der Junge sein?«

Er strahlte mich an, geradezu blendend. Es wirkte so unschuldig und so dankbar, dass ich am liebsten geweint hätte.

»Ich denke, das kriege ich hin, Boss.«

»Hi, Leute! Wir sind live bei einem *Hello!*-Insta-Interview, und wir können uns denken, dass ihr nach den gestrigen Awards von unserem Gast vor allem zwei Dinge wissen wollt: Wie war die anschließende Party, und wer war der hinreißende Mann an ihrem Arm?«

Tola schlüpfte so mühelos in ihre Rolle, dass ich fast vergaß, dass sie es war, die da in ihre Handykamera sprach. Im nächsten Moment schwenkte sie die Kamera zu Nicki und Dylan, die lässig auf dem Sofa saßen, er mit dem Arm auf der Rückenlehne, sie eng an seiner Seite.

Was von dem, wie die beiden dasaßen und sich anhimmelten, war wohl gespielt? Und trotzdem, wie Nicki die Hand um seine Wange legte, wie er auf der Sofalehne beiläufig mit ihren Haaren spielte … das musste echt sein. Das musste es wert sein.

»Also, Dylan, warum haben wir dich online noch nicht gesehen? Du bist ein mysteriöser Mann, auf den alle gespannt sind«, flötete Tola, wie wir es besprochen hatten.

Er winkte ab, als wäre die Idee absurd. »Ehrlich gesagt bin ich ziemlich langweilig. Und ich sehe, wie viel Mühe Nicki investiert, um für ihre Follower da zu sein, ihre Fragen zu beantworten. Das ist eine Menge Arbeit!« Er lächelte sie liebevoll an und drückte ihre Schulter.

»Und was machst du beruflich?«

Okay, es geht los.

»Ich bin App-Entwickler – in meiner Firma EasterEgg Development arbeiten wir derzeit an etwas Großem, das sich um mentale Gesundheit dreht. Wir wollen wirklich möglichst vielen Menschen helfen. Denn wozu macht man das sonst?«

Ich reckte beide Daumen, und Dylan nickte mir zu.

»Und was magst du an Nicki am meisten?«, fragte Tola, woraufhin er erstarrte. Er überspielte das ziemlich gut, indem er lächelnd den Kopf zu Nicki drehte, aber ich spürte seine Panik.

»Na ja … wenn sie einen schlechten Tag hat, dann macht sie Pfannkuchen mit einem Berg Schlagsahne obendrauf und macht nicht mal ein Foto davon, bevor sie die verschlingt. Sie genießt sie dann einfach. Ich liebe das. Und ich liebe ihre Pfannkuchen!« Er lächelte gewinnend, und Tola reagierte mit einem angemessenen »Aww«, aber ich sah Nickis versteinerte Miene.

»Und was ist mit dir, Nicki? Was liebst du an Dylan?«

»Oh, es ist einfach schön mit ihm«, sie lächelte ihn an, »und ich stehe bei ihm immer an erster Stelle. Er bucht gemeinsame Wochenenden und Urlaube, damit ich mich entspannen kann. Er verwöhnt mich ständig. Letztes Jahr hat er mich nach Barbados entführt!«

»Und das zahlt er immer noch ab«, raunte Ben mir zu.

Tola beendete das Interview und taggte einige Konten zur Cross-Promotion. Als Dylan aufstand, sagte sie: »Warte, wir brauchen noch ein Foto. Zeigt euch mal kurz als süßes Pärchen!«

Dylan legte die Arme um Nicki und zog sie an sich, und sie himmelte ihn derart an, dass mir schwindelig wurde. Eins ließ sich nicht leugnen: Sie sahen aus wie füreinander geschaffen. Ein schönes Paar. Zwei glanzvolle Leute.

Aber als sie aufstanden, ging Nicki auf ihn los. »Ich kann nicht glauben, dass du das mit den Pfannkuchen gesagt hast!«

»Was denn?« Er lächelte schief, als glaubte er, sie flachste nur herum. »Die mag ich wirklich! Die sind das Einzige, was du isst und nicht vorher fotografierst!«

»Nur, weil ich mich eigentlich laktose- und glutenfrei ernähren muss! Sie werden mir dafür den Kopf abreißen! Ich wusste, ich hätte dir vorher eine Liste vorformulierter Antworten geben sollen!«

Dylan runzelte die Stirn. »Ich dachte, wir sollen authentisch sein.«

Nicki schloss die Augen, als flehte sie um Kraft. »Ich habe eine millionenschwere Marke, Dylan. Die hängt davon ab, wie ich die Zielgruppen zufriedenstelle. Das ist reines Geschäft.«

»Tut mir leid. Ich hätte wohl geschäftstauglichere Dinge an dir lieben sollen«, sagte er steif, schoss mir einen Blick zu und ging hinaus.

Nicki drehte sich zu mir um und ihr Blick schien zu sagen: Solltest du dich nicht darum kümmern?

Tola sah mich besorgt an, als Nicki davonstolzierte, um sich einen grünen Smoothie aus ihrem Kühlschrank zu holen, und ich fragte mich, ob wir einen schrecklichen Fehler machten.

13

»Und da habe ich zu ihm gesagt, dass ich das nicht verdient habe und dass er sich entschuldigen muss«, berichtete meine Mutter. Ich sortierte meine Wäsche und hatte das Handy auf die Armlehne des Sofas gelegt und auf Lautsprecher gestellt. Ich hatte einen anstrengenden Tag hinter mir. Das Letzte, was ich jetzt brauchte, war das Drama zwischen meinen Eltern. Aber meine Mutter war noch wie berauscht, weil sie von meinem Vater das Mindestmaß an Respekt gefordert hatte.

»Das ist gut«, sagte ich und stutzte dann. »Und hast du ihn auf die Haussache angesprochen?«

Schweigen.

»Mama, ich will dir keinen Druck machen, aber –«, setzte ich an.

»Du hast recht, du hast recht, natürlich. Du musst wissen, ob er mit der angebotenen Summe einverstanden ist, ich weiß, mein Schatz. Und ich bin dir ungeheuer dankbar, weil du das für mich tust. Für uns.«

Wen meinte sie mit »uns«? Sich und mich oder sich und ihn? Sie wollte mich nicht fragen, wie ich das Geld zusammenkratzte. Sie wollte nicht wissen, ob dafür etwa meine Ersparnisse draufgingen. Sie wollte nur, dass das Problem gelöst wurde.

»Oh, ich hab Dylan in den Zeitschriften im Supermarkt gesehen!«, sagte sie und lenkte das Gespräch damit auf ein ungefährlicheres Thema. »War das dein Werk, mein kluges Mädchen? Jetzt werden sie dich doch befördern müssen.«

»Vielleicht«, erwiderte ich leichthin. »Es klingt, als wäre es fast so weit.«

Meine Mutter schwieg für einen Moment. »Meinst du, du solltest dich vielleicht nach einer anderen Stelle umsehen, wenn nichts daraus wird? Du hast so viele Jahre alles für die Firma gegeben. Dein Leben besteht nur aus Arbeit. Wie willst du da jemanden kennenlernen? Wie soll sich eine Gelegenheit ergeben, sich zu verlieben?«

Mein erster Gedanke war: *Wenn ich mir ansehe, was dir das gebracht hat, dann verzichte ich lieber, vielen Dank.* Aber das konnte ich ihr nicht sagen.

Also sagte ich gar nichts. Nach dem Telefonat rief ich Tola an und trank ein Glas Rotwein, während sie mir von den Reaktionen auf das Interview berichtete. Tausende neue Follower, die aktualisierte Website hatte neue Aufrufe, und Tola hatte sogar eine Möglichkeit gefunden, Tester für die App zu verpflichten, damit sie bei der Präsentation Zahlen und Bewertungen von Nutzern vorlegen konnten. Sie war ungeheuer gut in solchen Dingen. Und sie war risikobereiter als ich. Sie könnte wirklich viel mehr aus sich machen.

»Hast du noch mal darüber nachgedacht, Fixer Upper zu einer richtigen Firma aufzubauen?«, fragte sie, und ich seufzte nur.

»Jaja, ich weiß, du willst deinen Jobtitel und deine Firmenrente und einen Schulterklopfer vom Boss.« Ich hörte ihr an, dass sie die Augen verdrehte, frustriert von meinem mangelnden Unternehmergeist. Ich wollte nur kein Risiko eingehen, das war alles. Ich hatte einen Plan, und an den hielt ich mich. »Aber du könntest selbst so ein Boss sein.«

»Ich will Leiterin des Markenmanagements werden.« Im Geiste hörte ich die Stimme meiner Mutter: *Dein Leben besteht nur aus Arbeit.* Aber die Arbeit war als einziger Teil meines Lebens wohlgeordnet, der einzige Bereich, bei dem ich das Gefühl hatte, alles im Griff zu haben. Ich machte meine Arbeit gut. Alles andere lief nicht so rosig. Mit der Liebe wollte es schon gar nicht klappen.

»Meinetwegen kannst du die Queen des Markenmanagements werden«, brummte sie. »Aber in deiner eigenen Firma!«

Sie legte auf, ehe ich etwas dagegen sagen konnte, und ich nahm es ihr nicht übel.

Ich besaß eine klare Vorstellung davon, wie mein Leben einmal aussehen sollte – ich würde Leiterin des Markenmanagements werden und das entsprechende Gehalt einstreichen. Ich würde von meinen Kollegen respektiert werden, ich würde Kreativität fördern und die anderen Frauen in der Firma in höhere Positionen bringen. Die cleveren, die im Angesicht all der lauten draufgängerischen Inkompetenz übersehen wurden. Ich würde mir eine hübsche kleine Parterrewohnung mit Garten kaufen und jedem den Stinkefinger zeigen, der nur an Paare verkaufte. Und dann …

Tja, danach verschwamm die Vision. Das war so viele Jahre lang mein Ziel gewesen, dass ich nicht wusste, was ich mir darüber hinaus wünschte. Vielleicht, jemanden kennenzulernen, der nicht mehr verbessert werden musste. Jemanden, den ich meiner Mutter vorstellen konnte, damit sie um ihn herumscharwenzelte. Jemanden, bei dem ich mich darauf verlassen konnte, dass er meine verkorkste Familie nicht abwertete. Und mich auch nicht.

Ich hatte eine Nachricht von Eric bekommen, ein verschwommenes Foto von Tapas auf einem Tisch.

Bin auf einem Date!

Ich lachte und antwortete:

Du bist doch immer auf einem Date.

Seine Antwort kam sofort:

Dieses ist anders. Das ist was Ernstes. X

Ich lächelte.

Als ich ins Bett kroch, um fernzusehen und über einer Schüssel Eiscreme einzuschlafen, klingelte das Telefon. Ich rechnete mit meiner Mutter, aber die war es nicht.

Es war Dylan.

»Hi«, sagte ich überrascht. »Ist alles okay?«

Er räusperte sich unbeholfen. »Hi, ähm, ja. Ich wollte dir nur für heute danken. Ich nehme an, du hast die Zahlen gesehen? Ben war völlig aus dem Häuschen. Priya hat den ganzen Abend Testumgebungen simuliert und mir Nachrichten in Großbuchstaben geschickt. So glücklich waren die beiden ewig nicht.«

»Und du?«, fragte ich und kuschelte mich unter die Decke. Eingerollt im Bett mit Dylan am anderen Ende der Leitung, das war wie ein Sprung in die Vergangenheit.

»Ich freue mich natürlich. Es passiert tatsächlich.«

»Hmm«, sagte ich.

Als wir fünfzehn waren, wurde Dylan bei einer nationalen Kunstausstellung angenommen, und er arbeitete wochenlang an seinem Bild, jede freie Minute. Am Tag bevor es zur Ausstellung gebracht werden sollte, wurde es zerrissen im Kunstraum der Schule gefunden. Die Schulleiterin war entsetzt und entschuldigte sich aufrichtig bei Dylan. Sie ging davon aus, dass ein paar jüngere Schüler einen Streich gespielt hatten, aber ich wusste es besser. Dylan konnte keinen Druck aushalten. Und er nahm lieber doch nicht an der Ausstellung teil, als einen Misserfolg zu erleben. Das erklärte wahrscheinlich den jahrelangen Stillstand seines Start-ups.

»Was ›hmm‹?«, fragte er, und ich lachte.

»Alle anderen kannst du mit dem Lächeln vielleicht täuschen, aber mich nicht«, sagte ich sanft.

»Ich denke, das ist mein Text«, erwiderte er genauso sanft. Mir gefiel nicht, wie es in meinem Bauch flatterte, wenn er flüsterte.

»Wie war es denn noch mit Nicki?« Ich wechselte lieber schnell das Thema, um keine verfahrene Situation entstehen zu lassen, und hörte ihn seufzen.

»Sie hat eine Journalistin dazu gekriegt, sie auf die Titelseite ihrer Illustrierten zu bringen, indem sie versprach, ihr emotionsbedingtes Essverhalten zu enthüllen. Sie haben eine Ernährungsberaterin hinzugezogen, die ihre Ernährung bewerten und ihr Ratschläge geben soll. Nicki wird von den Pfannkuchen zu Bananenproteinwaffeln wechseln. Oder etwas Ähnlichem.«

»Wow.« *Wirklich genial.*

»Sie sagt, sie ist nicht sauer auf mich, weil es ihr Fehler war, mir nicht zu erklären, worauf es ankam.« Er schwieg so lange, dass ich mich fragte, ob er noch dran war. »Was sagt es über mich aus, dass die eine Sache, die ich am meisten an jemandem liebe, genau die ist, die derjenige vor der Welt verbergen will?«

Ich schnaubte. »Dylan, es ging nicht um die Pfannkuchen. Die waren nur etwas, das sie wirklich privat gemacht hat, nicht für ihre Follower, etwas Echtes, das sie nur mit dir geteilt hat.«

»Ah«, machte er, und das hieß wohl, dass unser Waffenstillstand weiter andauerte.

»Und ich nehme an, du hast dich auch entschuldigt?«

Ich hörte das Lächeln an seiner Stimme. »Was glaubst du denn, Aresti?«

»Ich glaube, du hast ihr einen peinlich großen Blumenstrauß geschickt, ihre Hand genommen und ihr in die Augen gesehen, um dich aufrichtig zu entschuldigen, und dann hast du die widerlichen Bananenwaffeln für sie gebacken, um zu zeigen, dass du sie verstehst.« Ich wartete. »Wie oft habe ich richtig getippt?«

»Bei allem.« Er lachte. »Aber ich habe Schlagsahne auf die Waffeln geschaufelt.«

»Natürlich. Regelbrecher.«

»Also, ich nehme meine Rolle als ihr Partner sehr ernst«, sagte er, aber es klang schon durch, dass er im Stillen darüber lachte. Wir schwiegen eine Weile.

»Dylan?«, flüsterte ich schließlich. »Bist du noch da?«

Er flüsterte ebenfalls. »Hab nur gerade überlegt, ob ich durch ein Wurmloch in die Nullerjahre zurückgefallen bin. Das kommt mir alles so vertraut vor.«

Meine Brust zog sich zusammen.

Wenn ich nicht darauf einging, mussten wir das Gespräch nicht führen. Er hatte mit dem Leugnen angefangen, aber so war es einfacher. Denn wenn er mich fragen würde, warum ich damals abgehauen war, würde ich ihn auf die Partynacht und den Kuss ansprechen müssen, würde mich daran erinnern müssen, dass er nicht der gewesen war, für den ich ihn gehalten hatte. Im Moment brauchte ich ihn lediglich als Projekt. Er war nicht Dylan James, der Junge, den ich mal geliebt hatte. Er war jemand, den ich auf den richtigen Weg bringen musste, damit meine Mutter ihr Haus behalten konnte. Nur so konnte ich das Ganze vor mir rechtfertigen.

Wir schwiegen wieder eine Weile, die mir wie eine Ewigkeit vorkam, während ich eine Mauer um mich zog, Stein für Stein, und jene Erinnerung in mir vergrub.

»Wir sprechen morgen weiter, Mr James.«

»Gute Nacht, Miss Aresti.«

Um fünf Uhr früh klingelte mein Handy.

»Hallo?«, krächzte ich mit rasendem Herzklopfen, weil ich das Schlimmste befürchtete.

»Wie geht es meinem kleinen Lieblingsromantikguru?«, krähte Nicki, und ich hielt das Telefon vom Ohr weg. »Ich habe dich noch nicht geweckt, oder?«

»Oh nein, ich mache gerade den Sonnengruß und trinke meinen grünen Smoothie.« Ich zog mir meinen abgewetzten Morgenmantel mit dem Krokodilmuster an und schlurfte zum Herd, um Wasser aufzusetzen. »Was gibt's?«

»Na ja, es geht natürlich um Dylan.«

»Ich fand, das Insta-Interview lief gut. Du etwa nicht? Und mir scheint, das Pärchenfoto hat großen Anklang gefunden. Deine Fans lieben ihn.« Ich blieb bei einem aufmunternden Ton, weil klar war, dass die Katzenstreu-Prinzessin gerade keine glückliche Prinzessin war.

»Ja, da sieht es gut aus. Und er hat sich bereit erklärt, in die Kamera zu lächeln, wenn ich meine Videos drehe. Er wird winken wie ein kleiner Nerd. Heute Morgen hat er mit mir im Bett ein Selfie gemacht. Das hat er noch nie getan.«

Mir war nicht klar gewesen, dass er gestern Abend bei ihr war, als wir telefonierten. Aus irgendeinem Grund zog mir das den Magen zusammen.

Ich versuchte, das malerische Bild, wie die beiden lachend im Bett saßen, ohne sich mit Realitäten wie Morgenatem oder kalten Füßen oder Pupsen unter der Decke abgeben zu müssen, wieder aus meinem Kopf zu verbannen.

»Also, wo liegt das Problem? Das klingt, als ob er sich wirklich Mühe gibt.« Ich stellte sie auf Lautsprecher, damit ich mir gleichzeitig ihren Social-Media-Feed ansehen konnte.

»Ja, dankenswerterweise hat er das Debakel mit den Pfannkuchen wiedergutgemacht! Überleg mal, was ich alles erreicht habe, und ihm gefiel am meisten, dass ich Pfannkuchen in mich reinstopfe, wenn keiner zuguckt!« Sie lachte schrill. Es klang wie eine warnende Ladenglocke – *hallo, hier ist Aufmerksamkeit erforderlich.*

»Zum Glück arbeite ich mit Dr. Karen zusammen, einer Ernährungswissenschaftlerin, die mir hilft, mit meinen Heißhungerattacken und emotionalem Essen umzugehen. Sie ist ein absolutes Genie.«

Es war gerade vierundzwanzig Stunden her, und schon hatte sie den Vorfall in ein neues Narrativ verwandelt. Ihr Team war beeindruckend.

»Es sieht aus, als ob er sich doch noch mit den sozialen Medien anfreundet. Wir sind auf dem richtigen Weg. Und die Vorbereitung der Präsentation läuft auch sehr gut«, trällerte ich, weil ich fürchtete, dass sie gleich mit einem neuen Problem ankam.

»Tja, die Sache ist die …«

Jetzt kommt's.

»Ich denke, er ist so sehr mit der Produktpräsentation beschäftigt, dass ihm nicht mehr allzu sehr nach Romantik zumute ist und der Heiratsantrag ausbleibt, weißt du? Männer sind nicht so multitaskingfähig wie Frauen.«

»Aber wir … er tut buchstäblich alles, was du von ihm verlangst. Er lässt sich auf Social-Media-Auftritte ein, er bringt sein Unternehmen voran, kann Erfolge verbuchen. Er hat dich zu den Awards begleitet …« Meine Aufzählung verebbte. »Wir kommen voran.«

»Und was ist mit dem Heiratsantrag?«

Ich schauderte. Aus ihrem Mund klang das Wort schrecklich. So fordernd, als ob ich mich weigerte, ihr ein Paar Schuhe zu verkaufen, die sie unbedingt haben wollte, obwohl sie ihr zu klein waren.

»Hast du das Foto nicht gesehen? Wie er dich ansieht, wie er dich in den Armen hält? Das ist romantisch! Andere Leute würden alles dafür geben!«, trällerte ich begeistert weiter. *Gib mir eine Chance, verdammt! Ich bin spitze in Verkaufstaktik, kann aber keine Wunder vollbringen.*

Nicki seufzte. »Er … Es gibt Dinge, die er nicht mit mir teilt. Und ich teile alles mit ihm!«

Außer, dass du mich bezahlst, um ihn dir zurechtzubiegen.

»Tja, das ist vielleicht Teil des Problems«, erwiderte ich. »Er liebt das, was nur ihm gehört, die Dinge an dir, die er nicht mit anderen teilen muss … Nicki, wir kriegen das hin, okay? Du musste dir keine Sorgen machen. Wir sind an der Sache dran.«

»Ich weiß, ich vertraue euch. Ich wünschte nur … Ich wünschte, bei all dem gäbe es mehr Zeit für Romantik.«

Ich würde sie erwürgen. So würde meine Karriere enden, nicht mit einem Burnout, sondern weil ich Nicolette Wetherington-Smythe geschüttelt und angeschrien hatte: *Was willst du eigentlich?*, bis mich die Männer in den weißen Kitteln abholten.

»Hat er dir nicht Blumen geschickt und dir Waffeln gebacken?«, fragte ich, und auf einmal nahm ihre Stimme einen harten Ton an.

»Das hat er dir erzählt?«

»Ja.«

Ein seltsames Schweigen stellte sich ein, und ich fühlte den Impuls, mich zu entschuldigen, hielt ihm aber stand.

»Das mag die Durchschnittsfrau beeindrucken, aber ich bekomme jeden Tag von irgendwem Blumen. Ich brauche da schon etwas richtig Aufregendes, Umwerfendes. Vielleicht behältst du das im Hinterkopf, wenn du den Heiratsantrag vorbereitest.«

In dem Moment hasste ich sie.

»Nicki, falls du lieber meinen ursprünglichen Rat annehmen und den Heiratsantrag von jemandem organisieren lassen willst, der ein eigenes Team von Assistenten und Agenten und PR-Beratern zur Verfügung hat, dann lass es mich wissen.«

»Sei nicht albern.« Ihr Ton war wieder fröhlich, und ich fragte mich, ob ich mir die Kälte eben nur eingebildet hatte. »Ermutige ihn einfach, etwas Großes zu planen, okay? Eine große öffentliche Liebeserklärung.«

»Mit einem instagramtauglichen Hintergrund?«

»Jetzt verstehen wir uns«, sagte sie. »Ich melde mich bald wieder.«

Bitte nicht.

»Nächste Woche habe ich das erste Treffen mit Celebrity Wedding Wars, und sie haben schon gesagt, dass wir in ihren Augen gut zusammenpassen, was die Farbwahl angeht. Sie können sich eine winterliche Hochzeit vorstellen, lauter kühle Farben und Eisblöcke. Mit einer riesigen Eisbärenskulptur im Hintergrund. Ist das nicht fantastisch?!«

Für Dylan, der das Sonnenlicht aufsaugte wie eine Batterie und der schon beim ersten Sonnenstrahl eine Karamellbräune bekam? Der an unseren Sommerwochenenden mit mir campen gefahren war, Festivals besucht und Tage am Strand verbracht hatte mit dem einzigen Zweck, in den Himmel zu lächeln und braun zu werden, während er im Stillen flehte, der Sommer möge nicht aufhören? Für diesen Mann eine Winterhochzeit?

Ich trank meinen letzten Schluck Kaffee und dachte nur an das enttäuschte Gesicht meiner Mutter und das selbstgefällige Grinsen meines Vaters.

»Ich werde sehen, was ich tun kann.«

14

Ich musste es wenigstens mir selbst eingestehen: Der Druck wurde mir allmählich zu viel. Nicki schickte mir immerzu Fotos von Winterhochzeitsmotiven, Dylan erkundigte sich per E-Mail, ob wir für die Präsentation zwei weitere Folien brauchten. Ben fragte, ob Eric alte Filme möge. Eric fragte, ob Ben etwas über ihn gesagt habe. Felix fragte, warum ich meine Berichte nicht eher vorlegte und wieso ich ihm keine neuen Ideen zur Stärkung der Teammoral präsentiert hätte, was ich sonst jeden Monat tat, obwohl sie ignoriert wurden. Hunter fragte, warum ich müde aussah. Matthew fragte mich zu jeder kleinen Entscheidung nach meiner Meinung. Er war wie ein Hund, der Angst vor dem Briefträger hatte.

Und dann war da noch Tola, die sich still wunderte, warum ich derart von einem Job besessen war, der mich eindeutig nicht befriedigte. Ihre Zweifel malten sich auf ihrem Gesicht ab, sobald sie mich ansah.

Und obendrein meine Mutter, die mir Nachrichten schickte und anrief und sich unter jedem möglichen Vorwand bei mir meldete, nur damit sie mir die eine große Frage stellen konnte: »Hast du das Geld, um mein Zuhause zu retten?«

Zum zweiten Mal heute Morgen leitete ich sie an die Mailbox weiter, weil ich mit meiner Arbeit vorankommen wollte. Ihr Gerede über meinen Vater kam mir zu den Ohren raus. Ich wollte nicht mehr hören, wie sie ihn entschuldigte, während ich mehr und mehr fragwürdige Entscheidungen traf, um das Geld für ihn aufzubringen.

»Aly Baba! Wie geht's denn so?«

Ich schloss die Augen und nahm mir einen Moment Zeit, um mich zu sammeln, dann drehte ich mich auf dem Schreibtischstuhl zu ihm um und umfasste die Armstützen.

Der glattzüngige, dämliche Riesentrampel mit seinen gestylten Haaren war zurückgekehrt. Er wollte etwas. Schon wieder. Ich hatte gerade erst seine letzte Arbeit neu gemacht.

»Hunter.« Ich setzte ein Lächeln auf. »Mir geht's gut. Hab viel zu tun, aber alles gut. Und du?«

Er strich sich durch die Haare. »Ich stecke ein bisschen in der Klemme, Süße.«

Ich habe deinen betrügerischen Arsch gerettet und wirklich genug für dich getan. Lass mich in Ruhe.

Tola schoss über ihren Monitor tödliche Blicke auf ihn ab, dann einen mahnenden zu mir: *Wag es ja nicht, ihm zu helfen.*

Ich nickte ihr zu.

»Tja, tut mir leid, das zu hören. Besorg dir eine Brechstange«, sagte ich, ohne aufzublicken.

»Was?«, fragte er verdattert.

»Du steckst in einer Klemme ... da hilft eine Brechstange.«

»Aha-aha-ha!«

Ach ja, Hunters Lache war auch grauenhaft.

»Die Sache ist die, Aly Kadabra ...« Er versuchte es noch mal, lehnte sich an meinen Schreibtisch, sodass er über mir aufragte und ich aufstehen musste, um das Machtgefälle zu korrigieren.

»Die Sache ist die, Kollege mit dem von Natur aus albernen Namen – ich fürchte, diesmal ist mein Limit erreicht. Es ist mir schlichtweg egal.« Ich holte tief Luft und sah ihm in die Augen.

Er guckte verwirrt. Seine Stirn warf Falten wie sein teures Halstuch.

Ach du Scheiße, es war passiert. Ich hatte gekontert. Und einmal angefangen, konnte ich nicht mehr aufhören. »Es ist mir egal, dass du es nicht geschafft hast, die Daten zu analysieren, weil deine Schwester einen Hund gekauft hat oder weil du beim *Guardian*-Blind-Date mitgemacht hast oder weil du ein wahnsinnig tolles Pokerspiel mit hohen Einsätzen gewonnen hast – ist mir völlig schnurz. Ich will, dass du deine Arbeit selbst erledigst.«

Er zuckte zusammen, sein Gesicht wurde lang. »Also, das ist nicht sehr nett.«

»Es ist auch nicht nett, wenn du deine Arbeit Kollegen aufhalst, damit du selber pünktlich gehen und mit den Jungs ein Bier trinken kannst. Oder wenn du dich an eine verheiratete Frau ranmachst und ich deswegen nach Birmingham fahren und den Ehemann gnädig stimmen muss.«

Er guckte zwar betreten, aber das war im Nu vorbei, als würde Scham seine mimischen Möglichkeiten übersteigen.

Sag Danke. Sag Entschuldigung. Sag etwas!

»Also wirst du … mir nicht helfen?«, fragte er, als hätte er es nicht so ganz verstanden.

»Nein, tut mir leid, diesmal nicht.«

Er runzelte die Stirn. »Und wenn Felix es will?«

»Wenn Felix will, dass ich die Prioritäten anders setze und deine Arbeit statt meiner eigenen erledige, dann soll er zu mir kommen, sich meinen Terminkalender ansehen und sagen, wo sich das bei meinen Kundenterminen noch reinquetschen lässt. Einschließlich des Meetings mit Teddy Bell, das ich nächste Woche habe, weil dir dein Schwanz wichtiger war als deine Karriere. Sind wir hier fertig?«

Kurz hielt ich beim Tippen inne und blickte auf, sah den bösen Blick, den Moment, in dem Männer wütend werden. Den hätte ich beinahe vergessen.

»Hey, nicht nötig, deswegen herumzuzicken.«

Ich hob genervt die Hände. »Anscheinend doch. Viel Glück mit dem Bericht.«

Als er brummend wegtrottete, stieß Tola lautlos triumphierend eine Faust in die Luft. Ich zwinkerte ihr zu und machte mich wieder an die Arbeit. Falls ich bei dem Druck unterging, würde ich Hunter mit mir unter Wasser ziehen.

Ich sah ihn Felix' Tür ansteuern, und mein Magen sackte weg. Ein kurzer Triumph, der gleich wieder verpuffte. Gott, ich sollte joggen gehen oder mir ein leckeres Essen gönnen. Oder eine Nacht durchtanzen, wo mich keiner kannte, keiner was von mir verlangte, mich keiner als die rettende Aly betrachtete.

Aber dazu hatte ich keine Zeit.

In der Mittagspause antwortete ich Dylan und Ben, ignorierte Nicki und ging spazieren, um einen klaren Kopf zu bekommen. Ich rief meine Mutter nicht zurück, sondern schrieb ihr, dass die Sache lief und sie sich keine Sorgen machen soll. Ich fragte mich, ob sie glaubte, dass ich eine Bank ausrauben würde oder nebenbei als Callgirl arbeitete.

Dass ich Tola und Eric nicht die Wahrheit gesagt hatte, nagte auch an mir. Klar, sie würden den vereinbarten Anteil bekommen, aber zu verschweigen, was für mich eigentlich auf dem Spiel stand, war unfair und fühlte sich an, als würde ich sie übers Ohr hauen.

Sicher würden sie es verstehen, wenn ich es ihnen beichtete. Aber dann müsste ich auch erklären, was für ein Mensch mein Vater war und was er meiner Mutter angetan hatte, und dann würden sie mich mitleidig ansehen und denken: *Vaterkomplexe, war ja klar!* Bei einer erwachsenen Frau mit glücklosen Beziehungen die einzig mögliche Erklärung. Und nie machte jemand die Väter verantwortlich, nur die Töchter, die von ihnen verkorkst wurden.

Am Ende des Arbeitstages fühlte ich mich ausgelaugt und freute mich darauf, mit einer Portion Knoblauchbrot ins Bett zu kriechen und mir eine romantische Komödie der Nullerjahre anzusehen. Heath Ledger, der vor der ganzen Schule sang. Genau das, was ich brauchte.

»Können wir?«, fragte Eric um fünf Uhr. Er sah in seinem Anzug echt schick aus und mit dem passenden Fedora auch ein kleines bisschen albern.

»Was? Wohin?«

»Zu unserem Fixer-Upper-Termin? Amy und der angehende Schriftsteller? In einer halben Stunde in der Hoxton Lounge?«

Ich seufzte. Mist.

»Du hast es vergessen?« Eric runzelte die Stirn. »Du vergisst nie etwas.«

Tja, fang du mal deinen Tag mit dem Anruf einer Erbin an, die Angst hat, dass die romantischen Gesten ihres Zukünftigen/deines Ex-Jugendfreundes nicht knallig genug sind, und dann reden wir weiter.

»Selbst Elefanten schalten mal ihr Gedächtnis ab«, sagte ich müde. »Gib mir zehn Minuten, um mein Make-up aufzufrischen, dann bin ich wie neu.«

»Ich besorge dir einen Energydrink und warte unten auf dich.«

»Du bist ein Engel.« Lächelnd nahm ich meine Handtasche.

»Jep, und dann können wir die ganze Fahrt über Ben reden. Seine Vorlieben, seine Interessen, seinen Männergeschmack. Und was ich tun soll, um das nicht zu vergeigen.«

Ich seufzte, und die Erschöpfung legte sich über mich wie Blei. »Super. Kann's kaum erwarten.«

Unsere Kundin hieß Amy Leyton. Seit Beginn ihres Studiums vor vier Jahren war sie mit Adam zusammen und vor einem Jahr mit ihm zusammengezogen. Doch nun hatte man ihr ein dreimonatiges Praktikum im Ausland angeboten, und Adam reagierte ein bisschen empfindlich, weil sie ihn so lange allein lassen würde. Er hatte immer wieder angedeutet, vielleicht mitzugehen, aber sie wollte die drei Monate ohne ihn verbringen. Ihr großer Sprung in den ersten Karriereabschnitt. Sie wollte mit ihm zusammenbleiben, es wäre ja nur für drei Monate, aber sie würde es auch verstehen, wenn er nicht auf sie warten wollte.

Ich machte Eric mit den Details vertraut, bevor wir die Bar betraten, und achtete darauf, dass uns keiner belauschte. »Beide schreiben. Amy will Journalistin werden. Wenn sie ihre Karriere startet, will er seine auch in Angriff nehmen, sagt er. Indem er einen Roman schreibt.«

Eric zuckte mit den Schultern. »Da stehen die Chancen eins zu eine Million, oder? Aber ich wünsche ihm Glück. Was ist daran auszusetzen?«

»Der Roman soll von einer jungen Frau handeln, die ihren Freund verlässt, um ein Journalismus-Praktikum im Ausland zu absolvieren.«

Er schnaubte. »Okay, na gut, so verarbeitet er das eben. Er kann schreiben, was immer er will, es ist in seinem Kopf.«

»Ist es nicht.«

»Was ist es nicht?«

»Es ist nicht in seinem Kopf.« Ich verzog das Gesicht. »Er tippt alles auf gelbe Karteikarten und heftet sie an die Wand, um die Timeline im Blick zu behalten …«

»Und tippen heißt …«

»Manuelle Schreibmaschine? Jep.« Ich seufzte. »Und sie wohnen in einem Einzimmerapartment.« Ich öffnete das Foto auf meinem Handy. Amy hatte es mir geschickt. In der Mitte des Raumes stand das Bett, und das war alles. Die Wände waren bedeckt mit den gelben Karteikarten, die aggressiven Großbuchstaben ein lautes Zeichen für eine unausgegorene Geschichte.

Im Moment hielt ich Adam für einen eingebildeten Vollpfosten, aber Amy liebte ihn.

»Denkst du manchmal, diesen Beziehungskram sollte sich eigentlich ein Profi vornehmen?«, fragte Eric. »Jemand mit dem entsprechenden Uniabschluss, der Erfahrung mit Narzissten hat?«

»Ich bin eine Singlefrau in den Dreißigern, die in einer männlich dominierten Branche arbeitet. Ich habe Erfahrung mit Narzissten.«

»Du weißt, was ich meine.«

»Mal sehen.« Ich fasste ihn am Arm und ging hinein. »Du hast das Skript noch im Kopf?«

»Oh ja, hab den Vibe des attraktiven jungen Genies einstudiert.« Er schob die Lippen vor und guckte mürrisch-gelangweilt.

Adam saß neben der Tür an der Stirnseite der Theke über ein Notizbuch gebeugt. Laut Amy verbrachte er seine Abende so, seit sie die Schreibmaschine einmal fast durchs Zimmer geschleudert hätte.

Wir setzten uns ihm schräg gegenüber, sodass er uns hören konnte und sich nicht nach uns umzudrehen brauchte. Sollte er uns erst mal ein Weilchen belauschen und denken, dass wir die Beute waren, nicht er.

Wir bestellten uns etwas zu trinken, und ich begann mit meiner Rolle.

»Mein Lieber, ich bin hingerissen von Ihrem neuen Entwurf, wirklich. Das kriegen wir problemlos durchs Lektorat, und nächstes Frühjahr steht das Buch schon in den Regalen«, sagte ich mit einem Blick auf mein Handy.

Eric schaute gelangweilt. »Und Sie sind sicher, es ist besser als mein letztes? Ich will nicht beschämt dastehen, weil das als lauwarmer Aufguss gesehen wird.«

Ich spürte beinahe, wie Adam die Ohren spitzte.

»Sie? Niemals!« Ich lachte. »Ich denke, wir haben diesmal eine gute Chance, die Film- und Fernsehrechte zu verkaufen. Es ist so ... intuitiv, wissen Sie? Mann, Frau, Verrat. Wie sie ihn am Ende verlässt, er in dem winzigen Apartment, sie in der weiten Welt, das war prägnant. Wirklich tief empfunden. Ich denke, die Leute werden das verstehen.«

»Na ja, ich schreibe über die Dinge, die ich selbst nur allzu gut kenne.« Eric schaute an die Decke. »Enttäuschte Liebe, unterschätzt werden, missverstanden werden.«

Gott, nicht so dick auftragen, Eric, du sollst ein erfolgreicher Schriftsteller sein, kein Königsspross auf der Bühne im Old Vic.

Ich wackelte mit den Brauen, und er schürzte die Lippen.

»Also, das kommt auf jeden Fall rüber ...« sagte ich. »Sie sind ein Genie. Keiner, der das liest, kann das bezweifeln. Und ich denke, wer immer die Frau ist, die Sie inspiriert hat, sie wird es bereuen, gegangen zu sein.«

Eric schnippte die Asche von einer imaginären Zigarette und brummte plötzlich mit französischem Akzent: »Sie musste sich entwickeln, meine kleine Blume, eh? Ich habe meine Wurzeln hier. Ein Baum bleibt, wo er ist. Sie wachsen in die Höhe.«

»Eine kluge Sichtweise.« Ich schaute ihn an, und Eric grinste breit.

Dann warf ich einen Blick zu der Spiegelwand hinter der Theke und sah, dass Adam uns beobachtete. Wie vereinbart tippte ich dreimal mit dem Finger an mein Glas. Eric nickte. »Ich muss mal schnell telefonieren. Sie haben doch nichts dagegen, oder?«

»Natürlich nicht. Ich kann solange meine E-Mails checken.«

Ich sah Eric nach draußen gehen, schaltete mein Handy ein und zählte im Stillen. Vier, drei, zwei …

»Hallo, guten Abend.«

Ich blickte auf und gab mich angenehm überrascht, als ich Adam neben mir stehen sah. »Hallo …«

»Ich konnte nicht vermeiden, etwas von Ihrem Gespräch aufzuschnappen. Es klang, als wären Sie in der Verlagsbranche tätig.« Er wartete, bis ich nickte, dann setzte er sich ungebeten auf Erics Barhocker. »Ich frage nur, weil ich gerade ein Buch schreibe.«

Du und Millionen andere, Kumpel.

»Ich verstehe, und ich soll … Ihnen raten, wie Sie es am besten bei einem Verlag unterbringen?« Ich versuchte, gereizt zu klingen. Eigentlich sollte ich mich beeindruckt geben, nett sein, sagen, dass er sicher großes Talent hatte, die Sache aber schwierig sei. Das erinnerte mich zu sehr an Hunter.

»Ich möchte, dass Sie es veröffentlichen. Es ist sehr gut.« Er lächelte mich gewinnend an, oder zumindest glaubte er das.

»Ach wirklich?«, fragte ich, unverhohlen zweifelnd.

»Ich weiß, dass ich gut schreibe.« Er zuckte mit den Schultern. »Wenn man das Talent hat, muss man Gelegenheiten ergreifen, wenn sie sich bieten.«

»Okay, dann erzählen Sie mal.« Ich sah auf die Uhr und stützte das Kinn auf die Hand. »Überzeugen Sie mich von Ihrer Geschichte.«

»Es geht um eine junge Frau, die große Träume hat und ins Ausland gehen und die Welt sehen will, und dafür lässt sie ihren Freund zurück. Eine klassische Die-Kirschen-in-Nachbars-Garten-Geschichte. Und dann wird er erfolgreich, und sie kehrt zu ihm zurück.«

Ich lächelte und seufzte erleichtert. Okay, das klang nach jemandem, der seine Beziehung auf gesunde Art handhaben wollte.

»Also ist es eine Liebesgeschichte?«

Adam sah mich an, als hätte ich in seinen Kaffee gespuckt. »Nein, es geht um Gerechtigkeit und Befreiung.«

»Inwiefern?«

»Die junge Frau arbeitet in Australien, und da wird ihr von einem Hai ein Arm abgebissen. Als sie nach Hause zurückkehrt, erkennt sie, dass es ein Fehler war, ihren Freund sitzenzulassen, und der weist sie ab, weil sie gemein und egoistisch war. Und sie muss für immer mit der Last dieses Fehlers leben.«

Okay, ich nehme alles zurück. Was für ein mieser Typ.

»Und was wird aus Ihrem Helden?« *Als müsste ich das wirklich fragen.*

»Er wird ein berühmter Drehbuchautor und schreibt einen Film über sie.«

»Genial«, sagte ich. Bei dem Kerl würde ich vom Kurs abweichen müssen.

»Geben Sie mir Ihre E-Mail-Adresse, und ich lasse Sie von meiner Assistentin kontaktieren. Wenn Sie so weit sind, können Sie den fertigen Text einreichen.«

Er lächelte, als täte er mir einen Gefallen, und schrieb seine E-Mail-Adresse auf eine Serviette. Als Eric wieder hereinkam und seinen Hocker besetzt fand, neigte er wortlos den Kopf zur Seite.

Ich lächelte bloß. »War mir ein Vergnügen …«

»Adam.«

Ich nickte, als er sich an seinen alten Platz verzog, und Eric musterte meinen Gesichtsausdruck.

»Der Blick gefällt mir nicht«, flüsterte er.

»Und mir gefällt der Kerl nicht«, flüsterte ich grimmig zurück.

Wir genossen die restliche Zeit mit unseren Cocktails, und als wir schließlich nach draußen in den warmen Sommerabend traten, rief ich Amy an.

»Hallo?«

»Amy, hier ist Alyssa. Wir haben gestern miteinander gesprochen. Wann beginnt Ihr Praktikum?«

»In zwei Monaten.«

Ich nahm kein Blatt vor den Mund. »Können Sie früher abreisen?«

»Wie bitte?«

»Fliegen Sie eher. Nehmen Sie Ihr Leben in die Hand, gönnen Sie sich ein paar Abenteuer, und verschwenden Sie keinen weiteren Gedanken an diesen Mann.«

Sie schwieg einen Moment lang. »Ich … äh … wirklich? Also ist er einverstanden?«

»Oh nein, er ist ein selbstverliebtes Arschloch und wird Ihnen ewig nachtragen, dass Sie Ihre Träume über seine gestellt haben. Vergeuden Sie keine Zeit mehr, blicken Sie nicht zurück. Legen Sie los.«

Eric grinste mich an und schüttelte den Kopf.

»Das ist sehr freundlich von Ihnen, aber … ich liebe ihn.«

»Natürlich lieben Sie ihn, sonst hätten Sie mich nicht engagiert«, sagte ich sanft. »Das bleibt natürlich Ihre Entscheidung. Aber Adam liebt Sie nur, solange Sie ihn an oberste Stelle setzen. Wenn Sie daran zweifeln, lesen Sie die Karteikarten an der Wand, sehen Sie sich an, wie die Geschichte endet.«

Sie schwieg wieder, und ich dachte an die vielen Male, die meine Mutter überlegt hatte, Dad zu verlassen. *Bitte, lass sie begreifen.*

»Danke«, sagte Amy leise. Ich hörte ihr an, dass sie die Karteikarten schon gelesen hatte. Sie brauchte nur jemanden, der ihr sagte, dass sie gehen durfte.

»Gern geschehen«, sagte ich freundlich. »Halten Sie sich von Haien fern, okay?«

Amy lachte, und ich legte auf.

Erleichtert strahlte ich Eric an, und wir machten uns auf den Weg.

»Aly, was war das denn? Das entsprach nicht dem Ziel von Fixer Upper!« Er lachte über meine wegwerfende Handbewegung.

Ich blieb stehen und suchte nach den passenden Worten. »Man sagt doch, wir sollen Dinge nicht gleich wegschmeißen, sondern sie reparieren. Du weißt schon, die vorigen Generationen kriegen unseretwegen Wutanfälle, weil wir anstatt des verstaubten Alten etwas schönes Neues haben wollen. Aber stell dir mal einen alten Toaster vor.« Ich hob die Hände, weil er ein Gesicht zog. »Hör mir zu. Du hast einen alten Toaster und willst ihn nicht wegwerfen, weil er noch funktioniert. Zwar wird der Toast an den Ecken schwarz, und du musst die Abdeckung immer wieder festschrauben, und oft rastet die Lifttaste nicht ein, aber bei dem Gedanken, ihn wegzuwerfen, hast du ein schlechtes Gewissen, obwohl er deine Bedürfnisse nicht erfüllt. So als wärst du ein schlechter Mensch.«

»Ja, und …?«

»Adam ist der miese Toaster. Und ich bin es leid, dass Frauen mit egoistischen Männern zusammenbleiben, weil sie glauben, sie müssten für eine Trennung einen besseren Grund vorweisen als ihr eigenes Glück.«

»Aber hat Fixer Upper nicht die Aufgabe, Beziehungen zu reparieren?«

»Man kann nur gutes Material reparieren. Manches gehört einfach auf den Müll. Wir müssen ihnen die Erlaubnis geben zu gehen, ihnen zeigen, dass unglücklich zu sein ein guter Grund ist, sich zu trennen.«

Eric grinste mich an. »Ich mag die freche Frauenpowerversion von dir.«

»Danke. Ich auch.« Lächelnd hakte ich mich bei ihm unter. »Jetzt erzähl mir von deinen Männerproblemen.«

15

Endlich hatte ich das Gefühl, etwas Gutes zu tun. Etwas Nützliches. Ich glaubte nicht mehr an unsere Mission, die Partner zu verbessern. Wir sollten die Frauen ermutigen zu gehen, wenn sie nicht bekamen, was sie verdienten. Wir sollten ihren Partnern auf die Sprünge helfen, damit sie aktiver am gemeinsamen Leben mitwirkten. Da könnten wir Gutes erreichen, ohne die Männer zu dämonisieren. Ich begriff allmählich, was Tola meinte.

Aber was Nicki betraf, wurden wir in meinen Augen von einer verwöhnten Frau bezahlt, damit wir einen Michelangelo-David als Rohmaterial betrachteten und etwas noch Besseres herausmeißelten. Da hatte ich nicht das Gefühl zu helfen, sondern zu zerstören.

Und mit jeder Nachricht, die sie mir schickte, jedes Mal, wenn ich mir Dylan vorstellte, wie er in einem Designersmoking beim Hochzeitsshooting für das *Hello!*- oder *OK!*-Magazin in die Kamera lächelte, ging es mir mieser. Allmählich fragte ich mich, ob in dieser Geschichte ich der Bösewicht war.

Der Vorteil meines moralischen Dilemmas war, dass ich den Kopf über den Schreibtisch gebeugt hielt und mir den Allerwertesten abschuftete. Es gab keine Ablenkung mehr, und Hunter ließ mich in Ruhe. Ich hatte zufriedene Kunden und einen besonderen Pitch, der vielleicht einen Preis gewinnen würde. Matthew kam weiter mit seinen Fragen, doch er war so dankbar – brachte mir Kaffee und ausgefallenen Kuchen mit –, dass es mir eigentlich nichts ausmachte. Er nannte mich seine Mentorin, und ich fühlte mich geschätzt. Nützlich.

Ich wartete nur auf den »Schulterklopfer«, wie Tola es genannt hatte, die offizielle Anerkennung meiner Arbeit.

Daher rechnete ich mit guten Neuigkeiten, als sich alle in einer Ecke des Großraumbüros versammelten. Ich sah keinen Geburtstagskuchen, und Felix hasste es, etwas bekannt geben zu müssen, weshalb er das meistens auf mich abwälzte. Mit ein wenig Glück hatte Hunter erkannt, dass er nicht klarkam, ohne dass ich den Großteil seiner Arbeit erledigte, und hatte sich einen Job in Daddys Firma verschafft. Das wäre perfekt.

Tola und Eric schoben sich zwischen den Kollegen bis zu mir durch.

»Wollen wir wetten, worum es hier geht?«, fragte ich leise.

Eric zuckte mit den Schultern. »Ob schon wieder einer die Kaffeepads geklaut hat?«

»Vielleicht stehen wir vor einer feindlichen Übernahme!« Tola lockerte ihre Schultern. Sie musste sich furchtbar langweilen, wenn sie auf Chaos hoffte. Auf Veränderung um jeden Preis. »Was meinst du?«

»Jemand hat gekündigt oder wird befördert, schätze ich.« Ich wurde still, als Felix mit zusammengekniffenen Lippen aus seinem Büro kam. Wenn Entlassungen anstünden, hätte ich das erfahren, oder?

»Vielleicht hat Felix nach deinen freien Tagen endlich erkannt, dass er dir Wertschätzung zeigen sollte, damit du dir nichts Besseres suchst?«, überlegte Eric. »Man muss sich manchmal rarmachen, damit sie einen wirklich wollen!«

Ich konzentrierte mich auf Felix und hoffte inständig, es möge wahr sein. *Bitte.*

»Guten Morgen allerseits. Ich unterbreche euch nur ungern bei der Arbeit, aber es geht ganz schnell.« Felix zog an einem Ende seines Schnurrbarts. »Wir bei Amora belohnen gern harte Arbeit und Hingabe, und so wird einer eurer Kollegen aufsteigen und eine Stelle antreten, die eigens geschaffen wurde, um den Fokus auf Markenaufbau und Umsatzsteigerung des Kunden zu legen. Diese neue Position wird die Markenführung und Firmenstrategien unserer Kunden überwachen.«

Heilige Scheiße, endlich ist es so weit. Tola griff nach meiner Hand und drückte sie.

»Jetzt kommt's!«, wisperte Eric an meinem Ohr.

»Ihr neuer Branding-Chef ist einer der engagiertesten Mitarbeiter und definitiv einer der freundlichsten von uns!« Felix verzog die Lippen zu einem Lächeln. »Ich bitte um einen Applaus für Matthew – herzlichen Glückwunsch!«

Ich erstarrte. Tola murmelte: »Wie bitte?!« Eric rückte näher an mich heran, wie um mich zu beschützen. Oder um zu verhindern, dass ich auf Felix zustürmte und ihm mit einem Roundhouse den Kopf wegkickte.

Matthew ging lächelnd zu Felix und schüttelte ihm die Hand, dann winkte er unbeholfen den versammelten Kollegen zu. *Matthew.* Matthew, der keine Entscheidung allein fällen konnte? Matthew, den ich mehrfach davon abbringen musste, Comic Sans bei professionellen Analysen zu verwenden? Sogar Hunter wirkte verstört.

»Ich … ich möchte Danke sagen für diese Chance, und ich werde euch nicht enttäuschen. Und ich danke auch Aly, die mir sehr geholfen hat, mich auf die neue Aufgabe vorzubereiten.« Er lächelte mich herzlich an. »Sie ist am längsten hier, und ich habe wirklich viel von ihr gelernt.«

Ich nickte verdattert. Der Fünfundzwanzigjährige, den ich

geschult hatte, der keine Entscheidung ohne mich fällen konnte, war jetzt mein neuer Boss?

Ich zog eine Braue hoch und sah zu Felix, der meinem Blick auswich, und dann zu den übrigen Kollegen, die alle verwirrt schauten. Doch sie gingen lächelnd zu Matthew, gratulierten ihm und vereinbarten, nach Feierabend in den Pub zu gehen.

Als sich alle zerstreuten, ließ ich mich auf meinen Stuhl fallen und starrte auf den Bildschirm, ohne etwas zu sehen. All die Jahre, all die Zusatzarbeit, all die Überstunden. Ich versuchte, die Sache mit etwas Distanz zu betrachten: Vielleicht verdiente Matthew die Stelle, vielleicht hatte er brillante Arbeit geleistet. Er liebte seine Arbeit definitiv und gab sich große Mühe. Aber … er war erst seit einem Jahr in der Firma, er führte niemanden, er hatte keine formale Ausbildung … legte man unsere Lebensläufe nebeneinander, könnte jeder sehen, dass es verrückt war, ihn statt mich zu befördern.

Und ich hatte nicht mal erfahren, dass das Bewerbungsgespräch angesetzt worden war … man hatte mir keine Chance gegeben.

Ich fühlte mich von Felix ausgelacht.

»Das ist ja wohl ein Scherz«, sagte Eric über meiner Schulter.

»Echt jetzt?«, zischte Tola neben mir. »Nichts gegen Matthew, er ist nett und alles, aber er diskutiert fünf Minuten lang, welches Bleistiftende er in den Spitzer stecken will. Du hast fast seine ganze Arbeit erledigt!«

»Hab ich nicht. Ich habe ihm nur Ratschläge gegeben.«

»Aly.« Eric stand mit hochgezogener Braue vor mir. »Na komm. Du hast ihn fixer-upper-mäßig aufgebaut! Du hast ihn geleitet, geschult, ermutigt, und obwohl er noch immer ziemlich unselbstständig ist, hat er die Stelle bekommen, die dir zusteht!«

Ich schloss die Augen, dachte an die vergangenen Monate. Wie oft er mich um Rat und Unterstützung gebeten hatte. Wie viele Artikel ich ihm geschickt hatte, wie viele Präsentationen ich mit ihm durchgegangen war. Ohne es zu wollen, hatte ich ihn für den Posten aufgebaut.

Ich hielt die Augen geschlossen. »Scheiße.«

Mein Stuhl wurde herumgedreht. Alarmiert riss ich die Augen auf und sah Tola vor Wut zittern. »Aly, du gehst jetzt da rein und redest mit Felix, weil das ein beschissener Witz ist. Er hatte dir die Stelle so gut wie versprochen.«

Ich sah zu dem Pulk, der Matthew umringte, dann flüsterte ich: »Was soll ich denn machen? Ihn anschreien: ›Aber du hast doch gesagt …?!‹ Damit wirke ich nur unprofessionell. Wenn die Matthew auf dem Posten wollen, können sie ihm den geben. Das ist deren Entscheidung.«

»Aly, du hast die Stellenbeschreibung geschrieben«, sagte Tola langsam und beugte sich dabei zu mir, damit ich ihrem Blick nicht ausweichen konnte. »Wenn es einen passenden Moment gibt, um auszurasten, dann jetzt.«

»Wer hat schließlich das Teddy-Bell-Fiasko aus der Welt geschafft?«, fragte Eric. »Na, komm, Aly, lass dir Eier wachsen.«

Tola schnaubte. »Ich stimme dir in der Sache zu, aber nicht in der Wortwahl.«

Ich holte tief Luft, schlug lächelnd einen ruhigen Ton an. »Hört zu, Leute, es ist –«

In dem Moment fing ich quer durch den Raum Felix' Blick auf. Ich hätte nicht sagen können, ob er mich ängstlich, verlegen oder hämisch ansah, doch plötzlich war ich so wütend wie noch nie in meinem Leben.

»Wenn du sagst, das ist okay …«, begann Tola.

»Nein, wisst ihr was? Es ist nicht okay.« Ich stand auf, um zu Felix' Büro zu gehen. »Es ist überhaupt nicht okay.«

»Ja!« Eric stieß die Faust in die Luft. »Aly kämpft mal für sich anstatt für andere! Sieg!«

»Geh und reiß ihm den Arsch auf, Süße.« Tola nickte ermutigend, nahm meinen Lippenstift vom Schreibtisch und warf ihn mir zu. Orangerot. Damit war ich zu allem bereit.

Ich schloss ihn in die Faust. Vor der spiegelnden Fensterscheibe von Felix' Büro zog ich mir die Lippen nach.

Mach ihm die Hölle heiß, sagte ich meinem Spiegelbild.

Ohne anzuklopfen, ging ich rein, und Felix hob die Hände. Er stand hinter seinem Schreibtisch und sah schon erschöpft aus. »Komm, Aly, fang jetzt nicht so an.«

Bebend vor Wut schloss ich die Tür hinter mir und blieb dort stehen, die Hände locker vor mir verschränkt. »Ich dachte, das ist der beste Moment für einen kleinen Austausch.«

»Ich muss mich für meine Personalentscheidungen nicht vor dir rechtfertigen. Ich bin dein Vorgesetzter.«

Ich runzelte überrascht die Stirn und neigte den Kopf zur Seite. Er hatte sich immer als mein Mentor bezeichnet. Er war mein größter Förderer gewesen. Er hatte immer Gelegenheiten für mich gefunden, meinen Wert zu beweisen, zu zeigen, dass ich …

»War ich jemals im Rennen für die Stelle?«, fragte ich ruhig. »Oder wolltest du damit nur erreichen, dass ich mehr arbeite, motiviert bleibe, den Murks der anderen beseitige?«

»Oh, okay, also habe ich dich reingelegt, damit du deine Arbeit machst? Krieg dich ein, Alyssa.« Er stützte sich leicht vorgebeugt auf den Schreibtisch, als wollte er mich damit einschüchtern. »Willst du jetzt etwa emotional werden und mir vorjammern, du wurdest unfair behandelt? Das werde ich mir nicht anhören.«

»Matthew ist erst seit einem Jahr hier«, erwiderte ich ruhig. »Ich will nur wissen, womit er dich derart beeindruckt hat, obwohl er sich in der Branche noch nicht gut auskennt. Und es würde mich interessieren, wann das Bewerbungsgespräch stattgefunden hat, denn ich wurde nicht dazu eingeladen.«

»Betrachte es als seine persönliche Förderung, als Posten, der auf Matthews Stärken zugeschnitten wurde.«

»Die Stellenbeschreibung stammt von mir, und sie basiert auf den Bedürfnissen der Firma«, erwiderte ich scharf.

»Siehst du, das meine ich.« Er zeigte auf mich. »Du wirst hysterisch!«

Ich stutzte. »Hysterisch? Ich stelle eine Frage.«

»Du denkst nicht klar. Denn andernfalls wärst du jetzt nicht hier und würdest deinen Boss infrage stellen.«

Ich atmete dezent durch und senkte die Stimme, um es ruhiger anzugehen. Ich wollte nicht schreien oder zetern, ich war bloß wütend. Felix hatte mal einen Briefbeschwerer an die Wand geschleudert, als er einen Kunden verlor. Aber das war irgendwie nicht hysterisch?

»Felix«, begann ich lächelnd und sachlich. »Du warst jahrelang mein Mentor. Du hast gesagt, ich sei im Rennen. Ich habe nur auf ein Feedback gehofft, damit ich weiß, wo ich mich verbessern sollte.«

Felix sah mich prüfend an, suchte nach Wut, nach drohenden Emotionen, schaute, ob ich die Fäuste ballte oder die Zähne zusammenbiss. Ich würde ihm keinen Anlass geben, die Hysteriekarte noch einmal auszuspielen. Heute nicht mehr.

Er ließ sich auf seinen Sessel fallen und wirkte erleichtert. Dann schlug er wieder den freundlichen, ermutigenden Ton an, den ich von ihm in den letzten paar Monaten zu hören bekommen hatte. Er wollte mich wieder auf seine Seite ziehen. »Du musst aufhören, Dinge persönlich zu nehmen.«

Meine Wut kochte hoch, aber ich nickte und setzte mich. »Also, wie hat Matthew mich ausgestochen? Ich muss wissen, woran ich arbeiten muss.«

»Na ja, er ist ungeheuer liebenswürdig, Aly. Du weißt, wie er ist. Wir brauchen jemanden auf der Stelle, den die anderen respektieren, zu dem sie aufblicken. Und der Big Boss kennt Matthew, sieht sein Potenzial. Sie haben einen guten Draht zueinander, und er hat ihn vorgeschlagen, weil er für die Aufgabe passt.«

»Oh, wow, okay. Woher kennt er Matthew?« Ich wahrte ein neutrales Gesicht, einen unbekümmerten, freundlichen Plauderton. Im Stillen flehte ich ihn an zu sagen: *Er hat ihn bei der Arbeit im Umgang mit den Kollegen gesehen und war beeindruckt.* Das wäre ärgerlich, aber damit könnte ich leben.

»Tja, ähm.« Er zupfte an seinem Schnurrbart. »Matthew ist sein Patensohn. Er wollte ihm helfen, beruflich seinen Weg zu finden. Und Matthew spricht nur in den höchsten Tönen von dir, Aly, daher meine ich, mit diesem Neid machst du keinen guten Eindruck. Der wirkt gehässig, weißt du?«

Mir sank das Kinn herab. Lebte ich in einem Paralleluniversum?

»Und die Arbeit, die er für die Digital Photography Conference erledigt hat, war exzellent – das hat die Markenbekanntheit um sechsundzwanzig Prozent gesteigert.« Er zuckte mit den Schultern. »Du musst zugeben, das ist beeindruckend.«

Ich sah ihn groß an. »Natürlich finde ich das beeindruckend – das war schließlich meine Kampagne.«

Sein Blick wurde beinahe mitleidig. »Tu das nicht, Mädchen, das ist peinlich.«

Ich neigte mich nach vorn. »Du willst mir weismachen, du könntest nicht erkennen, dass diese Arbeit von mir stammt? Du könntest nicht erkennen, dass das meine Idee war? Derselbe Rahmen wie bei der Kampagne, die ich vor vier Jahren für mein erstes Soloprojekt entworfen habe? Achtest du überhaupt auf deine Mitarbeiter, Felix?«

»Wenn du Matthew vorwirfst, alles bei dir abgeguckt zu heben –«

»Nein, tue ich nicht. Ich habe ihm geholfen.«

»Gut …«, begann er.

»Ich werfe dir vor, nicht zu sehen, was sich vor deiner Nase abspielt.«

»Das ist unter deinem Niveau, und ehrlich gesagt habe ich für solchen Unsinn keine Zeit«, schnauzte er. »Wenn du nächstes Mal eine bessere Chance haben willst, dann sag ich dir was: Es geht nicht nur um die Arbeit auf dem Papier. Du musst auch hier sein.«

»Ich bin hier, ich bin immer hier!«, schrie ich. »Seit Jahren habe ich kein Privatleben, weil sich mein Leben hier abspielt. Ich bin es, die freitags länger arbeitet, die mit den Kollegen nicht in den Pub geht, weil sie die Arbeiten der anderen durchsieht!«

»Früher mal, sicher«, räumte er ein. »Aber in den letzten Monaten? Vor allem in den letzten Wochen hast du ständig Tage freigenommen, ständig mit deinen Freunden gequatscht, bist immer um Punkt fünf gegangen. Ich weiß nicht, ob du vielleicht gerade eine eigene Agentur gründest …«

»Nein!«

»… oder was los ist, aber dein Fokus lag nicht hier, Aly, eindeutig nicht.« Er breitete die Hände aus, als wartete er auf meine Verteidigung, aber ich konnte nichts vorbringen. Es stimmte.

Wegen Fixer Upper hatte ich den Ball aus den Augen verloren. Ich machte mir so viele Gedanken wegen Dylans Karriere, dass ich meine eigene nicht mehr im Blick gehabt hatte.

Ich hatte weggeworfen, worauf ich jahrelang hingearbeitet hatte.

Ich wusste nicht, auf wen ich wütender war: auf Dylan oder meine Eltern oder Tola oder mich selbst. Doch, definitiv auf mich selbst. Tja, das war's dann. Eine leise Stimme in mir sagte: *Wenigstens ist es nicht Hunter.*

Ich sah Felix an, machte emotional dicht, bot ihm eine glatte Fläche ohne Angriffspunkte. Keinerlei Regung, keine Freundlichkeit, keine Ausflüchte.

»Danke für dein Feedback.«

Ohne auf eine Reaktion zu warten, stand ich auf und ging ins Großraumbüro zurück. Unterwegs setzte ich ein kleines Lächeln auf, hinter dem ich alles andere versteckte. Ich setzte mich an meinen Schreibtisch und konzentrierte mich auf den Bildschirm, als ich plötzlich Tola und Eric neben mir bemerkte.

»Ich kann das jetzt nicht«, raunte ich mit zusammengebissenen Zähnen, ohne aufzusehen. »Felix guckt zu, und wenn ich die geringste Schwäche erkennen lasse, bin ich erledigt.« *Außerdem bin ich sauer auf euch. Das wäre alles nicht passiert, wenn ihr mich nicht abgelenkt hättet.*

»Oh Aly«, begann Eric, aber ich stoppte ihn.

»Bitte komm mir nicht freundlich, das kann ich jetzt nicht ertragen.«

»Okay.« Tola lenkte ein. »Aber gehen wir nach der Arbeit was trinken?«

Ich nickte nur und sah weiter auf den Bildschirm, bis sie gegangen waren. Kurz darauf klingelte mein Handy. Meine Mutter. Das konnte ich jetzt erst recht nicht ertragen. Ich leitete sie an die Mailbox weiter. Aber sie rief erneut an. Als es zum dritten Mal klingelte, meldete ich mich in harschem Ton. »Tut mir leid, aber das ist jetzt kein guter Zeitpunkt.«

»Warum gehst du dann überhaupt ran?«, fragte eine männliche Stimme. Ich schaute geschockt aufs Display. Dylan.

»Hallo, entschuldige, ich dachte, du wärst meine Mutter.«

»Dafür ist meine Wassermelonen-Margarita nicht gut genug und mein Karaoketalent zu erbärmlich«, sagte er gut gelaunt, und ich fragte mich, ob ihm klar war, wie viel er sich anmerken ließ, oder ob er das große Leugnen aufgegeben hatte. »Jedenfalls wollte ich nur hören, ob es dabei bleibt, dass wir heute Abend die Präsentation durchgehen.«

Ich schloss die Augen. »Oh, Mist …«

»Du hast es vergessen? Du vergisst nie irgendwas.«

»Ich bin …« Ich holte zitternd Luft. »Ich hab einen miesen Tag.«

Ich wusste nicht, was ich von unserem neuen Frieden erwartete, doch er sagte: »Das tut mir leid. Wie wär's, wenn wir das auf morgen verschieben?«

Noch mehr Zeit, die ich nicht in meinen Job investierte. Gott, wie dumm ich war.

»Hallo? Aly?«

»Entschuldige.« Ich schüttelte den Kopf. »Ja, morgen klingt gut. Danke. Entschuldige das Durcheinander.«

»Ist … Bist du sicher, dass alles okay ist?«

»Klar, könnte nicht besser sein! Hab nur irre viel zu tun!«, flötete ich und schaute an die Decke, weil Tränen in mir aufstiegen. »Ich schreib dir wegen der Uhrzeit.«

Ich legte auf und kam mir vor wie ein schlechter Mensch. Jetzt vergaß ich schon Kundentermine? Und er hatte tatsächlich besorgt geklungen. Zu anderer Zeit wäre es ganz natürlich gewesen, mich von ihm ablenken zu lassen. *Erzähl mir etwas Wahres, Dyl. Erzähl mir etwas Neues. Erzähl mir etwas Wunderbares.*

Allmählich fing ich an zu glauben, dass die Wahrheit mehr Probleme machte, als sie wert war.

Ich hatte keine Lust, mich nach der Arbeit im Pub trösten zu lassen. Ich wollte nicht zugeben, dass es mich ärgerte, welchen Einfluss Fixer Upper auf mein Leben hatte. Ich wollte Eric und Tola keine Schuld daran geben, aber insgeheim tat ich das.

»Du hast dir Urlaub genommen! Du darfst dir Urlaub nehmen!«, rief Tola aufgebracht und bestellte noch eine Runde. »Das ist Wahnsinn, Aly. Du darfst ein Privatleben haben.«

Damit klang sie so sehr nach meiner Mutter: *Wann willst du dich verlieben? Wann willst du dich jemandem ausliefern und dich von ihm kaputtmachen lassen? Das ist romantisch, all der Liebeskummer, das kann ich dir versichern!*

In diesem Moment vermisste ich meine Großeltern. Allem Anschein nach hatten sie den Bogen rausgehabt. Sie hatten ihren Halt im Leben und ihre Liebe und Familie gehabt. Arbeit war nie ihr Lebenssinn gewesen. Sie wollten vor allem zufrieden sein, lachen, gut essen und sich glückliche Momente schaffen. Meine Großmutter sang, wenn sie Weinblätter füllte, mein Großvater pflückte Orangen vom Baum und presste sich den Saft in ein Glas, um nach jedem Schluck laut »Aah« zu sagen. Ihr Leben mochte unbedeutend gewesen sein, aber sie hatte gewusst, was sie daran hatten, und sich an den Kleinigkeiten erfreut.

Mir schien, dass sie sich nie mit anderen verglichen hatten. Anscheinend entwickelten manche Leute diese entspannte Haltung, und andere bekamen dasselbe wie meine Mutter: epische Vernichtung.

Sie rief noch mal an, als ich an der Bar stand, und es ärgerte sie eindeutig, dass ich mal nicht verfügbar war. Schließlich ging ich ran, als die anderen neue Getränke holten. Benebelt stand ich draußen in der Raucherzone und fragte mich, wie ich am nächsten Tag funktionieren sollte. Und ob mich das überhaupt interessierte.

»Mama! Ich bin mit Kollegen einen trinken!«

»Ach so, ich brauche dich, und du betrinkst dich?«

Ein panischer Schreck schoss mir durch den Körper, und ich dachte, ich müsse mich übergeben. »Was ist los? Was ist passiert?«

»Dein Vater fragt mich ständig nach dem Geld, und ich weiß nicht, was ich ihm sagen soll! Er fährt nächste Woche mit seiner Familie in den Urlaub, darum braucht er einen zeitlichen Rahmen …«

Siehst du nicht, was er mir antut?, wollte ich schreien. *Ist dir das egal? Das ist keine Liebe!*

»Tja, es tut mir sehr leid, dass ich nicht wusste, wann seine älteste Tochter ihre Lebensersparnisse ausspucken soll und dass das seine Urlaubspläne stört. Wie schrecklich für ihn!«

»Alyssa! Du solltest mich unterstützen!«

»Und wer unterstützt mich, Mama?« Ich legte auf, bevor sie antworten konnte, so wütend war ich. Für den Rest des Abends schaltete ich mein Handy aus, war nicht bereit, mir anzuhören, was sie zu sagen hatte. Mir war klar, dass ich morgen dafür büßen würde. Sie wäre gekränkt durch meinen Ton, und ich würde mich entschuldigen, und dann würden wir weitermachen wie vorher. Der Kreislauf würde von vorn beginnen.

Gegen halb zehn wurde Eric hibbelig und beschloss aufzubrechen. Tola wackelte mit den Brauen, und wir neckten ihn, doch er sah uns nur böse an, prüfte seine Frisur in dem Spiegel hinter uns und ging. Ah, Ben. Ich beschloss, auch nach Hause zu fahren. Dieser Tag sollte keinen Moment länger dauern als nötig.

»Kommt nicht infrage! Wir konnten uns schon ewig nicht mehr zu zweit amüsieren!«, rief Tola aus und hielt meinen Arm fest, aber ich schüttelte den Kopf.

»Zieh noch mit deinen Freunden los. Morgen müssen wir mit Dylan über alles reden. Ich … ich habe kein gutes Gefühl dabei.«

Sie neigte den Kopf zur Seite. »Wir können jederzeit die Reißleine ziehen, wenn es dich unglücklich macht …«

»Aber du hast gesagt, das würde unseren Ruf ruinieren!«

Sie lächelte mich an, als wäre ich die albernste Person von allen. »Was bedeutet schon unser Ruf, wenn du dadurch unglücklich wirst? Du bist so seltsam, Aly, ehrlich. Sieh zu, dass du heute Nacht gut schläfst, und morgen bringen wir die Welt in Ordnung.«

Während ich auf den Bus wartete, wurde mir klar, dass wir nicht die Reißleine ziehen durften – ich brauchte das Geld. Und ich hatte das meinen Freunden noch nicht erklärt. Und damit hatte ich ein weiteres Problem geschaffen. Alles war so viel einfacher gewesen, als ich noch einsam und zurückhaltend gewesen war und nur meine Arbeit gehabt hatte. Als ich noch Männer gedatet hatte, die sich meine Energie zunutze machten und mich dann verließen, weil sie mit mir keinen Spaß haben konnten.

Keiner will einen Drill Sergeant als Freundin, Aly.

Warum musst du mich ständig belehren?

Hör auf zu meckern.

Ich trauerte der Zeit nach, als mein großes Geheimnis nur darin bestand, allein in Restaurants zu gehen, und nicht darin, einen Haufen Geld dafür zu bekommen, dass ich meinen Jugendfreund in einen Vorzeige-High-Society-Typen und erfolgreichen Unternehmer ummodelte.

Ich schaltete mein Handy wieder ein und fand vier Voicemail-Nachrichten von meiner Mutter, die ich mir auf keinen Fall anhören würde, und ein paar Kurznachrichten von Dylan:

Du hast mir wegen der Uhrzeit nicht geschrieben. Geht es dir gut?

Ich schloss kurz die Augen, mein schlechtes Gewissen zog mir den Magen zusammen. *Warum so freundlich? Ich bin dabei, dich zu zerstören! Ich bin eine manipulative Bitch, die es nicht verdient, dass du an unsere Freundschaft anknüpfst. Bleib wenigstens gemein, damit ich mir nicht so schlecht vorkomme!*

Ich rief ihn an, bevor ich mich davon abhalten konnte.

»Aly?« Seine Stimme klang weich und müde. »Alles in Ordnung?«

»Entschuldige«, nuschelte ich verlegen. »Es ist schon spät.«

»Bist du …« Ich konnte praktisch hören, wie sich seine Mundwinkel nach oben bewegten. »Du rufst betrunken einen Kunden an, Alyssa Aresti? Schäm dich.«

»Nein, ich rufe betrunken einen … dich an. Das ist was anderes.«

»Wirklich?«, fragte er plötzlich spielerisch. »Wie interessant.«

»Ich wollte mich nur entschuldigen, weil ich vorhin nicht rangegangen bin. Und weil ich unser Meeting vergessen habe. Und weil ich«, ich sah auf die Uhr und zuckte zusammen, »um zehn Uhr betrunken bei dir anrufe. Verdammt.«

Er lachte. »Das ist ein sehr unalyhaftes Benehmen. Was ist los? Geht die Welt unter?«

»Mein Mentee wurde an meiner Stelle befördert.«

»Nicht der, der Bells Frau gebumst hat?«

Ich lachte. »Nur angebaggert, und Gott sei Dank nicht. Ein anderer inkompetenter Mann. Aber er ist der Patensohn vom Big Boss. Wünschte, ich hätte das vorher gewusst.«

»Für solchen Bürokram sollte es ein Handbuch geben.« Dylan schwieg für einen Moment. »Aber das tut mir leid. Es klang, als hättest du sehr lange darauf hingearbeitet.«

»Eine Riesenzeitverschwendung. Aber wie auch immer, sorry noch mal. Willst du für morgen eine neue Uhrzeit ausmachen? Störe ich gerade? Nicki und du habt wahrscheinlich wenig Freizeit zusammen und –«

»Ich bin bei mir zu Hause«, sagte er und blieb dann so lange still, dass es mich beunruhigte.

»Ist alles in Ordnung?« Fragte ich das aus eigennützigem oder in seinem Interesse? Ich wusste es nicht.

»Klar … es ist … okay.«

»Ach komm, das kannst du besser.« Ich klang, als ob es mir gar nichts ausmachte. »Ich habe eine lange, langweilige Busfahrt vor mir und brauche etwas, um mich von meinem eigenen Mist abzulenken.«

Kurz schwieg er, dann …

»Was hältst du von Nicki?«

Das hätte ich nicht erwartet. »Ich?«

»Ja.«

Ich suchte nach Worten. »Äh … tja, sie ist zielstrebig und arbeitet hart, und sie sagt, was sie will – ich finde es bewundernswert, wenn Frauen so sind. Sie hat sich aus eigener Kraft zu einer Marke aufgebaut, was wirklich beeindruckend ist. Ich teile ihren Schuhgeschmack, aber ihre Cocktails finde ich widerlich.«

»Oh, der Cocktail-Spleen nervt mich.« Dylan lachte. »Das muss man dem Barkeeper überlassen, um Himmels willen!«

»Warum fragst du das, Dylan? Ist etwas vorgefallen?«

»Nein«, sagte er leise und federleicht. »Nur so eine dämliche Sache. Sie hasst es, wenn ich die ganze Zeit den Christophorus-Anhänger trage. Meint, das passt nicht zu meinen Outfits. Daraufhin wurde ich ärgerlich. Es ist albern.«

Seine Mutter hatte ihm die Halskette damals geschenkt. Soweit ich wusste, hatte er die Kette seit ihrem Tod nicht mehr abgelegt. Manche Leute hatten ein todsicheres Gespür für die empfindlichen Stellen ihrer Partner, und wie es aussah, gehörte Nicki dazu. Ich fragte mich, ob ihr klar war, was sie getan hatte, was ihm der Anhänger bedeutete.

Ehe ich etwas sagen konnte, redete er weiter.

»Ich bin anscheinend dabei, mein Leben mit neuen Augen zu sehen. Ich weiß nicht, ob es das ist, was mir vorgeschwebt hat.«

»Aber es ist fantastisch!«, flüsterte ich. Die Straßen, die vor dem Busfenster vorbeizogen, wurden schmaler und schäbiger, je näher ich meiner Haltestelle kam. »Du erschaffst etwas Innovatives, das Menschen helfen wird, und riskierst dafür etwas. Du wirst geliebt von einer Frau, die streng zu sich selbst ist, die in den Augen der Öffentlichkeit leicht angreifbar ist und dich trotzdem bei sich haben will. Dich, Dyl.«

»Ich krieg nur langsam den Eindruck, dass ein anderer dafür besser geeignet wäre.«

»Wofür besser geeignet? Bei Events aufzukreuzen, sich am Buffet zu bedienen und Selfies an Hochglanzmagazine zu verkaufen?«, fragte ich und gluckste.

»Sie zu lieben.«

Nein, sag das nicht. Ich versuche dir zu helfen, euch beiden zu helfen.

Das musste ich wieder hinbiegen.

Ihm beibringen, das als eine holprige Phase zu betrachten. Als Wachstumsschmerzen ihrer Beziehung und nichts anderes.

Im Grunde war es deprimierend: Jetzt im Bus zu sitzen und dieses erschütternde Gespräch zu führen, war noch das Beste, was mir seit Langem passiert war. Ihn lachen zu hören, meinen alten Freund zurückzuhaben auf eine winzige, belanglose Weise.

»Ich denke nur, es ist wirklich leicht, bei einer Frau wie Nicki etwas zu verbocken. Wenn man nicht versteht, warum sie tut, was sie tut«, sagte ich zögernd.

»Und was tut sie?« Er war verärgert, das hörte ich. Er hatte mir eine Tür geöffnet, und ich ignorierte sie.

»Ihre Influencer-Arbeit, die Reality-TV-Serien. Sie ist darauf geschult, eine Rolle zu spielen. Es ist wahrscheinlich schwieriger für sie, authentisch zu sein, ohne Publikum. Nur sie selbst zu sein.«

Er seufzte. »Ich kann sehen, wie sie sich abmüht, aber ich weiß nicht, wie ich helfen soll, außer ihr zu sagen, sie soll das verdammte Handy weglegen und sich einfach den Film ansehen oder ihre Pizza essen. Jeder ihrer Gedanken gilt nur ihrem Publikum. Was die Leute als Nächstes von ihr sehen wollen. Das ist wie die *Truman Show,* aber mit einem Jim Carrey, der von Anfang an Bescheid weiß. Ich befürchte, dass sie irgendwann zusammenbricht. Was sie natürlich der Presse stecken würde, um sich dann einen Buchvertrag zu sichern.«

Ich schnaubte. »Das sähe ihr ähnlich.«

»Ich habe mich sehr bemüht, ihr alles recht zu machen, aber … ich kann es nicht.«

Ich schloss die Augen, lehnte den Kopf an die Fensterscheibe, ließ mich durchrütteln. Darauf gab es keine Antwort. *Das ist nur eine holprige Phase, das wird besser. Gib nicht auf, lass mich helfen.* Er machte sich angreifbar, war ehrlich, und ich nutzte das für meinen nächsten Schachzug. Gott, ich hasste mich. Und dennoch konnte ich das Gespräch nicht beenden. Weil er sich mir wieder anvertraute.

»Ich frage mich, was dich eigentlich ärgert«, begann ich behutsam. »Bist du neidisch auf ihren Erfolg?«

Er dachte darüber nach. »Nein, und ich bin auch nicht eifersüchtig, weil ich sie mit anderen teilen muss. Es ist nur … Es kommt mir vor, als wäre ich in einem Film und bekäme nie das Drehbuch zu sehen.«

»So fühlt sich Erwachsenwerden an, oder?« Ich stellte mir vor, wie er lächelnd an die Decke starrte, während er auf einem zerschlissenen Sofa herumlümmelte, lässig und zufrieden.

»Es ist mehr als das. Es ist, als ob jeder jedem eine Rolle vorspielt. Jeder stellt sich als jemand anderen dar. Setzt einen Filter vor sein Leben. Und wenn ich mit denen zusammen bin, tue ich es am Ende auch. Weißt du, was ich früher gesagt habe, wenn die Leute wissen wollten, was ich beruflich tue? Ich sagte, ich arbeite an einer App.«

»Was wahr ist …«

»Ja. Aber jetzt heißt es auf einmal Start-up, Unternehmer, Tech-Mogul …«

»Beruhige dich. Keiner nennt dich einen Tech-Mogul.« Ich lachte. Der ernste Ton des Gesprächs verlor sich allmählich.

»Doch, Nicki! In einem Interview, weil sie hoffte, dass es hängen bleibt!«, rief er aus. »Danach habe ich angefangen, mich wie einer zu kleiden, mietete die schicke Büroetage und redete, als hätte ich Ahnung. Ich bin zum Polo gegangen, Aly. Kannst du dir mich unter solchen Leuten vorstellen?«

»Nein, aber nur, weil du Angst vor Pferden hast.«

Er lachte und ließ es in Schweigen übergehen. »Ich habe das Gefühl, keiner kennt mich. Keiner weiß, dass ich Angst vor Pferden habe und eine Pilzallergie und noch immer sonntagsmorgens jogge, weil mein Vater mich früher dazu gedrängt hat. Und so wütend mich das macht, ich kann nicht aufhören vorzugeben, jemand zu sein, der ich nicht bin.«

Ich wusste wirklich nicht, was ich sagen sollte, deshalb wartete ich ab.

»Gott, das klang beschissen, oder? Nach Selbstmitleid, weil keiner meine langweilige Lebensgeschichte kennt.«

»Keiner weiß, wie verworren die Beziehung meiner Eltern ist oder dass meine Großeltern immer in ihrer Küche tanzten. Keiner weiß, dass ich Erdbeerschnüre esse, wenn ich traurig bin, oder dass ich Leuten alberne Fragen stelle, weil ich keinem glaube, dass er die Wahrheit sagt.«

»Es wäre schön, das wieder zu haben«, sagte er leise.

Ich dachte, mir würde sich der Magen umdrehen. Denn das wollte ich mehr als alles andere. Meinen Freund, meinen geliebten Freund zurückhaben. Und wieder die Aly sein, die ich früher in seiner Gesellschaft gewesen war, die zu spontanen Abenteuern aufbrach, Risiken einging und nicht dieses graue, lustlose Leben führte. Was hatte ich jetzt außer meinem Ziel, Branding-Chef zu werden? Nur die Arbeit und Fixer Upper.

Das würde nie funktionieren – ich würde ihn nach dem Auftrag nicht behalten dürfen. Ich würde ihn für Nicki ummodeln. Und dann? Nie wieder mit ihm reden? Sollte ich zu ihrer Wintertraumhochzeit gehen und lächeln und so tun, als hätte ich ihn nicht getäuscht?

Verdiente meine Mutter das Geld überhaupt? Sollte ich Dylans und Nickis Beziehung kitten und übertünchen, nur damit meine Eltern ihr katastrophales Hin und Her weitere zehn

Jahre fortsetzen konnten? Wozu denn noch? Das würde niemandem helfen.

»Aly, bist du noch dran?«

Ich setzte ein Lächeln auf, wischte mir die Tränen ab und sagte in ironischem Ton: »Ich fürchte, Mr James, ich muss gleich aus dem Bus aussteigen und die nächsten Stunden zu Hause mit dem Kopf über der Kloschüssel verbringen. Ich verspreche dafür, morgen unglaublich professionell zu sein.«

»Wo bleibt da der Spaß?« Er lachte leise. »Hey, Aly?«

Ich zuckte zusammen. *Bitte, mach es nicht noch schwerer.* »Ja?«

»Du verdienst die Beförderung.«

»Woher willst du das wissen?«

»Weil ich dich kenne.«

Ich legte auf und brach in Tränen aus.

16

Ich stöhnte, als das Telefon klingelte. Keiner sagte einem, wie schlimm ein Kater in den Dreißigern war. Als hätte man die Teenagerjahre und die Zwanziger hindurch geglaubt, dass jeder Film mit verkaterten Hauptfiguren eine Übertreibung ist, die einen vom Trinken abbringen soll. Und plötzlich war man erwachsen und übergab sich in eine Topfpflanze im Büro und spülte sich den Mund mit Lucozade aus.

Wenn ich es heute überhaupt ins Büro schaffte.

Ich öffnete ein Auge und linste aufs Display. Dylan. Um sieben Uhr früh.

Oh Gott, was habe ich gestern Abend gesagt?

»Hallo?«, krächzte ich. »Ist alles okay?«

»Ich rufe an, weil es sich um etwas wirklich Wichtiges handelt«, sagte er ruhig, als hätte ich ihn nicht angetrunken zur Schlafenszeit angerufen.

»Was da wäre …?«

Er holte tief Luft. »Fünf Dinge, Aly«, sagte er, und plötzlich war ich wieder sechzehn. Bei dem Gedanken machte mein Herz einen Sprung, trotz meiner höllischen Kopfschmerzen. Und dann setzte die Realität ein.

»Nein, Dylan. Geht nicht. Ich muss arbeiten. Und du auch!«

»Fünf Dinge, oder sie müssen getan werden. Du kennst die Regeln.«

Ich tastete auf dem Nachttisch nach den Kopfschmerztabletten. »Wenn ich heute nicht im Büro erscheine, denken alle, ich lebe einen Wutanfall wegen Matthews Beförderung aus.«

»Und?«

»Und das ist unprofessionell. Und du hast in zwei Wochen die wichtigste Präsentation deines Lebens. Du musst vorbereitet sein.«

Es wurde still, und dann hörte ich ihn summen. »Berechtigtes Argument. Ich bin neuerdings ein ziemlich guter Multitasker. Was, wenn ich verspreche, dass bei unserem Abenteuer die Arbeit nicht zu kurz kommt?«

»Dylan«, sagte ich mahnend.

»Alyssa.« Er äffte spöttisch meinen Ton nach. »Das ist eine einfache Frage. Kannst du mir fünf wunderbare Dinge nennen, auf die du dich heute freust?«

»Ich könnte nicht mal eins nennen.« Ich seufzte resigniert. »Nicht mal ein halbes.«

»Das dachte ich mir. Melde dich krank. Wir treffen uns um elf im St. Pancras.« Er war im Begriff aufzulegen, und ich stoppte ihn, plötzlich verzweifelt.

»Dylan!«

»Ja?«

Ich zögerte, wusste nicht, was ich eigentlich sagen wollte. »Warum?«

»Weil du unglücklich bist. Und es ist sehr wichtig, dass du glücklich bist.«

Er legte auf, und ich schloss die Augen, unsicher, ob ich mich freuen oder Angst haben sollte.

St. Pancras war mir von allen Londoner Bahnhöfen der liebste, weil er so viel zu bieten hatte. Da wäre zum Beispiel der Eurostar, die Austernbar, der dunkle Eingang des Renaissance Hotels, der versteckt in der hinteren Ecke liegt, als ob sich rings um die Pendler und Ausflügler eine geheime Geschichte entwickelt.

Ich saß bei einem Kaffee und gab vor, ein Buch zu lesen, aber eigentlich beobachtete ich Leute. Wie sie sich mit Umarmungen begrüßten, Gepäckstücken auswichen, zu ihrem Ziel eilten. Verirrte Touristen, streitende Pärchen. In den Menschenscharen im St. Pancras gab es alles Mögliche zu sehen.

Dylan erschien mit einer Sonnenbrille im Haar und zwei Bechern Kaffee. Er schaute auf meinen Tisch, auf meine Tasse und seufzte. »Verdammt.«

Ich streckte die Hand aus. »Gib her. So was wie zu viel Kaffee gibt es heute nicht.«

»Eigentlich habe ich nicht geglaubt, dass du kommst.« Er gab mir den zweiten Kaffee. »Dachte, dir ist zu wichtig, was die Leute im Büro denken.«

Ist es auch. Aber diese Chance kann ich mir nicht entgehen lassen.

Für Tola und Eric tat ich es natürlich wegen des Fixer-Upper-Auftrags. Das hier war die Gelegenheit, Dylan aus dem Abseits zu holen, ihn in Nickis Arme zu schubsen, ihre Paarprobleme zu lösen. Doch insgeheim wusste ich, dass das gelogen war.

Dylan sah mich an, und sein Schmunzeln löste bei mir Panik aus.

»Hast du … heute Morgen mit Eric gesprochen?«, fragte er.

Ich runzelte die Stirn. »Warum sollte ich …?« Er grinste und wackelte mit den Brauen. »Mach den Mund zu! Es war Ben, mit dem er sich gestern Abend noch getroffen hat. Wieder!«

Er hob die Hände, als hätte er versprochen, nichts zu sagen, und wir grinsten uns bloß an.

»Wenn sich das zu einer epochalen Romanze entwickelt wie in den alten Filmen, auf die Ben steht, werden wir beide vielleicht wieder mehr miteinander zu tun haben.« Er schaute zur Anzeigetafel hoch, wo die Züge angekündigt wurden. Darüber war ich froh, denn in dem Moment war mir meine Panik sicher anzusehen. Leute belügen, die man nie wieder sieht, Fremde auf der Straße? Sicher, danach macht man mit seinem Leben weiter. Aber … von dieser Lüge gab es kein Zurück ins normale Leben. Sie war zu einschneidend. Und jetzt war vielleicht auch Erics Glück gefährdet. Wie lange würde er Ben über Dylan und mich belügen?

»Na ja, lieber keine vorschnellen Überlegungen. Das könnte auch bloß ein Fall heilbarer Begierde sein«, sagte ich lebhaft, und Dylan fuhr zu mir herum und legte den Kopf schräg wie ein verwirrter Hund.

»Ben hat vier Jahre gebraucht, um die perfekte Jeans zu finden. Und als er sie hatte, hat er zwanzig Stück davon gekauft, in verschiedenen Weiten und allen Farben. Er wartet, bis er gefunden hat, was er will, und dann bleibt er dabei.«

»Ist das nicht … ein bisschen krampfhaft?«

»Eigentlich bewundere ich ihn dafür. Es mag aussehen, als wäre er sehr eigen, aber er trifft äußerst zweckmäßige Entscheidungen. Er ist Analyst, er wägt das Für und Wider ab, wartet, bis er weiß, worauf er sich einlässt, und dann stürzt er sich voll und ganz hinein.« Er lächelte, offensichtlich stolz auf seinen Freund. »Das ist ein guter Wesenszug. Aber wenn Eric es nicht …«

»Nicht was?« Ich merkte, dass ich in die Verteidigungshaltung ging.

»Nicht ernst meint …« Dylan hielt inne. »Dann sagt er es ihm besser gleich.«

Ich dachte an jenen ersten Abend, an dem ich mich mit Eric angefreundet hatte und er in sein Bier schluchzte, wie sehr er allen wehtun würde, wenn er ihnen die Wahrheit gestehen würde. Ich erinnerte mich an seine ersten Dates und das freche Grinsen und die schlüpfrigen Witze, weil er verschiedene Rollen und Situationen für sich ausprobierte und darauf wartete, dass eine passte. Und ich erinnerte mich an seine müden Augen am Ende der Pubabende, wenn er meinen Arm nahm und erklärte, wie leid er es war, immer wieder nach dem Richtigen Ausschau zu halten.

»Er meint es ernst. Aber … er hatte noch keine ernste Beziehung«, sagte ich und fragte mich, ob ich zu viel erzählte und damit meinen Freund verriet.

»Dann müsste eigentlich alles in Ordnung sein.« Dylan zuckte mit den Schultern und trank von seinem Kaffee. »Außer Helena kann Eric nicht leiden. Dann ist er erledigt.«

Ich runzelte die Stirn. Hatte Ben beim Essen mal eine Helena erwähnt? Eine Schwester? Eine beste Freundin?

»Sein Beagle. Helena Bonham Barker. Sie ist die Herrin im Haus.« Dylan grinste und schaute noch mal nach den Zügen.

»Hört sich ganz so an.« Ich lachte und glitt von meinem Barhocker, um ihm zu folgen. »Wohin fahren wir?«

Ein zweckloser Versuch. Er würde es mir nicht verraten.

»Echt jetzt, Aresti?«

»Aber du hast versprochen, dass wir auch arbeiten.« Ich hörte mich reden und seufzte. Einmal Streber, immer Streber.

»Manches ändert sich nie.«

Geh mir aus dem Kopf, Dylan.

Am Zugang zum Bahnsteig gab er mir mein Ticket und befahl mir, nicht draufzugucken. Ich wischte damit durch die Schranke und gab es ihm zurück, genauso überrascht wie er, weil ich einfach gehorcht hatte.

Wir machten es uns im leeren Abteil bequem, an einem Platz mit Tisch, wo wir uns einander gegenübersetzten.

»Während der Fahrt können wir an der Präsentation arbeiten«, erklärte Dylan.

»Und wenn wir ausgestiegen sind?«

»Dann kommt das Abenteuer. Das sind die Regeln.«

»Okay«, sagte ich. »An die Arbeit.«

Wir schafften es tatsächlich – drei volle Stunden lang arbeiteten wir und übten den Pitch, verbesserten die Präsentation, recherchierten den Investor. Es gab keinen Streit, keine bissigen Bemerkungen, keine verschlüsselten Anspielungen. Keiner erwähnte Nicki. Ich vergaß mein mulmiges Gefühl, meine Gewissensbisse. Wir machten Fortschritte.

Und als wir aus dem Zug stiegen, roch ich das Meer.

Wir gingen eine abschüssige Straße entlang, und plötzlich erschien es vor uns wie aus dem Nichts, versprach Hoffnung und Sommerfreuden. Ich lächelte und merkte, dass Dylan mich ansah. »Was?«

»Das erste von fünf Dingen, nichts weiter.« Er lächelte, dann rannte er los. »Wer als Erster da ist!«

Ich jagte hinterher, wich Leuten aus und sprang vom Bordstein, fühlte mich beschwingt, obwohl ich mir vorhielt, wie albern das war. Natürlich war er der Sieger.

»Vielleicht sollte ich auch mal sonntagmorgens joggen gehen«, japste ich, und er schüttelte den Kopf.

»Okay. Was jetzt?«

Dylan schaute sich um, als gehörte ihm die Gegend und als suchte er nach etwas Bestimmtem. Wirklich, ich war mir sicher, er wartete nur darauf, dass sich die nächste Gelegenheit von selbst auftat. Und das tat sie, als er plötzlich auf die Spielhalle zeigte.

Es mochte albern klingen, drei Stunden mit dem Zug zu fahren, um dann zwanzig Pfund für Automatenspiele auszugeben.

Doch es reichte, aus London raus zu sein, und ich fühlte mich von mir selbst befreit. Die perfektionistische, ehrgeizige Fixer-Upper-Workaholic-Aly hatte ich im St. Pancras zurückgelassen.

»Und jetzt?«, fragte ich mit strahlenden Augen.

»Schick essen gehen!« Dylan machte ein so selbstzufriedenes Gesicht, dass ich lachen musste.

»Oh, bitte, nichts Schickes. Es gibt so viel Schick in deinem Leben. Können wir nicht einfach Pommes mit viel Essig futtern?«

»Und dabei kein einziges Selfie machen?«, ergänzte er. »Klingt gut.«

Oh nein, ich tat das Gegenteil von dem, was ich sollte. Ich sollte ihm doch das schicke Leben schmackhaft machen.

»Warte, nein, wir können ruhig schick essen gehen!« Ich hob die Hände. »Das ist schließlich auch dein Tag.«

»Absolut nicht.« Er lachte. »Heute tun wir, was du willst.«

»Und wann tun wir, was du willst?«

»Wahrscheinlich, wenn wir mutig und betrunken und bereit sind, ehrlich zu sein.« Er sah mich herausfordernd an.

Ich schüttelte einfach den Kopf. Wusste nicht, was das heißen sollte, und wollte es lieber nicht so genau wissen.

»Du warst früher nie so stur«, sagte er im Plauderton. Die Hände in den Hosentaschen, als hätte er keine Sorgen, schaute er in die Seitenstraßen.

Es war wie eine Reise in die Vergangenheit. Das hätte eines der Wochenenden sein können, die wir als Teenager gemeinsam verbracht hatten, unterwegs bei einem von Dylans Abenteuern – Musikfestivals, Küstenstädtchen, Busfahrten in die Pampa, um von dort irgendwie nach Hause zu finden. Während er trotz allem gelassen war, mit den Händen in den Taschen herumflanierte, als wäre Glücklichsein das Leichteste auf der Welt.

»Also, das ist nicht wahr«, widersprach ich.

Mein Handy summte.

»Hi, Nicki«, sagte ich und sah Dylan den Kopf schütteln. »Wie geht's denn?«

»Also ehrlich gesagt ein bisschen katastrophal, Darling. Weißt du, wo Dylan ist?«

»Dylan?«, wiederholte ich und sah ihn noch energischer den Kopf schütteln. »Nein, keine Ahnung. Wieso?«

Er kratzte sich am Hinterkopf und starrte auf den Boden. Schuldbewusst.

»Nun ja, wir haben gestern über die Zukunft gesprochen, und ich glaube … ich glaube, ich habe ihn verschreckt. Habe ihn wohl zu sehr gedrängt, und jetzt ist er verschwunden und ruft mich nicht zurück. Und wenn er bei der Präsentation nicht angemessen auftritt, tja, das ist einer von Daddys Kontakten, und das würde nicht gut aussehen …«

»Ich glaube wirklich nicht, dass du dir Sorgen machen musst«, sagte ich freundlich, um beruhigend auf sie einzuwirken. »Wahrscheinlich verschafft er sich etwas Ruhe, um sich in die Sache zu vertiefen.«

»Wir haben übers Heiraten gesprochen. Ich dachte, er würde mit mir übereinstimmen, und wieso auch nicht?«

»Ich … äh …«

»Ich brauche diese Hochzeit, Aly.« Da war eine gewisse Verzweiflung herauszuhören. »Ich brauche ihn. Er ist das einzig Wahre in meinem Leben.«

Jetzt tat mir jeder von uns dreien leid.

»Bitte mach dir keine Sorgen. Falls sich Dylan bei mir meldet, sage ich ihm, dass du ihn erreichen wolltest.«

»Okay, du hast recht. Immer positiv denken. Ich werde ein bisschen meditieren.« Sie holte tief Luft und war im nächsten

Moment wieder die quirlige Person mit der mädchenhaften Stimme. »Bis dann!«

Als ich vom Handy aufblickte, lächelte Dylan, als hoffte er, dass ich nicht nachhakte. »Also, wie war das mit Fish and Chips? … Der Pub da drüben sieht vielversprechend aus!«

»Dylan.«

Er ignorierte mich, und ich lief automatisch hinter ihm her.

»Dylan! Warum versteckst du dich vor deiner Freundin?«

»Wieso ruft sie dich an, um herauszufinden, wo ich bin?« Er hielt mir die Tür auf und bedeutete mir vorzugehen. Diese Unterhaltung würden wir nur führen können, wenn er vor einem großen Teller Essen und einem Bier in einer Pubnische saß. Gut, wir würden es auf seine Art tun.

»Ähm, weil sie mein Honorar zahlt?« Ich wählte einen Tisch aus und ließ mich auf den Stuhl plumpsen, während er stehen blieb.

»Klar, natürlich, und jetzt gehörst du ihr.«

Ich verdrehte die Augen. »Also sind wir wieder bei dieser lustigen Art der Interaktion? Toll, ich hatte die spitzen Bemerkungen und bösen Blicke schon vermisst.«

»Ich hol uns was zu trinken und die Speisekarte.«

Dann war er erst mal weg, unterhielt sich mit dem Barkeeper, fragte ihn über die Biersorten aus und lächelte zu mir herüber, als wüsste er, wie sehr er mich ärgerte.

Ich hatte mich in diese Klemme gebracht und sollte mich auch selbst daraus befreien. Ich versuchte, die Situation zu betrachten wie einen Fixer-Upper-Auftrag, und blendete dazu die alte Geschichte mit Dylan aus.

Sosehr sie in bestimmten Dingen differierten, hatten sie doch das Potenzial zum Powerpaar. Sie ergänzten sich perfekt. Er brachte sie dazu, sich zu entspannen und Pizza zu essen, sie versorgte ihn durch ihren Vater mit Geschäftskontakten und bezahlte mich, um ihn zu optimieren. Okay, schlechtes Beispiel, aber … sie waren zwei schöne, unsichere Menschen, die ein Miteinander entwickelten, sie mussten dabei nur lernen, ihre Bedürfnisse zu kommunizieren.

Das Problem war natürlich das Timing. Dylan durfte sich nicht mehr wie ein Schauspieler ohne Skript vorkommen und sollte erkennen lernen, wann Nicki offline war. Er musste wissen, wann sie sie selbst war. Und Nicki musste stets bedenken, dass ihr Freund ein echter Mensch mit einer eigenen Persönlichkeit und Bedürfnissen war und dass die Ereignisse des Privatlebens nicht einfach nur zur Vermarktung da waren.

Okay, Kommunikation, Empathie, Besänftigung. Das würde ich hinkriegen.

Endlich kam er zurück und stellte zwei Gläser Bier auf den Tisch.

»Danke. Speisekarte?«

»Ich hab einfach Fish and Chips bestellt. Das wolltest du doch, oder?« Er zuckte mit den Schultern, trank einen Schluck und schaute durch den Pub.

»Dylan, was ist los? Nicki hat gesagt, sie wollte mit dir über eure Zukunft reden und du bist abgehauen?«

»Wieso interessiert dich das?!«, fragte er aufgebracht. »Du sollst meiner angeschlagenen Karriere auf die Beine helfen, nicht wahr?«

»Ich soll dich vor einem wichtigen geschäftlichen Termin unterstützen, und wir wissen beide, dass du lieber abhaust, als ein Versagen zu riskieren.«

»Ich kann mich also gar nicht verändert haben? In zehn Jahren nicht?« Er fuhr sich lachend durch die Haare. »Ich bin immer noch der unbekümmerte Typ, der mit den coolen Kids abhängt? Ich kann also in den letzten fünfzehn Jahren nicht erwachsen geworden sein?«

Ich warf die Hände in die Luft. »Du führst eine Firma! Ich weiß nicht, worüber du wütend bist. Ich dachte, ich helfe hier!«

»Tust du! Aber du hilfst mir, weil das ihr hilft.« Er seufzte.

Das kam mir der Wahrheit ein bisschen zu nahe. Ich atmete durch, senkte die Stimme und beugte mich zu ihm.

»Dyl, sie liebt dich. Sie wollte helfen. Das tun Partner füreinander.« *Sie will dafür nur einen Heiratsantrag, keine große Sache.*

Er nickte und trank wieder einen Schluck Bier.

»Warum bist du abgehauen?«

Er sah mich an, als wäre ich nicht ganz richtig im Kopf. »Weil … weil sie mich gar nicht kennt. Sie sieht in mir immer nur den, der ich in zehn Jahren sein könnte.«

Er hatte keine Frage gestellt, schien aber auf eine große Antwort zu warten.

»Na und? Das ist doch gut, oder nicht? Sie sieht dein Potenzial, den künftigen Dylan. Sie will mit ihm zusammen sein.«

Er schüttelte den Kopf und wirkte enttäuscht. Enttäuscht von mir. Der Kellner kam mit unseren Tellern und stellte sie auf den Tisch, wies uns auf die Soßen hin und fragte, ob wir erst mal versorgt seien. Wir nickten und warteten darauf, dass er ging.

Ich bedeutete Dylan fortzufahren.

»Im Augenblick bin ich für sie ein Welpe, den sie sich gekauft hat, weil sie denkt, dass ein Dobermann daraus wird. Tatsächlich ist er ein halber Pudel und noch nicht mal stubenrein.«

Ich prustete in mein Bier, dann goss ich mir großzügig Essig über die Pommes. Dylan streute sich schrecklich viel Salz über seine.

»Lach du ruhig. Aber sie ist mehr in ihr Bild von mir verliebt als in mich. Und jedes Mal, wenn ich dem Kerl in ihrem Kopf ein bisschen ähnlicher werde, belohnt sie mich. Ich trage den Anzug, den sie ausgesucht hat, ich bin zu der Gala gegangen, ich ziehe meine T-Shirts mit den Achtzigerjahre-Videospielmotiven nicht mehr an. Sie wartet darauf, dass ich aus den Dingen, an denen ich hänge, rauswachse, und ich bin mir nicht sicher, ob ich dazu bereit bin.«

Er schoss mir einen Blick zu, als wollte er etwas Bestimmtes nicht aussprechen, und ich massierte mir die Schläfen. »Spuck's einfach aus. Deinetwegen kommen meine Kopfschmerzen zurück.« Ich seufzte. »Du guckst wieder, als müsstest du mir gestehen, dass du meinen Goldfisch nicht gefüttert hast und er deswegen über die Wupper gegangen ist.«

Er kicherte und schüttelte den Kopf. »Wie oft muss ich es dir noch sagen? Mr Bubbles ist an Altersschwäche gestorben! Es ist … Seit du wieder aufgetaucht bist, weiß ich wieder, wer ich damals war. Ich mochte den Kerl.«

»Ähm, also, ich fand ihn etwas nervig.« Ich zog die Nase kraus und zuckte mit den Schultern. »Dylan, willst du wissen, was du tun solltest?«

Er legte sein Besteck hin. »Eigentlich ja. O weise Orakel-Aly, Löserin solcher Probleme, was soll ich tun?«

»Ganz ehrlich?« Ich wischte mir die Finger an einer Serviette ab und nahm mein Bierglas. »Ich finde, du solltest aufhören, ständig zu grübeln.«

Er schaute mich wie vor den Kopf gestoßen an. Seine Brauen verschwanden praktisch im Haaransatz. »Wie bitte?«

Ich senkte den Blick auf mein Handy und sah vier verpasste Anrufe von meiner Mutter und eine Frage von Tola, ob ich unterwegs sei. Und Nachrichten von Nicki. Und dann sah ich ihn an, den schönen Mann, der mal mein Freund gewesen war. Er könnte glücklich sein.

Und dann würde meine Mutter mich nicht mehr mit gebrochenem Herzen anrufen. Ich könnte den Kreislauf beenden. Ich könnte etwas Neues anfangen – Fixer Upper weiterentwickeln. Vielleicht Männern wie Dylan zu einem ehrlichen Umgang mit sich selbst verhelfen, damit sie keinem etwas vormachen mussten, einfach erwachsen sein konnten.

Ich musste ihm helfen, mich hinter sich zu lassen.

Ich zuckte lässig mit den Schultern, als würde mir nicht jedes einzelne Wort wehtun. »Du liebst, und du wirst geliebt. Du bist in den Dreißigern. Deine Freundin denkt ans Heiraten. Solche Gespräche sind dazu da herauszufinden, ob du glücklich damit bist, vor dich hin zu dümpeln wie die meisten Leute, wenn sie einigermaßen zufrieden sind, oder ob du einen Schritt weitergehen und sagen willst: ›Ja, das möchte ich auf lange Sicht. Das ist das Richtige für mich.‹«

Dylan sah so verwirrt aus, dass ich beinahe gelacht hätte. »Dyl, es ist wirklich ganz einfach. Liebst du sie?«

»Ja, aber –«

Ich schüttelte den Kopf. »Nein, tut mir leid, alles andere sind Zweifel aus Unsicherheit und Veränderungsangst. Peter Pan ist ein Märchen. Wir müssen alle irgendwann erwachsen werden.« Ich legte den Kopf schräg und sah ihn an, um ihm den letzten Schubs zu geben. »Außerdem willst du dieser Typ sein, nicht wahr? Der erfolgreiche Unternehmertyp. Erzähl mir nicht, du willst nach dem großen Deal nicht nach Hause fahren und deinem Dad verkünden, dass du die ganze Zeit auf dem richtigen Weg warst.«

Er lächelte schief und nickte. »Wahrscheinlich hast du recht. Wir passen gut zueinander, wir ergänzen uns. Es macht Spaß mit ihr. Und sie hat mir eine ganz andere Welt gezeigt, von der ich keine Ahnung hatte. In der will ich zwar nicht ständig leben, aber … zu wachsen ist nur natürlich, oder? Beziehungen entwickeln sich.«

»Genau. Ihr beide passt wunderbar zusammen. Ehrlich.«

Ehrlich?

Seine strahlend blauen Augen musterten mich prüfend. »Also würdest du dich freuen, wenn ich Nicki heirate?«

Wieso kommt mir die Frage wie eine Falle vor?

»Ich bin glücklich, wenn du glücklich bist. Ist das nicht der Zweck unseres Ausflugs? Unser Glück?« Ich lächelte breit, und er schaute traurig und schüttelte den Kopf.

»Lass das.«

»Was?«

»Das falsche Lächeln. Das wirkt bei mir nicht. Ich hab es zu oft gesehen.«

»Es ist nicht … Ich trauere meiner Beförderung nach, ich bin verkatert, und ich gebe dir denselben Rat, den ich als Teenager bekommen habe. Also, hör auf, ja?« Ich stopfte mir Pommes in den Mund und kaute wütend.

Er holte tief Luft. »Werden wir je darüber reden? Über uns?«

Ich erschrak, schluckte die Pommes herunter und antwortete kaum hörbar: »Nicht jetzt, Dyl.«

»Wir müssen darüber reden. Sonst platze ich gleich. Bitte.« Er griff über den Tisch nach meinem Handgelenk und flehte mich an. »Bitte, können wir einfach ehrlich sein, nur für fünf Minuten wir selbst sein?«

»Du bist es, der uns verleugnet hat!«

»Ich war in Panik!« Er hob verzweifelt die Hände. »Andernfalls hätten wir das ganze ›Ach, wie geht's dir denn, was machst du so?‹ durchstehen müssen, und ich wusste, du wärst sofort von mir enttäuscht gewesen. Außerdem war ich sauer auf dich.«

»Ich war auch sauer auf dich.«

Er fuhr überrascht zurück. »Auf mich? Aus welchem Grund denn? Ich bin es, der sitzen gelassen und blockiert wurde und nichts mehr von dir gehört hat!«

Ich schaute zu den anderen Gästen, die alle unheimlich still waren, weil sie unseren Streit mit anhörten, und Blicke in unsere Richtung vermieden. Ich hob die Hände und redete leiser. »Wir müssen das jetzt lassen.«

»Bitte, Aly, ich war geduldig, aber wir sollten –«

»Ich weiß, aber nicht hier.«

Er nickte und stand auf. »Okay, gehen wir.«

Ich deutete auf mein Essen. »Wir müssen erst noch bezahlen.«

»Schon erledigt. Lass uns gehen.«

Ich folgte ihm, als wäre ich auf dem Weg zum Galgen, mit hängendem Kopf, den Blick auf seine Füße gerichtet, und wagte nicht, zu denken, zu reden oder zu streiten. Gleich würde ich als die Schuldige dastehen. Ich würde mich schämen, weil ich ihm damals gestanden hatte, dass ich ihn liebte, und dann erfahren musste, dass ich ihm völlig egal war. Ich würde schwach und verletzlich und beschämt dastehen.

Er ging zum Strand, wo die Brandung laut genug war, um unsere Stimmen zu verschlucken.

»Hier, damit es keiner hört, wenn ich dich anschreie?«, fragte ich.

»Vielleicht will ich dich einfach ins Wasser werfen können, wenn du mich zu wütend machst!«

Ich drehte mich zu ihm und nahm einen sicheren Stand ein. »Okay, na schön. Seien wir ehrlich und wir selbst. Was willst du von mir?«

»Fordere mich auf, etwas Wahres zu sagen!«, schrie er frustriert, und ich lachte beinahe.

»Ich soll mir von dir Belanglosigkeiten anhören? Okay, erschlag mich mit deinen Fakten über den Vogelzug in Südamerika. Ich bin ganz Ohr.«

Er zog an seinen Haaren, und ich dachte, er würde mich anschreien. »Du weißt, dass es darum nicht geht. Du sagst selbst, dass du immer nach der Wahrheit gefragt hast, damit du wusstest, dass die Leute dich nicht belügen. Deshalb sollst du mich das jetzt fragen, damit du weißt, dass es wahr ist, was ich dir zu sagen habe, okay? Bitte.«

Damit nahm er mir den Wind aus den Segeln.

Ich sah in sein Gesicht. Er wirkte so offen und vertraut, so erpicht auf diesen Moment, dem ich bisher ausgewichen war.

Ich atmete tief durch, um mich zu beruhigen.

»Na gut. Sag mir etwas Wahres, Dylan.«

Offensichtlich hatte er sich die Antwort längst zurechtgelegt, vielleicht sogar geprobt, umformuliert, bis er sie perfekt fand. Wie oft hatte er sich in all den Jahren überlegt, was er sagen würde, wenn er mich wiedersehen würde?

»Ich habe dich geliebt, und du hast mich sitzen lassen.«

Heißer Zorn fuhr mir in die Glieder. Ich bekam buchstäblich weiche Knie. Ich wollte etwas auf ihn schleudern. »Du hast mich nicht geliebt!«, schrie ich außer mir. Damit brach bei mir der Damm. »Du hattest eine Freundin! Du hattest immer eine Freundin! An dem Abend hast du mich wegen einer Mutprobe geküsst. Ich war betrunken und muss etwas Übles gesagt haben, denn du hast mich angesehen, als hätte ich dir einen Schlag verpasst, und am nächsten Morgen hast du deiner Freundin geschrieben, was für eine Last ich für dich bin und dass du es kaum erwarten kannst, mich los zu sein! Dichte das jetzt nicht um, damit du als Held dastehst, Dylan.«

Er starrte mich an. »Was redest du denn da?«

Ich schrie ihn weiter an: »Ich weiß noch genau, wie entsetzt du geguckt hast!«

Er fasste sich mit beiden Händen an den Kopf und ging ein Stück weg, streckte die Arme hoch und brüllte wortlos in die Brandung, bis es genug war. Ich hatte gute Lust, dasselbe zu tun.

Dann kam er zu mir gestapft, mit ausdruckslosem Gesicht, und stellte sich direkt vor mich. Es war unmöglich, an diesen Augen vorbeizusehen.

»Wir beide«, er zeigte auf sich und mich, »sind Idioten.«

»Das ist alles nicht mehr wichtig, Dyl, alles lange her …«, begann ich.

Er explodierte. »Willst du mich verarschen?! Du hast mir gesagt, dass du mich liebst, dass du mich immer geliebt hast!«

Ich zuckte zusammen.

»Versuch's gar nicht erst, Aresti. Die Ich-war-betrunken-Ausrede zieht nicht. Du hast mich geliebt.«

»Na schön!«, schrie ich. »Ich habe dich geliebt. Na und?«

»Ich habe dich auch geliebt, du Idiotin!«, rief er aus, und plötzlich war mir nicht mehr nach schreien zumute.

»Nein … du hast deiner Freundin geschrieben –«

Er unterbrach mich mit mildem Ton und traurigen Augen. »Ich hatte sie bei der Party allein gelassen, um mich um dich zu kümmern, und wusste nicht, ob du das wirklich ernst gemeint hattest. Ich habe darauf gewartet, dass du wach wirst und sagst, das wäre ein Fehler gewesen. Und deshalb, ja, habe ich ihr geschrieben, was sie beschwichtigen würde, bis ich Klarheit hätte.«

»Du hast mich geliebt.« Stirnrunzelnd blickte ich aufs Meer, ließ mich in den Sand plumpsen, griff mit den Fäusten hinein und ließ ihn zwischen den Fingern hindurchrieseln. »Und nicht auf freundschaftliche Art?«

»Nein.« Er setzte sich neben mich, und ich merkte, dass er mich ansah. »Ist das so schwer zu glauben?«

»Äh, ja, durchaus.«

Er schloss seufzend die Augen, dann öffnete er sie wieder und wandte sich mir zu. »Hast du das nicht an dem Kuss gemerkt? Ich dachte, der hätte alles gesagt.«

»Ich hab nur eines wahrgenommen: das Gekicher deiner tollen Freunde und die tödlichen Blicke deiner Freundin.«

»Klar ...« Er nickte. »Tja ...«

»Das ist peinlich«, sagte ich mit Herzklopfen und bohrte mit dem Daumen ein Loch in den Sand.

Dylan lachte. »Jep.«

»Warum machst du dann in meiner Erinnerung ein entsetztes Gesicht?«

Er kniff die Lippen zusammen und überlegte, dachte zurück. »Tja, das lag vielleicht an meiner Verblüffung. Ich hätte nicht gedacht, dass du so etwas sagen würdest. Und du weißt, wie du bist, wenn du getrunken hast, Aresti. Unfassbar direkt und sachlich ... Und dreißig Sekunden nach deiner Liebeserklärung hast du mir auf meine Lieblingsjeans gekotzt. Und auf meine nagelneuen Converse Chucks.«

Ich riss die Augen auf. »Ah, okay, das dürfte es erklären.« Ich stützte den Kopf in die Hände und schämte mich. »Ich weiß nicht, ob das besser oder schlimmer ist als gedacht.«

»Oh, dass wir beide ineinander verliebt und unglücklich waren, ist viel besser. Ich bin nicht dahintergekommen, ob du mich aus deinem Leben gestrichen hast, weil dir die Liebeserklärung peinlich war oder weil dir im nüchternen Zustand wieder einfiel, was ich gesagt hatte ... Das war eine schwierige Zeit für mich.« Er schlug sich auf die Knie seiner fadenscheinigen Jeans. »Geht es dir jetzt besser?«

Ich sah ihn an und überlegte.

»Ich bin traurig wegen damals«, sagte ich schließlich, und er nickte, nahm meine Hand und drückte sie. Als er mit dem Daumen über meinen Handrücken strich, zog sich mir das Herz zusammen.

»Ich auch, vor allem weil wir all die Jahre ein gemeinsames Leben hätten haben können, wenn du nicht so eine Drama Queen wärst.«

Ich zog eine Grimasse. »Hättest du ritterlich auf meine Kotze reagiert, hätten wir heute verheiratet sein können«, erwiderte ich scherzhaft und streckte ihm die Zunge raus.

Er lachte, und es war, als könnte ich wieder freier atmen. Als könnten wir es beide. Der Junge, den ich geliebt hatte, hatte dasselbe empfunden, und unsere Unsicherheit hatte uns getrennt. Und jetzt würden wir nach vorn sehen können.

Ich dachte an die Frauen, die mich bisher engagiert hatten, wie viel Liebe sie in sich trugen, wie unbedingt sie geben wollten, helfen wollten, so sehr, dass sie unsere ganze Charade in Kauf nahmen. Ich dachte an den Möchtegern-Rockstar, der Angst hatte zu singen, an das Genie, das nicht vor Leuten sprechen konnte, den Mann, der sich nicht traute, eine Beförderung zu verlangen. Ich hatte so vielen einen sanften Schubs versetzt, sie mit freundlichen Worten ermutigt, bis sie schließlich in den Spiegel schauten und erkannten, dass sie tatsächlich waren, was ich ihnen zugetraut hatte. Das würde mein Geschenk an Dylan sein. Er sollte vor seinem Potenzial nicht mehr zurückschrecken, sondern wissen, dass er sich in die richtige Richtung entwickelte. Ich würde ihm ein Leben ermöglichen, auf das er stolz sein konnte.

Wir waren über die Vergangenheit hinweg, waren damit fertig. Keine Anspannung mehr, keine Was-wenn-Gedanken mehr. Er war mein bester Freund gewesen, er hatte mich geliebt. Ich hatte ihn geliebt. Und jetzt würde ich ihm helfen, Nicki zu lieben, ihr gemeinsames Leben zu lieben.

Das wäre für alle das Beste.

»Das war ein einsames, langweiliges Leben ohne dich, Aly. Als hätte ich mein Bewusstsein verloren.«

»Mir scheint, du bist ganz gut ohne mich ausgekommen.« Ich drückte seine Hand, und er lächelte.

»Weißt du, was an all dem das Beste ist?« Er umfasste meine Taille und zog mich durch den Sand an seine Seite, um mich an sich zu drücken. »Wir brauchen uns nichts mehr vorzumachen. Das hat jede Menge Kraft gekostet.«

Ich roch sein Rasierwasser und spürte, wie weich sein Pullover war. Ich sah den rötlichen Ton seiner Bartstoppeln und hätte seine schönen Wimpern zählen können, wenn ich gewollt hätte. Es war wieder wie damals mit achtzehn – ich war von ihm hingerissen.

Wir brauchen uns nichts mehr vorzumachen?

»Ja«, pflichtete ich ihm bei. Traurig lehnte ich den Kopf an seine Schulter und drängte die Tränen zurück. »Jede Menge Kraft.«

Während der Zugfahrt nach Hause formulierte ich in Gedanken hundert verschiedene Sätze, mit denen ich Dylan die Wahrheit sagen könnte. Doch seit dem Gespräch war er glücklich, erzählte mir mit Eifer alles über sein Leben, er redete wie ein Wasserfall. Und ich konnte dem nicht widerstehen. Ich wollte die verpassten Jahre nachholen, sie mir ausmalen und einprägen, bis ich das Gefühl hatte, ich wäre dabei gewesen.

Ich spielte mit, erzählte ihm von meinen Beziehungen, meiner Freundschaft mit Tola. Er hatte recht: Jemanden zu haben, der von Anfang an da gewesen war, der sehen konnte, was man bewältigt hatte, und wusste, woher man kam, und der einem sagte, wie stolz er sei, weil man sich entwickelt hatte – das hatte etwas. Das war befreiend.

Unterwegs schrieb ich Tola und Eric, und sie feierten, dass wir über das Hochzeitsthema gesprochen hatten, dass ich anscheinend die Sache voranbrachte. Unsere Aussprache verschwieg ich ihnen – weil sie sonst denken könnten, ich würde einen Freund ausnutzen, und der Gedanke war mir unerträglich. Dylans Liebesleben auszubügeln, solange er praktisch ein Fremder war, der mich ständig ärgerte, war eine Sache – ihn zu manipulieren, nachdem er wieder mein Freund war, erschien mir unmöglich. Ich stellte mir vor, wie ich ihm half, einen bombastischen, schicken Heiratsantrag zu planen, wie ich dabei die Fotos machte und ihnen bei der Verlobungsfeier gratulierte. Wie ich bei ihrer Trauung dabeistand, als eine enge Freundin. Wie furchtbar.

»Also, fünf Dinge, Aly, los«, sagte Dylan im Zug und zog zwischen uns auf der Tischplatte mit dem Finger müde Kreise.

»Die Spielhalle, Fish and Chips im Pub, wie die Möwe dich im Sturzflug angreifen wollte«, ich zählte an den Fingern mit und lachte, als er einen Kassenzettel zerknüllte und nach mir warf, »wie das Meer roch und … dass ich wieder mit dir lachen konnte. Falls wir rührselig werden wollen.« Ich rümpfte die Nase. Spielte noch immer meine Rolle. *Du*, wollte ich sagen. *Du bist alle fünf zusammen, weil du das angeleiert hast, weil du ehrlich warst, weil du mich mal geliebt hast. Aber du machst mich damit völlig fertig.*

Ich warf das Papierknäuel zurück. »Deine fünf Dinge?«

Er lächelte mich so zärtlich an, dass mir mulmig wurde. »Alles zusammen. Jeder einzelne Moment. Ein herrlicher Tag.«

Ich zog eine Braue hoch. »Sogar die Möwenattacke?«

»Hat mich zum Lachen gebracht. Das war es wert.«

Ich verdrehte die Augen. »Okay, du Charmeur. Dir ist schon klar, dass das bei mir nicht wirkt?«

Er lachte. »Red dir das nur ein … du Nerd.«

»Nerds werden eines Tages die Erde erben. Wir sind es, die die Forschung betreiben. Vergiss das nicht.« Ich streckte ihm die Zunge raus, und er lachte wieder unbeschwert, völlig entspannt.

Oh Gott, aus der Sache würde ich nicht rauskommen, ohne jemandem wehzutun. Ich würde Dylan täuschen, Nicki enttäuschen, Erics und Bens Beziehung ruinieren, bevor sie richtig angefangen hatte. Und meine Mutter … sie würde ewig in dem toxischen Kreislauf bleiben.

Doch sie war die Mutter, ich die Tochter, richtig? Sie war es, die sich jetzt zusammenreißen sollte. Was als gut gemeinte List und subtile Psychologie angefangen hatte, hatte jetzt ein enormes Ausmaß angenommen. Ich pfuschte an dem Leben anderer Leute herum.

Wir gaben uns der Stille und dem Rattern des Zuges hin, während wir durch die Landschaft fuhren, und ich schaute in die Abenddämmerung.

Ich durfte das Problem nicht schleifen lassen. Ich hatte den Schlamassel angerichtet und durfte nicht einfach auf halbem Weg aussteigen. Wie sagte man noch gleich? Eine Herzoperation wird zum Mord, wenn man mittendrin aufhört?

Ich würde meiner Mutter sagen, dass ich das Geld nicht aufbringen konnte. Dass mir Dylan wichtiger war als unser Haus. Ich würde bei unserer Ankunft in London umsteigen und zu ihr fahren. Ich musste das sofort erledigen. Sie würde nicht wollen, dass ich Dylan wehtat – sie hatte ihn gern.

Die Fahrt verging langsam, durchsetzt von Erinnerungen, und während unsere Freundschaft an Zauber gewonnen hatte, erneuert und neu geworden war, empfand ich doch diese leichte, nagende Angst: Der Gedanke, dass er mich einmal geliebt hatte, wie kurz auch immer, war beglückend. Ich stellte mir immer wieder ein anderes Leben vor und wusste, wenn ich mir erlaubte, in dieser Parallelwelt zu bleiben, würde ich vielleicht nicht mehr zurückfinden.

Als der Zug in den Bahnhof einfuhr, verabschiedete ich mich hastig, erklärte, ich müsse den nächsten Zug zu meiner Mutter erwischen. Ich entkam der Umarmung trotzdem nicht. Er schloss mich auf dem Bahnsteig in die Arme, und ich versuchte, nicht seinen Geruch zu genießen und stattdessen so zu tun, als hätte sich nichts geändert.

»Grüß deine Mutter von mir«, flüsterte er, als er mich losließ. »Sag ihr, ich vermisse ihre tödlichen Margaritas.«

Ich kniff die Lippen zusammen und nickte, und dann sauste ich durch das Gedränge, um die Qual zu beenden. Ich würde die Sache bereinigen. Sogar um den Preis, meine Mutter auf ihrem Problem sitzen zu lassen.

Ich saß in dem gewohnten Zug und dachte an Dylans Worte. Wunderte mich, warum wir uns nie über den Weg gelaufen waren, obwohl unsere Eltern noch in denselben Häusern lebten wie früher. Er hatte gesagt, er würde seinen Vater nie besuchen. Nicht richtig.

»Was heißt das?«, hatte ich gefragt.

Er seufzte. »Einmal im Monat fahre ich hin und parke vor seinem Haus. Hab mir alles zurechtgelegt, was ich ihm sagen will. Wie gut es beruflich läuft, was ich gegessen habe, das ihm auch schmecken würde, dass ich am Sonntagmorgen meine Bestzeit gelaufen bin. Und dann sitze ich im Auto und starre auf die Haustür und fahre nach zwanzig Minuten wieder nach Hause.«

»Warum?«

»Weil es doch nicht so laufen würde, wie ich es mir vorgestellt habe.« Er hatte mit den Schultern gezuckt. »Er würde etwas sagen, ich würde mich darüber ärgern, wir würden streiten, und dann wäre es schlimmer als vorher. Früher habe ich mir immer gewünscht, ich hätte mit ihm, was du mit deiner Mutter hast. Aber das funktioniert bei uns nicht.«

Ich mit meiner Mutter? Ich dachte verwundert zurück. Was verband uns wirklich? Co-Abhängigkeit, Groll, Liebe, Schuldgefühle? Dass ich sie über alles liebte und gleichzeitig fürchtete, einmal so zu werden wie sie?

Vor dem Haus angekommen, blieb ich stehen und wurde von Trauer übermannt. Ich beschwor das Bild meiner Großmutter herauf, wie sie dort unter der Magnolie saß, während unsere alte

Katze Banana um ihre Beine strich. Ich dachte an die Geburtstagsfeiern und Hüpfburgen im Garten und daran, wie ich früher Hunderte Male vor der Haustür auf Dylan gewartet hatte, wie wir mit dem Fahrrad gefahren und ins Kino gegangen waren oder heimlich auf Partys abgehangen hatten.

All diese Erinnerungen würden verschwunden sein.

Ich konnte mir Mamas Gesicht vorstellen, wenn sie versuchen würde, ihre Enttäuschung zu überspielen, während ich mich entschuldigte. Ihre Verzweiflung, wenn sie sich Einzimmerapartments ansehen würde, um in der Nähe ihrer Freundinnen zu bleiben, oder wenn sie an den Stadtrand ziehen müsste, wo sie niemanden kannte. Wie sie eine fröhliche Miene aufsetzen würde, damit ich mich nicht schlecht fühlte. Gott, ich war jetzt schon kraftlos.

Ich steckte den Schlüssel ins Schloss und roch bereits das Essen auf dem Herd, spürte die Wärme im Flur. Ich hörte laute Musik, und sie sang dazu und lachte. Vielleicht musste ich es ihr nicht unbedingt heute schon sagen. Vielleicht sollte ich sie noch einen Tag froh sein lassen? Und dann morgen zur Bank gehen und nach einem Kredit fragen?

Ich hörte sie wieder lachen, als ich um die Ecke bog. Sie streute Salz in eine Pfanne, während mein Vater die Arme um sie legte und ihren Nacken küsste. Natürlich hatte ich sie so schon oft gesehen, aber seltsamerweise nicht während ihrer Ehe. Erst nachdem er sie verlassen hatte, verhielt er sich ihr gegenüber liebevoll oder verliebt. Das war in der Zeit gewesen, bevor meine Großmutter bei uns einzog. Bevor wir geschworen hatten, dass wir etwas Besseres verdienten als Männer, die uns benutzten und wegwarfen. Und dennoch war er wieder da.

Wütend schaltete ich das Radio aus und sah meine Mutter hochschrecken.

»Alyssa ...« Sie wollte sich rausreden, zog ihren Morgenmantel zu. Ich sah alle möglichen Regungen über ihr Gesicht huschen. Scham, Verlegenheit, Unsicherheit, Verleugnung. Hoffnung? Sie sah so lächerlich glücklich aus, und ich hasste sie dafür.

»Ich weiß nicht, wer dümmer ist, du oder ich«, sagte ich.

»Alyssa, sprich nicht so mit deiner Mutter.« Er wollte einschreiten, aber ich lachte ihn aus.

»Du hast mir gar nichts zu sagen.« Ich wandte mich meiner Mutter zu und sah ihr in die Augen. »Ich bin hier eindeutig die Dumme. Denn ich bringe mich da draußen in Schwierigkeiten und tue mein Möglichstes, um das Geld für diesen Mann zu beschaffen, damit du dein Zuhause behalten kannst. Damit du deine Unabhängigkeit und deine Erinnerungen und die Verbindung zu deiner Familie behalten kannst, und trotzdem entscheidest du dich noch für ihn!«

»Alyssa ...« Sie war erschrocken, machte große Augen, aber ich sah auch ihren Ärger.

»Du weißt, er hat dich nie geliebt, uns beide nie geliebt, oder? Er will nur Macht über dich haben. Nur deshalb ist er nach der Scheidung immer wieder hergekommen. Und jetzt nimmt er dir dein Haus weg, und du empfängst ihn so?«

Ich konnte ihren Anblick nicht länger ertragen. Wofür bemühte ich mich? Seit Jahren kehrte ich die Scherben zusammen, die er hinterlassen hatte, und sie ließ sich immer wieder auf ihn ein. Ließ mich noch immer ihre Probleme lösen, als wäre sie das Kind und ich die Mutter.

»Alyssa, was deine Mutter und ich miteinander haben ...«, begann er wieder mal, und ich sah ihn an.

»Was glaubt eigentlich deine Frau, wo du bist?«, fragte ich angewidert. »Warten deine Kinder zu Hause auf dich, wünschen sich verzweifelt deine Aufmerksamkeit wie ich früher, wenn du irgendwo eine andere gevögelt hast?«

»Das ist nicht fair, Alyssa.«

Ich hob die Hände. »Du bist erwachsen. Dein Handeln hat Konsequenzen. Komm damit klar.«

Vor lauter Frustration war ich den Tränen nah und so wütend wie noch nie in meinem Leben.

»Weißt du, was ich tun musste, um das Geld zusammenzukriegen? Damit du es ihm geben kannst? Wem ich zu schaden bereit war, um dich wieder glücklich zu sehen? Nein, das weißt du nicht, weil du nicht gefragt hast. Du wolltest nur, dass ich das Problem aus der Welt schaffe. Wie immer.«

Ich sah sie still weinen, als sie von ihm wegtrat, und ihren Schreck über den Ausdruck in meinen Augen. »Ich schäme mich für dich, und Yiayiá würde das auch tun. Behalte das Haus oder verliere es, zieh wieder mit ihm zusammen. Tu, was immer du willst, mir ist das von jetzt an egal.«

Ich stürmte hinaus, knallte die Haustür hinter mir zu und lief drei Straßen weit, bevor ich losheulte.

Das Problem war, dass es nur einen Menschen gab, der das verstehen konnte. Dylan.

Doch ihn durfte ich nicht anrufen. Ich wäre gern zu ihm gerannt und hätte ihn den Freund von damals sein lassen. Ich wollte nicht mehr darüber nachdenken, dass er mich geliebt hatte, dass, wenn ich ein bisschen mutiger gewesen wäre, ich jetzt bei ihm zu Hause sitzen könnte. Ich könnte es jetzt sein, die das Abendessen kochte, während er den Wein aufmachte und mich nach meiner Meinung zu seinen Geschäftsentscheidungen fragte. Wir hätten ein gemeinsames Leben haben können. Dann säße ich jetzt nicht mit tränenverschmierter Mascara unter den Augen im Zug, um in meine schäbige, einsame Wohnung zurückzukehren.

Danke für heute. Das waren viel mehr als fünf Dinge. A x

Ich ließ die Nachricht ein paar Augenblicke lang stehen und überlegte, ob ich sie abschicken sollte. Ob das riskant wäre. Aber immer noch besser, als anzurufen.

Oh Gott, ich brauchte das Geld nicht mehr. Ich brauchte das alles nicht mehr zu tun. Ich könnte die Sache stoppen.

Plötzlich konnte ich mich nicht mehr zurückhalten und tippte auf die Anruftaste.

Als er ranging, hörte ich nicht mal zu. »Dyl, es ist –«

»Alyssa!«, rief Nicki aufgeregt ins Telefon. »Wie schön, dass du dich meldest!«

Hab ich aus Versehen Nickis Nummer gewählt?

Ich sah aufs Display, aber da stand sein Name. »Tut mir leid, dass ich störe, Nicki. Es geht um ein paar Änderungen an der Präsentationsvorlage. Ist Dylan da?«

Manchmal erschreckte es mich, wie mühelos und schnell ich lügen konnte. Meine Hände zitterten.

»Oh … er duscht gerade, Darling, hat ein schweißtreibendes Workout hinter sich, wenn du verstehst?« Sie lachte, und ich bekam Magenschmerzen. Dann flüsterte sie: »Ich möchte nur Danke sagen. Was immer du zu ihm gesagt oder getan hast – er steht der ganzen Liebes- und Heiratssache jetzt viel positiver gegenüber. Es scheint ihm keine Angst mehr zu machen! Er ist wieder er selbst! Und ich werde ihm eine Schulung für den Umgang mit den Medien verschaffen. Vielleicht kann Tola jemanden empfehlen?«

Ich schaltete auf Autopilot. »Jep, ganz sicher. Sie freut sich, wenn sie helfen kann.«

»Okay, Darling, also, ich möchte nicht, dass er heute Abend noch arbeitet, und wir werden gleich essen. Dylan möchte gern eine Kein-Handy-beim-Essen-Regel aufstellen. Ist das nicht süß?«

»Supersüß. Bis bald«, sagte ich, und sie legte auf.

Ich stieg in den Zug und fand einen Sitzplatz. *Was nun?*, fragte ich mich. Es schien nur eine Option zu geben. Ich nahm Bürste und Make-up aus der Handtasche, löste meine Haare aus dem Zopf und legte mit der jahrelangen Übung einer Londonerin Lippenstift auf, wobei ich die Erschütterungen des Zuges ausglich.

Ich eilte in meine Wohnung, zog mich um, kippte einen Wodka mit einem Rest Orangensaft hinunter und machte mich auf den Weg.

Ich musste etwas für mich tun. Etwas, das mich daran erinnerte, wie man sich gut fühlte. Und worauf ich hinarbeitete. Ich schlüpfte durch den schummrigen Eingang ins Zidario abseits der Tottenham Court Road, und sowie ich an dem Ecktisch in dem dunklen Souterrainraum saß, entspannte ich mich.

Von meinen bevorzugten Restaurants war dies nicht das opulenteste, aber die dunkelroten Veloursteppiche und die Ziegelwände machten es behaglich, als säße man in einer Zelle, geschützt vor der Außenwelt. Der Kellner zuckte nicht mal mit der Wimper, als ich um einen Tisch für mich allein bat. Ich bestellte ein großes Glas Malbec, ein Steak, so blutig, dass man es fast lebendig nennen konnte, und dazu Kartoffelgratin. Denn heute hatte ich mir in Sahne und Butter gebackene Kartoffeln verdient.

Ich holte mein Buch hervor und versuchte mich in einen meditativen Zustand zu bringen. Liebevolle Selbstfürsorge. Sich verwöhnen. Ich wusste, wie das ging. Doch nachdem ich dieselbe Zeile zum fünften Mal gelesen hatte und mein Weinglas schon leer war, bevor das Essen kam, musste ich mir eingestehen, dass das nicht funktionieren würde.

Ich fühlte mich nicht besser. Ich sah mich nur immer wieder nach etwas um, das mich ablenken, mich retten könnte. Ich sah mich nach meinen Freunden um. Ich wollte Eric aufziehen und Witze reißen, wenn Tola etwas »old-school« nannte. Ich wollte mir mit Dylan zusammen ausdenken, was die Leute an den anderen Tischen sagten, und ich wollte, dass Ben mir den bestellten Wein aus der Hand nahm und mir etwas anderes zu kosten gab, etwas definitiv Besseres. Ich wollte mit Priya in einer Ecke sitzen und darüber lachen, was die Typen den ganzen Tag an dummen Sprüchen von sich gaben, wenn sie glaubten, sie höre Musik.

Mein Wohlfühlkonzept funktionierte nicht mehr. Ich fühlte mich nicht mehr anonym und machtvoll und clever.

Ich fühlte mich nur einsam.

18

Mein neuster Grundsatz im Büro: Mach deine Arbeit und keinen Handgriff mehr.

Ich war nicht dafür zuständig, mich nach den Angehörigen der Kollegen zu erkundigen oder ihnen das Gefühl zu geben, etwas Besonderes zu sein. Es war nicht meine Aufgabe, Geburtstagskuchen zu beschaffen oder gekränkte Egos zu streicheln, jemanden zu bejubeln oder zu trösten. Ich war nicht dazu da, die Versäumnisse meiner Vorgesetzten zu decken oder gegen die Seilschaften in der Firma anzugehen. Für mein Geld brauchte ich nur meine Arbeit zu erledigen.

Zuerst haute es alle um, dass ich gleichbleibend freundlich lächelte und sympathisch wirkte, aber konsequent Nein sagte. Ich entschuldigte mich nicht mal dafür, ich sagte nur: »Oh, nein, das geht nicht.«

Als Tola mich das zum ersten Mal sagen hörte, stand sie von ihrem Schreibtisch auf wie eine Gazelle, die ein Raubtier gewittert hatte. Felix runzelte die Stirn. Hunter zog sich zurück. Matthew schaute gekränkt.

Mit aufgesetzten Kopfhörern widmete ich mich lächelnd meiner Arbeit, ohne nach rechts und links zu blicken. Genau das brauchte ich, um nicht an Nicki und Dylan und ihr nettes handyfreies Abendessen zu denken. Oder daran, dass er nicht zurückgeschrieben hatte. Oder an den Gesichtsausdruck meiner Mutter, als ich ihr vorgehalten hatte, wie jämmerlich sie war.

»Aly?« Ich hob den Kopf und war überrascht, Becky vor mir zu sehen, die ihren Verlobungsring hin und her drehte wie an dem Tag, nachdem sie ihn bekommen hatte. »Hast du eine Minute?«

»Eigentlich nicht …«, begann ich, aber in ihren Augen sammelten sich Tränen, und ich bot ihr seufzend an, sich zu setzen. »Was ist los?«

Sie strich sich durch die Haare, holte zitternd Luft und beugte sich zu mir. »Ich zweifle inzwischen«, begann sie flüsternd, »ob das alles echt ist, weißt du? Ob ich ihn manipuliert habe, damit er sich mit mir verlobt. Ob er das wirklich will.«

Ich schloss die Augen und fühlte Kopfschmerzen kommen. »Ich habe erreicht, was du wolltest, Becky. Du wolltest, dass er der Idee gegenüber aufgeschlossen ist.«

»Ich weiß, aber … Wird er mich irgendwann ablehnen? Wird er in zehn Jahren zurückblicken und sagen, das wollte ich eigentlich gar nicht? Er macht sich Gedanken, wie viel wir für die Hochzeit ausgeben, und …«

Ich merkte, dass bei mir ein Wutausbruch drohte. Ich hatte getan, was sie wollte. Sie hatte mich um Hilfe gebeten, um Gespräche und Unterstützung und Ratschläge, und jetzt … war das nicht gut genug? Und außerdem erinnerte sie mich an meine Zweifel wegen Dylan. Da hatte ich anscheinend falschgelegen. Denn er war offenbar ganz glücklich. Vertraute mir seine Geheimnisse an und hüpfte gleich danach mit Nicki ins Bett, von der er alles bekam, was er brauchte.

»Becky, es tut mir leid, dass du dich schuldig fühlst, weil du bekommst, was du wolltest, aber ich fürchte, ich habe im Augenblick größere Probleme.«

»Oh.« Sie schaute gekränkt und stand auf. Dabei hielt sie ihre Hände krampfhaft verschränkt, als hätte sie Angst, was sie sonst damit tun könnte. »Natürlich. Tut mir leid, dass ich deine Zeit beansprucht habe.«

Ich zuckte zusammen, setzte aber die Kopfhörer wieder auf und wandte mich dem Bildschirm zu. Kurz darauf stand Tola mit verschränkten Armen vor meinem Schreibtisch und verströmte Ungeduld. Ich schüttelte den Kopf und sah stur auf den Bildschirm.

Sie zog mir die Kopfhörer von den Ohren und griff nach meiner Hand. »Lunch.«

»Keinen Hunger.«

»Ist mir egal. Du brauchst frische Luft, und du brauchst deine Freunde.«

Ich lachte. »Du wärst gar nicht mit mir befreundet, wenn Fixer Upper nicht wäre.«

Sie sah an mir rauf und runter und sagte dann langsam: »Ich sehe, dass du im Moment einiges durchmachst, darum werde ich dir den Blödsinn nicht ankreiden, den du gerade von dir gegeben hast. Seit meinem ersten Tag in der Firma versuche ich schon, deine Freundin zu sein. Du bist diejenige, die andere auf Distanz hält, nicht ich. Jetzt nimm deine Tasche und komm gefälligst mit.«

Sie nickte Eric zu, der daraufhin aufsprang und zum Aufzug ging. Er sagte kein Wort, als wir einstiegen.

»Bist du stumm geworden?«, fragte ich.

»Nö, will nur in dem beengten Raum die wütende Lady nicht gegen mich aufbringen.« Er zwinkerte mir zu.

Und dann lächelte er und guckte so besorgt, dass ich Magenschmerzen bekam.

»Siehst du, den Blick ernte ich, wenn ich freundlich zu dir

bin, also versuche ich, es nicht zu sein!« Er sah, dass mir die Tränen kamen.

»Gute Entscheidung.« Ich schluckte, sah an die Decke, bis ich die Tränen weggedrückt hatte.

Wir gingen durch ein paar Seitenstraßen in den kleinen Park nahe Oxford Circus. Das liebte ich an London, die versteckten grünen Oasen, Inseln zum Freudetanken. Im Sommer waren sie voller Leute, die im Gras lagen, sich sonnten und lasen, und irgendwann sah man vor Menschen den Rasen nicht mehr. Gerade wärmte die Sonne nur schwach, und ich zog mir die Pulloverärmel über die Fingerspitzen. Tola und ich warteten auf Eric, der Kaffee und Gebäck besorgte, saßen auf der Bank und schwiegen. Es war schön, zusammen still zu sein.

»Es tut mir leid, was ich vorhin gesagt habe. Es beschäftigt mich, dass du bei Fixer Upper mehr von mir erwartest, weil ich nicht weiß, ob ich das leisten kann.«

Tola sah mich überrascht an und tippte mit ihren kanariengelben Fingernägeln auf ihre Jeans. »Und du denkst, ich lass dich fallen, wenn ich nicht kriege, was ich will? Ich tue nie etwas, das ich nicht tun will, Aly. Ich hänge nicht mit Leuten ab, mit denen ich mich unwohl fühle. Ich date niemanden, bei dem ich keine Schmetterlinge im Bauch kriege.« Sie war fast beleidigt, weil ich das offenbar nicht wusste. »Und wenn ich den Eindruck bekäme, dass meine Freunde nur mit mir zusammen sind, weil ich etwas für sie tun kann, dann würde ich sagen: ›Verpisst euch.‹«

Ich hielt den Blick auf den Boden gerichtet und nickte.

»Wir mögen dich um deiner selbst willen, nicht weil du eine Meistermanipulatorin bist, mit der wir Millionen verdienen können.« Ihr Ton wandelte sich zu liebevoller Ironie.

»Schätze ich auch«, sagte ich halb brummig, halb grinsend.

Sie schnaubte. »Millennials brauchen wirklich Therapie, oh Gott.«

Ich lachte, mehr aus Überraschung als etwas anderem, und stupste sie an, weil Eric kam.

»Rückt zusammen, Leute«, sagte er, setzte sich neben uns und gab uns unsere Kaffeebecher. »Also … wir sind heute hier versammelt, um zu erfahren, was mit Aly los ist«, verkündete er feierlich. »Obwohl mich seit Tagen niemand nach meinen Beziehungsproblemen gefragt hat und ich einiges mitzuteilen hätte. Aber erst mal Folgendes: Wird das endlich die Woche, in der sich Aly ihren Freunden öffnet und sich auf sie verlässt? Bleibt eingeschaltet und hört weiter zu.«

Ich stieß ihn an. »Blödmann. Wie läuft es mit Ben?«

»Von wegen!« Tola hob die Hand. »Du weißt, er ist schwach und will im Mittelpunkt stehen. Wir sind aber deinetwegen hier. Du entkommst uns nicht. Was ist los?«

Ich konnte ihnen nicht von Dylan erzählen. Dass es mir Angst machte, die Wahrheit zu erfahren. Dass ich ständig darüber nachdachte.

Stattdessen wählte ich das drängendere Problem.

»Meine Mutter hat mir neulich gestanden, dass sie ihr Haus verkaufen muss …« Ich stockte, weil ich weiter ausholen musste. Ich würde die ganze verkorkste Situation schildern müssen, erklären, was uns das Haus bedeutete und wie mein Vater sie manipulierte.

Also tat ich es. Ich sagte ihnen die Wahrheit. Ich erklärte ihnen, warum ich das Geld gebraucht hatte und dass ich Nicki angerufen hatte, um einen höheren Betrag auszuhandeln. Ich erzählte ihnen von den hundert Riesen. Ich erzählte, was gestern Abend bei meiner Mutter vorgefallen war und was ich gesagt hatte und wie sehr ich mich schämte.

Und so saß ich zwischen ihnen, völlig angreifbar, und wartete darauf, dass sie mich dafür verurteilten.

»Das ist echt beschissen.«

»Das tut mir leid, Aly. Ist bestimmt schwer, allein damit fertigwerden zu müssen.«

Wieder war es ihre Freundlichkeit, die mich umhaute. Ich schloss die Augen und versuchte, die Tränen zurückzuhalten. »Ich habe ein paar gemeine Dinge gesagt.«

»Waren sie unwahr?« Tola rieb mir über den Rücken, als wäre ich ein Kind, das von seinem Albtraum erzählt.

Ich schüttelte den Kopf. »Das nicht, aber ich wollte sie damit treffen. Ich wollte sie wachrütteln. Das versuche ich schon seit Jahren.«

Sie rückten beschützend an mich heran, sie kannten mich, akzeptierten das Gehörte, ohne nachzufragen. Mit einer Ausnahme.

»Hundert Riesen.« Tola pfiff anerkennend. »Ein Spitzenhonorar. Das gefällt mir.«

Ich zuckte mit den Schultern. »Mir nicht. Ich wollte nur etwas Gutes erreichen und dabei mit euch zusammen sein. Ich wollte … diesen ganzen Schlamassel nicht.«

»Sind wir sicher, dass wir Dylan nicht weiter bearbeiten wollen, damit wir zusammen richtig schön verreisen können? Noch schicker als Luxushotel-Ferien? Ist nicht ganz ernst gemeint.« Eric grinste mich an und drückte meine Schulter. Ich versuchte zu lächeln.

»Was können wir tun, Süße?«, fragte er auf einmal todernst, sodass mir ein bisschen komisch wurde.

Ich wischte mir die Augen. »Du kannst mir verzeihen.«

»Was denn?!«

Ich begegnete seinem Blick. »Ich habe dich mit Ben bekannt gemacht. Was wird daraus, wenn das alles vorbei ist, Eric? Was, wenn er der Richtige für dich ist und ich dich zum Lügner gemacht habe, bevor ihr beide euch richtig aufeinander eingelassen habt?«

Er neigte den Kopf zur Seite und lächelte mich an. »Die besten Liebesbeziehungen beginnen mit ein paar geschickten Lügen. Und ich würde mir sowieso keine allzu großen Sorgen machen, dass Ben und ich das Liebespaar des Jahrhunderts werden. Er hat auch ohne deine Hilfe ein paar Barrikaden aufgebaut.«

Offenbar war der Weg zur wahren Liebe und Co-Adoption eines frechen Beagles ziemlich holprig.

»Was heißt das?«

»Er will keine Beziehung mit mir eingehen, weil meine Neuorientierung noch zu frisch ist. Ist mal wieder typisch für mich. Da finde ich einen heißen Typen, der intelligent und freundlich und lustig ist und einen guten Geschmack hat und Hunde liebt …«

»Neuorientierung?«, fragte ich.

»Ben war von Anfang an schwul, stimmt's?«, fragte Tola, und Eric nickte. »Wogegen du …«

»Ich war drei Jahre lang mit einer Frau verlobt, war in einer festen Beziehung mit ihr, und bislang wissen nur meine engsten Verwandten, dass ich schwul bin.« Eric breitete die Hände aus. »Also noch frisch.«

»Das ist unfair!«, rief ich aus. »Dafür kannst du doch nichts!«

»Er meint, ich brauche noch Zeit, um mich selbst zu verstehen, bevor ich mich in eine Beziehung stürze.«

»Aber dein Coming-out ist Jahre her! Was will er denn noch?«, fragte ich aufgebracht.

Eric grinste Tola an. »Oh-oh. Wir haben die Bestie geweckt.«

»Nein, im Ernst.« Ich nahm seine Hand. »Du bist wunderbar. Du bist lustig und klug und attraktiv und loyal, und du willst eine ehrliche, tiefe Beziehung mit jemandem. Dann findest du den Richtigen, und er erwidert deine Gefühle, aber du bist ihm zu unerfahren? Was soll der Blödsinn?!«

Eric schaute betroffen. »Aly, durchatmen. Du hast gerade selber genug Probleme. Ich wollte nur ein bisschen jammern. Ben und ich werden uns weiter als Freunde treffen, und meine animalische Anziehungskraft wird ihn schon noch überzeugen. Man kann nur eine begrenzte Zeit bei reiner Freundschaft bleiben, wenn man in Wirklichkeit heiß aufeinander ist.«

Tola sah ihn an und prustete vor Lachen, dann deutete sie mit dem Kopf auf mich. »Außer man heißt Aly, dann hält man das zehn Jahre durch.«

Mir war wirklich nicht zum Lachen zumute, aber ich konnte nicht anders. »Ihr seid echt schlimm.«

»Das ist heillos übertrieben.« Eric hielt mir eine braune Papiertüte hin. »Jetzt mampf einen Donut und krieg wieder gute Laune. Wir haben heute Nachmittag die erste Besprechung unter Matthews Leitung durchzustehen, und weil er nicht mehr zu dir laufen konnte, hat Hunter ihn gecoacht. Da erleben wir ein Marionettentheater und brauchen einen unverwüstlichen Humor.«

Dem Himmel sei Dank für meine Freunde. Ich hatte keine Ahnung, wie ich ohne sie klarkommen sollte.

Der Schlüssel zum Glück lautete: ignorieren und lächeln.

Ich ignorierte die Anrufe meiner Mutter. Und ihre Text- und Sprachnachrichten. Drückte Anrufe meines Vaters weg und sperrte schließlich seine Nummer. Überließ Tola die verbliebenen Fixer-Upper-Termine und ging nicht darauf ein, als sie fragte, ob sie mehr Aufträge annehmen solle. Oder als sie fragte, was ich wegen Dylan unternehmen wolle.

Dylan, der immer häufiger auf den Fotos und in den Videos seiner Freundin zu sehen war, ihr über die Schulter schaute, sie auf die Wange küsste, sie zum Kichern brachte. Genau das tat, was sie von ihm erwartete. Dylan, der mir jeden Abend seine Liste von fünf Dingen schrieb, deren Nummer fünf immer war: *Dass wir wieder Freunde sind.* Er machte mich fertig. Ich war wieder da, wo ich früher gestanden hatte, sah ihn für eine andere der perfekte Freund sein, half ihm dabei und tat, als machte es mir nichts aus.

Ich musste diese Energie in mich selbst investieren.

Mit Fixer Upper wollte ich nichts mehr zu tun haben. Jetzt konnte ich mich hinter gewissen Dingen nicht mehr verschanzen.

Ich musste von dem Auftrag zurücktreten. Musste Nicki sagen, dass wir nicht länger mitmachten. Dann würde ich Dylan noch bei seinem Investor helfen, Nicki würde mitnehmen, was sie durch uns gelernt hatte, und weiter verbissen daran arbeiten, ihn zu dem Mann zu machen, den sie haben wollte (vielleicht mit Erfolg), und ich würde meine Freunde behalten. Und vielleicht würde ich mich dann nicht mehr mulmig fühlen, weil ich diesen Verrat begangen hatte.

Es war Zeit, der Katzenstreu-Prinzessin entgegenzutreten und mich gegen ihre Krallen zu wappnen.

Ich entwarf gerade einen Schlachtplan und schrieb eine gut durchdachte Liste *(Maßnahmen, um aus dem Schlamassel rauszukommen)*, als Eric anrief. Argwöhnisch ging ich ran. »Du rufst mich normalerweise nicht am Wochenende an. Ist alles in Ordnung?«

»Bitte, bitte, sag nicht Nein«, bettelte er, und ich war sofort gereizt. Ich legte den Stift hin.

»Was?«

»Nicki hat uns alle zum Glamping eingeladen.«

»Glamping. Klar.« Ich stutzte. »Wieso?«

»Sie meint, das wäre, ich zitiere, eine superschöne Freundschaftserfahrung.«

Ich schnaubte und tippte mit dem Bleistift auf meinen Notizblock. »Und wieso weißt du davon, ich aber nicht?«

»Weil sie dich einladen wollte, ich aber darum gebeten habe, das zu übernehmen«, er seufzte, »weil ich wusste, dass du ablehnen würdest.«

Kurz schloss ich die Augen und atmete einmal tief durch. Dann schaute ich durch das Café und fragte mich, ob die anderen Gäste gerade aufdringliche Influencerinnen abwehrten, die sie zu einem ausgefallenen Kurzurlaub einladen wollten. Wahrscheinlich nicht.

»Und warum sollte ich ablehnen?« Natürlich würde ich ablehnen.

»Äh, keine Ahnung, wegen moralischer Bedenken oder anderer Albernheiten? Aly, komm schon. Ich brauche das.«

»Du brauchst das?« Ich lachte und trank einen Schluck von meinem Kaffee. »Du brauchst es, mit einem Reality-TV-Star Schrägstrich einer reichen Erbin auf ein Luxus-Camping-Wochenende zu gehen, weil …?«

»Weil Ben auch mitgeht. Und mein derzeitiger Plan basiert auf räumlicher Nähe.«

»Und dieser Plan sieht vor …«

»Mit ihm abzuhängen, bis er einknickt und wieder mit mir schläft. Und dann weiter mit ihm zu schlafen, bis er sich in mich verliebt.«

Ich atmete aus. »Oh, gut, total verrückt, brillant. Warum muss ich mitkommen? Geh doch ohne mich. Viel Glück.«

»Weil ich dich dabei brauche, okay? Ich brauche deine Unterstützung. Ich tue gerade, was du gesagt hast: um meinen Mann kämpfen. Und wenn du nicht mitkommst, werde ich es sein, der einknickt. Du musst mir helfen, mutig zu sein, okay?«

Ich lächelte und war den Tränen nah. »Du brauchst mich?«

Er lachte.

»Wieso überrascht dich das? Ich liefere mich deiner Gnade aus. Hilf mir, den Mann zu überlisten, damit er sich in mich verliebt.«

»Für mich ist aber Schluss mit Manipulation«, erwiderte ich.

»Ich weiß, war nicht ganz ernst gemeint«, sagte er herzlich. »Ich brauche nur moralische Unterstützung. Und du weißt, Tola ist noch jung, und die Leute überschlagen sich, um mit ihr auszugehen. Sie versteht nicht, wie das ist, wie kostbar diese Sache ist, wenn man sie endlich gefunden hat. Wir Oldies müssen zusammenhalten.«

Ich atmete langsam aus, rieb mir die Stirn. »Eric … das mit Dylan und Nicki …«

»Ich weiß, das ist unangenehm, und du fühlst dich deswegen seltsam und willst die Sache abblasen. Aber die beiden sind zurzeit total verliebt. Sie redet nur noch über ihn. Sie ist superglücklich. Er ist superglücklich. Sie haben zusammen ihren großen Auftritt. Es läuft alles genau, wie du es geplant hattest.«

Das bezweifelte ich.

Doch es stimmte. Die sozialen Medien brachten die Story über das schönste, beliebteste Paar in Großbritannien. Da sah man ihn im Bett sitzen, mit nacktem Oberkörper, die Haare perfekt verwuschelt, das Frühstückstablett neben sich. Er hatte eindeutig aufgehört, sich den Kopf zu zerbrechen, sich Sorgen zu machen, ob sie füreinander die Richtigen waren. Der perfekte Freund war wieder da, und ich sollte mich für ihn freuen, aber es setzte mir doch ziemlich zu.

»Brauchst du mich wirklich unbedingt?«, fragte ich und fürchtete schon die Antwort.

»Bitte, er ist der Mann fürs Leben. Liebe, weißer Gartenzaun, Ehe, Beagle. Wir bringen uns gegenseitig den Kaffee ans Bett, tragen den gleichen Pyjama und werden zusammen alt und runzlig. Er ist mein Traummann, Aly.«

Es war das erste Mal, dass ich Eric so ernst darüber reden hörte. Und er so verletzlich klang.

»Na gut … verdammt. Als ob ich jetzt noch Nein sagen könnte, du Mistkerl.«

Ich hörte ihn erleichtert seufzen und dann lachen. »Gut, am Donnerstag geht's los.«

»Wenn ich schon wieder Urlaub einreiche, bringt Felix mich um.«

»Weißt du, warum er das nicht tun wird?«, erwiderte er. »Weil dir der Urlaub rechtlich zusteht. Du bist keine leitende Angestellte, du darfst tatsächlich ein Leben außerhalb der Firma haben. Wenn er dich an den Schreibtisch gekettet sehen will, muss er dir eine entsprechende Stelle geben. Aber die Chance hat er vertan.«

Ich hob den Kopf und straffte die Schultern. »Du hast recht. Danke. Ja! Okay, das könnte ein lustiges Wochenende werden. Glamping mit einer reichen Erbin. Da werden wir wenigstens was zu erzählen haben, hm?«

Und ich würde Gelegenheit haben, mit Nicki unter vier Augen zu sprechen und die Sache ein für alle Mal hinter mich zu bringen. Danke und tschüss.

»Eine, die wir unseren Kindern erzählen können!« Eric lachte plötzlich energiegeladen. »Okay, ich muss jetzt shoppen gehen! Ich brauche ein Outfit, das sagt: Ich bin verrückt nach dir, und ich bin stolz, schwul zu sein, und ich fühle mich wohl in meiner Haut.«

Ich lachte. »Vielleicht gehst du dann am besten nackt?«

»Das Leben ist zu kurz, um etwas aufzuschieben, Süße. Bis morgen früh!«

19

Vier Tage später saß ich auf der Stufe vor meinem Wohnhaus, wartete darauf, dass sie mich abholten, und scrollte währenddessen durch die sozialen Medien. Ich hatte heute Morgen bereits sechs verpasste Anrufe von meiner Mutter und einen Haufen Nachrichten empfangen, die ich nicht geöffnet hatte. Ich war zu dünnhäutig, und offen gestanden wollte ich wütend bleiben. Ich wollte sie noch ein wenig länger bestrafen.

Ich sah mir immer wieder das Foto von Nicki und Dylan an, auf dem sie im Bett saßen, mit dem perfekt arrangierten Frühstückstablett und dem verliebten Lächeln. Ich konnte nicht sagen, was mich daran besonders störte. Dass es so künstlich wirkte? Digital überarbeitet war?

Es dauerte eine Weile, bis ich es begriff: Er trug seinen Christophorus-Anhänger nicht. Seit dem Tod seiner Mutter hatte ich ihn nicht mehr ohne den Anhänger gesehen. Und Nicki mochte ihn nicht, sagte, dass er nicht zu ihrer Marke passte. Vielleicht war das für ihn jetzt das Richtige, er hatte sich mit Haut und Haaren darauf eingelassen, ohne Zweifel. Ohne Ausflüchte. Wie ich ihm geraten hatte. Das hätte ein Sieg sein können.

Er wollte, dass wir zusammen wieder so wären wie früher als Jugendliche, aber das konnte ich nicht. Ich brauchte Abstand. Freiraum. Zeit, um herauszufinden, wie die neue Aly mit ihm zusammen sein könnte. Wie ich die Wahrheit verschweigen und ihn … Dylan sein lassen könnte. Er konnte dieses Mal nicht der wichtigste Mensch in meinem Leben sein.

Da war es am besten, auf Abstand zu gehen, professionell zu bleiben, ihn nicht zu nah an mich ranzulassen.

Was in einem Zelt nicht einfach werden dürfte …

Ich hörte lautes Hupen und blickte erschrocken auf. Da stand eine gottverdammte Stretchlimousine. Ich hatte diesen Lebensstil ernsthaft unterschätzt. Aber, hey, ich hatte mich auf eine gute Story gefreut. Also setzte ich ein Lächeln auf und hängte mir den Rucksack über die Schulter. »Hallo, Leute!«

Sie winkten mir aus dem Wagen zu, während sie Schampus tranken und laute Musik lief.

Der Fahrer nahm mir den Rucksack ab und legte ihn in den Kofferraum, und wie geahnt bereute ich schon meine praktischen Klamotten.

Leicht geblendet von der Discobeleuchtung stieg ich ein und lachte alle verwirrt an.

»Gehen wir glampen oder fahren wir zum Abschlussball?«, fragte ich, und Ben reichte mir zwinkernd ein Glas Prosecco.

»Ein bisschen Show muss sein.« Nicki lächelte mich viel zu breit an, wie eine Meerjungfrau, die sich gleich in einen Piranha verwandeln würde, und drapierte sich um Dylan. »Ich möchte nur, dass ihr euch alle geschätzt fühlt, dass ihr wisst, wie dankbar ich euch bin, weil ihr so viel für Dylan und Ben getan habt.«

Ich schaute mich um. »Priya kommt nicht mit?«

Nicki schmollte ein bisschen, überspielte das aber mit einem Lächeln. »Ein Kinderbetreuungsproblem.«

»Und sie hasst Camping«, erklärte Ben.

»Aber du weißt, wir gehen glampen«, erwiderte Nicki, und Dylan legte einen Arm um sie.

»Und sie wird neidisch sein, wenn wir alle eine schöne Zeit miteinander haben und sie nicht dabei war«, sagte er, um sie zu beschwichtigen, und sie sah ihn ungeheuer dankbar und erleichtert an. Ich war verblüfft. Wer war hier der wahre Fixer Upper?

»Außerdem dachte ich gerade, es wäre total nett, wenn wir alle zusammen ein Wochenende verbringen, bevor die große Präsentation stattfindet und alles zu Ende ist!«, sagte sie unschuldig, und ich sah sie an und versuchte zu kapieren, was sich hier abspielte.

»Bevor das stressigste Meeting unseres Lebens vorbei ist?« Dylan lachte und zog sie in eine Umarmung. »Ich glaube nicht, dass wir traurig sein werden, wenn das erledigt ist, Süße. Hab nichts dagegen, wenn ich nie wieder einen Anzug tragen und keine Präsentation mehr halten muss.«

Nicki runzelte die Stirn. »Aber du siehst im Anzug toll aus.«

»Er sieht in Jeans genauso toll aus, und das ist wirklich unfair«, sagte Ben, und alle lachten. »Aber so fühle ich mich wenigstens nicht, als würde ich gleich eine scharfe Ansage vom Big Boss bekommen.«

»Aber … er ist der Big Boss.« Nicki zog wieder die Brauen hoch, bevor sie die Stirn bewusst glättete.

»Ich denke, Ben meint, sobald wir hoffentlich die Finanzierung haben, müssen wir uns um solche Äußerlichkeiten keine großen Gedanken mehr machen. Dann haben wir den nötigen Rückhalt und können tun, was wir wollen, Dinge, die wirklich zählen. Und das können wir auch gepflegt in Jeans und T-Shirt.«

»Und in einem weniger teuren Büro.« Ben lächelte demonstrativ, und ich fragte mich, wieso er das für den richtigen Moment hielt, das Thema auf den Tisch zu bringen. Nicki guckte entgeistert.

»Tja«, ich lächelte ebenfalls, »darüber kann man sich definitiv unterhalten, wenn es so weit ist, aber man kann nie wissen, was sich alles ändert, wenn das große Geschäft läuft! Also auf den Erfolg!« Ich hob mein Glas, und alle stießen mit an.

Dylan warf mir einen dankbaren Blick zu, und Nicki schaute plötzlich misstrauisch zwischen uns hin und her.

»Wirklich schade, dass wir nach der Präsentation nicht mehr zusammenkommen werden«, sagte sie wieder, und plötzlich kapierte ich, worum es ihr ging. Sie wollte mich aus dem Bild haben. Sobald sie ihr Ziel erreicht hatte, wollte sie den Beweis ihrer List loswerden wie eine Tatwaffe. Denn ich könnte mich jederzeit gegen sie wenden und Dylan alles verraten, ihre Beziehung zerstören. Da wollte sie mich natürlich möglichst weit weg haben.

Ich war eindeutig nicht die Einzige, die an diesem Wochenende etwas im Schilde führte.

Nicki sah Dylan an, als wollte sie nichts anderes als ihn, und wenn sie mich ansah, dann so, als gehörte ich schon nicht mehr dazu … Inzwischen war ich diejenige, die allem im Weg stand. Sie wusste Bescheid. Sie wusste, dass ich aus der Sache aussteigen wollte.

Mir war es zu stickig in der Limousine, und ich spürte jeden Höcker im Asphalt, während der Wagen dahinraste. Wir würden mit dem Ding doch nicht auf die Autobahn fahren? Ich brauchte frische Luft und einen Platz zum Verkriechen.

Ich merkte, dass Tola mich beobachtete, und lächelte, um ihr zu zeigen, dass alles in Ordnung war, obwohl mir gerade schlecht wurde.

»Hier.« Dylan reichte mir eine Flasche Limonade und versuchte, meinen Blick auf sich zu ziehen. »Das hilft gegen die Übelkeit.«

Ich nickte und trank dankbar.

»Dir wird im Auto schlecht, Aly?« Eric runzelte die Stirn, und plötzlich schauten mich alle an. »Dir war noch nie beim Fahren schlecht.«

»Nur auf der Autobahn«, sagte Dylan, und dann war es einen Moment lang still.

Ich erholte mich und schaute zu Eric. »Außerdem kotze ich nur in dein Handschuhfach, wenn du nicht hinguckst. Höflichkeitshalber.«

Darauf entspannten sich alle, aber Nicki beobachtete mich von da an feindselig.

Ich schaute zu Dylan und wusste, er dachte dasselbe – er hatte Nicki bei unserem ersten Wiedersehen nichts von unserer Freundschaft gesagt, wie könnte er das jetzt? Was für ein Schlamassel. Ich funkelte Eric böse an, denn er hatte die verräterische Bemerkung gemacht.

»Was?«, zischte er, und ich deutete auf mein Handy, während ich ihm schrieb:

Wenn ich bei deiner Hochzeit nicht Trauzeugin werde, rede ich nie wieder mit dir.

Natürlich war der Glampingplatz überwältigend. Jede Ecke war instagramtauglich, ein wahrer Influencertraum, und man war dort offensichtlich auf Nickis Ankunft vorbereitet. Es gab Gepäckträger und Luxushütten, pastellfarbene Fahrräder standen an verschiedenen Stellen bereit. Wir wurden in Golfmobilen über das Gelände gefahren, auf diverse Events und das Wald-Spa aufmerksam gemacht und schließlich vor unseren Jurten abgesetzt.

Ich hatte bei Schulausflügen und mit meiner Familie schon gecampt. Mit Dylan bei Festivals. Doch zwischen jenen Campingplätzen und diesem lagen Welten.

An den Zelten standen unsere Namen, und ich bemerkte interessiert, dass Ben und Eric sich eins teilen würden. Tola und ich wechselten einen Blick mit Nicki, die lächelnd mit den Brauen wackelte, und einen Moment lang hatte ich das Gefühl, als wäre alles wieder in Ordnung.

Und dann sah Dylan ihre beiden Namen auf dem Holzbrett vor dem größten Rundzelt. »Wow, die Hochzeitssuite!«

»Vielleicht wirkt das inspirierend!«, sagte Nicki schüchtern und sah ihn mit flatternden Lidern an. Mit angehaltenem Atem wartete ich auf seine Reaktion. Was für ein Druck und dazu so beiläufig. Bei unserem letzten Gespräch war er davon weit entfernt gewesen. Und doch musste seitdem etwas passiert sein, denn er lachte nur, warf sich Nicki über die Schulter, gab ihr einen Klaps auf den Hintern und verschwand ins Zelt.

Ich hätte kotzen können, und nicht von der Autofahrt.

»Du hast es geschafft! Irgendwie hast du es geschafft!« Tola nahm meine Hand und zog mich in unser Zelt. »Was hast du getan? Was hat sich geändert?«

Ich zuckte mit den Schultern. »Ich denke, sie brauchten nur ein wenig Raum, um Verständnis füreinander zu entwickeln.«

»Der Fixer Upper schlägt wieder zu!« Tola tippte sich an den imaginären Hut, aber ich schüttelte traurig den Kopf.

»Ich glaube nicht, dass ich das hervorgerufen habe.«

»Jede Wette.«

Ich wollte mir das nicht anrechnen. Dylan war glücklich, Nicki war glücklich, die Präsentation würde gut laufen, und dann würde ich unauffällig von der Bühne verschwinden. Wir konnten keine Freunde bleiben. Nicki würde das nicht erlauben. Das wäre für sie eine Gefahr. Und Dylan würde die Wahl treffen, die Nicki glücklich machte. Er hatte die ganze Zeit ohne mich überlebt, er brauchte mich nicht. Wie viele Leute würden wir gelegentlich die Posts des anderen liken. Das war in Ordnung.

Tola und ich schauten uns einen Moment lang um und nahmen alles in uns auf: Zwei schöne Himmelbetten mit Häkeldecke dominierten den Raum, auf jedem stand ein Körbchen mit Süßigkeiten und einer Begrüßungskarte. Es gab Hängematten und Sessel und hinter einem bemalten Paravent einen Bereich zum Umziehen. In der Mitte des Zelts hing ein großer Kronleuchter. Es war wirklich schön.

Und dann hörte ich Nicki kichern.

»Lass uns in den Whirlpool steigen und bei dem süßen Barkeeper Cocktails bestellen, okay?« Tola tätschelte mitfühlend meine Hand.

»Ich glaube, ich werde vorher joggen gehen«, sagte ich. Während ich mich umzog, klingelte mein Handy.

»Das ist deine Mutter!«, rief Tola. »Soll ich rangehen?«

»Nein.«

»Ach komm, irgendwann musst du –«

»Irgendwann, T. Zu meinen Bedingungen, okay? Ich bin noch nicht bereit dazu.«

Ich kam in Laufklamotten hinter dem Paravent hervor, und sie hob die Hände. »Meinetwegen. Also willst du mich hier zurücklassen zwischen zwei vögelnden Pärchen?«

Ich lachte. »Du kannst dich sehr gut allein amüsieren. Bis ich wieder zurück bin, hast du das ganze Personal bezirzt und lebenslange Freundschaften an der Bar geschlossen.«

»Stimmt.« Sie nickte und betrachtete prüfend ihre Fingernägel. »Na schön, geh, wenn es sein muss, aber keine Arbeitsanrufe.«

Ich schüttelte den Kopf. »So bin ich nicht mehr. Die neue Aly tut so was nicht.«

»Gut zu hören, Süße. Aber damit das klar ist: Die alte Aly mochte ich auch.«

»Da bist du die Einzige.« Ich lief aus dem Zelt.

Joggen war nie meine Leidenschaft gewesen. Das tat ich nur, weil es gut für mich war, weil ich mich dann erwachsen fühlte. Weil es wichtig war, Dinge zu tun, die man nicht mochte, und weiterzumachen. Doch um von Nicki und Dylan wegzukommen, das Engegefühl in der Brust zu lösen, das Schuldgefühl im Magen loszuwerden ... dagegen war Joggen das Beste. Das Gelände war schön, und mit jedem Atemzug bekam ich ein bisschen mehr das Gefühl, alles im Griff zu haben, wieder ich selbst zu sein. Ich nickte und lächelte, wenn mir andere Läufer begegneten.

Vielleicht sollte ich mich einem Joggingclub anschließen? Vielleicht hatte es mir doch nicht gutgetan, immer allein essen zu gehen und darauf zu beharren, dass ich alles genauso gut allein tun konnte? Vielleicht brauchte ich doch andere Leute. Freundliche Gesichter und oberflächliche Unterhaltungen, während man nebeneinanderher lief. Jeder für sich, aber gemeinsam. Als Teil einer Gruppe, aber ohne Selbstaufgabe.

Als ich zurückkam und duschte, fühlte ich mich gelassener, so als gäbe es keine Erschütterungen in meinem Leben. Tola war nicht im Zelt, und als ich nach draußen und hinter das Zelt ging, traf ich sie am Whirlpool an, wo sie gerade Wasser einließ.

Auf einem Tischchen daneben standen eine Flasche Sekt im Eiskübel, ein Teller mit Snacks, und da lagen auch zwei flauschige Bademäntel. »Hast du ein heißes Date, von dem ich nichts weiß?«, fragte ich.

Sie zeigte auf mich. »Ich habe immer gesagt, dass ich eines Tages in deinen Kopf gucke.« Sie deutete auf den Platz gegenüber. »Der Tag ist gekommen.«

Ich überlegte, das abzuwehren, aber dazu war ich schon zu müde. Ich schlüpfte in meinen Bikini und stieg mit einem Seufzer in das warme Wasser. Tola füllte mein Glas auf und stieg ebenfalls hinein, um mit mir anzustoßen.

»Gar nicht übel, dieser Lifestyle«, sagte sie. »Daran könnte ich mich gewöhnen.«

»Du würdest dich pudelwohl fühlen.« Ich grinste sie an, bemerkte aber ein Funkeln in ihrem Blick. »Oh-oh.«

»Jep. Genug ausgewichen. Was ist denn eigentlich mit dir los?«

»Ich hab's euch doch erzählt, das Theater mit meiner Mum …«

Tola nickte. »Und ich fühle mich sehr geehrt, dass du uns das anvertraut hast. Aber das meine ich nicht. Und auch nicht die Arbeit oder die Beförderung. Ich glaube nicht mal, dass es mit Fixer Upper zu tun hat.«

Ziemlich viel, was da zur Auswahl stand, hm? Ich tauchte bis zum Kinn ins Wasser. »Okay, du Schlaubergerin. Worum dreht sich alles?«

»Dylan James.«

Ich drehte mich panisch um, ob sie ihn damit heraufbeschworen hatte, doch sie winkte ab. »Sie sind in der Waldbar und schlürfen Cocktails. Deshalb nutze ich die Gelegenheit, damit wir uns allein unterhalten können. Denn du kannst nicht gut mit Gefühlen umgehen.«

Ich runzelte die Stirn. »Das ist nicht wahr.«

»Oh, versteh mich nicht falsch. Bei anderen bist du exzellent, weißt genau, was sie antreibt, wie sie denken, warum sie verletzt sind. Aber du bist nicht ehrlich zu dir selbst oder zu uns. Warum kommst du mit diesem Auftrag nicht klar, Aly? Was macht dich an diesem so fertig?«

Ich presste die Lippen aufeinander und seufzte schwer. »Weil es um ihn geht.«

Tola nickte.

»Er hat mich damals auch geliebt. Ich habe ihn geliebt und er mich, und ich hab's vergeigt, weil ich Angst hatte.« Ich rieb mir die Stirn. »Und ich muss immerzu daran denken. Ich stelle mir ständig vor, was hätte sein können und ob wir jetzt noch zusammen wären und ob … ob wir glücklich geworden wären.«

»Glücklicher, als er mit ihr ist?«

Ich verzog das Gesicht und schlug ins Wasser. »Ich habe das herbeigeführt. Ich habe ihm gesagt, was er hören musste, was er tun musste, und jetzt sieh sie dir an: ein schönes Paar! Ich habe genau das getan, was ich mir vorgenommen hatte, und es bringt mich um.« Sobald ich einmal angefangen hatte zu reden, konnte ich nicht mehr aufhören. »Weil ich ihn nicht in meinem Leben behalten darf. Du weißt, warum Nicki mit uns dieses Wochenende verbringt, oder? Das ist ihr Abschiedsgeschenk, bevor sie ihre Komplizen in die Wüste schickt. Man beseitigt die Leiche und geht auseinander.«

Tola grinste. »Wie melodramatisch. Also wirst du Nicki sagen, dass der Auftrag hier endet?«

Ich nickte, kippte meinen Sekt hinunter und wartete, während Tola nachschenkte. »Ja, genau das. Ich werde Dylan noch bis zur Präsentation begleiten, weil er mein Freund ist, und dann ziehe ich mich zurück. Vielleicht kann ich ihr mit der Zeit beweisen, dass ich keine Bedrohung bin. Sie kann mich nicht verraten, ohne sich selbst zu verraten.«

»Und schon müssen wir wieder planen und manipulieren und kontrollieren!« Tola klang frustriert. »Aly, willst du mir ernsthaft sagen, dass du nicht um deinen Mann kämpfen willst?«

»Er ist nicht mein Mann. Und er ist glücklich!«

»Weil du ihn manipuliert hast!«, sagte sie. »Er wusste, dass dir auf der Autobahn schlecht wird. Er weiß, wann du eine Auszeit am Meer brauchst, er weiß, was er dich fragen muss, damit es dir besser geht. Hast du das je bei einem deiner Projekte erlebt, die du gedatet hast? Hast du dich mal einem so geöffnet, dass er ein Gespür dafür entwickeln konnte, wann er sich um dich kümmern muss?«

Ich sah sie an, starr vor Schreck. Wieso war mir das nicht klar gewesen? Ich holte tief Luft und lachte. »Verdammt, Tola. Zweimal mitten ins Herz. Grausam.«

Sie prustete und hob triumphierend ihr Glas. »Ein bisschen liebevolle Strenge ist was Gutes, und ich glaube, du hast keinen anderen in deinem Leben, der dafür infrage kommt, sie dir zu geben. Weil alle zu viel Angst vor dir haben.« Sie grinste. »Aber ich sehe dich, wie du wirklich bist. Außerdem bist du sehr hübsch und nett und verdienst etwas Gutes. Also haben wir einen Mann, der zwischen zwei Frauen steht.«

»Aber glaubst du, ich tue das Richtige, bei Dylan?«

»Überhaupt nicht. Ich war noch nie dafür, sich für eine sogenannte größere Sache zu opfern. Sich dafür unglücklich zu machen ist nicht meine Art. Und wenn du dir anmaßt zu wissen, was er fühlt, dann ist das arrogant.«

»Ich weiß, was er für Nicki empfindet.«

Tola verdrehte die Augen. »Ich hätte es trotzdem nicht so weit kommen lassen. Du liebst jemanden, den du ein Mal geküsst hast, als du achtzehn warst. Du weißt nicht mal, ob der Sex mit ihm gut ist. Was für eine Verschwendung.«

Ich spritzte ihr Wasser ins Gesicht und lachte. Wenigstens hatte ich gute Freunde. Brillante, alberne, echte Freunde.

»Darf ich als deine seelische Beraterin etwas ansprechen, da du gerade in diesem super gechillten Zustand bist?« Sie setzte eine unschuldige Miene auf.

»Das Thema wird mir nicht gefallen, oder?«

Sie schnaubte. »Okay, deine positive Einstellung hat dreißig Sekunden gehalten! Wir müssen darüber reden, wie wir FU weiter handhaben wollen. Ich finde, wir sollten die Männer nicht mehr für die Frauen zurechtbiegen.«

»Du findest, wir sollten ihnen zeigen, wie sie das selbst effektiv tun können? Hilfe zur Selbsthilfe?«

»Nein, wir sollten ihnen klarmachen, dass sie Besseres verdienen.«

Wie bei Amy und ihrem Möchtegernschriftsteller. Natürlich.

Tola war eigentlich immer beeindruckend, aber so wie jetzt hatte ich sie noch nie gesehen: Ihre Augen strahlten vom Sekt, ihr Gesicht wurde von dem Licht im Wasser beschienen, und sie lächelte mich beinahe schamlos und entschlossen an. Da war nichts mehr, was von ihrem wunderbaren Wesen ablenkte. Vielleicht hätte auch ich auf die Idee kommen können, doch es war Tola, ihre Vision, ihre Tatkraft, die uns hierher gebracht hatte. Und sie könnte es auch sein, die uns in eine neue Richtung führte.

»Du weißt, dass ich vier Schwestern habe, ja?«, fragte sie, und ich nickte. »Eine hat einen netten Mann geheiratet, nur eine von ihnen. Und selbst der ist ziemlich nutzlos.« Sie lachte kopfschüttelnd. »Aber anscheinend finden sie sich damit ab, aus Liebe. Nur damit sie für den Rest ihres Lebens jemand ansieht und sie als seinen Besitz betrachtet und Forderungen an sie stellt. Sie wollten so verzweifelt erwählt werden … und jetzt ist es, als wäre das alles normal. Ist es normal, vom Ehemann herabgesetzt zu werden und damit zu rechnen, dass er ein beschissener Vater und ein träger Partner ist, und von ihm oder für sich selbst nicht mehr zu erwarten? Ich will so nicht leben. Und ich will nicht, dass irgendeine andere Frau so lebt.«

Ich nickte. »Na ja … ich habe Amy von ihrem Freund abgeraten, der wollte, dass sie von Haien gefressen wird … Aber ich will nicht als Privatdetektivin arbeiten, die Ehebrecher und Betrüger beschattet. Was schlägst du vor? Dass wir Paarberatung anbieten?«

»Ich finde, wir sollten dazu beitragen, dass Frauen sich zur Hauptfigur ihres Lebens machen.« Sie deutete mit dem Kinn auf mich und wackelte mit den Brauen, als wollte sie mir etwas aufschwatzen. »Klingt doch gut, oder?«

Ich dachte ein paar Augenblicke darüber nach, sah die Männer vor mir, mit denen ich zusammen gewesen war, und überlegte, was ich anders gemacht hätte. Wie das Leben aussähe, wenn ich nicht vorgäbe, eine andere Hauptfigur zu sein, nicht diese einsam im Restaurant sitzende New Yorkerin. Wie würde es aussehen, wenn ich nur ich selbst wäre, wenn sie nur sie selbst wären?

»Sie würden lernen, Nein zu sagen«, antwortete ich plötzlich und sah meine Mutter vor mir. »Selbstachtung aufzubauen, nach schädlichen Beziehungen wiederaufzubauen. Eine Gehaltserhöhung und Beförderung zu verlangen.«

Tola biss sich auf die Lippe und nickte. »Das hört sich richtig gut an.«

»Aber da gibt es so vieles! So viele Dinge, die wir tun können … Was genau schwebt dir denn vor?«

Sie grinste. »Ich weiß es noch nicht. Ich warte noch, dass sich die Sache weiter formt. Aber sei bereit, wenn es so weit ist. Dann will ich dich an meiner Seite haben.«

Als es uns im Whirlpool zu warm wurde, stemmten wir uns aus dem Wasser und setzten uns auf den Rand. Ein paar Augenblicke lang schauten wir in den dunklen Himmel.

»Darf ich dich etwas fragen?«

»Du kannst es versuchen.« Sie lächelte.

»War es für dich schon immer so einfach? Gut zu dir selbst zu sein? Das Selbstvertrauen, die spendierten Drinks von fremden Leuten, die vielen Bekannten, die um dich herumscharwenzeln?«

Sie überlegte. »Ich habe auch Momente der Unsicherheit. Aber es geht mir am besten, wenn ich mir selbst treu bleibe. Das heißt nicht, dass ich mich mitunter nicht verletzlich fühle oder dass ich nicht manchmal fürchte, meine Freunde könnten meiner leid werden – ich weiß, viele finden mich anstrengend. Ich kann schmerzhaft ehrlich sein und andere damit verletzen. Ich mache nicht immer alles gut. Aber nein, ich schäme mich nicht und bereue nichts.«

Ihre Miene verfinsterte sich, und ich wollte wissen, warum. »Was ist los?«

»Na ja … ein paar Dinge bedauere ich doch. Ich habe eine Freundin, und wir mögen uns … Wir mögen uns schon lange und sind auch immer mal aneinandergeraten. Aber der Gedanke, es zu vermasseln, sie zu verlieren, das schien mir die Sache nicht wert zu sein. Also machen wir rum, und dann drehe ich durch und gehe mit einem Kerl ins Bett, weil das einfacher ist, und sie tut so, als würde ihr das nichts ausmachen, und ich tue so, als wäre ich nicht verärgert, und wir fangen wieder von vorne an.«

»Wow«, sagte ich. »Das klingt … kompliziert.«

»Ja, und darauf stehe ich gar nicht. Das ist nichts für mich. Vielleicht für Leute, die sich ständig wegen allem den Kopf zerbrechen und immerzu fühlen, wie du und Eric. Aber ich hab es gern einfach. Bleibe bei den Primärfarben, verstehst du?«

»Was willst du tun?«

»Ich werde das Problem ignorieren, bis es nicht mehr geht. Und ich gehe jetzt tanzen. Willst du mitkommen?«

Ich sah zu den Sternen hoch, als sie die Beine aus dem Whirlpool schwang und in ihre Flipflops schlüpfte. »Drüben gibt es Musik und Cocktails und vermutlich ein paar C-Promis. Bist du dabei?«

Ich schüttelte den Kopf. »Geh du und hab Spaß. Ich genieße hier die Ruhe.«

Ich wartete, bis Tola sich winkend abwandte und den Weg hinaufschlenderte, dann ließ ich mich wieder ins Wasser gleiten und tauchte bis zu den Schultern ein, um nach der kühlen Abendluft an meiner nackten Haut die Wärme zu genießen. Ich fragte mich, ob Tola heute in unserem Zelt übernachten würde oder ob sie sich auf eine Affäre einlassen würde. Als emotionalen Gaumenreiniger.

Ich füllte mein Glas auf und seufzte zufrieden mit geschlossenen Augen. Herrliche Stille, dunkler Himmel und keine Sorgen. Ich brauchte mich nicht als eine andere auszugeben, nichts zu verbergen, keine Geheimnisse zu hüten.

»Ach, da bist du!«, hörte ich, und als ich die Augen öffnete, zog sich Dylan gerade sein T-Shirt aus. »Die anderen tanzen an der Waldbar. Da habe ich mich gefragt, wo du bist. Gieß mir auch etwas ein, ja?«

Ich beschäftigte mich, indem ich nach einem frischen Glas griff und einschenkte, damit ich nicht zusehen musste, wie er sich die Jeans auszog. Ich wartete, bis ich das Wasser plätschern hörte, dann erst drehte ich mich lächelnd zu ihm um.

»Danke.« Er stieß mit mir an und trank, während er sich umsah. »Also, das nenne ich leben.«

»Es ist jedenfalls sehr nobel«, räumte ich ein, lehnte den Kopf gegen den Rand des Whirlpools und schaute wieder in den Himmel. »Ich mag es, mich klein und unbedeutend zu fühlen. Da entsteht in jeder Sekunde eine neue Welt. Belanglose Probleme.«

»Aly, komm, du könntest nie unbedeutend sein.« Dylan sah mich stirnrunzelnd an, als hätte ich etwas Falsches gesagt.

»Ich meinte das nicht abwertend.« Mein Blick glitt zu seinen Armen, die er auf dem Poolrand ausstreckte.

Dann entdeckte ich den Christophorus-Anhänger an seinem Hals und lächelte beruhigt.

»Warum lächelst du?«

Ich schüttelte den Kopf. »Weil sich manches doch nicht ändert. Das ist tröstlich.«

Er sah mich an, forschte mit seinen blauen Augen in meinem Gesicht. »Ja, manches bleibt, wie es war.«

Ich merkte, dass ich auf einmal schneller atmete, und zwang mich wegzusehen.

»Fünf Dinge«, sagte ich, als wäre das ein Safeword. Damit er aufhörte, mich so anzusehen.

Dylan nickte und überlegte, tippte mit den Fingern auf den Poolrand. Ich stellte mein Glas ab und zog die Knie an die Brust, um die Arme darum zu legen.

»Die Aussicht von der Fußgängerbrücke«, sagte er langsam, um seine Aufzählung sorgfältig zusammenzustellen. »Die kleinen Karamellwaffeln im Geschenkkorb. Zu erleben, dass Ben sich endlich verliebt ...« Er sah mich verschmitzt an und legte den Zeigefinger an die Lippen. »Pst, das ist ein Geheimnis.«

Mein Grinsen war nicht aufzuhalten. Ich nickte.

»Das sind erst drei.« Ich wartete darauf, dass Nickis Name fiel – *wie ich mir Nicki über die Schulter geworfen habe, dass ich den Tag mit Nicki verbracht habe. Der Frau, die das alles ermöglicht hat. In die ich mich jeden Tag mehr verliebe.*

»Wie mir der Barkeeper den unglaublich starken Cocktail mit einem zwanzig Jahre alten Rum gemixt hat«, flüsterte er und lachte dann. »Pst, das ist auch ein Geheimnis.«

Ich kicherte kopfschüttelnd und sah zu, wie er zu mir rutschte und den Arm hinter mir auf den Poolrand legte, sodass wir uns fast berührten und ich seinen Atem spürte. Seine Augen ließen mich noch immer sprachlos werden.

»Und die Nummer eins mit großem Abstand ist …«, fuhr er leise fort und berührte mit einem Finger meine Haarsträhnen neben der Schläfe, »… wie sich diese Locke selbst nach fünfzehn Jahren noch genauso unbezwingbar kringelt.« Seine Mundwinkel zuckten, während sein Blick auf der Locke ruhte. »Das ist ein kleines hübsches Wunder.«

Mein Atem ging wieder schneller, mein Herz klopfte heftig, und ich schloss die Augen. *Was tust du denn da, verdammt?*

»Bist du betrunken?« Ich hätte das nicht als Frage formulieren sollen.

Dylan lächelte mich an und zuckte mit einer Schulter. »Das spielt keine Rolle. Bei den fünf Dingen lügen wir nicht.« Er glitt ein wenig von mir weg und griff nach seinem Glas. »Wir lügen bei allem anderen, aber nicht dabei.«

»Und das ist meine Schuld?« Ich schloss unter Wasser die Fäuste, um das Zittern zu unterbinden. »Du bist es doch, der so getan hat, als ob er mich nicht kennt. Du hast damit angefangen.«

»Oh, ich weiß.« Er lachte nickend. »Ich wollte dir nicht die Genugtuung verschaffen, und jetzt kann ich schlecht zu meiner Freundin sagen: ›Übrigens, Liebling, diese Frau ist eigentlich meine beste Freundin.‹«

»Sie wird unsere Freundschaft nicht dulden, wenn das alles vorbei ist«, sagte ich unüberlegt, und Dylan runzelte die Stirn.

»Was soll das heißen?«

Ich zeigte auf uns beide. »Das gefällt ihr nicht. Und das kann ich ihr nicht mal verübeln, denn wie willst du erklären, dass zwei Leute, die sich wochenlang nicht ausstehen konnten, plötzlich intime Details voneinander wissen?«

»Denkt sie etwa, wir hätten miteinander geschlafen?« Dylan riss die Augen auf, als käme ihm der Gedanken zum ersten Mal.

»Oder dass wir es wollen, was potenziell schlimmer ist.«

Er sah mich verwirrt an. »Wie kann das schlimmer sein, Aly? Etwas tun zu wollen ist schlimmer, als etwas getan zu haben?«

Ich atmete bewusst langsam. »Immer.«

Er schüttelte den Kopf, als hätte er nie etwas Verrückteres gehört.

»Das ist doch irre. Da könntest du ebenso gut verlangen, dass ich aufhöre zu atmen.« Er lachte und kippte seinen Sekt hinunter.

»Was?«

»Der Wunsch, mit dir zusammen zu sein, ist immer da. Wie ein Tinnitus oder das Knacken in meinem Handgelenk, wenn ich es dehne. Das ist ein Teil von mir. An einigen Tagen ist es lauter und an anderen nur ein Flüstern, aber es ist immer da. So ist das eben, wenn man jemanden über zehn Jahre liebt, das sitzt einem in den Knochen.«

Das zog mir die Brust zusammen, und ich schloss die Augen. »Ich hätte wohl eher fragen sollen, wie betrunken du bist, hm?« Ich stand auf, griff nach meinem Bademantel, und Dylan blickte mich schweigend an.

»Was? Was habe ich getan?«

»Du verhältst dich unangemessen«, flüsterte ich, unsicher, ob ich gerade eine Szene machte.

»Weil ich auf dich stehe?« Er lachte. »Eilmeldung, Aly: Ich stand schon immer auf dich. Das hat uns nicht davon abgehalten, Freunde zu sein. Oder uns davon abgehalten, andere zu daten.«

»Dich nicht«, sagte ich. »Du hast ständig andere gedatet. Und jetzt flirtest du mit mir und sagst unangemessene Sachen, obwohl du ganz klar gerade eine ernsthafte Bindung mit Nicki eingehst. Das tut kein anständiger Mann.«

Er holte tief Luft und nickte, schien sich auf seine Rolle zu besinnen. »Du hast recht. Du hast absolut recht. Ich dachte, wir könnten sofort zu der flirty Freundschaft übergehen, und lag falsch. Setz dich. Ich verspreche, mich zu benehmen.«

Ich setzte mich vorsichtig wieder ins Wasser und musterte ihn.

»Also, gibt es jemand Besonderen in deinem Leben? Wir haben noch gar nicht über dein Liebesleben gesprochen, dabei weißt du über meins praktisch alles.«

»Dylan.«

»Was? Das ist rein freundschaftlich. Ich frage dich nach deiner Beziehung, das tun Freunde nun mal.« Er hob die Hände.

»Zurzeit bin ich mit niemandem zusammen.«

Er neigte den Kopf zur Seite. »Warum nicht?«

»Weil mir das wie Zeitverschwendung vorkommt. Jeder Mann, mit dem ich zusammen war, hat von mir profitiert, hat sich entwickelt und verändert, während sich bei mir gar nichts verändert hat.«

Ich sitze hier, nach fünfzehn Jahren, und sehe dich an, als wärst du die Lösung für all meine Probleme. Und hab immer noch Angst, dir die Wahrheit zu sagen. Denn ich liebe dich noch immer, und das macht mich fertig, du Mistkerl.

»Du hast dich sehr wohl verändert«, sagte er behutsam. »Du

bist jemand, der nie gefunden hat, was er suchte, und stattdessen Flickwerk betreibt.«

Ich wollte nicht fragen, was er damit meinte, ob das ein Kompliment war, warum es mir die Tränen in die Augen trieb. Ich schüttelte bloß den Kopf, und wir schwiegen eine Weile. Manchmal war ein Schritt zurück leichter als ein Schritt nach vorn. Und das war für uns am sichersten – nostalgisch zurückzublicken, anstatt an unsere Zukunft zu denken. Wir hatten keine gemeinsame Zukunft.

»Sag mir etwas Wahres, Dyl.«

Er verzog das Gesicht und zeigte auf seine Jeans. »Verdammt. Ich hab einen wirklich guten über Flamingos, aber der steckt in meiner Hosentasche.«

Er hat eine neue Alys-Fakten-Liste? Mein Magen zog sich zusammen.

»Okay, dann sag mir, was mit dir los ist.«

»Gar –«, begann er, aber ich hob den Finger.

»Etwas Wahres.«

»Ich habe Nicki über meinen Vater belogen. Sie wollte ihn kennenlernen und hat sich darauf gefreut. Ich konnte mich nicht überwinden, ihr zu sagen, dass wir nicht mehr miteinander reden.«

»Warum?«

»Ich wollte sie nicht enttäuschen. Zwischen uns lief es in den letzten zwei Wochen so gut. Ich habe die Aly-Ratschläge befolgt, wie immer.« Er schoss mir ein dankbares Lächeln zu. »Ich werde etwas verabreden und tue dann so, als hätte er im letzten Moment abgesagt.«

»Das tut mir leid«, sagte ich und spürte, wie er unter Wasser nach meiner Hand griff und sie drückte.

»Mein Fehler. Ich spiele schon so lange den Unbekümmerten, da kann ich nicht verlangen, dass mich die Leute jetzt sofort ernst nehmen.« Er sah mich leise lächelnd und kopfschüttelnd an.

Ich entzog ihm lachend meine Hand, doch er griff sofort wieder danach. Also ließ ich es zu, blieb aber angespannt und wachsam.

»Weißt du, dass ich eine ganz klare Vorstellung davon hatte, was ich vom Leben will?«, fragte er plötzlich, und ich sah ihn überrascht an. Er lachte. »Ich weiß, okay? Das sieht mir nicht ähnlich. Aber in den letzten Jahren habe ich mir ausgemalt, wie das perfekte Leben für mich aussähe. Ich würde mein Team führen und Dinge entwickeln, die wirklich wichtig sind, die das Leben der Leute verbessern. Und ich würde ein schlichtes Büro haben, nichts Schickes, aber in der Nähe eines guten Cafés, in dem ich täglich einen netten Plausch mit dem Barista halten kann und gutes Trinkgeld gebe und erfahre, was im Viertel läuft, als Mitglied der Gemeinschaft, verstehst du?«

Ich nickte und hörte ihm weiter zu, mit geschlossenen Augen und seiner Hand in meiner.

»Und ich hätte ein kleines Haus in der Nähe eines Parks und würde sonntagmorgens joggen gehen. Vielleicht würde sich mein Vater mit mir treffen und wir würden wieder zusammen joggen wie früher, aber nicht mehr streiten. Und ich würde einen großen Sonntagsbraten zubereiten, meine Freunde um mich haben. Ich hätte einen Hund. Ich würde im Garten Sangria trinken. Mein Wohnzimmer hellorange streichen. Jeden Tag mehr als fünf Dinge aufzählen.«

Mir wurde allmählich schwindlig.

»Klingt perfekt«, sagte ich schwach. Sein Daumen strich über meine Handfläche, mein Atem ging flacher. Ich öffnete die Augen. »Du bist auf Kurs.«

Er sah mich an. »Bin ich das?«

»Was tust du, Dyl?«

Sein Daumen strich über meinen Fingerknöchel, und ich sah ihn flehend an. Doch ich ließ seine Hand nicht los und rückte nicht von ihm weg.

»Ich finde, dass mich gerade jede meiner Entscheidungen weiter von diesem Lebenstraum wegführt. Gesponserte Posts und Fotoshootings und schicke Bürogebäude, Kreditkarten für Reisen und riesige Blumensträuße, und immer, immer muss ich mich für etwas entschuldigen. Ich bin ausgelaugt, Aly. Ich bin es absolut leid, mich anders zu geben, als ich bin.«

Das Streicheln machte mich fertig. Mir war zu heiß, und ich fühlte mich betrunken.

»Du hast gesagt, du bist glücklich«, hauchte ich, und er drehte den Kopf zu mir.

»Ich hatte vergessen, wie das ist, wie berauschend das ist«, sagte er leise, ohne mich anzusehen.

»Was meinst du?«

»Dich und mich. Unsere lange Freundschaft. Dass mit dir alles einen Sinn ergibt.«

Ich schüttelte den Kopf, zog die Hand weg und stieg aus dem Whirlpool, um mir den Bademantel anzuziehen.

Er hob die Hände. »Na gut, ich habe die Regeln gebrochen.«

Ich verschränkte die Arme und sah ihn kopfschüttelnd an. »Ich weiß, du führst nur denselben Tanz auf wie immer, darum kann ich dir das nicht übel nehmen, aber du kannst nicht mit Nicki diese enge Beziehung führen, ihr das Gefühl geben, die Eine zu sein, mit ihr ins Bett gehen und dann zu mir kommen, um mich um Rat zu fragen. Du kannst nicht bei ihr den Goldjungen spielen und nur bei mir den gebrochenen Teil deiner Persönlichkeit zeigen. Ich weiß zwar, so lief das früher zwischen uns, und es tut mir leid, aber das hat mir damals schwer zugesetzt, und ich will das nicht wiederholen.«

Er stand auf. »Aly, ich –«

»Mach dir keine Gedanken. Ich bin froh, dass wir wieder Freunde sind. Belassen wir es dabei, okay?«

In dem Moment kamen die anderen zurück, gut gelaunt kichernd und plaudernd, und stoppten, als sie uns sahen.

»Ah, Aly und Dylan streiten wieder. Gut, die Welt ist wieder im Lot!« Ben lachte. »Gehen wir alle in den Pool?«

Ich lächelte ihn an. »Nur zu, aber ich bin raus, bin schon schrumpelig wie eine Backpflaume.«

Dylan lächelte genauso harmlos und nickte, als Nicki ihn fragte, ob alles okay sei.

Ich ging, ohne zurückzublicken. Und das hätte ich von Anfang an tun sollen.

Als ich aufwachte, lag Tola neben mir und hielt meinen Arm umklammert wie ein entschlossener Koala. Ich fragte mich, wieso sie nicht in ihrem Kingsize-Bett schlief, aber als ich hinüberlinste, sah ich, dass sich darauf Klamottenstapel türmten.

In ihrem Guns-N'-Roses-T-Shirt und mit dem Goldschimmer-Lidschatten, der sich über Nacht in ihrem Gesicht verteilt hatte, sah sie unglaublich süß aus, wie ein engelhaftes Kind, das sich über den Schminkkasten seiner großen Schwester hergemacht hatte. Ich löste mich von ihr und zog mir Joggingsachen an, öffnete vorsichtig die Zeltklappe und traf draußen auf Nicki, die vollständig geschminkt Selfies vor dem Zelt schoss.

»Guten Morgen«, sagte sie. »Ich mach nur ein paar Fotos.«

Ich holte Luft. Sie sah plötzlich so normal aus, wie jede andere Frau, die sich an mich wandte, weil ihr Freund sie nicht sah oder sich nicht um sie bemühte oder nicht erwachsen werden wollte. Aber sie hatte jemanden, der sich mehr als jeder andere anstrengte, und trotzdem reichte es nicht.

»Nicki, ich hatte gehofft, dich –«

»Sicher, Darling, es wäre toll, wenn wir mal unter uns sind, aber ich muss das gerade noch erledigen, okay?« Sie wusste, was ich sagen wollte, und sie würde mich hinhalten, solange sie konnte.

»Es dauert wirklich nicht lange.« Ich zeigte mein Haifischlächeln. »Wie wär's, wenn wir frühstücken gehen, nur wir beide? Besprechen, wie weit wir mit unseren Projekten sind?«

Damit erregte ich ihr Interesse. Sie lächelte ein wenig verunsichert und nickte. »Gut, überredet. Ich habe dem Koch das Rezept für die Buchweizenwaffeln meiner Ernährungsberaterin gegeben. Hoffen wir, dass er weiß, was er tut!«

Wir setzten uns an einen Tisch im Garten. Nicki lächelte und winkte jedem zu, als wäre sie die verdammte Queen.

»Tut mir leid, es ist so peinlich, aber das wird einfach von mir erwartet.« Sie lächelte weiter, die Augen schon wieder auf dem Handy. Ich legte die Hand auf das Display, und sie sah mich geschockt an.

»Ich hatte gehofft, wir könnten uns mal unterhalten.«

»Über Dylan?« Sie legte das Handy auf den Tisch, sah aber immer wieder hin, als könnte es die Antwort auf die Fragen des Universums enthalten.

»Über Dylan.«

Sie nickte und schenkte mir endlich ihre volle Aufmerksamkeit. »Du hast gute Fortschritte gemacht, das muss ich dir lassen.« Nachdenklich nippte sie an ihrem grünen Smoothie. »Als ich anfangs sah, wie sehr er dich hasst, hatte ich meine Zweifel, aber jetzt scheint es, als hättet ihr beide so was wie eine gemeinsame Grundlage gefunden.«

»Ich weiß nicht …«

»Ich meine, er ist in letzter Zeit so liebevoll und aufmerksam, und das muss ich dir anrechnen.« Sie grinste mich an. »Die vielen langen Sitzungen für die Präsentation, und ich dachte, er würde erschöpft sein, aber er kam hinterher zu mir nach Hause und war plötzlich so enthusiastisch, so … leidenschaftlich.«

Sie wusste, was sie mir antat. Wie durchschaubar musste ich für sie sein, die Frau, die sich in den Mann verliebte, auf den sie angesetzt war?

»Na, jedenfalls, Darling, ich bin mir nicht wirklich sicher, ob wir unser Arrangement weiter fortsetzen müssen. Ich glaube, von jetzt an komme ich allein zurecht.« Ihr Gesicht gab nichts preis. »Das Geld kannst du natürlich behalten, denn soweit ich weiß, hast du auf der geschäftlichen Seite ja wirklich Unterstützung geleistet. Ganz eindeutig hast du dafür ein echtes Talent.«

»Das verstehe ich nicht. Du willst es abblasen?«

Sie setzte sich zurecht und warf ihre Zöpfe über die Schulter. Ich fragte mich, wie früh sie aufgestanden war, um ihre Haare zu glätten, und ob es ihr jemals lästig wurde. Sie nahm wieder ihr Handy, wischte geistesabwesend über das Display und lächelte über die Anzahl der Likes, die sie erhielt. Mir war nicht klar gewesen, wie abhängig sie davon war und dass man nie ihre volle Aufmerksamkeit erhielt. Deshalb erschien es wohl so verlockend, wenn sie sie anbot wie ein Geschenk. Als wäre man jemand Besonderes. Ich fragte mich, ob Dylan es auch so empfand.

»Anscheinend hat Dylan während eurer Zusammenarbeit … Zuneigung für dich entwickelt.« Sie warf die Hände in die Luft, als wäre schon die Vorstellung aberwitzig. »Ich habe davon gesprochen, dass ich dich mit einem Freund von mir zusammenbringen wollte, quasi als Dankeschön für deine viele Hilfe, und er wurde richtig sauer. ›Du kannst nicht einfach das Leben anderer Menschen lenken, Nicki.‹« Sie äffte ihn nach und verdrehte die Augen. »Eine ziemliche Ironie, hm? Und dann sind da noch die ganzen Insider-Witze.«

»Insider-Witze?« Mir war schleierhaft, was sie meinen könnte.

Nicki blickte mich an, als wäre ich schwer von Begriff. »Im Auto? Er wusste, dass du reisekrank warst!«

»Das war kein Witz.« Ich versuchte, es mit einem Lachen abzutun. »Und ich war ziemlich grün im Gesicht. Das muss ich irgendwann mal erwähnt haben.«

Nun sah, nein, starrte sie mich an, als versuchte sie durch schiere Willensanstrengung, die Wahrheit aus mir herauszubekommen. Ich hatte gesehen, wie sie das in der Reality-TV-Sendung tat: Sie starrte jemanden für einen unangenehm langen Zeitraum wortlos an. Ich hatte immer angenommen, es handele sich um einen Schnitttrick, um mehr Drama herauszuholen, aber jetzt dachte ich, dass irgendeine Produzentin ihr erklärt hatte, wie wirksam ihr Starren war.

»Hör zu, ich bin einverstanden«, sagte ich. »Wir sollten es lieber bleiben lassen. Du kannst das Geld zurückhaben, die ganzen hundert Riesen – ich stelle meine Zeit nicht in Rechnung. Aber ich finde nicht … es kommt mir einfach nicht richtig vor.«

Sie nickte, als hätte sie von vornherein damit gerechnet: Schwäche.

»Wie schade. Wenn du halten würdest, was du versprichst, könntest du Millionen verdienen. Du wärst eine Ikone.« Sie lachte. Ich wollte schreien. »Ich dachte, wir wären auf einer Linie. Männer müssen ein bisschen geformt werden, ermuntert werden. Wir müssen sie in gutem Benehmen bestärken. Das tun wir alle, wir versuchen sie zu erziehen. Aber das ist einfach so zeitaufwendig und anstrengend.«

Die Kellnerin kam, um unsere Teller abzuräumen. Sie wandte demonstrativ den Blick ab, als sie sich vorbeugte. Ihr Körper war angespannt, ihre Augen aufgerissen. Sie hatte Nicki erkannt, und ich meinte, ihre Hände zitterten ein bisschen. Ich lächelte sie an und hauchte ihr ein »Dankeschön« zu, als sie ging.

Dann wandte ich mich wieder Nicki zu und schüttelte den Kopf. »Ich … ich verstehe nur nicht, wieso er für dich nicht gut genug ist, wie er ist«, entgegnete ich. »Er ist nett und aufmerksam. Du bist ihm wichtig, er respektiert deine Arbeit, er achtet darauf, was du brauchst. Er hat sich sehr bemüht, hat dich auf die Veranstaltungen begleitet, war der Mensch, den du an deiner Seite gebraucht hast. Warum genügt das nicht?«

Nicki hob den Blick. »Du meinst, weil es dir genügen würde?«

Ich versuchte, nicht das Gesicht zu verziehen. »Von mir reden wir hier nicht.«

»Das glaube ich aber doch.«

Sie blickte mich wieder schweigend an, und diesmal wehrte ich mich gegen die Einschüchterung. Geziert nippte ich an meinem Kaffee, ließ mir Zeit, bis ich die Tasse auf die Untertasse abgesetzt hatte, und lächelte. »Ich werde jetzt gehen. Wir brauchen nie wieder über die Angelegenheit zu sprechen.«

Sie fixierte mich mit ihrem Blick, als wäre ihr klar, dass ihr nicht mehr viel Zeit blieb. Ein wohlgezielter Schuss, mehr wäre nicht nötig.

»Darling, ich sage das nur, weil ich nicht will, dass du verletzt wirst. Aber dir ist schon klar, dass du bei ihm keine Chance hast, oder? Ich meine, du bist hübsch, sicher, keine Frage, aber du hast etwas an dir … so etwas Ungeschliffenes. Vielleicht weckst du seinen Beschützerinstinkt, so als wärst du seine Schwester, und vielleicht mag er dich sogar, aber Dylan ist durch und durch wie jeder andere Mann. Er mag seine Frauen durchtrainiert, gebräunt, gewachst und in Dessous. Er kann so tun, als würde er auf die ganze Mühe, die ich mir mache, nicht stehen, aber glaub mir, wenn wir allein sind, dann macht er sehr deutlich, was ihm gefällt.«

Ich holte scharf Luft, lächelte, neigte mich zu ihr und flüsterte: »Und ich sage das nur, weil ich nicht möchte, dass *du* verletzt wirst, Nicki – wenn du ihn manipulieren musst, damit er dir einen Antrag macht, dann musst du ihn für den Rest eures Lebens bei jeder Entscheidung manipulieren, und er wird dich verabscheuen.«

»Solange er durchhält, bis mein TV-Deal unter Dach und Fach ist, bin ich zufrieden«, versetzte sie, und ich sah sie schockiert an. »Sobald wir nach Hause kommen, ist die Wohnung als superromantische Kulisse dekoriert, mit all seinen Lieblingsspeisen, gutem Champagner und einer Fototapete von unseren tollen Urlauben und den schönen Zeiten, die wir hatten. Und wenn er sich umdreht, stehe ich vor ihm und halte einen Anhänger an einer Kette, eine Nachbildung dieses Dings, das seine Mutter ihm geschenkt hat, aber aus vierundzwanzigkarätigem Gold. Als Verlobungsgeschenk.«

Ich schloss die Augen, so weh tat es. »Nicki, komm schon. Hast du ihm auch einen kleinen Hund gekauft?«

»Ich kenne ihn«, erwiderte sie. »Ich weiß, was er mag. Was ihm wichtig ist. Er will die schöne Wohnung, die schicken Anzüge, das große Büro und die perfekte Ehefrau.«

»Also deshalb haben wir diesen Trip gemacht? Damit deine Assistenten den Heiratsantrag vorbereiten können?« Ich lachte. Ich war nicht einmal überrascht und schob den Stuhl zurück, um aufzustehen und zu gehen.

»Alyssa …« Sie sah mich mit großen Augen an, süß wie Torte. »Wenn du ihm irgendetwas davon erzählst, stehst du genauso schlecht da wie ich. Bleib schön in deiner Rolle oder geh von der Bühne. Wenn alles vorbei ist, will ich dich nie wiedersehen.« Sie setzte ein zuckersüßes Lächeln auf. »Okay, Darling?«

Gib ihr nicht die Befriedigung, Aly. Du weißt, wie man dieses Spiel spielt, also tu es auch.

Ich lächelte, als führten wir ein wunderbar harmonisches Gespräch. »Danke für dieses unvergessliche Erlebnis, Nicki. Es war wirklich überwältigend. Wir sehen uns im Auto auf der Rückfahrt.«

»Ich habe für euch einen eigenen Wagen bestellt«, entgegnete sie widerlich nett, ganz aus dem Häuschen über ihren Sieg. »Schließlich steht Dylan und mir etwas Wichtiges bevor.«

Während ich davonging, tröstete ich mich mit dem Gedanken, getan zu haben, was ich mir vorgenommen hatte. Es war vorbei. Kein Manipulieren mehr, kein Lügen, kein Tricksen. Und kein Dylan. Ich musste darauf vertrauen, dass noch genug von ihm vorhanden war, damit er sich richtig entschied. Genug von dem Dylan, der angeekelt das Gesicht verzog, wenn ihm eine teurere, luxuriösere Version des Geschenks seiner Mutter vor die Nase gehalten wurde.

Aber so oder so, es war vorbei. Das war kein Problem mehr, das ich in Ordnung bringen musste.

Ich hatte genug eigene Probleme.

Die Fahrt nach Hause verlief in Schweigen: Tola döste still vor sich hin, Ben und Eric saßen Arm in Arm da, ich umklammerte eine Flasche Wasser und versuchte, mir nicht vorzustellen, was in zwei Stunden passieren würde. Als wir losgefahren waren, hatte Dylan mir zum Abschied zugewinkt, einen Arm um Nicki gelegt und völlig sorgenfrei.

Ich sah auf mein Handy und fand eine Nachricht von Priya.

Wie war der Albtraumausflug? Hattet ihr Gruppenmassagen und seid jetzt dicke Freundinnen? Alle im Team Nicki? P x

Ich wollte darüber lachen, dass die Nachricht ausgerechnet jetzt kam. Ich wollte mir einreden, dass Priyas Meinung dazu und Bens angespannte Blicke und der nagende Zweifel, den Dylan noch hatte, für ihn genügen würden – doch das würden sie nicht.

Was er tun würde, stand völlig außer Zweifel. Ich wusste ganz genau, wie es sich abspielen würde.

Ich würde mir ansehen, wie sie ihre Verlobung online bekannt gaben, und ich würde mich durch die Fotos und die Artikel quälen und mir einen Abend zum Heulen und Betrinken freihalten. Nur einen Abend, um mich zu verabschieden. Das musste reichen.

Und dann würde ich mir einen anderen Job suchen und aufhören, Umstände und Personen zu optimieren.

Ich hatte einen Plan. Wiederholte es immer wieder in meinem Kopf: *Ich habe einen Plan, ich habe einen Plan. Alles wird gut, weil ich einen Plan habe.*

Als wir bei mir zu Hause ankamen, sprang ich aus dem Wagen, bedankte mich über die Schulter und rannte ins Haus, ohne einen weiteren Blick zurückzuwerfen. Ich schloss die Wohnungstür auf und seufzte erleichtert. Keine Lügen, keine Verstellung, keine Gefühle. Nur Stille. Ich warf mich aufs Bett und verschlief den Rest des Nachmittags.

Ein paar Stunden später klingelte mein Handy. Ich suchte es unter der Bettdecke und stellte fest, dass ich achtzehn verpasste Anrufe hatte. Tola, Eric und meine Mutter. Tola rief gerade wieder an.

»Was ist los, geht es allen gut?«, fragte ich voll Panik.

Tola seufzte. »Gott sei Dank, gehst du ran. Wo warst du denn die ganze Zeit?«

»Ich habe geschlafen! Wo brennt's denn?«

»Geh auf Twitter und guck, was da los ist«, sagte sie.

»Soziale Medien? Ich darf also davon ausgehen, dass niemand tot oder verstümmelt ist?« Ich stellte sie auf laut und öffnete die App.

»Noch nicht«, entgegnete Tola düster.

Ich sah zwei Hashtags, die mich beunruhigten:

#KSP

#FixerUpper

»Was zum Teufel seh ich mir da an, Tola?«

Sie seufzte. »Lies die Artikel und ruf mich zurück. Wir müssen Schadensbegrenzung betreiben.«

Optimiert oder zusammengeflickt?

Katzenstreu-Erbin zahlt hunderttausend Pfund an »Fixer Upper«, damit Freund ihr Heiratsantrag macht

Eine alte Lebensweisheit besagt, dass man mit Geld keine Liebe kaufen kann, aber die Erbin des Happy-Kitty-Vermögens und Reality-TV-Sternchen Nicolette Wetherington-Smythe wollte sich davon nicht abhalten lassen. Nicolette steht seit der fünften Staffel von *Posh London* ununterbrochen im Fokus der Medien, aber erst seit Kurzem zog auch ihr Freund, der Hightech-Unternehmer Dylan James, das Interesse der Öffentlichkeit auf sich.

Wie wir aus vertraulicher Quelle erfahren haben, war all das Teil eines ausgeklügelten Plans, Mr James zu einem ebenbürtigen Partner für die Influencerin aufzubauen, um als Vorbereitung auf einen großen Geschäftsabschluss und einen Heiratsantrag sein Publikum zu vergrößern.

Aber anders als die meisten Frauen ist die Katzenstreu-Prinzessin kein Fan des Wartens und hat die geständigen Partner-Optimiererinnen Alyssa Aresti und Tola Ajayi und

> ihre Agentur »Fixer Upper« beauftragt, den Prozess zu beschleunigen. Unter dem Vorwand der Geschäftsberatung haben sich Aresti und Ajayi in Mr James' Privatleben gedrängt und versucht, ihn an Wetherington-Smythes hohe Standards anzupassen. Wie wir noch aus der vierten Staffel von *Posh London* wissen, servierte die KSP bereits den Keksmilliardär und Mädchenschwarm Landon Hawthorne ab, weil er ihre »unternehmerische Vision« nicht erkannte. Nun, jetzt kann sie niemand mehr übersehen.

Ich überflog ein paar andere Seiten, um zu schauen, wie viel die Leute wussten.

> Aresti und Ajayi betreiben »Fixer Upper« seit fast einem Jahr, und ihre Website verspricht eine breite Auswahl an Paketen, von Karriereförderung und allgemeinem Händchenhalten bis zu gesteigerter Hingabe und Kommunikation. Auf der versteckten Seite, die nur mit einem Passwort zugänglich ist, findet sich einiges, was an eine Geheimgesellschaft denken lässt. Außerdem lieben wir die schrillen Stoffbeutel und die frechen Buttons. Ladys, wir ziehen den Hut vor euch!
>
> Also, Mädels, was meint ihr? Würden wir jemandem Geld zahlen, um unsere Männer auf Linie zu bringen, und ist es hunderttausend Pfund wert, sie in der korrekten Bedienung der Waschmaschine auszubilden?

Ich warf mein Handy aufs Bett und vergrub das Gesicht in den Händen. *Scheiße.* Ich rief sofort Dylan an, aber es klingelte nur einmal, dann schaltete sich die Mailbox ein. Ich musste ihn finden, ich musste es ihm erklären. Aber was sollte ich ihm schon sagen, außer: *Es ist wahr, tut mir leid?*

Tola rief wieder an, aber ich nahm nicht ab. Ständig schrieb sie mir etwas von einem Plan, den wir machen, einer Erklärung, die wir vorbereiten sollten, von dem Versuch, mit Nicki zu reden. Aber das konnte ich nicht. Ich konnte mich niemandem von ihnen stellen.

Heute Morgen im Restaurant am Campingplatz war die Kellnerin nicht starr und nervös gewesen, weil sie Nicki als Promi erkannt, sondern weil sie von unserem Gespräch einiges aufgeschnappt hatte und wusste, dass es Gold wert war.

Ich zog mir die Decke über den Kopf. Oh Gott, im Büro würden sie es lesen. Alle, die Fixer Upper beauftragt hatten, würden es lesen. Nicki hatte ein ganzes PR-Team, um die Sache zu drehen, wie sie es wollte, und wir waren am Ende. Wir konnten einpacken.

Dylan war tief gekränkt.

Ich versuchte erneut, ihn anzurufen, ohne dass ich wusste, was ich sagen sollte, aber diesmal kam ich nicht einmal bis zur Mailbox, sondern hörte: »Diese Rufnummer ist uns nicht bekannt.«

21

Ich weigerte mich zwar, irgendetwas zu unternehmen, konnte die Sache aber auch nicht einfach ausblenden. Also sah ich zu, wie sich das Drama entfaltete. Tola steigerte sich völlig hinein, wollte pushen, promoten und antworten, aber ich war zu nichts imstande. Ich konnte nur rumsitzen und scrollen.

Für wen zum Teufel halten diese Miststücke sich denn? Wenn man die so ansieht, könnten sie sich mal selber optimieren!

Noch mehr BH-verbrennende Feministinnen, die versuchen, die Männer abzuschaffen. Jemand sollte diesen Zicken mal eine Lektion erteilen.

Das ist völlig unethisch! Mir gefällt nicht, was da über Männer steht. Sie sind keine Hunde, die man abrichten kann! Viele Männer haben ihr Leben im Griff! #notallmen

Wie wäre es denn damit, Menschen so zu akzeptieren, wie sie sind, mit allen ihren Fehlern? Geht es bei der Liebe nicht genau darum?

Am schlimmsten waren die, die gar nicht unrecht hatten. Es gab aber auch hoffnungsvollere Posts von Frauen, die verstanden, was wir taten und was wir wollten. Aber sie waren selten und konnten das ganze Gift nicht ausgleichen, das über uns ausgegossen wurde.

Samstagabend kam der große Knall – ein Interview mit Nicki persönlich. Ich hatte ihr Vorgehen mit Argusaugen beobachtet und mich von Schokolade und Kaffee ernährt, während ich die Social-Media-Seiten immer wieder neu lud. Hashtags überflog, Fotos durchsah, mich mit den Meinungen anderer Leute vergiftete.

Sie hatte ein Bild von einem gebrochenen Herzen gepostet und um Zeit gebeten, ihre Beziehung zu betrauern. Zwei Stunden später beschrieb sie, wie furchtbar anstrengend es sei, eine Frau mit Ehrgeiz zu sein und den Partner bei allem mitzerren zu müssen. Dann gab es ein Tränenselfie mit feuchten Augen und perfekten Mascarastreifen, aber ihr Gesicht war kein bisschen aufgedunsen, ihre Lippen prall und mit Gloss geglättet. Ich fragte mich, wie viele Aufnahmen sie dafür gebraucht und nach welchen Kriterien sie entschieden hatte, dass dieses Foto authentischer wirkte als die anderen.

Und jetzt kam es, das Interview mit ihr. Gepostet wurde es in den sozialen Medien, aber vermutlich würden Ausschnitte daraus in den Nachrichten erscheinen, während immer mehr Leute Wind von der Story bekamen. Ehemalige Kundinnen waren aus der Versenkung aufgetaucht und hatten dargelegt, weshalb sie uns beauftragt hatten und was geschehen war. Als die Story mit unseren Fotos erschien, hatten einige nicht gezögert, sich ihre fünf Minuten Ruhm zu ergattern.

Nickis Agentin hatte es genau richtig gemacht. Sosehr ich es verabscheute, mir fielen die Details auf: der übergroße Strickpullover (der fürs Frühjahr ziemlich warm war) und Leggings, die zeigen sollten, wie verletzlich und normal sie doch war. Das leichte Make-up, die stets fließbereiten Tränen. Die Kamera liebte Nicki, und die Interviewerin hatte eindeutig die Anweisung, sie sympathisch erscheinen zu lassen. Dafür zahlte Nicki schließlich großzügig.

»Also, Nicki, wieso haben Sie es getan? Dylan und Sie schienen so verliebt zu sein. Wieso haben Sie eine professionelle Beraterin hinzugezogen?« Die Interviewerin beugte sich vor und stützte das Kinn auf die Hand, als könnte sie es gar nicht abwarten, die Einzelheiten zu erfahren.

»Nun, ich finde, als moderne, ehrgeizige Frau erschöpft man sich damit, den Partner mitzuzerren. Bei dem Versuch, ihn dazu zu bringen, sein volles Potenzial zu erreichen. Ich bin sicher, dass Frauen im ganzen Land das so sehen. Wir sind die Versorgerinnen, die emotionalen Stützen, die Karriereberaterinnen und alles andere. Und als ich Fixer Upper fand, hatte ich das Gefühl, sie verstehen es wirklich. Dass sie da sind, um zu helfen.«

Okay, also reißt sie uns vielleicht nicht rein. Aber auf jeden Fall nagelt sie Dylan ans Kreuz …

»Und was ist schiefgelaufen?«

Nicki setzte eine gekränkte Miene auf. »Ich glaube, dass Alyssa Aresti, die ich mit dem Hauptteil der Arbeit betraut habe, Gefühle für meinen Freund entwickelt hat.«

»Wow!«, machte die Interviewerin. »Sehr professionell ist das ja nicht gerade! Glauben Sie, das hat sie mit anderen Klientinnen auch schon gemacht?«

Nicki sah aus, als hielte sie es für möglich, während ich die Fäuste ballte. Sie schüttelte den Kopf, und ich atmete erleichtert auf.

»Ich wusste, dass Alyssa und Dylan eine Vorgeschichte hatten, als ich sie engagierte«, sagte Nicki. »Ich hatte aber angenommen, sie wären nur befreundet. Am Ende hat mein Versuch, meinen Freund bei seiner Karriere und seiner Zukunft an die Hand zu nehmen, dazu geführt, dass ich ihn zurück in die Arme einer Frau trieb, die er früher einmal geliebt hat.«

Sie wusste Bescheid? Sie hat die ganze Zeit Bescheid gewusst? Aber wie? Warum?

»Das muss wehtun …«

Nicki wechselte zu einem tapferen Lächeln, senkte das Kinn und ließ eine einzelne perfekte Träne an ihrem konturierten Wangenknochen hinunterlaufen.

»Für ihre Love Story ist es ein großer Schritt, für meine jedoch ein unglückseliger. Aber das zeigt einem nur, dass jemand, den man erst auf Linie bringen muss, vielleicht gar nicht der Mensch ist, mit dem man zusammen sein sollte.«

Die Interviewerin nickte ernst und setzte ein verschlagenes Lächeln auf. »Und was ist mit den Gerüchten, dass Ihr Ex, Landon Hawthorne, Sie seit Ihrer Trennung von Dylan sehr unterstützt hat? Online wurden Fotos geteilt, auf denen Sie sich heute Morgen umarmten.«

Ach ja, völlig untröstlich. Sucht schon wieder nach dem nächsten Narrativ, gut gemacht, Nicki.

Sie lächelte keusch. »Landon ist immer ein toller Freund gewesen, und wir stehen einander sehr nahe. Bei all dem ist er mein Fels in der Brandung.«

»Nun, da habt ihr es, Leute, geheime Absprachen, verdeckte Affären und möglicherweise eine neue Liebe, die einer gescheiterten Beziehung entspringt. Nur ein weiterer Tag im Leben der KSP. Vergesst nicht abzustimmen: Würdet ihr Fixer Upper auf euren Freund ansetzen?«

Am liebsten hätte ich den Laptop quer durchs Zimmer geschleudert, aber ich beherrschte mich. Woher hatte sie gewusst, dass wir eine gemeinsame Vorgeschichte hatten? Hatte sie mich als Experiment engagiert? Als Quelle für einen hübschen Skandal? Vielleicht war alles nur eine Intrige gewesen, um Dylan leiden zu lassen. Aber ich begriff den Grund dafür einfach nicht.

Es klingelte an der Tür, dann klopfte es ungeduldig, und ich stapfte durch die Wohnung, um durch den Spion zu schauen. Mit einem Mal fürchtete ich, dass die Journalisten, die mich ständig anriefen, meine Adresse herausgefunden hatten. Aber es waren nur Tola und Eric, die warteten, bis ich die Tür öffnete, und sich dagegenlehnten, damit ich sie nicht wieder schließen konnte.

»Lass uns rein«, sagte Tola und bedeutete mir vorzugehen. »Wir haben Pizza mitgebracht, und du siehst schrecklich aus.« Eric nickte ernst, und ich gehorchte.

»Himmel, Aly, es waren doch nur anderthalb Tage.« Er musterte meine Wohnung, in der alles Mögliche herumlag, offene Weinflaschen und Teller mit Essensresten, während sich auf dem Bett die Decken türmten. »Oder hast du schon immer gelebt wie ein Messi?«

Ich funkelte ihn wütend an, und er verschränkte die Arme und funkelte wütend zurück.

»Nein, wir brauchten dich zur Schadensbegrenzung, und du hast uns im Stich gelassen. Also reg dich bloß ab. Jetzt ab unter die Dusche, und wenn du wieder rauskommst, essen wir und reden über den Schlamassel.«

Ich verdrehte die Augen wie ein Teenager und schlurfte zum Badezimmer.

Tola lachte über Erics Ton. »Mann, du bist irgendwie heiß, wenn du das Kommando an dich reißt.«

»Dass du einen Autoritätsfetisch hast, überrascht mich überhaupt nicht«, entgegnete er und fing an, die Frühstückstheke aufzuräumen. Ich beobachtete sie einen Moment lang, meine beiden Freunde, die mein Zuhause aufräumten, die gekommen waren, um mich zu retten. Sie waren zum ersten Mal in meiner Wohnung. Wir waren nun echte Freunde, und darauf konnte ich mich verlassen.

Erfrischt trat ich wieder aus der Dusche, zog mir frische Sachen an, flocht mein feuchtes Haar und kehrte ins Zimmer zurück, das völlig verwandelt war. Sie hatten den Tisch gedeckt, Wein eingeschenkt und Kerzen entzündet. Als sie mich bemerkten, drehten sich beide lächelnd zu mir um.

»Da ist sie.« Eric klopfte auf den Hocker. »Komm, setz dich und iss etwas.«

»Ihr braucht mich nicht zu bemuttern, wisst ihr«, sagte ich, aber gehorchte und griff nach einem Stück Pizza.

»Nein, aber es ist nett, wenn man es ausnahmsweise mal selber ist, um den sich gekümmert wird, oder?«

Ich kaute langsam und seufzte. »Okay, erzählt mir, was passiert ist.«

»Die Story kam raus, nachdem wir dich abgesetzt hatten! Wir saßen noch im Auto.« Tola verzog das Gesicht. »Ben hat es auf seinem Handy gesehen.«

»Wie geht es dir damit?«, fragte ich Eric, und er zuckte mit den Schultern.

»Ben beschützt seinen Freund genauso sehr wie ich meine Freundin. Er hat mich nicht komplett ausgeschlossen, aber wir haben ein klärendes Gespräch vereinbart, sobald sich die Dinge ein bisschen beruhigt haben.«

Der arme, freundliche Ben, der meine Hand genommen und gesagt hatte: »Lass nicht zu, dass er deine Hilfe ablehnt.« Noch mehr Menschen, die ich verletzt hatte. Oh Gott, was war mit der Präsentation?

»Haben sie noch die Chance, ihre App vorzustellen, oder ist es damit vorbei?«, fragte ich plötzlich verzweifelt.

Tola zog eine Braue hoch. »Darum machst du dir Gedanken?«

»Sie haben jahrelang daran gearbeitet, und wenn sie jetzt nicht bekommen, was sie brauchen, gehen sie unter. Priya, Ben und Dylan haben so schwer am Wiederaufbau ihrer Firma gearbeitet. Ich will es ihnen nicht kaputtmachen.«

»Soweit ich weiß, geht es noch voran«, sagte Eric, und ich nickte erleichtert.

»Habt ihr das Interview mit Nicki gesehen?«, fragte ich, und sie nickten. »Was glaubt ihr, was hat sie gemeint, als sie sagte, dass sie von Dylans und meiner Vorgeschichte wusste? Sie wusste, dass wir uns kannten.«

»Offenbar war es ein guter Trick. Als sie und Dylan ihr unumgängliches Brüllduell hatten, hat er ihr gesagt, dass du so etwas nicht tun würdest, dass ihr alte Freunde wärt«, sagte Eric. »So viel war Ben bereit, mir zu verraten.«

Ich verzog das Gesicht.

Tola schüttelte den Kopf und trank einen Schluck Wein. »Es könnte aber auch alles gelogen sein. Ich weiß von meinem Kontakt in ihrer Agentur, dass sie gerade einen Buchvertrag für die ganze Geschichte angeboten bekommen hat. Sechsstellig.«

»Natürlich.« Ich lachte und schüttelte den Kopf. »Ich hab mich für eine Meistermanipulatorin gehalten, aber Nicki ist wirklich außergewöhnlich.«

»Hast du versucht, mit Dylan zu sprechen?«, fragte Eric, und ich schüttelte wieder den Kopf.

»Ich glaube, er hat meine Nummer blockiert, und ich habe es auch nicht anders verdient.«

»Ich vermute also, du hast ihm gesagt, was du empfindest?«, fragte Tola. »Und das ist nun Nickis Rache? Habe ich dir einen schlechten Rat gegeben? Ich hätte nicht gedacht, dass du ihn annimmst.«

Ich schüttelte den Kopf. »Ich habe ihm nichts gesagt. Nicki schützt einfach sich selbst.«

Eric riss die Augen auf. »Hallo, entschuldigt bitte, aber ich glaube, mir fehlen hier ein paar Schlüsselinformationen.«

Tola bedeutete mir weiterzumachen und den ganzen Schlamassel offenzulegen.

»Ich bin in ihn verliebt.« Ich schloss die Augen und atmete durch. »Ich bin immer in ihn verliebt gewesen.«

»Aber klar.« Eric lachte. »Du musst dir natürlich den denkbar kompliziertesten, unerreichbarsten Menschen aussuchen. Ich habe dir gesagt, du sollst aufhören, dir Projekte auszusuchen, aber damit meinte ich nicht, dass du anfangen sollst, dir Katastrophen auszusuchen!«

Ich lachte sogar und wischte mir mit einer Papierserviette die Augen. »Siehst du nicht, wie mir das zusetzt? Ich habe immer alles unter Kontrolle! Aber das ausgerechnet nicht.«

Eric nickte und hielt inne, als wäre er nicht sicher, ob er etwas sagen wollte. Er beugte sich vor. »Deshalb nehme ich an, du hast ganz alytypisch gehandelt und deine Gefühle unter Verschluss gehalten, als würden sie keine Rolle spielen?«

»Ich nehme niemandem den Freund weg!«, schrie ich. »Er war mit Nicki glücklich!«

»Er hat versucht, *dich* glücklich zu machen, Dummchen! Du hast versucht, alles auf Linie zu bringen, er hat versucht, jedem ein lachendes Gesicht zu zeigen. Aber keiner von euch beiden redet, und Himmel, ich will mir nie wieder jemand Neuen suchen müssen.« Eric seufzte. »Ich hoffe, Ben verzeiht mir. Es ist schrecklich da draußen.«

»Das ist es, was er wollte, Eric.«

»Eine Frau, die ihn anlügt und einer Agentur hundert Riesen zahlt, weil er nicht gut genug war, so wie er war?«

»Inwiefern unterscheidet sich das von dem, was wir die ganze Zeit getan haben?«, schrie ich. »Ich begreife es nicht! Vorher war es okay, es hat Leuten geholfen, es war vernünftig! Und dann das … Alles ist schiefgegangen, und ich verstehe nicht, wieso!«

»Ganz einfach, Süße«, erwiderte Eric, »weil Dylan von der Sorte ist, bei der man nicht tricksen muss. Man müsste ihn nur fragen. Man müsste ihm nur vertrauen. Also, liebt er dich?«

»Das hat er früher«, antwortete Tola an meiner Stelle und biss ein winziges Stück Pizza ab. »Bevor sie sich von ihm verraten fühlte und davongelaufen ist wie ein verängstigtes Mäuschen.«

»Na, ist das nicht nachvollziehbar?« Eric sah mich an und wandte sich Tola zu. »Das stimmt doch, oder? Das ist nachvollziehbar!«

Sie nickte. »Gut gemacht, Babe.«

»Er war glücklich mit Nicki, das stimmt doch! Sie wollte eine Zukunft für sie beide aufbauen …« Meine Stimme verebbte.

Aber das stimmte gar nicht, oder? Denn er hatte mir gesagt, was er wollte. Er wollte am Sonntagmorgen joggen gehen und ein kleines Haus und einen Hund und im Garten Sangria trinken … ein Leben, mit dem Nicki nichts anfangen könnte. Still und schön und ganz ohne Drehbuch.

»Ich wünschte fast, du wärst das freundestehlende Miststück, als das sie dich hinstellen will«, sagte Eric. »Dann wüsste ich wenigstens, dass dir dein Glück wichtiger ist als ein Auftrag!«

»Glaubst du … glaubst du, er würde mir verzeihen? Ich meine, könnte ich … ist das das Richtige für mich? Diese ganze … Sache mit der Liebe.« Ich sah Tola verwirrt den Kopf neigen, und Eric blinzelte. Sie begriffen nicht, dass ich nur zwei Arten von Liebe beobachtet hatte: völlige Hingabe und völlige Vernichtung. Dass jemanden zu lieben einen schwach machte und dazu führte, dass man sich selbst aufgab.

»Aly, Schatz, bist du denn noch nie verliebt gewesen?«, fragte Eric sanft, bemüht, sich seine Verwunderung nicht anmerken zu lassen.

»Sicher.« Ich fing an zu lachen. »Einmal. Vor fünfzehn Jahren.« Das Lachen ging in hysterisches Gekicher über, und mit einem Mal weinte ich. Die Tränen flossen, und ich bekam kaum noch Luft. »Er wird mir niemals verzeihen. Ich habe es ausgenutzt, dass ich seine Unsicherheiten kenne. Das Geld war mir wichtiger als er.«

Aber das muss er doch verstehen? Wenn ich ihm von dem drohenden Verlust des Hauses erzählen würde, wäre ihm doch klar, was das bedeutet? Er ist der Einzige, der wirklich wissen kann, was das heißt.

Allerdings würde er mich fragen, weshalb ich ihm die Wahrheit nicht anvertraut hätte. Und darauf hatte ich keine Antwort.

Tola schloss kurz die Augen, und ihre traurige, mitfühlende Miene traf mich erneut. Ich schlug mir die Hände vors Gesicht und weinte. Meine Freunde drückten mich, redeten mir gut zu, strichen mir über die Haare.

Nach einer Weile bekam ich meine Atmung unter Kontrolle und streckte eine Hand aus, ohne die Augen zu öffnen.

»Was um alles in der Welt machst du da?«, fragte Eric.

»Ich mache die Hölle durch, und niemand gibt mir ein Glas Wein?« Ich schnaubte und wischte mir die Augen. »Und ihr nennt euch meine Freunde.«

Tola grinste und füllte mein Glas auf.

»Du bekommst es, sobald du einen Plan hast. Aly ist immer die Frau mit dem Plan.«

»Okay, ich denke nach.« Ich wackelte mit den Fingern. »Wein, bitte.«

Ich trank das Glas zur Hälfte leer.

»Also, die Eine-Million-Pfund-Frage: Was unternimmst du wegen Dylan?«

Ich verzog das Gesicht. »Ich warte, bis sich alles beruhigt hat, und setze mein tristes graues Leben fort?«

Eric machte ein Summergeräusch. »Oh-oh. Falsche Antwort. Nächster Versuch.«

»Mich entschuldigen?«

»Klar ...«

»Ihm erklären, weshalb ich das Geld gebraucht habe, damit er mich versteht?«

»Wärmer ...«

»Ihm sagen, dass er so, wie er ist, perfekt ist, auch mit seinen Ängsten und seiner lässigen, sorglosen Ausstrahlung und seinem furchtbaren Musikgeschmack und seinem entsetzlichen Frauengeschmack, und dass er nicht optimiert werden muss, weil ich ihn liebe?«

Eric tippte sich an die Nase. »Na also, geht doch.«

»Und wenn er mir sagt, dass ich ihn und unsere Freundschaft hintergangen habe und er mich niemals wiedersehen will ...?«

»Dann weißt du, dass du aufrichtig gewesen bist und Freunde hast, die mit dir durch die Bars ziehen, bis du so richtig betrunken bist und die ganze Sache vergisst.«

»Was habe ich für ein Glück!« Ich lächelte sie an, und obwohl sie es als Sarkasmus auffassten, war ich dankbarer, als sie ahnten.

22

Ins Büro zu gehen brachte ich nicht über mich. Noch nicht. Ich wusste, ich musste ehrlich sein. Ich musste mit Dylan sprechen. Um Vergebung betteln wie in meinem ganzen Leben noch nicht.

Den Tag über räumte ich das Durcheinander in meiner Wohnung auf, damit ich wieder stolz auf mein Zuhause sein konnte. Dabei bastelte ich an einem Plan. Ich loggte mich aus allen sozialen Medien aus und versuchte, nicht auf eins der Hochglanzmagazine im Laden an der Ecke zu schielen. Aber die Zeit behielt ich im Auge und zählte die Minuten bis zu seinem Termin mit den Investoren.

Ich rief Tola in ihrer Mittagspause an, weil ich es nicht mehr aushielt. »Wie ist es im Büro?«

»Das übliche bräsige Höllenloch.« Ich konnte förmlich hören, wie sie mit den Schultern zuckte. »Hunter hat mich gebeten, ihm ein Date zu verschaffen. Er dachte, wir hätten eine Datingseite. Der Mann kann nicht einmal einen Artikel verstehen. Kein Wunder, dass seine Berichte für die Tonne sind. Warum klingst du so, als hättest du acht Kaffee intus?«

»Weil es so ist. Die Präsentation ist heute. Ich hab mich nur gefragt, ob er sie vorbereitet hat, ob er sich selbstsicher fühlt oder ob er nervös ist.«

Ich wünschte mir einfach nur, ich könnte ihm sagen, dass die Idee gut war, wirklich. Dass ich an das glaubte, was er tat, dass ich bewunderte, wie er seine Kollegen beschützte, seine jahrelange harte Arbeit, die sie dorthin gebracht hatte, wo sie jetzt standen. Dass er die Chance verdient hatte. Dass ich immer an ihn geglaubt hatte, seinetwegen und nicht, weil ich dafür bezahlt wurde. Nur, weil er Dylan James war und er alles schaffen konnte.

»Schick ihm eine Nachricht.«

»Er hat meine Nummer blockiert.«

»Das weißt du nicht«, entgegnete Tola entnervt. »Und das ist der Punkt. Wie auch immer, er entblockt sie vielleicht wieder und sieht die Nachricht. Du kannst aber durchaus auch die ganze gute Energie in die Atmosphäre senden, damit du ihn endlich hinter dir lassen kannst.«

»Ich will ihn aber nicht hinter mir lassen. Ich will ihn.« *Gott, wie seltsam es klingt, wenn man es laut ausspricht. Als könnte das Universum es hören und mir jede Chance durchkreuzen.*

»Weißt du, das Leben war erheblich einfacher, als du irgendwelche Loser mit einem klaren Verfallsdatum gedatet hast.«

»Tja, das wäre es gewesen, wenn ich in dem Moment gewusst hätte, dass sie ein Verfallsdatum haben. So eine Zeitverschwendung. Aber wenigstens war es leicht. Keine schlimmen Gefühle. Jetzt kommt es mir vor, als würde mir der Magen in der Kehle hängen und mein Kopf im Hintern stecken.«

»Wie poetisch«, sagte Tola. »Schreib ihm. Etwas Einfaches. Nichts Rührseliges. Nicht mehr als einen Satz. Du musst wieder ins Spiel einsteigen, Aresti.«

Am Ende begnügte ich mich mit einem schlichten:

Ich hoffe, die Präsentation läuft gut. Ich weiß genau, du schlägst dich großartig. A x

Natürlich erhielt ich keine Antwort, und natürlich zählte ich die Stunden und schnüffelte auf den Socia-Media-Profilen der anderen, um vielleicht irgendwo etwas zu erfahren. Ich rief sogar Eric an, in der Hoffnung, dass Ben ihm etwas verraten hatte. Aber es herrschte Funkstille. Ich hatte das Team hintergangen – niemand würde mir nun noch das Endergebnis mitteilen.

Ich brauchte jetzt meine Mutter. Also atmete ich durch und rief sie an, um die erste der schwierigen Entschuldigungen anzugehen.

»Hallo?« Sie klang vorsichtig, als wartete sie nur darauf, dass ich ihr wieder wütend ihre Fehler vorhielt. In diesem Moment schämte ich mich.

»Hi, Mama«, sagte ich und rechnete damit, dass sie mir Vorwürfe machte, weil ich sie ignoriert hatte. Dass sie anfing, sich zu verteidigen.

Stattdessen hörte ich sie erleichtert aufatmen, und dann brach sie in Tränen aus.

Die eigene Mutter zum Weinen zu bringen hatte etwas ungeheuer Grausames an sich, besonders, wenn man sie sonst immer getröstet hatte. Am anderen Ende der Leitung zu sein reichte nicht.

»Du hast angerufen, du hast endlich angerufen!«, rief sie und schluchzte, und dabei klang sie plötzlich so jung.

»Mama, es ist okay.«

»Es ist nicht okay«, widersprach sie grimmig. »Überhaupt nicht. Du hattest recht, mit allem. Wer er ist, was er aus mir gemacht hat. Wie …«, sie verschluckte ein weiteres Schluchzen, »wie enttäuscht meine Mutter gewesen wäre.«

»Ich wollte nicht recht haben«, sagte ich, »und ich wollte nicht gemein sein.«

»Ich denke immer wieder daran, wie du von der Uni nach Hause kamst und unglücklich warst. Du hattest keine Dates, du hattest keine Freunde gefunden. Mit Dylan sprachst du nicht mehr …« Ich sah zur Decke hoch und versuchte, mich zusammenzureißen. »Und ich habe mit deiner *Yiayiá* darüber geredet, was wir tun und wie wir dir helfen könnten. Ich erinnere mich so deutlich daran. Wir saßen am Küchentisch, und du warst fünf Tage lang nicht aus deinem Zimmer gekommen. Wir tranken ein Glas Rotwein zusammen, und ich fragte: ›Warum will sie niemanden kennenlernen und sich nicht verlieben? Sie ist immer so stark gewesen, so unabhängig! Ich möchte doch nur, dass sie sich verliebt!‹ Und meine Mama sah mich nur an, so traurig …«

»Was hat sie gesagt?«

»Sie sagte: ›Sie sieht, was es bei dir angerichtet hat.‹« Ihr versagte die Stimme.

Ich atmete durch, und es fühlte sich an wie der erste richtige Atemzug seit Langem.

»Ich dachte, ich könnte alles in Ordnung bringen, wenn ich nur eine bessere Mutter und eine bessere Ehefrau wäre. Lustiger, liebevoller, unabhängiger. Ich dachte, ich könnte ihn verändern, dich verändern, alles in Ordnung bringen. Aber so funktioniert das nicht.«

»Das lerne ich auch gerade.« Ich lachte beinahe.

»Es war nicht dein Kampf, mein Schatz, sondern meiner. Und ich werde ihn gewinnen. Wenn er dieses Haus will, muss er mit mir darum kämpfen.«

Sie hatte mich nach solchen Momenten des Selbstbewusstseins schon früher im Regen stehen lassen, nach ihren Beteuerungen, dass diesmal alles besser liefe. Jetzt klang sie jedoch selbstsicher und stark, und das allein war schon beeindruckend.

»Okay, Mama.«

»Du glaubst mir nicht«, sagte sie leise, »aber das ist okay. Du wirst sehen.«

»Ich hoffe es wirklich«, erwiderte ich mit rauer Stimme. »Ich habe auch einige Fehler begangen.«

»Ja«, sagte sie tadelnd, »es war sehr ärgerlich, in Ungnade zu stehen und dir nicht den Kopf zurechtrücken zu können!« Aber sie lachte, und ich lachte mit ihr. »Ach, mein Schatz, was machst du denn jetzt? Trickst du Dylan aus? Arbeitest du für die Katzenprinzessin?«

»Katzenstreu-Prinzessin, Mama.« Ich winkte ab. »Aber das spielt keine Rolle. Es war ein Fehler.«

»Dylan hat sich immer so angestrengt, so zu sein, wie man es wollte. Das konnte man bei seinem Vater beobachten. Er gab sich stark, unsichtbar, vernünftig. Er spielte den Witzbold, machte sich zum Narren. Der Junge probierte jede Persönlichkeit aus, um die zu finden, mit der er von den Leuten gemocht wurde.«

Ich verzog das Gesicht. »Hör auf, ich fühle mich auch so schon schrecklich genug.«

»Was gab es da in Ordnung zu bringen?«

»Nichts.« Ich schüttelte den Kopf. »Ich wollte nur wieder mit ihm zusammen sein. Ich wollte nur eine Entschuldigung.«

Ich stellte mir vor, dass sie wissend nickte. »Ich weiß, es gab Zeiten, in denen … ich mich gehen ließ und du alles zusammenhalten musstest. Du hast das Essen gekocht und geputzt und deine Schulkleidung gewaschen. Du hast mich gefragt, wie es mir geht, und getan, was du konntest, um mich aus meinem Unglück zu befreien. Das war nicht fair von mir.«

Ich sagte nichts.

»Aber Dylan war bei dir, nicht wahr?«, fragte sie leise. »Er hat dich zum Lachen gebracht, deine Hand gehalten und alle meine guten Bratpfannen ruiniert. Er war da und sorgte dafür, dass es dir gut ging. Das ist Liebe, mein Schatz, das ist es, was Liebe ausmacht. Was ich mir für dich gewünscht habe. Was deine Großeltern hatten. Sie haben einander in gleichem Maße geliebt. Auf Augenhöhe.«

Ich presste die Lippen zusammen. »Er wird es mir nicht verzeihen.«

»Da sprechen Angst und Scham aus dir, Alyssa. Sei niemals zu stolz, um dich zu entschuldigen. Um das Richtige zu tun.«

»Um die Dinge in Ordnung zu bringen?« Die Worte sprudelten aus mir heraus, und ich bekam heftigen Schluckauf.

»Nur noch eine Sache, die du in Ordnung bringen musst, Süße«, sagte sie. »Aber nur, weil du von Anfang an für den Schlamassel verantwortlich warst.«

Ich atmete aus und spürte wieder Tränen in mir aufsteigen. »Ja, Mama.«

»Komm heute Abend zum Essen. Ich vermisse dich. Und wir planen zusammen. Was wir wegen des Hauses unternehmen, wegen Dylan, wegen allem. Du und ich, wir bringen das in Ordnung.«

Wie lange ich mir gewünscht hatte, diese Worte von ihr zu hören, wurde mir erst klar, als sie sie aussprach. Die Tränen strömten mir übers Gesicht, als hätten sie nur auf die Erlaubnis gewartet.

Und so setzte ich mich in den Zug nach Hause und gab mich der Nostalgie hin, wie zuletzt bei allem in meinem Leben.

Ich schämte mich dafür, wie ich Dylan behandelt hatte, dafür, wie ich mich hatte gehen lassen. Vor allem aber schämte ich mich dafür, dass ich ihn nach Wahrheiten gefragt hatte, während ich ihm Lügen vorsetzte. Wenn ich die Freundin gewesen wäre, die ich vor fünfzehn Jahren war, hätte ich ihm bei unserem ersten Wiedersehen gesagt: *Diese Frau versteht dich nicht, sie weiß nicht, wer du wirklich bist. Du verdienst jemanden, der alles liebt, was dich ausmacht.*

Meine Mutter begrüßte mich mit einer stürmischen Umarmung, drückte mich an sich und schwenkte mich von einer Seite auf die andere. Sie strahlte Erleichterung aus, und ich klammerte mich für einen langen Moment an sie.

Sie bestellte uns Pizza, und als wir mit einer guten Flasche Wein am Tisch saßen, erzählte ich ihr die ganze Geschichte. Alles, ohne zu verschweigen, wie einsam ich gewesen war, wie sehr ich mich sorgte, dass ich alles, was ich zu geben hatte, den Männern geschenkt hatte, die ohne einen Blick zurück weitergezogen waren zu einem besseren Leben. Wie mächtig ich mich, wenn auch nur kurz, gefühlt hatte, als ich mit Fixer Upper anfing.

»Du hast Menschen geholfen, Alyssa. Du musst jetzt den richtigen Weg finden, um es wieder zu tun. Nicht durch Tricksen und Lenken und Manipulieren. Menschen, die sich nicht helfen lassen wollen, kannst du auch nicht helfen.« Sie zeigte mit dem Weinglas auf sich. »Sieh nur mich an.«

Ich erhob Einwände, doch sie lächelte mit Tränen in den Augen, während sie auf das Foto ihrer Eltern blickte, das auf dem Kaminsims stand.

»Liebe soll nur ganz am Anfang furchteinflößend sein, kurz bevor man sich richtig verliebt«, sagte sie leise. »Danach soll man sich wie zu Hause fühlen.«

Ich streckte den Arm über den Tisch und drückte ihre Hand.

In dem Moment klingelte es, und wir sahen uns überrascht an.

Mama lachte, wischte sich die Tränen aus den Augen und ging zur Tür. »Kommt die Pizza zu früh? Was hältst du davon, wenn wir dabei eine Liebeskomödie auf dem Sofa schauen – wie wär's mit *Dirty Dancing?*«

Aber als sie aufmachte, wurde ihre Stimme hart. »Yiannis.«

Dad.

Ich stand auf, wappnete mich für einen Streit, hatte furchtbare Angst, dass sie in das alte Muster zurückfallen würde.

Doch Mama lugte um den Türrahmen und sagte: »Dein Vater und ich werden uns unterhalten.« Sie kam durchs Zimmer und küsste mich auf die Stirn. »Geh ein wenig spazieren, ja? Eine halbe Stunde. Du kannst zur Hintertür hinaus, wenn es dir lieber ist.«

Ich blinzelte. Ich sah das erste Anzeichen des neuen Menschen, der zu werden sie versprochen hatte. Ich nahm einen alten Hoodie vom Stuhl, hielt inne und fasste sie beim Handgelenk. »So sieht Liebe aber nicht aus, oder?«

Mama nickte und wiederholte unseren alten Spruch.

Ich küsste sie auf die Wange und floh in den Garten. Ich machte mir nicht die Mühe, das Gartentor zu öffnen, sondern schwang meine Beine über den niedrigen Mauerabschnitt und sprang hinunter in die Gasse. Hier hatte ich meine erste Zigarette geraucht, natürlich mit Dylan.

Schon bevor ich die Straße erreichte, wusste ich, dass mein halbstündiger Spaziergang ein Streifzug durch unsere Geschichte sein würde. Wie konnte es auch anders sein, wo ich pausenlos nur an ihn dachte?

Du hast mir keine Chance gelassen, als du verschwunden bist, Aly. Ich hörte ihn in meinem Kopf. *Das war nur fair.*

Ich ging an unserer alten Schule vorbei, die mir jetzt unfassbar klein erschien. Ich erkannte noch den Platz, an dem ich mich in der Mittagspause vor den anderen Kindern versteckt und ein Buch gelesen hatte, weil ich Angst hatte, Freundschaften zu schließen. Erinnerte mich an den schlaksigen Jungen, der sich zu mir gestohlen hatte, den Finger an die Lippen legte und den Kopf schüttelte. Dann hatte ich gehört, wie die anderen Jungen nach ihm suchten und schließlich weggingen. Er hatte es schon an den ersten beiden Schultagen geschafft, eine Gruppe von Kindern sauer zu machen.

»Kann ich hierbleiben? Nur bis sie weg sind?«, hatte er gefragt und sich den dunklen Pony zurückgestrichen, der ihm immer wieder ins Gesicht fiel.

Ich klappte mein Buch zu, kniff nachdenklich die Augen zusammen und antwortete: »Sicher, aber du musst mir etwas Interessantes erzählen. Und es muss wahr sein!«

Gut eine halbe Minute lang dachte er nach und sagte schließlich: »Ich hab eine Todesangst vor Wassermelonen.«

Es war das erste Mal seit langer Zeit, dass ich herzlich lachte. Für den Rest der Pause erzählte er mir von einem Wassermelonenbaum, der einem im Bauch wuchs, und ich schlug mein Buch nicht wieder auf. Damals waren wir elf gewesen.

Es schnürte mir die Brust zusammen, wenn ich daran dachte, also schlenderte ich die nächste Straße hinunter, schaute, wie die Häuser sich verändert hatten, ging an der kleinen Bäckerei vorbei, in der es mein Lieblingsgebäck gab, Zitronentaschen, mit Puderzucker bestäubt. Ich kam an dem Café vorbei, in dem sich im Sommer sämtliche Teenager ihren Eiskaffee holten und mit ihrer Warteschlange den Bürgersteig versperrten. Danach folgten die Apotheke, in der ich mir die Ohrläppchen hatte stechen lassen, und der Eckladen, in den wir ein paar Zwanzigjährige geschickt hatten, damit sie uns Bier kauften, aber sie waren mit einer Haribotüte und unserem Wechselgeld wieder herausgekommen und hatten uns gesagt, wir sollten es genießen, noch nicht volljährig zu sein.

Ich ließ meine Füße über den Weg entscheiden, aber ich wusste, wohin sie mich trugen – in Dylans Straße. Ich konnte nicht anders. Ich wollte nur das Haus anschauen, das Haus, das ich nicht gesehen hatte, seit ich an dem Morgen hinausgeschlichen war, voller Scham, Trauer und Selbstverachtung. Nur einen Blick würde ich darauf werfen. Mich fragen, was hätte sein können. Von der anderen Straßenseite hinüberstarren in der Hoffnung, Mr James' Silhouette im Wohnzimmer zu sehen oder wie die uralte Katze von nebenan mit dem buschigen Schwanz hin und her schlug. Nur einen Moment, mehr brauchte ich nicht. Um unserer Vergangenheit Lebewohl zu sagen.

Und da war er.

Er lehnte an einem zerbeulten blauen Wagen und starrte auf das Haus seiner Eltern. Er trug seinen blauen Anzug und das gestärkte weiße Hemd, die obersten Knöpfe standen offen. Ein Geschäftsmann von Kopf bis Fuß. Aber er ging nicht zur Haustür.

Das tat er nie, oder? Er kreuzte auf, starrte eine halbe Stunde lang das Haus an und fuhr wieder, ohne sich je zu holen, weshalb er gekommen war. Was immer das sein mochte.

Ich trat zu ihm, wenn ich auch nicht wusste, ob ich für das Donnerwetter gewappnet war, das ich verdiente. Etwas Wahres.

»Gehst du diesmal hinein?«, fragte ich aus sicherer Entfernung, und er sah mich nicht einmal an, sondern schüttelte nur den Kopf und stieß den Atem aus, als wollte er sagen: *Natürlich, natürlich bist du es.*

»Das tue ich nie«, sagte er, den Blick noch immer auf die Haustür gerichtet. »Hast du nach mir gesucht?«

»Hier hätte ich zuletzt gesucht«, antwortete ich. »Wie ist die Präsentation gelaufen?«

Endlose Fragen, hin und her. So konnten wir die Situation überstehen, solange er mich nicht ansah.

»Tja«, sagte er nickend, »sie nehmen EasterEgg in ihr Portfolio auf, finanzieren und unterstützen die Projekte …«

»Das ist doch toll!«, rief ich aus, ein bisschen zu begeistert, als in dieser Situation angebracht gewesen wäre.

»Und … sie haben mir einen Job angeboten.«

»Ich dachte, es geht um dein Unternehmen. Sie sind Investoren.«

Dylan schluckte und biss die Zähne zusammen. »Sie werden in EasterEgg investieren. Priya und Ben bleiben hier vor Ort und stellen neue Leute ein. Und ich werde es promoten. Sie fanden … sie fanden, ich wäre dafür geeignet, nach meinem jüngsten ›Exploit‹. Schließlich bin ich jetzt berühmt.«

Ich verzog das Gesicht. »Aber willst du das denn auch?«

»Ich schätze, es wird Zeit für einen Neuanfang. Bei dem ich nicht mehr der Typ bin … na ja, der Typ, der optimiert werden musste. Der Typ, dessen Freundin alle Anstrengungen unternommen hat, um dafür zu sorgen, dass er gut genug für sie ist.«

»Dyl …«

»Der Job ist in Kalifornien. Im Silicon Valley. In zwei Wochen bin ich weg.«

Ich holte scharf Luft und versuchte, es zu überspielen. »Das ist aber bald.«

Er zuckte mit den Schultern und sagte nichts.

»Ich muss dir alles erklären und mich entschuldigen. Es war kompliziert …«

»Einhunderttausend Pfund sind eine Menge Geld. Ich bin sicher, du hattest deine Gründe.« Ich hasste seinen dumpfen, trockenen Tonfall, mit dem er so tat, als wäre ihm alles gleichgültig.

»Mama wird ihr Haus verlieren, und ich, na ja, ich … habe versucht, es zu verhindern. Aber ich habe es am Ende abgeblasen und das Geld zurückgegeben.«

Endlich sah er mich an, sehr ernst. »Wird sie es dadurch verlieren?«

Ich schüttelte den Kopf, und er nickte. »Gut«, sagte er ruhig. »Das ist gut.«

Ich überlegte, wo ich mit meiner Erklärung anfangen sollte. Ich hatte keine Karteikarten und kein Skript. Ich hatte keinen Plan. Alles, was ich hatte, waren die Worte, die mir wie ein Mantra immer wieder durch den Kopf gingen: *Ich liebe dich, ich liebe dich, ich liebe dich.*

»Ich muss dich um Verzeihung bitten, Dylan, und ich weiß nicht mal, wo ich anfangen soll …«

Schweigend blickte er zu seiner alten Haustür. Er war wieder der Mann, den ich vergangenen Monat zum ersten Mal nach so langer Zeit wiedergetroffen hatte. Versteckt hinter seinem Schutzschild, unbeeindruckt, unnahbar. Er sparte sich sein Lächeln für jeden anderen auf.

»Ich kann es dir eigentlich nicht verübeln, Aly. Ich war immer ein Fixer-Upper-Fall, oder? Das wussten wir von Anfang an …« Er schwieg und versuchte zu entscheiden, ob er noch mehr sagen sollte. »Es ist nur hart, wenn es die eine Person tut, die einem immer das Gefühl gegeben hat, man wäre genug.«

Ich setzte zum Reden an, aber Dylan ließ sich von mir nicht unterbrechen. »Es ist okay. Priya und Ben bleiben hier und leben ihr Leben, und ich fange in den Staaten neu an. Keine Teamleitung mehr, keine Gewissensbisse, ob man jemanden enttäuscht, keine Sorge, ob man den falschen Leuten vertraut. Ich kann etwas Neues ausprobieren. Ein anderes Leben austesten.«

»Du warst ein guter Chef«, sagte ich leise. »Das hat zu dir gepasst.«

Er schüttelte den Kopf. »Nein, es passte zu ihr.«

Mit einem Mal sehnte ich mich verzweifelt danach, dass er mich ansah und aufhörte, so zu tun, als wäre ich nicht da, und er würde nur leise mit der leeren Luft reden.

»Was ist mit dem kleinen Haus am Park? Deinem Hund, deinen orangefarbenen Wänden und dem Sonntagsbraten?«, fragte ich. »Glaub bloß nicht, dass du in Kalifornien einen anständigen Yorkshire-Pudding bekommst.«

Er zuckte mit den Schultern. »Träume ändern sich. So ist das nun mal.«

»Ich ... Ist das wirklich das, was du willst?«, fragte ich.

Er stieß ein Lachen hervor. »Ach, jetzt spielt es eine Rolle, was ich will? Die wirkliche Frage ist doch: Was willst du?«

Als er sich nun zu mir drehte, zog ich meinen Wunsch zurück. Er sah mich tief enttäuscht an. Das war nicht nur dieselbe spöttische Ablehnung wie bei unserem Wiedersehen – diesmal konnte es sein, dass er mich wirklich verabscheute.

»Hier geht es nicht um mich.«

»Na, das stimmt ja nun wirklich nicht, oder? Denn es ist *immer* um dich gegangen. Es ging immer darum, dass du Menschen erziehst und sie verbesserst. Du hast deine Eltern erzogen, du hast mich erzogen. Vor fünfzehn Jahren hast du betrunken etwas verkündet und bist dann weggelaufen und hast es allen anderen überlassen, die Scherben aufzulesen! Wann wäre es denn hier einmal nicht um dich gegangen, Aly? Und trotzdem weißt du immer noch nicht, was du willst?«

Seine Stimme war rau, seine Augen verlangten eine Antwort. Wir standen einander gegenüber, und ich stellte fest, dass ich mich nicht bewegen konnte.

Ich wollte es sagen: *Ich will dich, ich will uns.* Aber ich hatte hier schon seine Chancen zerstört. Er hatte die Gelegenheit, in den USA neu anzufangen und jemand anderer zu sein. Frei. Ich hatte ihm schon genug weggenommen, ich konnte ihm nicht auch noch seinen Neuanfang nehmen. Zu lieben bedeutete, Menschen gehen zu lassen, wenn es das Beste für sie war.

Deshalb schwieg ich.

Ich schüttelte nur den Kopf, und Dylan lachte wieder auf.

»Weißt du eigentlich, was an all dem so komisch ist?« Er lachte noch einmal, ebenfalls kopfschüttelnd. »Wenn du es mir gesagt hättest, hätte ich mitgemacht. Ich hätte getan, was mir gesagt wird, um Mr Perfect zu sein, weil ich geglaubt habe, anders würde niemand auch nur das Geringste auf mich geben. Und trotzdem hat es nicht gereicht.«

»Das ist nicht –« Ich trat näher, aber er schnitt mir das Wort ab.

»Wenn du mir die Wahrheit über das Haus deiner Mutter anvertraut hättest, hätte ich ihr geholfen. Das weißt du genau.« Er sah mir in die Augen, und ich konnte nichts einwenden. Mein wunderschöner Freund.

»Ich weiß, dass es nicht ausreicht, aber es tut mir leid. Zuerst hast du mich gehasst, und ich habe dich gehasst, und dann … war es eine Chance, wieder Teil deines Lebens zu sein.«

Er schüttelte den Kopf. »Du hast es nicht für mich getan! Du hast es für sie getan!«

»Weil ich geglaubt habe, du wärst glücklich!«

»Und ich dachte, ich könnte dich nur in meiner Nähe halten, wenn ich es so aussehen lasse.« Er schüttelte den Kopf und seufzte. »Ich bin immer noch ein Trottel, selbst nach all den Jahren. Und jetzt werde ich ganz von vorn anfangen. Ein neues Leben, neue Freunde, neuer Job. Ein ganzer Haufen neuer

Leute, denen ich etwas vormachen kann, so als hätte ich das Drehbuch und wüsste, was ich tue.«

Ich konnte mich nicht zurückhalten. »Du musst nicht fortgehen.«

Er sah mir in die Augen, hielt meinen Blick fest, und ich kämpfte gegen den Drang an wegzusehen.

»Sei mutig, Aly. Du willst mir einen Grund geben, damit ich bleibe?« Er neigte den Kopf. »Wie viele Monate Erziehung bräuchte ich denn dafür?«

»Nein, es ist nicht …« Ich legte die Hand an den Mund. Es war meine Schuld. Es ließ sich nicht in Ordnung bringen. Diesmal nicht. Seine Vergebung hatte ich nicht verdient.

Dylan sah mich enttäuscht an und sagte heiser: »Dir ist hoffentlich klar, dass du es bist, die ein tristes kleines Leben führt, so verzweifelt darauf bedacht, alles zu kontrollieren und in deiner Komfortzone zu bleiben, dass du eigentlich gar nicht lebst. Wie es nach außen aussieht, ist dir wichtiger, als wie du dich damit fühlst. Du machst noch immer allen etwas vor.«

Ich presste die Lippen aufeinander und nickte. Dagegen konnte ich nichts einwenden.

Er trat von dem Auto weg und öffnete die Fahrertür. Sein Gesicht war vollkommen ausdruckslos. »Nun, ich schenke dir etwas, Aresti, mehr als du mir gegönnt hast: Du bekommst tatsächlich ein Lebwohl. Einen Abschluss.«

Er stieg in den Wagen, und ich sah wortlos vom Bürgersteig aus zu, wie er davonfuhr.

Als ich wieder nach Hause kam, war mein Vater fort und meine Mutter aufgekratzt. Sie zeigte keine hibbelige, aufgesetzte Fröhlichkeit, sie war wirklich bester Laune. Wir aßen wie versprochen Pizza auf dem Sofa. Und sie hatte den Arm um meine

Schulter gelegt, während wir unter eine Decke gekuschelt dasaßen und einen Film schauten. Als ich mich unfassbar erschöpft zu meinem Jugendbett schleppte, deckte sie mich zu und strich mir die Haare aus dem Gesicht, als wäre ich noch ein Kind.

»Ich werde dieses Haus verkaufen«, flüsterte sie, als erzählte sie mir ein Märchen. »Von dem Geld werde ich etwas kaufen, aus dem ich etwas Schönes machen kann, etwas, das meine Erinnerungen bewahrt. Ein Haus, zu dem du kommen kannst, wann immer du willst, und dann trinken wir Wein auf der Terrasse. Ein Haus, das durch nichts mit deinem Vater verbunden ist.«

»Auch wenn du dann Yiayiá aufgeben musst?«, fragte ich.

Mama lächelte und nickte. »Ich habe Tausende von Erinnerungen an meine Eltern, über die ganze Welt verstreut! Es wird Zeit, dass ich etwas für mich selbst tue. So wie es Zeit wird, dass du etwas für dich tust. Auf uns warten eine Menge guter Dinge. Es ist Zeit, mutig zu sein, nicht wahr?«

Ich nickte.

»Mir ist ein bisschen bange dabei, aber ich bin bereit«, sagte sie zu sich selbst, und ich wurde plötzlich von der Erkenntnis übermannt, wie stolz ich auf meine Mutter war. Endlich war sie da, bereit zu erstrahlen.

Ich dachte an Dylan, an sein hübsches, wütendes Gesicht unter der Straßenlaterne, während er darauf wartete, dass ich ihm einen Grund zum Bleiben nannte. Wie ich dachte, dass Freigeben ein Geschenk sei. Aber ich war noch immer nicht aufrichtig gewesen. Ich hatte noch immer nicht den Mut aufgebracht.

»Ja«, sagte ich, »du bist es.«

Und ich auch.

23

»Aresti! Zu mir!«, brüllte Felix, als ich am nächsten Morgen ins Büro kam. Sein Geschrei machte die Blicke, die mir folgten, nicht gerade besser. Es waren vor allem die Männer, die mich mit schiefen Mündern und hochgezogenen Augenbrauen anstarrten.

Die Frauen hatten auf meiner Seite gestanden, als ich ihren Schwestern und Cousinen und Friseurinnen geholfen hatte. Aber jetzt, da die Männer Bescheid wussten, wollten sie nichts mehr mit mir zu tun haben. Sie konnten es sich nicht leisten, dass ihre Geheimnisse ans Licht kamen, dass sie nicht glücklich waren mit ihrem Los, dass sie ausgelaugt und enttäuscht und unerfüllt waren. Ich war der Beweis, dass wir alle nur etwas vorspielten, und wegzusehen fiel ihnen leichter. Verlobungsringe und Urlaubsfotos herumzuzeigen und kleine pastellfarbene Strampler. Accessoires eines Lebens, die nicht die ganze Geschichte erzählten.

Ich schob mich in sein Büro und ließ mich Felix gegenüber auf den Stuhl sinken.

»Morgen.« Ich lächelte steif. »Was gibt's?«

»Ich habe mich eben um deine kleine Nebenbeschäftigung gekümmert, die gestern in den Nachrichten war. Die Chefetage zeigte sich nicht gerade begeistert, dass wir damit in Verbindung gebracht werden.«

Ich presste die Lippen zusammen und nickte. »Ich verstehe.«

Felix zupfte an seinem Schnurrbart, und ich fragte mich, ob er mich wegen dieser Sache feuern durfte. Ich meine, konnte er mich wegen ein bisschen schlechter Presse loswerden?

»Das können wir doch bestimmt umdrehen und für PR nutzen?«, schlug ich fröhlich vor. »Es wie eine Kampagne für eine unserer feministischen Marken aussehen lassen?«

»Die irre Schnepfe, die glaubt, Männer stünden unter ihr?« Er schnaubte. »Du glaubst, das könnten wir benutzen?«

Ich lächelte gezwungen. »Wer gut in seinem Job ist, kann alles benutzen.«

Felix seufzte und schüttelte den Kopf. »Ich habe für dich gebürgt und gesagt, du bist brillant. Ich habe gesagt, du wärst fleißig und mit Leib und Seele bei der Sache, dass du immer hier bist, dass du dich überschlagen und alles machen würdest, was nötig ist.«

Ich blinzelte und fragte mich, ob das ein Kompliment sein sollte.

»Aber jetzt …« Felix schwieg, und ich sah ihn finster an. Alles, was er tat, wirkte aus irgendeinem Grund wie eine Karikatur, so als könnten das Schnurrbartzupfen und die tiefen Seufzer mir vermitteln, wie schwer er von mir enttäuscht war. Zu schwer, als dass ich es je wiedergutmachen könnte.

Doch mit einem Mal stellte ich fest, dass ich mich überhaupt nicht mehr darum scherte, was er dachte. Wie merkwürdig.

»Also … was soll ich tun?«, fragte ich, und offenbar war das genau die richtige Frage, denn er strahlte mich an.

»Gutes Mädchen«, er zeigte auf mich, »das ist die richtige Einstellung. Ich brauche die Aly von vor einem Monat. Die ihren Job erledigte, sich nicht beschwerte und zweihundert Prozent gab. Ich brauche mein Mädchen für besondere Fälle zurück, verstehst du? Es ist fast, als hieltest du dich plötzlich für zu gut für deinen Job, seit Matthew befördert worden ist.«

Ich blinzelte ihn an. »Ach, tatsächlich?«

Felix verdrehte die Augen. »Komm schon, Aly. Sei mal einen Moment lang vernünftig, okay? Du … du bist ein Arbeitstier. Du arbeitest hart, bist solide und verlässlich. Aber eine Chefin wirst du niemals sein. Dafür fehlen dir die Eier.«

Ich lachte laut auf und schüttelte den Kopf.

Felix runzelte die Stirn. »Sei mal einen Augenblick lang ernst. Du steckst in der Scheiße, und jetzt musst du …«

»Wieder der perfekte, hilfsbereite, liebenswerte, selbstlose Mensch werden, der ich vorher war? Die Person ohne Leben außerhalb des Büros? Die Person, die nur lebte, um sich zu beweisen?« Ich erwartete, dass er den Sarkasmus bemerkte.

Aber an Felix war er völlig verschwendet. »Ja, ganz genau.«

Ich warf den Kopf in den Nacken und presste die Lippen zusammen, um mein Lachen zu unterdrücken. Am Ende entschlüpfte es mir doch.

»Mein Gott«, sagte ich. »Ich habe mein Leben verschwendet.«

»Was?«

»Ich kündige, Felix.«

Ich empfand Ruhe und fühlte mich erfrischt, kaum dass ich es ausgesprochen hatte, als wäre gerade ein kühles Lüftchen über mich hinweggestrichen.

»Sei nicht dämlich, was willst du denn anfangen? Du hast gerade aus dir und deinem Ruf eine PR-Katastrophe gemacht, Schätzchen, also sei keine Idiotin.«

»Ich sagte doch schon, wenn man sich auf seinen Job versteht, kann jedes Desaster eine Chance sein.«

»Also ist es dir damit ernst?«

»So ernst wie ein Herzanfall.« Ich stand auf. »Mein Kündigungsschreiben liegt in ein paar Minuten auf deinem Tisch.«

»Und was ist mit deiner Kündigungsfrist? Aly, du kannst nicht mehr klar denken!« Felix lachte.

Sein Gesicht glänzte, als wäre er mir entgegengekommen, während er mit mir sprach wie mit einem Kind.

»Ich habe mehr als genug Urlaubstage angehäuft, um meine Kündigungsfrist zu überbrücken. Danke, Felix.« Ich lächelte ihn breit an. »Das ist mir wirklich eine Lehre gewesen. Bevor ich dich kennengelernt habe, war mir gar nicht klar, wie viele Scheißkerle in den Chefbüros sitzen. Ganz wie du sagst, ich hätte es sowieso nie geschafft.«

Ich öffnete die Tür und ging hinaus, während er losbrüllte: »Du kommst sofort zurück, junge Dame! Ich bin mit dir noch nicht fertig! Ein Empfehlungsschreiben bekommst du auch nicht von mir!«

Ich durchquerte das Büro zur Hälfte, blieb stehen und drehte mich um, betrachtete sein kleines rotes Gesicht, das mich anfunkelte. Ich setzte eine entschuldigende Miene auf.

»Felix, sei nicht so hysterisch, du machst dich ja zum Trottel.« Ich warf ihm einen vielsagenden Blick zu. »Bis dann!«

Ich lief zu meinem Schreibtisch und nahm meine Handtasche. Alles andere ließ ich dort. Als ich zum Aufzug ging, sah ich Eric an und zwinkerte ihm zu. Er nickte.

Im Korridor stellte sich zu meiner Überraschung Tola neben mich. Sie hielt einen Karton in den Händen.

»Sind das meine Sachen?«

Sie schüttelte den Kopf. »Es sind meine. Ich habe vor zwei Wochen gekündigt. Ich hatte irgendwie gehofft, dass du mutig genug bist, meinem Beispiel zu folgen. Aber wie sich zeigt, folgst du deinem eigenen.«

Die Aufzugtüren öffneten sich. Wir stiegen ein, und ich stieß sie mit dem Ellbogen an.

»Du warst mutig«, sagte sie unvermittelt. »Ich bin wirklich stolz auf dich.«

Ich schüttelte den Kopf. »Auf den Boss wütend zu werden und nach einem PR-Albtraum das Weite zu suchen, ohne neuen Job, ohne Empfehlungsschreiben und ohne eine Idee, was ich anfangen soll? Ich bin nicht mutig, ich bin eine Idiotin.«

»Bist du nicht. Außerdem werden wir beide eine Firma gründen.«

»Ach ja, und wissen wir schon, was für eine Firma?«, fragte ich amüsiert.

»Ich habe absolut keine Idee.«

»Oh, gut. Ausgezeichnet.«

Ich konnte nicht anders, ich musste grinsen. Ich fühlte mich, als könnte ich einen Marathon laufen oder einen Wolkenkratzer hochklettern.

»Wir sind irre, wusstest du das?«, fragte ich ehrfürchtig. »Richtig irre.«

Tola grinste mich kopfschüttelnd an. »Wir sind nicht irre. Wir sind brillant.«

Den Rest des Tages verbrachte ich mit Tola in einem Coffeeshop um die Ecke. Vor uns lagen zwei brandneue Notizbücher, und wir schmiedeten Pläne. Wir sprachen über die Firma, die wir gründen wollten, über das, was wir durch Fixer Upper gelernt hatten, und darüber, wie wir weitermachen könnten.

Wir wollten schlicht und einfach unsere eigene Agentur aufmachen. Wir wussten, dass wir eine Firma führen wollten, die frauengeführte Unternehmen unterstützte. Kein In-Ordnung-Bringen, nur Aufbauen. Zum Glänzen bringen. Groß herausbringen.

An einem Punkt saßen wir schweigend da und lauschten auf das, was die Frauen in dem Coffeeshop miteinander besprachen. Es war fast wie damals, als wir mit Fixer Upper anfingen. Aber während wir früher nur von Freunden gehört hatten, die verkuppelt wurden, und von den babysittenden Dads, begriffen wir nun, dass es sich um etwas Größeres drehte. Es ging darum, in der Firma nicht ernst genommen zu werden. Es ging um das kümmerliche Mutterschaftsgehalt. Es ging darum, dass niemand über Fehlgeburten sprach, und um das Gefühl, über das man nie hinwegkam, wenn man ein Covermodel sah und sich heimlich in den Oberschenkel kniff. Es ging um jede alberne Sache, die man über sich selbst geglaubt hatte, und darum, einfach zu erschöpft zu sein, um sie in Ordnung zu bringen.

»Welches Problem müssen wir lösen?«, fragte mich Tola, und ich schüttelte den Kopf.

»Im Moment brauchen wir nur zuzuhören.«

»Für *dich* ist es okay, dass du nicht ständig alles im Griff hast?«

»Man soll Angst haben, kurz bevor man sich richtig verliebt«, wiederholte ich die Worte meiner Mutter. »Und dann soll man sich zu Hause fühlen. Das schaffen wir auch. Wir müssen nur vorher das Furchterregende durchmachen.«

Tola schüttelte völlig überrascht den Kopf. »Ich liebe dich. Ich liebe dich gerade abgöttisch.«

Stunden vergingen mit doppelten Lattes und absurden Slogans, Wörtern in Großbuchstaben. Tola wurde immer laut, wenn sie sagte: »Ja, ja, das ist es, das ist es endlich!«

Ich war so aufgeregt wie seit Langem nicht, und Möglichkeiten erstreckten sich vor mir wie eine neue Straße, die unvermittelt zwischen den Bäumen erschienen war.

Ich wusste nicht, wie ich alles in Ordnung bringen sollte. Aber ich wusste, wo ich anfangen musste, mit den beiden Leitprinzipien, die ich vergessen hatte, bis jemand sie mir wieder in Erinnerung rief: Sag die Wahrheit und finde Wunderbares.

24

»Vielen Dank, dass du mit mir redest.« Es war der Tag darauf, und ich ließ mich im EasterEgg-Büro auf einen Stuhl sinken. Ben saß vor mir, mit ernster, eiserner Miene. »Ich muss vieles erklären und mich für vieles entschuldigen.«

Er nickte. »Ja, das stimmt. Ich bin sauer auf dich.«

»Und dazu hast du jedes Recht. Aber bitte lass es nicht an Eric aus. Er ist so verrückt nach dir, und an der ganzen Bescherung ist er unschuldig.«

Bens Fassade bekam leichte Risse. »Oh, das weiß ich. Der Mann lügt erbärmlich schlecht. Was seltsam ist, wenn man bedenkt, dass er gleichzeitig so ein guter Schauspieler ist.«

Ich sah ihn an und schöpfte Hoffnung. »Okay, also … zwischen euch ist alles okay?«

Er kniff die Augen zusammen. »Ich bin mir nicht sicher, ob es schon so weit ist, Aly.«

Mich verließ der Mut wieder ein wenig. »Richtig, natürlich. Natürlich.« Ich sah auf den Tisch und überlegte angestrengt, was ich als Nächstes tun sollte.

»Wir sind aber auf dem Weg dorthin«, fuhr Ben sanft fort, und als ich hochblickte, lächelte er mich flüchtig an. »Eric hat mir erzählt, was du über meine Regeln gesagt hast. Wie unfair ich ihn behandeln würde. Du hattest recht. Ich hatte Angst, bei jemandem ein Risiko einzugehen, der mich verletzen könnte.

Der für mich vielleicht noch nicht bereit ist. Ich hatte Angst, das Gut-genug für etwas Besseres aufzugeben.«

Ich nickte. Ich wollte es nicht vermasseln.

»Du bist wirklich ziemlich clever, sobald du nicht trickst und manipulierst.« Er schnaubte, und ich lächelte zutiefst erleichtert. »Wenn du ehrlich zu den Menschen bist, sagst du sehr vernünftige Dinge.«

»Nun, das will ich hier ja tun und mich außerdem entschuldigen. Es tut mir aufrichtig leid.« Ich sah in das halb geräumte Büro, in dem sich die Umzugskisten stapelten.

»Ich weiß«, erwiderte Ben.

Ich nickte und holte tief Luft. »Wann zieht ihr hier aus?«

»Morgen. In kleinere, angemessenere Räumlichkeiten. Wir müssen niemanden mehr beeindrucken. Wir können wir selbst sein.«

Ich sah aus dem Fenster auf die perfekte Skyline. »Aber ohne Dylan.«

Ben musterte mich, und langsam trat ein Lächeln auf sein Gesicht. »Alyssa, ist das ein neuer trickreicher Plan?«

»Wenn er wirklich gehen will, wenn er so unbedingt woanders neu anfangen will, dann breche ich sofort auf, und dieses Gespräch hat nie stattgefunden …« Ich beobachtete ihn genau, als er die Brille abnahm und mit einem Hemdzipfel die Gläser polierte.

»Und wenn es ihm dreckig geht und sein Herz gebrochen ist und er wegläuft, um sein Gesicht zu wahren?«

»Dann habe ich noch einen winzig kleinen Trick übrig.« Ich zuckte verschmitzt mit den Schultern und hob Daumen und Zeigefinger. »Kaum ein Trick, mehr eine … klitzekleine Täuschung, der augenblicklich Aufrichtigkeit und absolute Peinlichkeit meinerseits folgen.«

Ben nickte und überlegte. »Du liebst ihn, wie er ist?«

»Ich liebe ihn, wie er ist.«

Er atmete erleichtert auf. »Zum Glück ist wenigstens das offensichtlich gewesen, seit das ganze beschissene Spiel angefangen hat. Ich bin nur froh, dass du endlich genug Mut hast, um es vor dir selbst zuzugeben.«

»Vor dir, vor ihm, vor jedem, der es hören will. Er hat mich gebeten, ihm einen Grund zu geben, damit er bleibt.« Ich legte die Handflächen zusammen und lächelte wie ein Engel. »Und ich hoffe, dass du mir dabei helfen kannst.«

»Große romantische Gesten und eine mögliche öffentliche Bloßstellung planen? Meine liebste Beschäftigung für den ganzen Tag«, sagte Ben.

Es ging nicht nur darum, Dylan zu zeigen, dass er perfekt war, so wie er war. Es ging darum, ihm zu zeigen, dass ich um ihn kämpfte. Dass ich ihm vertraute. Dass ich nicht wieder davonlaufen würde. Deshalb war es irgendwie poetisch, dass wir ihm auf seiner Laufstrecke auflauerten.

Wir waren in dem Park, in dem Dylan sonntagmorgens joggte, nicht weit von seiner Wohnung entfernt. Ben hatte sich mit ihm zum Laufen verabredet. Er kannte die Route und war bereit, ihn abzulenken. Längs der Strecke gab es fünf von mir beschriebene Pappschilder. Meine fünf Dinge für Dylan. Fünf Chancen, ihn zum Bleiben zu bewegen. Ich musste hoffen, dass fünf reichten.

Ich sah zu Eric, der am Rand des Parks mit Helena, der Beagledame, wartete. Ben stand neben mir und lächelte beide an.

»Bist du bereit?«, fragte er, und mein Magen krampfte sich zusammen. Ich würde mich für diesen Mann zum Narren machen. Und womöglich würde er sich von mir abwenden, mir sagen, es sei zu spät. Aber ich musste das Risiko eingehen. Angst hatte man immer nur vorher.

Tola joggte zu mir zurück und salutierte. »Okay, alle Pappschilder sind an Ort und Stelle. Es kann losgehen.«

Mir wurde übel.

»Okay, ich fange ihn jetzt am anderen Eingang ab«, sagte Ben. Er merkte, dass ich immer nervöser wurde.

Ich flocht meine Finger ineinander. Was, wenn er einfach an mir vorbeiging? Was, wenn er mich mit meinem klopfenden Herzen hier stehen sah und einfach alles ignorierte? Was, wenn ich mich nie mehr davon erholen würde?

»Dein Gesicht, ach, Darling.« Ben umarmte mich und gab mir einen Kuss auf die Wange. »Ich möchte dir ja nicht zu viel Vertrauen in deine Tricks einflößen, aber du bist gerade verletzlich, und ich bin wirklich stolz auf dich.«

»Danke«, sagte ich mit schwacher Stimme. Plötzlich hatte ich entsetzliche Angst. »Legst du bitte ein gutes Wort für mich ein?«

»Verlass dich drauf.«

Er lief zu Eric, nahm ihm Helena Bonham Barker ab, dann joggte er zum anderen Eingang.

»Hey, da ist er!«, rief Tola und deutete auf ihn.

»Pst!« Ich gab ihr einen sanften Stoß, damit sie bloß nicht seine Aufmerksamkeit erregte. Das war schon ziemlich schwierig, weil sie ein leuchtend goldenes T-Shirt und giftgrüne dreiviertellange Hosen trug. Sie packte meine Hand, und Eric kam zu mir und nahm die andere.

Ich beobachtete, wie Ben und Dylan losjoggten. Bald näherten sie sich dem ersten Schild, auf dem in Orange stand:

1. Du bist immer mein bester Freund gewesen.

Dylan war zu weit vor mir, als dass ich sein Gesicht erkennen konnte, aber er sah sich verwirrt um.

Er lief langsamer, und sein ganzer Körper spannte sich an, als er das zweite sah:

2. Dass du dir noch immer die dämliche Musik anhörst, die wir als Teenager geliebt haben.

Vor dem dritten Schild beschleunigte er, um es schneller zu finden, und ich sah den Ausdruck in seinem Gesicht und hörte ihn schallend lachen, als er es las. Sah, wie er zu strahlen begann.

3. Du bringst mich dazu, auf Dinge zuzurennen, statt vor ihnen wegzulaufen.

Bei der vierten Tafel konnte ich ihn klar sehen. Er lief in meine Richtung, suchte nach den Worten, meinen Wahrheiten, meinen fünf Dingen.

4. Du hast noch immer das schönste Lachen, das ich je gehört habe.

Und da war er nun, stand direkt vor mir, mit gerötetem Gesicht. Er lächelte mich an, und seine unglaublich blauen Augen forderten mich heraus, mutig zu sein, so wie sie es immer getan hatten.

Ich ließ Tolas und Erics Hände los und ging zu dem letzten Schild, unter dem die Farbdose und der Pinsel standen.

5. Ich möchte mit dir das Zimmer orange streichen.

Er kam näher, und ich hielt den Atem an, wartete, dass er etwas sagte.

Vor dem Pappschild blieb er stehen, die Hände in den Taschen vergraben, den Kopf zur Seite geneigt, als beurteilte er ein Kunstwerk.

»Ganz schön kryptisch zum Schluss, Aresti.«

»Fünf Gründe waren nicht genug«, sagte ich und versuchte, die Tränen zu unterdrücken und Luft zu holen. »Ich kann dir zehn nennen. Ich kann dir hundert nennen. Aber ich möchte dieses Leben mit dir. Dein Haus am Park und das sonntägliche Joggen. Ich will einen Hund mit einem Namen, der Helenas Konkurrenz macht, und ich will totales Chaos anrichten, wenn wir unsere Wände orange streichen. Ich will deinen Dad zum Sonntagsbraten einladen, selbst wenn es still und verkrampft ist und du nicht weißt, was du sagen sollst, und ich will die Wassermelonen-Margaritas meiner Mutter machen und mit dir im Garten sitzen und über den ganzen Unsinn reden, den wir als Kinder angestellt haben.«

»Aly …«

»Und ich möchte, dass du die Firma leitest, für die du so hart gearbeitet hast, und ich möchte der Mensch sein, mit dem du darüber redest, nicht, um irgendwas zu optimieren, sondern bloß, um dich daran zu erinnern, dass du gut genug bist.« Ich holte bebend Luft, sah ihm in die Augen und wünschte mir verzweifelt nichts anderes, als dass er wusste, dass ich ehrlich war. »Du bist der Richtige für mich. Ganz egal, was geschieht, ganz egal, wie sehr ich es vermassele und versuche, es in Ordnung zu bringen, oder wie sehr du versuchst, perfekt zu sein. Ich sehe und liebe alles an dir. Das ist meine Wahrheit, mein Stück Realität. Das war es schon immer.«

Er blinzelte. Er stand einfach da und starrte mich an, mit

einem halben Lächeln, als wäre er nicht sicher, was hier vor sich ging.

»Sag etwas, Dylan«, bettelte ich. »Worte, bitte.«

»Ich glaube nicht, dass ich schon jemals eine große romantische Geste erlebt habe.« Er lächelte mich an und rieb sich mit der Hand über die Augen, aber als er aufsah, glänzten sie. »Daran könnte man sich schon gewöhnen.«

Ich trat hoffnungsvoll einen Schritt vor. »Könnte man?«

Er schüttelte den Kopf und sah zum Himmel hoch, als könnte er mich manchmal noch immer nicht begreifen, dann legte er mir einen Arm um die Taille und zog mich an sich.

»Frag mich«, sagte Dylan. Seine blauen Augen strahlten, unsere Nasen berührten sich fast.

Ich lächelte, holte Luft und flüsterte: »Sag mir etwas Wahres, Dylan.«

Er schloss kurz die Augen. »Ich wünschte wirklich, ich hätte etwas Klügeres zu sagen. Alles, was ich weiß, ist: Ich liebe dich. Ich habe dich schon immer geliebt.«

Ich lachte. »Mir ist das klug genug. Würdest du mich jetzt bitte endlich küssen?«

Dylan hatte mich zum ersten Mal geküsst, als ich achtzehn war. Der Kuss war züchtig, süß und freundschaftlich gewesen. Er hatte mir mit dem Daumen über die Wange gestrichen, und überall ringsum hatten seine Freunde gejohlt und geflüstert.

Als er mich zum zweiten Mal küsste, war ich dreiunddreißig. Unsere Freunde jubelten, Fremde applaudierten, und freundschaftlich war es in keiner Weise. Ich fuhr ihm mit den Fingern durch die Haare, schwelgte in seinem Lächeln und seufzte an seinen Lippen. Er drückte mich an sich und küsste mich, als gäbe er mir ein Versprechen.

Natürlich würden wir Probleme haben. Streit darüber, wer

sich um das Erbrochene des Hundewelpen kümmern musste oder wer vergessen hatte, im schicken Restaurant des Monats zu reservieren, eines Tages vielleicht sogar, wer am Samstag um sechs Uhr morgens aufstehen musste, um die Kinder zu dem vermaledeiten Sport zu fahren, für den sie sich nun mal begeisterten. Wir würden Flüge zu besonders billigen Urlaubsorten verpassen, und anfänglich gäbe es Schwierigkeiten und Dummheiten auf beiden Seiten, während wir das Zusammenleben lernten. Aber es müsste nichts optimiert werden. Weil wir einander hätten. Und wir hätten unsere Freunde, die bei allem mit uns feiern, sich mit uns erbärmlich fühlen und mit uns lachen würden. Wir würden die Wirklichkeit sehen, ohne Filter. Sie durfte manchmal hart sein. Auch darin liegt Schönheit.

Denn angsteinflößend ist es nur am Anfang.

Danach fühlt man sich zu Hause.

Danksagung

Dieses Buch war für mich etwas Neues, deshalb danke ich meiner großartigen Agentin Hayley Steed sehr, die mit einer sofortigen Antwort in Großbuchstaben mit vielen Ausrufezeichen auf meine Pitch-E-Mail reagierte. Ihre Fähigkeiten als Lektorin, Verhandlungsführerin und Händchenhalterin hauen mich jedes Mal um. Ich bin so dankbar, im Team Hayley zu sein.

Danke an das wunderbare Team von Putnam und meine Lektorin Kate Dresser – vielen Dank, dass Sie mit Aly ein Risiko eingegangen sind, ihr Potenzial sofort erkannt und während des gesamten Schreibprozesses so anregende Begeisterung aufgeboten haben!

Danke an meine Autorenfreunde in der Gruppe Savvy Authors und der TSAG, die immer da sind, um Ratschläge zu erteilen und mir die Hand zu halten – ohne unsere wunderbare Gemeinschaft könnte ich nicht schreiben. Ein besonderer Gruß geht wie immer an Lynsey James, die andere Hälfte vom Team Cheerleader, die, getreu dem Namen, immer einen Pompon schwenkt, sei es während der Lektoratshölle oder in der Veröffentlichungswoche.

Danke an meine Freunde für die Gespräche mit ihnen, die zu diesem Buch angeregt haben. Sie haben bereitwillig ihre Geschichten über emotionalen Beistand und Babysitten ihres Freundes geteilt und im Laufe der Jahre ihre eigenen Probleme bearbeitet, um noch erstaunlichere Menschen zu werden – danke für die Geschichten. Ich habe euch alle sehr lieb.

Danke an meine Familie, die die Welt des Schreibens und der Verlage nicht immer versteht, sich aber stets bereithält, so stolz wie möglich auf mich zu sein. Dieses Buch existiert dank der Unterstützung meiner Familie, insbesondere meiner Mutter (die zum Glück ganz anders als Alys Mutter ist!) und meines Mannes, der gerne zugeben wird, dass er ein bisschen ein Fixer-Upper-Projekt war, als ich ihn kennenlernte, aber gewachsen ist und mich auch mitgenommen hat.

Und schließlich vielen Dank an euch, liebe Leserinnen und Leser! Vielen Dank, dass du dieses Buch gelesen hast. Ich hoffe, es hat dich angesprochen und zum Lachen und Nachdenken gebracht und zu Gesprächen angeregt. Wenn du festgestellt hast, dass dir dieser besondere Stil der frechen feministischen romantischen Komödien gefällt, dann hoffe ich, dass du an Bord bleibst!